*A Filha
da
Feiticeira*

Paula Brackston

A Filha da Feiticeira

Tradução:
Fal Azevedo

BERTRAND BRASIL

Rio de Janeiro | 2013

Copyright © 2010 by Paula Brackston. Todos os direitos reservados.
Impresso nos Estados Unidos da América.
St. Martin's Press, 175, Quinta Avenida, Nova York, N.Y. 10010

Encantamento retirado de *The Craft: A Witch's Book of Shadows*,
de Dorothy Morrison © 2011 Llewellyn Worldwide Ltda.
Todos os direitos reservados

Título original: *The Witch's Daughter*

Capa: Rodrigo Rodrigues

Foto de capa: © Daniela Majic

Editoração: FA Studio

Texto revisado segundo o novo
Acordo Ortográfico da Língua Portuguesa

2013
Impresso no Brasil
Printed in Brazil

Cip-Brasil. Catalogação na fonte
Sindicato Nacional dos Editores de Livros. RJ

B789f	Brackston, Paula
	A filha da feiticeira / Paula Brackston; tradução Fal Azevedo. – Rio de Janeiro: Bertrand Brasil, 2013.
	448 p.: 23 cm
	Tradução de: The witch's daughter
	ISBN 978-85-286-1632-3
	1. Ficção infantojuvenil inglesa. I. Azevedo, Fal, 1971-. II. Título.
12-8844	CDD: 028.5
	CDU: 087.5

Todos os direitos reservados pela:
EDITORA BERTRAND BRASIL LTDA.
Rua Argentina, 171 – 2º andar – São Cristóvão
20921-380 – Rio de Janeiro – RJ
Tel.: (0xx21) 2585-2070 – Fax: (0xx21) 2585-2087

Não é permitida a reprodução total ou parcial desta obra, por
quaisquer meios, sem a prévia autorização por escrito da Editora.

Atendimento e venda direta ao leitor:
mdireto@record.com.br ou (0xx21) 2585-2002

Para Simon, que sabe o que foi preciso

Agradecimentos

Meus agradecimentos vão para Elizabeth, Anne, Peter e todo o pessoal da Thomas Dunne Books pelo entusiasmo que demonstraram, sua atenção aos detalhes e todos os esforços dedicados em fazer de *A filha da feiticeira* o melhor livro possível. Obrigada também a todo mundo na Snowbooks. Tenho uma dívida de gratidão com Becky Tope por sua inestimável contribuição e seus experientes conselhos. *A filha da feiticeira* nunca teria sido concluído sem o incansável apoio de minha família e de meus amigos. Quero agradecer-lhes por sua paciência, compreensão e encorajamento durante a longa preparação deste livro.

Batchcombe, Wessex, 1628

Bess corria. A noite de céu limpo e a lua cheia iluminavam sua fuga. Ela temia o amanhecer, pois com ele viria a descoberta da sua ausência, e então teria início a caçada. Os grilhões, ainda presos às suas pernas, chacoalhavam a cada passo contra seus tornozelos; um único elo quebrado em cada um deles era tudo o que restava das correntes. O metal machucava sua pele delicada, e um filete de sangue começou a escorrer. Seus pés descalços percorriam o solo enlameado, repetindo um percurso tão familiar que era como se estivesse impresso em sua mente, um mapa preciso que não permitia um erro de cálculo enquanto atravessava a fronteira do vilarejo e corria em direção à floresta. Ainda assim, o curto trajeto lhe parecia mais longo do que nunca, as árvores recuando à sua frente, seu pânico cada vez maior, e ela nunca chegando, por mais que corresse.

É uma ilusão. Nada mais do que um truque provocado pelas sombras da lua. Não posso me deixar abater.

Sua respiração soava alto em seus ouvidos, ruidosa o suficiente para acordar alguém com sono leve em um chalé a distância, e as batidas de seu coração eram ensurdecedoras demais para passarem despercebidas. Bess continuava correndo, até que finalmente alcançou a proteção dos primeiros arbustos. A escuridão do bosque era de uma natureza diferente. A folhagem do começo da primavera deixava passar apenas alguns raios finos de luar, e as raízes e galhos pareciam agarrá-la dos dois lados da trilha. Ela continuava correndo. Gemia ao sentir as pedras arranhando as solas de seus pés. Ao atravessar um riacho, a água fria anestesiou momentaneamente suas feridas, antes de a terra dura do solo da floresta penetrar mais ainda nos cortes a cada passo. Uma coruja piou, desaprovando sua presença. Um castor entrou novamente em sua toca, esperando que a perturbação cessasse.

O frescor do ar da noite fez a garganta de Bess arder. Mesmo tossindo e lutando para respirar, ela não diminuiu o passo nem se importou, depois de tantas horas sufocada no confinamento de sua cela. Ali, pelo menos, havia ar para respirar. Galgou um pequeno morro e parou, apoiando-se no tronco de um grande freixo. Podia sentir o gosto da floresta: o musgo, os líquens, a seiva das árvores. Além disso, duas outras coisas claramente se faziam sentir: seu próprio medo e o mar. Em ambos, o sal significava, ao mesmo tempo, terror e liberdade. Olhou com mais atenção para a trilha e para o coração da floresta. Ali estava a sua chance de escapar de seus captores. Ali, ele estaria esperando por ela: cavalos prontos, provisões, um plano, um lugar para onde ir. Afastou-se da árvore, reunindo todas as forças de que ainda dispunha, mas alguma coisa a deteve. Algo dentro dela a fez esperar. *Pense*, aquilo parecia lhe dizer, *pense no preço dessa liberdade.*

Um ruído ao longe a assustou. Cães. Eles logo a alcançariam, não podia mais hesitar. Ainda assim, aquela voz não silenciava. *Pense*, alertava.

Mãe? O que devo fazer?

Como em resposta, a brisa da noite trouxe o cheiro do mar até suas narinas. O latido dos cães, vindo do vilarejo, ficou mais alto e passou a ser acompanhado por gritos. Um movimento na escuridão à sua frente lhe chamou a atenção. Tinha certeza, naquele momento, de poder distinguir a silhueta de um cavaleiro e de cavalos. Aqueles que a caçavam a matariam, ela sabia disso. Mas que preço teria de pagar a Gideon por sua liberdade?

Não. Não posso ir para ele. Não irei.

Bess se virou e correu para leste, para longe das árvores, para longe dos cães famintos e para longe dele. Em alguns minutos, já tinha saído da floresta e corria em campo aberto, na direção da única escolha que lhe restava fazer: o mar. Sentiu, mais do que ouviu, que ele a perseguia. Não ousava olhar para trás. Quando chegou à trilha do penhasco, um sol fraco começava a surgir no horizonte, espalhando um amargo vermelho sanguíneo sobre o mar. A luz do dia, pálida e sem sombras, substituiu a escuridão da noite, deixando Bess exposta. Na beira do penhasco, ela parou. Olhando para o vilarejo, podia ver as tochas em meio à neblina e as formas indistintas que rapidamente se aproximavam. Mesmo com o barulho hipnótico das ondas quebrando contra as rochas lá embaixo, ela podia ouvir o ruído dos cascos dos cavalos estremecendo o solo. Embora não a chamasse, ouvia a voz dele em sua cabeça: *Bess! Bess! Bess!*

Bess não se virou. Olhá-lo nos olhos significaria abrir mão da sua própria vontade. Abaixo dela, a maré alta não lhe permitia ver a areia; apenas águas profundas e pedras capazes de quebrar-lhe os ossos. O sol ficava cada vez mais alto e, quando ergueu os olhos, foi para ver um céu apocalíptico antes de dar um passo rumo ao nada.

Meu nome é Elizabeth Anne Hawksmith, e tenho 384 anos. Cada nova era exige um novo diário. Assim sendo, começa este Livro das Sombras.

Imbolg

2 DE FEVEREIRO DE 2007 — LUA CHEIA

Acordei ao amanhecer do meu primeiro dia em Willow Cottage, em meio a uma forte nevasca. A paisagem está como que timidamente coberta de pele de arminho, esperando para se revelar a mim somente quando me conhecer melhor. O céu se iluminou brevemente, emprestando ao ar um calor momentâneo. A janela do meu quarto, como eu previa, proporciona uma excelente vista para o vilarejo de Matravers. Localizada em uma pequena elevação no limite do prado, minha casinha está agradavelmente afastada do grupo de chalés com telhados de palha e do pequeno terraço de tijolos que forma o centro do vilarejo. Também perto do prado, que ostenta um córrego e um lago de patos, há uma agência dos correios, uma lojinha, uma distinta hospedaria e um ponto de ônibus, no qual as crianças são apanhadas para irem à escola e os aposentados pegam o transporte para irem à feira semanal em Pasbury. A igreja fica do outro lado do prado, ocultada em grande parte por impressionantes teixos. A estradinha além da igreja dá acesso ao canal que corre para oeste, na direção de Pasbury. Da frente da minha casa, tenho uma visão clara de qualquer pessoa que se aproxime, e o pequeno bosque me oferece privacidade. Posso escolher quando ver e quando ser vista.

Faço o possível para permanecer tão invisível quanto minha aparência, certamente nada convencional, permite. Uma mulher sozinha sempre atrai a atenção, sobretudo quando é um tanto diferente. Tendo isso em mente, mantenho meus longos cabelos amarrados, e com frequência uso chapéu. Meu pai costumava dizer que eu tinha cabelos de outono e achava que isso se devia ao fato de eu ter nascido em setembro. É verdade, a cor combina perfeitamente com a estação. Uma mistura do tom de castanhas maduras com o reflexo das folhas de carvalho que se tornam acobreadas quando o fim do ano se aproxima. Por si só, a cor, mesmo combinada com o excepcional comprimento dos meus cabelos, não causaria curiosidade. É o contraste desses tons profundos com a mecha branca que começa do lado direito da minha testa que faz com que as pessoas olhem com mais atenção. Não é o sinal prateado da maturidade, e sim um traço branco como a neve, um golpe de gelo, como se a Deusa do Inverno tivesse me tocado e deixado a sua marca. Gostaria muito que a origem de tal característica fosse inofensiva. A verdade é muito mais sombria.

Também sou alta e, apesar de minha idade avançada, continuo forte e vigorosa; minha aparência sugere que tenho cerca de 50 anos, não mais do que isso. Visto-me confortavelmente, de forma prática, para não atrair a atenção. Nos dias de hoje, ao que parece, a moda pode ser adaptada para agradar aos caprichos de qualquer mulher. Portanto, minhas saias longas, minha preferência por cores e tecidos berrantes e minhas roupas favoritas, acumuladas ao longo de tantos anos sobre esta Terra, podem ser usadas sem que eu pareça nada mais do que um tantinho excêntrica.

O chalé, acredito, vai servir bem para as minhas necessidades depois de algumas pequenas alterações. Planejo construir uma trilha, da porta de trás até o rio que corre por entre os salgueiros que dão o nome ao lugar. A cerca viva na frente do chalé precisa de reparos, e tenho de encontrar espaço para plantar sabugueiros, bétulas e sorveiras quando chegar a época. O jardim deve ser completamente refeito, e preciso fazer algo a respeito da falta de sombra do lado oeste da casa. O local é perfeito para um herbário, mas o terreno é grande, e qualquer outra coisa plantada ali certamente vai estorricar. A casa ficará como está por enquanto, a menos que alguma intempérie me impeça de trabalhar do lado de fora. Se ficar céu claro por causa da lua cheia de hoje, vou começar a organizar a horta e marcar o local com gravetos. Quem sabe até me aventuro em uma caminhada noturna, embora duvide que vá além do limite da floresta que marca o horizonte atrás da casa. Suas árvores me chamam, mas ainda não estou pronta para ir até lá. Elas pertencem a outra época.

É fácil, em um dia claro como este, quando tudo é novo e promissor, esquecer o passado por um bom tempo. Como se ele não pudesse lançar sua sombra sobre a neve imaculada. Imbolg é a minha época favorita do ano para encontrar um novo lar, com seu significado de renascimento e renovação. Mas não posso me permitir ser complacente. Não posso me dar o luxo de baixar a minha guarda. A paisagem pitoresca que me rodeia certamente é benigna, como imagino que seja a maioria dos meus novos vizinhos. O perigo, como sempre, virá de longe. Ele não fica à espreita: vem no meu encalço. Não posso permitir que a ilusão de segurança me torne vulnerável.

6 DE FEVEREIRO DE 2007 — LUA EM QUARTO CRESCENTE

A neve ainda cobre o vale, embora agora esteja manchada. Uma trilha deixada pela barriga de um castor mostra que meu quintal tem sido seu refúgio. Terei de convencê-lo a parar de escavar minha horta quando Ostara chegar. A estrada que dá para o meu portão da frente está escura mais uma vez, e o vilarejo é uma mistura de jardins secos e caroços acinzentados, outrora bonecos de neve que as crianças abandonaram. Os passos dos pedestres cautelosos transformaram as calçadas em lâminas finas de gelo e manchas densas de neve derretida. Todos são temporariamente afetados por um modo de andar incerto, curioso. Cada passo parece desafiar suas expectativas quando se transforma em um escorregão ou distende os músculos desconfortavelmente e os pés deslizam pela lama. Todos andam ocupados demais com o clima para me incomodarem.

Comecei a trabalhar no jardim, mas o solo está terrivelmente prejudicado pela neve, que começa a diminuir. Além do planejamento e de uma boa limpeza preparatória, há pouco realmente a ser feito de útil. Isso me forçou a voltar minha atenção para a casa. Os cômodos são curiosamente pequenos e apertados, dois na frente e dois nos fundos, no andar de baixo e no de cima, dando a impressão da fachada de uma casinha de bonecas, com janelas quadradas, posicionadas simetricamente uma de cada lado da entrada. Não gosto do modo como a porta, quando aberta, quase toca o pé da escada, mas não há muito que eu possa fazer a respeito. As mudanças estruturais necessárias para alterar isso exigiriam a contratação de pedreiros, e ter estranhos em minha casa durante semanas seria um preço muito alto a pagar.

O cômodo na frente da casa é perfeitamente adequado para uma sala de visitas, embora eu vá usá-lo com pouca frequência. Posso utilizar a sala de jantar para secar plantas e armazenar óleos vegetais e ervas. Será na cozinha que realizarei o trabalho mais sério. Passei algum tempo nela hoje, examinando os melhores locais para armazenar minhas poções e unguentos. O cômodo ostenta um excelente fogão a lenha, o chão é de cerâmica, e as janelas francesas que dão para oeste se abrem para o jardim. Acendo o fogão, aproveitando o momento para queimar um punhado de sálvia e abençoo o espaço com a fumaça pungente. Enquanto estou aqui, com os olhos fechados, de pé, desfrutando do silêncio e da promessa de meu novo lar, percebo um ruído fraco, um som de algo sendo arranhado. Os cabelos em minha nuca começam a ficar arrepiados, e tenho a sensação de que uma lagarta desce pela minha espinha. Abro os olhos e olho na direção de onde vem o barulho. Eu não precisava ter me alarmado. Na janela, um camundongo de pescoço amarelo rói a moldura. Abro o ferrolho.

— Bom-dia para você. Não quer entrar? — pergunto.

Ele olha para mim por alguns momentos com seus olhinhos brilhantes antes de entrar pela janela aberta. Sinto o toque gelado de suas orelhas quando passa por mim. Dá uma volta completa no cômodo antes de se instalar perto do fogão para esquentar as patas. Entrego-lhe um pedaço de pão.

— Vou fazer um trato com você. Diga para a sua família deixar meus mantimentos em paz, e em troca colocarei uma refeição para vocês na janela todos os dias. Aceita?

Ele faz uma pausa, lambendo as patinhas. A pequenina criatura não emite qualquer som, mas sinto que concorda com o trato. Vale a pena abrir mão de alguns pãezinhos para ter meus suprimentos livres da atenção dos camundongos.

Já coloquei minha mesa de carvalho, minha cômoda e o baú em seus devidos lugares; o baú coube exatamente ao lado da pia, e preguei prateleiras na parede para organizar meus inúmeros potes. O espaço é, ao mesmo tempo, aquecido e iluminado, além de um bom local para trabalhar. Na noite anterior, os raios de luar atravessaram as janelas sem cortinas, banhando o cômodo com sua luz perolada.

Mais tarde, fui até o bosque e acendi uma vela, invocado os espíritos e fadas da floresta. Convidei-os a aparecerem, assegurei-lhes que eram bem-vindos e que não os privaria do lar que lhes pertencia por direito. Sou apenas uma hóspede na floresta e, durante minha estada aqui, eu a usarei com cuidado e respeito.

Paula Brackston

10 DE FEVEREIRO DE 2007 — LUA NOVA

A neve cessou, mas foi substituída por uma geada insistente, o que significa que meus planos de jardinagem continuam frustrados. Mesmo assim, consegui dar a atenção necessária à cerca viva e limpar o quintal, abrindo espaço para as novas plantas. Tenho sorte de ter uma proteção dessas para a minha propriedade. Partes dela devem ter sido plantadas ali quando a casa foi construída, o que imagino que tenha ocorrido há mais de cem anos. Como isso parece distante, e como o mundo girou e estremeceu ao longo do século. No entanto, para mim, é apenas mais um capítulo em minha vida. Na verdade, tenho muito em comum com o antigo carvalho no prado do vilarejo, embora duvide de que ele tenha visto tantos verões quanto eu.

 Enquanto eu trabalhava na cerca, um esquilo veio ver o que eu estava fazendo. Era um belo espécime, com uma longa cauda e uma espessa pelagem prateada. Chamei-o para perto, e ele ficou feliz em subir em meu braço e sentar-se em meu ombro. É um conforto para mim estar na companhia dos animais, e me traz alegria poder desfrutar de sua confiança. Percebi que estava sendo observada. Estou, obviamente, sempre alerta para essa sensação, mas não fiquei alarmada. Senti uma presença pacífica, embora cheia de energia. Fiz uma pausa, como se estivesse esticando as costas doloridas, e o esquilo deu um salto e saiu correndo. Vi uma menina magra, de pé na estrada. Ela estava vestida de forma inadequada para o frio, e parecia inquieta em suas botas elegantes. Olhou para mim com uma expressão sincera, e a curiosidade estava explícita em suas feições agradáveis.

 — Bom-dia — cumprimentei-a e esperei.

 — Oi. — A voz dela era suave. — O que está fazendo?

 — Como pode ver — fiz um gesto, segurando a tesoura —, estou consertando a cerca.

— Está um pouco frio para jardinagem, se quer saber a minha opinião. — Ela esfregou as mãos e começou a assoprá-las.

Perguntei a mim mesma quantos anos ela teria. Era mais baixa do que eu, mas muitas mulheres o são. Quinze, talvez? Dezesseis? O limite da idade adulta muda de uma década para outra, para mais ou para menos, e não consigo mais julgar de forma precisa. Suas roupas justas e seu óbvio desejo de não esconder o corpo indicavam uma mulher jovem, embora seu tom de voz hesitante e a falta de eloquência sugerissem uma insegurança infantil. Dezessete, decidi. Pouco mais da minha idade quando meu mundo desabou. Quando fui atirada em um interminável futuro de fuga e solidão.

— Gosto desse chalé — disse a menina. — Gosto do modo como parece estar sempre observando o vilarejo daqui de cima. As janelas parecem olhos sorridentes, não acha?

— Pode-se dizer que sim.

— Eu vi a fumaça saindo pela chaminé — disse ela. — Este lugar estava vazio quando nos mudamos para cá. Você é nova também?

— Nova em Matravers, sim.

— Faz um mês que nos mudamos. Parece uma maldita eternidade. — Ela começou a mover os braços, tanto por agitação quanto para se manter aquecida.

— Você não gosta do vilarejo?

— O lugar é legal, com os campos e tudo mais, mas não há muito a fazer por aqui, concorda?

— Não está acostumada a isso?

— Não, nós viemos de Basingstoke. E de Dulwich, antes disso. Só Deus sabe onde vamos parar em seguida. Mamãe coloca uma ideia na cabeça, e pronto, estamos arrumando as malas. Ela acha que o interior será um lugar melhor para mim. Que aqui há menos chances de eu me meter em encrencas. Aqui há menos chances de ter uma vida, isso sim.

Olhei para ela com mais atenção. Havia algo a respeito daquela jovem criatura, algo encantador, algo sincero e confiável, raro de se encontrar em um estranho. Pensei em oferecer uma xícara de chocolate quente para ela esquentar aqueles dedinhos congelados. Mas não. Seria muito fácil encorajar uma amizade inofensiva com uma vizinha, mas não devo. Voltei ao meu trabalho, virando as costas para a garota.

— Você deveria usar um casaco num dia como este — sugeri a ela.

Eu a senti observando-me por mais um instante e a ouvi se afastar. Confesso que uma frieza, da qual eu não me livraria com trabalho manual, me invadiu. Entrei em casa e me ocupei na cozinha, não querendo pensar na dura realidade que me fizera mandar a menina embora. Os céus são testemunhas de que estou acostumada com a minha própria companhia; não se pode dizer que seja algo estranho para mim. Mesmo assim, há uma diferença entre estar sozinha e sentir solidão. E tenho consciência de que não ter amigos não é uma escolha, e sim uma necessidade, para a minha própria segurança e para a segurança de qualquer um que se aproxime de mim.

Ocupei-me com a tarefa de abrir as últimas caixas. Há algo reconfortante na visão de prateleiras bem-estocadas; então, quando coloquei o último pote de beterraba em conserva em seu lugar, já havia me livrado daquela melancolia. As fileiras brilhantes de potes de vidro com provisões sugeriam ordem e segurança. Naquela noite, acendi apenas velas na cozinha e sentei-me junto ao fogão, com a porta do forno aberta, observando uma tora de macieira queimar. Aquela visão me aqueceu mais do que qualquer calor seria capaz de fazer. Eu estava vestida, como sempre fazia nos meses de inverno, com camadas de roupas confortáveis: uma combinação de seda, meias de lã macias, uma camisa de algodão, uma saia pesada que chegava ao chão e dois suéteres leves. Minhas botas de couro de foca foram presentes de um pescador esquimó, durante o tempo em que vivi nas grandes planícies geladas do norte. Tirei um dos suéteres de lã, e um fio se rompeu quando puxei a peça pela cabeça. Pequenas fagulhas crepitaram por entre as fibras da madeira, deixando os meus cabelos visíveis para um olho atento na semiescuridão. Virei-me para a mesa e coloquei um pouco de óleo para esquentar no fogão. Alecrim. Logo a cozinha estava tomada pelo aroma estimulante. Como de costume, o cheiro me fez pensar em minha mãe. Os olhos dela eram azuis como as flores do alecrim e sua presença, tão poderosa e reconfortante como a essência da erva. Mesmo agora, posso vê-la me mostrando pacientemente como amarrar os ramos e colocá-los para secar. Eu não devia ter mais de 6 anos. Ela ficava de pé, atrás de mim, e envolvia meus braços com os seus, inclinando-se para guiar meus dedos desajeitados. Eu ficava envolvida por seu infinito amor maternal, e aspirava seu perfume doce. Minha mãe tinha tanta paciência. Tanta ternura. Tanta determinação em me ensinar tudo o que sabia, em compartilhar comigo todos seus conhecimentos maravilhosos. O mais cruel dos tormentos da minha idade tão avançada é que a dor nunca diminui, não além de certo limite. Ela simplesmente continua, minha única companhia através de oceanos de tempo.

13 DE FEVEREIRO DE 2007 — A LUA ENTRA EM CAPRICÓRNIO

Ainda faz frio, mas a geada está diminuindo. Aventurei-me até o vilarejo. Eu sabia que estava adiando o inevitável. Embora eu não queira encorajar mais do que o contato básico com meus vizinhos, sei que seria um erro permanecer completamente afastada. Ser uma reclusa é o mesmo que ser misteriosa, e isso seria testar a curiosidade dos aldeões da era moderna. É melhor me render aos acenos amistosos de cabeça, às trocas de gentilezas e às conversas sobre o tempo. Eu me esforçarei para manter uma conversa entediante, até chegar ao ponto da grosseria, se for necessário. Darei apenas informações suficientes para que aqueles que se interessam possam construir uma pequena história sobre mim. Desse modo, poderei ter uma relativa paz. Contudo, não considerei a possibilidade de encontrar a adolescente na lojinha do vilarejo, quando fui até lá comprar alguns mantimentos simples. Obviamente nada afetada pela minha frieza em nosso encontro anterior, ela pareceu satisfeita em me ver.

— Como vai a cerca? — perguntou.

— Tomando forma devagar, obrigada.

— Você vai pintar o lado de fora da casa? — perguntou ela. — Vi uma casa parecida com a sua uma vez, pintada de azul-claro, com janelas brancas e a porta azul-marinho. Parecia saída de um conto de fadas. Seria fabuloso. — Ela olhou para mim, seus olhos brilhando com a ideia.

Fiquei intrigada com o interesse dela em minha casa. A jovem estava sozinha, como antes. Será que não tinha amigos no vilarejo? Pelo que eu sabia, meninas adolescentes raramente faziam qualquer coisa sozinhas. Lembrei a mim mesma que ela acabara de se mudar e poderia não ter tido tempo de fazer amigos.

— Não pensei nisso — disse a ela. — A cor das paredes não importa muito para mim. — Continuei com minhas compras, esperando que aquele fosse o fim da conversa, mas ela veio atrás de mim, seguindo-me por entre as prateleiras como se fosse uma dama de honra ansiosa.

— Você tem um cão? É um quintal ótimo para um cão, com aquele bosque nos fundos. Mamãe não me deixa ter um. Ela diz que o pelo entupiria o aspirador de pó.

— Não. Nada de cães. — Apanhei um pacote de açúcar mascavo na prateleira.

— Ah, gosto de açúcar mascavo. Especialmente o crocante, no cereal. Você gosta de cereal? Está ali, olhe. Sucrilhos. Mel crocante ou de coco? Não, alguém magrinha como você deve preferir aveia, imagino. Você gosta de aveia? — Ela exibiu um pacote, radiante.

Olhei para ela com uma expressão séria:

— Você faz perguntas demais — declarei, indo para o caixa, querendo ir embora.

— É o que mamãe diz. Mas como vou aprender alguma coisa se não fizer perguntas?

— Essa foi outra pergunta.

— É, acho que não consigo me controlar. — Deu uma risadinha, um som alegre, como a chuva de primavera caindo sobre um lago.

Meu peito se apertou quando percebi que não era da minha versão mais jovem que a menina me fazia lembrar. Era de Margaret, minha querida e doce irmãzinha. Margaret, de passos leves e risada fácil. Margaret, que me adorava tanto quanto eu a ela. Sim, havia algo na sinceridade e na inocência daquela menina que também houvera no coração de Margaret. Cumprimentei a moça do caixa e entreguei o dinheiro. Quando me virei para sair, a menina ficou ali, parada, olhando para mim, bloqueando meu acesso à porta, como se estivesse esperando por alguma coisa.

— Você não deveria estar na escola? — perguntei.

— Treinamento dos professores. Temos o dia de folga para estudar em casa.

— Então você não deveria estar em casa estudando?

A menina corou graciosamente.

—Vim até aqui para comprar um cartão para o dia dos namorados — disse ela —, mas não consigo escolher um. Olhe. — Apontou para o mostruário perto do balcão. — Engraçado, sexy ou romântico? Qual você prefere?

— Isso depende de quem vai receber o cartão.

Ela corou mais ainda e olhou para os próprios pés.

— Michael Forrester.

— Bem, e como é esse tal Michael Forrester?

— Ele é demais. Todos o adoram. Especialmente as garotas. E ele é incrível nos esportes. Atletismo, rúgbi, natação, ganha em todos. Ele é muito legal.

— E o ego dele já deve estar massageado o suficiente, pelo que parece. Você deveria economizar seu dinheiro.

— Ah, não, ele é mesmo legal. Abriu a porta para eu passar, uma vez. E disse oi.

— E por quanto tempo você tem adorado esse ídolo?

— O quê? Ah, não sei. Só o conheci no mês passado, sabe?

A voz dela era apenas um sussurro agora, e sua postura indicava a tortura do amor não correspondido. Era bonita o suficiente, mas claramente lhe faltava confiança. E algo mais. Havia nela uma falta de experiência de mundo, apesar de sua coragem simulada, que, embora fosse estranhamente atraente para um adulto, devia ser uma desvantagem entre seus pares. Eu via, agora, o quanto aquela menina devia se sentir sozinha. Ela não se encaixava. Era uma estranha. Naquele momento, com a guarda abaixada, a solidão emanava dela em ondas dolorosas. O som da campainha da porta da loja me salvou de ter de aconselhá-la.

— Bom-dia, sra. Price. Tegan, como vai você, minha querida? Tudo bem com a sua mãe? Ah, aqui está a nossa nova vizinha. Perdoe-me por não ter ido visitá-la e dar-lhe as boas-vindas a Matravers antes.

Virei-me e vi um homem grande e barbudo me estendendo a mão. Seus olhos brilhavam de amor pela vida, e seu sorriso era largo e sincero, mas a simples visão dele fez minhas têmporas latejarem. Não era culpa dele. Como ele poderia saber de que maneira a presença de um padre me afetava? Como poderia imaginar a fúria que sua Igreja despertava em mim? A mesma Igreja que condenara minha mãe e a tirara de mim. Respirei fundo para me controlar, mas o cheiro da comunhão estava impregnado em suas vestes. No entanto, sua mão continuou estendida para mim. Ele esperou. A menina esperou. A sra. Price, detrás do balcão, esperou. Um momento muito breve, mas que definiria minha posição no vilarejo pelo tempo em que eu vivesse ali. Endireitei os ombros e forcei um sorriso, segurando minhas compras com força.

— Desculpe-me — disse eu, indicando meus pacotes.

— Oh, não se preocupe. — Ele continuou sorrindo e abaixou a mão. — Sou Donald Williamson. Você pode me encontrar na sacristia, na maioria das noites. Sinta-se à vontade para fazer uma visita; Mary adoraria conhecê-la.

— Obrigada. Estou ocupada desempacotando as coisas no momento, mas vou me lembrar disso. — Comecei a andar, passando pelo padre e lutando contra a repulsa que a proximidade a alguém como ele me inspirava.

— Quando você quiser — disse ele no momento em que cheguei à porta. — E espero vê-la no domingo. Às dez horas. Todos são bem-vindos.

Fechei a porta para não ouvir mais suas palavras e fui para casa. Mesmo depois de todo esse tempo, era quase impossível esconder meus sentimentos por um representante da Igreja. Eu tinha bons motivos para me sentir daquela forma, mas ainda assim estava zangada comigo mesma. Era uma idiotice não manter o controle e ridículo experimentar emoções tão fortes a respeito de cada sacerdote inofensivo que cruzava o meu caminho. Antes de chegar ao outro lado do prado do vilarejo, fui invadida por uma forte sensação de perigo. Mesmo abalada pelo encontro com o padre, reconheci aquela sensação como uma ameaça diferente. Parei. Ergui o queixo e olhei devagar ao meu redor. Não havia nada à vista. Nenhum movimento. Nenhuma figura sombria. Nada fora do comum. Chalés silenciosos. Um terraço tranquilo. Um ponto de ônibus vazio. Patos grasnando com uma vulgaridade reconfortante no lago. Não havia nada de assustador. E, ainda assim, foi com uma grande sensação de alívio que cheguei ao santuário de Willow Cottage e fechei decididamente a porta às minhas costas.

17 DE FEVEREIRO DE 2007 — LUA NOVA

O céu estava claro no meu primeiro dia de negócios no mercado de Pasbury. Eu estava de pé antes do amanhecer para encher o carro com as minhas mercadorias. O veículo é, sob qualquer perspectiva, uma bênção e uma maldição. É um velho Morris Traveller — pequeno, de manutenção barata, com um porta-malas espaçoso e quatro portas — que me permite transportar meus chás de ervas, óleos vegetais, loções, sabonetes, conservas e vinhos de um lado para outro. O carro exige, contudo, uma papelada muito cansativa. É impossível ter um carro e proteger sua identidade ao mesmo tempo. A cada dez ou doze anos, preciso me reinventar, principalmente para poder obedecer às exigências das leis de trânsito. Mesmo assim, admito ter certa ternura pelo veículo. Raramente viajo para longe, mas sem o carro seria difícil manter meus negócios no mercado, e as vendas são um modo essencial de gerar renda. E de permitir que aqueles que precisam de mim me encontrem, é claro. Mesmo nesta supostamente iluminada Era de Aquário, sou incapaz de colocar um cartaz na porta dizendo BRUXA — FEITIÇOS E POÇÕES PARA TODAS AS OCASIÕES. Não. Devo me ajustar e me adaptar, e apresentar uma versão de mim mesma mais... aceitável para o mundo exterior. O carro estava um tanto relutante em dar a partida, mas respondeu a um feitiço. Deixei o motor ligado enquanto terminava de alojar as mercadorias e amarrava as portas com barbantes. Eu estava trancando a casa quando ouvi o motor parar. Sem pensar, concentrei-me, fiquei imóvel e repeti o feitiço. Houve um momento de hesitação, e então o motor voltou a funcionar mais uma vez e rugiu alegremente. Foi somente quando me virei para o carro que percebi que Tegan estava parada no portão, sua expressão revelando claramente que testemunhara minha operação mecânica a distância. Ela sorriu, com os olhos brilhantes. Passei por ela e fechei o portão.

— Se me der licença, estou com um pouco de pressa — disse a ela.

— Para onde está indo?

— Pasbury e, se demorar, vou me atrasar para montar minha banca.

— Na feira? Legal. Posso ir?

— Como?

— Para Pasbury. Com você. Eu poderia ajudar.

— Posso perfeitamente dar conta de tudo sozinha, obrigada.

— Ora, tenha dó. Você não precisa me pagar nada. É só uma caroninha, e posso ajudar a descarregar tudo! — Ela fez um gesto de cabeça indicando o porta-malas do carro antes de parar para espiar pela janela traseira. — O que você tem aí, afinal?

Olhei para a garota. Como sempre, vestia poucas roupas para o tempo frio e tinha um ar perdido que eu não podia ignorar.

— O que está fazendo acordada a esta hora? — perguntei.

Ela sacudiu os ombros.

— Mamãe me acordou quando voltou do trabalho. Não consegui voltar a dormir, e ela apagou imediatamente. — Tegan chutou uma pedrinha. — Não quis ficar trancada em casa, sem ter com quem conversar.

— Sua mãe não vai ficar preocupada imaginando onde você está?

— Não.

Suspirei. Eu realmente preferia não ter a companhia de uma adolescente tagarela, mas era difícil resistir a Tegan.

— Entre. E não mexa em nada, principalmente no trinco da porta. Ele vive saindo do lugar... Olhe só! O que foi que eu disse?

— Desculpe.

— E coloque o cinto de segurança. A última coisa de que preciso é chamar a atenção de algum policial abelhudo.

A cidade de Pasbury não tem nada de especial, mas é adequadamente suprida de lojas e serviços. A feira, na verdade, é bem medíocre. Uma mistura de boa comida, antiguidades de procedência duvidosa, rações para animais, porcelanas e roupas com as etiquetas removidas. Eu havia reservado um local modesto, mas em uma boa posição, no fim da rua principal, por onde a maioria dos fregueses passaria no caminho para o estacionamento e para o ponto de ônibus. Tegan se mostrou prestativa e me ajudou a arrumar as coisas, aparentemente sem nenhuma pressa de me deixar. Demonstrou interesse pelas minhas mercadorias. Tanto interesse que rapidamente me cansei de ter de explicar tudo a ela e lhe entreguei um punhado de moedas.

— Vá comprar umas bebidas quentes para nós — disse eu. Logo que ela se afastou, uma jovem mulher parou o carrinho de bebê perto da banca e se aproximou para examinar os óleos. Uma agitação tão grande emanava dela, uma raiva tão forte, que dei um passo para trás. Notei uma nódoa arroxeada entre a maçã do rosto e a raiz dos cabelos. Ela percebeu a direção do meu olhar e se virou para deixar que os cabelos lhe caíssem sobre o rosto, mas sabia que eu vira o machucado. O bebê tinha os olhos vermelhos, mas dormia no carrinho.

— Para que serve isso? — perguntou ela, olhando para os saquinhos com folhas de alecrim.

— Ajuda em casos de reumatismo. E também alivia cólicas menstruais. As folhas são para fazer chá.

— Chá? O cheiro é horrível. Como se usa isto?

— Isso é um unguento de aloe vera. É um bálsamo para queimaduras, picadas de insetos, esse tipo de coisa.

Ela colocou o pote de volta na mesa. Tive pena da pobre criatura, tão jovem e claramente tão infeliz. Apontei para uma garrafa de óleo de bergamota.

— Isso é muito bom para levantar o astral.

— Hum! Prefiro rum com Coca-Cola.

— E isso é ótimo para se livrar de energias negativas.

— Você tem alguma coisa para eu me livrar de um marido traidor e filho da mãe?

Compreendi o que ela queria dizer. Apanhei uma garrafinha azul na caixa que mantinha ao lado da mesa. O rótulo trazia apenas a imagem de uma lua cheia.

— Você pode querer experimentar algumas gotinhas disto. — Entreguei a garrafa a ela, que a examinou, desconfiada. — Isso torna a pessoa um pouco mais... *delicada* — expliquei.

Ela riu e me olhou nos olhos.

— Quanto custa?

— Veja se funciona, primeiro. Você pode pagar pelo próximo se ficar feliz com o resultado.

Meu primeiro dia de negócios em Pasbury não foi muito bom, mas percebi certo interesse. Descobri que geralmente leva tempo para que as pessoas que não conhecem meus produtos os comprem. Não importa. Tempo é algo que tenho de sobra. Tegan ficou comigo a manhã inteira, concordando com relutância em pegar o ônibus para casa só depois de eu insistir muito. Eu não queria causar aborrecimentos à mãe dela e sabia que a menina não havia pedido permissão para sair do vilarejo. Paguei-lhe uma torta no almoço e dei-lhe a passagem de volta para Matravers. Ela disse que gostaria de me acompanhar todos os sábados. Veremos.

24 DE FEVEREIRO DE 2007 — PRIMEIRO QUARTO DA LUA

As mudas de azevinho que eu havia encomendado foram entregues esta manhã, e o solo finalmente está fofo o suficiente para trabalhar. Passei uma hora bem produtiva, plantando nos espaços que já havia preparado, e estou satisfeita com os resultados. Há muito tempo que aceitei o fato de poder plantar apenas em curto e médio prazos, já que sei que não poderei ficar em um só lugar por tempo suficiente para mais do que isso. Mas, mesmo crescendo devagar, os agressivos arbustos de azevinho se encaixarão bem ao restante da cerca viva em alguns meses. E terei a satisfação de saber que eles sobreviverão por muito tempo, muito depois que eu tiver partido. O azevinho é uma das plantas que melhor protege um jardim, e eu não gostaria de ficar sem ele. Embora não fosse suficiente para garantir a segurança sozinho, era uma parte poderosa do meu arsenal Wicca. Mais tarde, organizei meus suprimentos de sachês de ervas e pendurei-os do lado de dentro das portas e janelas do chalé.

26 DE FEVEREIRO DE 2007 — PRIMEIRO QUARTO DA LUA

O tempo se tornou ameno, de forma atípica para a estação, lançando os bulbos em uma atividade frenética, algo de que poderão se arrepender quando a geada voltar. Aproveitei o momento para preparar a horta. O trabalho duro necessário para transformar uma área tão grande de terra em canteiros de plantas animou meu espírito. Posso ser muito, muito velha, mas sou abençoada o bastante para continuar saudável e vigorosa. Depois de uma manhã inteira de esforços, eu usava apenas uma camisa leve e minha saia estava coberta de lama. O solo aqui é bom — argiloso e de drenagem fácil, mas não a ponto de dificultar a retenção de água. Tenho de resistir à tentação de plantar cedo demais. Esta é apenas uma falsa primavera. É curioso como minha longa jornada através dos anos neste planeta não me ensinou a ser paciente. Minha mãe costumava me repreender pela falta de paciência, mas ainda fico ansiosa e irritada quando sou obrigada a esperar mais do que parece razoável.

Foi enquanto estava ali, apoiada em meu ancinho, que Tegan apareceu subitamente ao meu lado. Eu me assustei com a sua chegada inesperada, mas fiquei muito mais desconcertada por não tê-la ouvido se aproximar. Vi que havia abandonado aquelas botas tolas e calçava tênis.

Ela percebeu meu susto.

— Desculpe. Toquei a campainha, mas então ouvi você cavando. Uau, você fez tudo isso sozinha? Deve estar exausta.

Apesar de tudo, ela me fazia sorrir.

— Aprecio um pouco de trabalho pesado de vez em quando — disse a ela. — Você gosta de jardinagem?

Ela deu de ombros.

— Nunca fiz nada do tipo, na verdade. A não ser que você leve em conta plantar mudinhas na janela da cozinha.

— É um começo, suponho.

Mais uma vez, a menina parecia estar esperando por algo. Tegan certamente era uma alma solitária, já que vinha procurar a companhia de uma estranha em uma tarde agradável enquanto outros adolescentes, sem dúvida, estariam se divertindo em algum lugar. Ofereci-lhe meu ancinho.

— Aqui está, tente.

Ela sorriu e o apanhou. Cutucou a terra de forma ineficiente, e seu rosto registrou surpresa ao ver o pouco impacto que causou. Ela tentou de novo.

— Apoie seu peso no ancinho. Olhe, assim. — Aproximei-me dela e reposicionei suas mãos, mostrando-lhe como usar o corpo para enterrar os dentes do ancinho na terra. Ela riu, emitindo aquele som indômito e alegre mais uma vez, e fez como eu lhe ensinava. Ficou evidente que ela aprendia depressa, logo havia encontrado um ritmo e fazia progressos lentos, mas constantes.

— Continue — falei e entrei na casa. Da janela, observei-a trabalhar. Ela se cansava rapidamente, mas não desistia. Enchi dois copos com chá quente de frutas e parei à porta.

— Você quer entrar para tomar uma bebida quente?

Ela não precisou de um segundo convite. Tegan me seguiu até a cozinha e apanhou o copo de chá, cheirando a fumaça, desconfiada.

— O que é isto?

— Chá de frutas, rosas e laranja. Beba enquanto está quente.

Ela deu um gole, e então sorriu e bebeu um pouco mais.

— Ei, isto é ótimo. Vou pedir à mamãe que compre um pouco.

— Qualquer dia, eu lhe ensino como preparar — falei, surpreendendo a mim mesma com a impulsividade da promessa.

— Foi você quem fez? Nossa, que legal. — A garota começou a andar pela cozinha, examinando meu estoque de garrafas e potes. — Essas são as coisas que você estava vendendo na sua banca na feira. Nunca pensei que você preparasse tudo sozinha. Você fez todas essas coisas?

Foi assim que começamos a discutir sobre os óleos e os incensos e os ramos de ervas e os sachês que eu produzia. Expliquei como vendia os produtos em feiras ou, às vezes, para lojas. Tegan parecia fascinada, correndo os dedos por uma fileira de pequenos frascos de vidro azul, parando para cheirar uma cesta de lavanda que estava secando.

— Essas são legais — comentou. — É o que você vai plantar lá fora?

— Algumas ervas, sim, e flores para os óleos, e também legumes, claro.

Um pensamento lhe ocorreu.

— Não sei como devo chamá-la. Você ainda não me disse seu nome.

— Elizabeth. Pode me chamar de Elizabeth. — Bebi um gole do meu chá, e então perguntei: — Tegan é um nome incomum. Típico da Cornualha, talvez?

— Do País de Gales. Minha mãe costumava ir para lá nas férias quando era criança. Mais um dos caprichos dela. Para ser sincera, acho que meu nome é a única coisa da qual ela gosta em mim.

Ela sustentou meu olhar, e aquele pequeno silêncio estava cheio de mágoa. Eu quis tomá-la nos braços, como minha mãe teria feito comigo. Em vez disso, eu me virei e fui lavar o copo na pia.

Tegan notou meu diário sobre a mesa da cozinha.

— Oh, isso é para as suas... receitas e tudo mais? — Ela estendeu a mão para apanhá-lo.

— Deixe isso aí — disse eu, mais rispidamente do que pretendera. A expressão magoada no rosto dela me incomodou, e subitamente desejei que ela fosse embora. Não estava acostumada a ter uma visita em casa. — Se já acabou seu chá, deveria ir logo para casa. Só porque você não tem nada para ocupar seu tempo, não pense que os outros também não têm — falei, virando-me para acender o fogo e não ver sua expressão cabisbaixa. Depois que ela partiu, senti um arrependimento irritante. Mesmo agora, não sei dizer se foi porque a deixei entrar ou porque a mandei embora.

Naquela noite, passei algumas horas preparando óleos novos. Fiz cerca de uma dúzia de garrafas de lavanda e a mesma quantidade de hortelã. Esse é um trabalho leve e agradável e normalmente prende minha atenção, impedindo que minha mente comece a divagar e pensar em coisas que não posso mudar. Nesta ocasião, entretanto, percebi que meus pensamentos estavam longe. Eu pensava em Tegan. E em Margaret. Não posso pensar em uma sem me lembrar da outra. E, por mais que tente me concentrar apenas em imagens felizes de minha querida irmã, não consigo me esquecer da palidez da morte em sua pele quando a vejo com o olho da mente.

28 DE FEVEREIRO DE 2007 — SEGUNDO QUARTO DA LUA

O tempo ameno continua, provocando uma chuva fraca e nada mais. Tegan provou ser mais resiliente do que eu imaginara e reapareceu no dia seguinte, como se eu nunca lhe tivesse dito uma palavra rude. De fato, a garota se tornara uma visita frequente. Não posso fingir que tentei desencorajá-la. Admito que acho sua sinceridade e seu entusiasmo encantadores. Ela absorve conhecimentos como um pedaço de pão mergulhado na sopa. Tem muita vontade de aprender e me ajudou a organizar a bagunça nos fundos do quintal. Eu lhe dei um velho par de botas e luvas quentes. A pobre criança não tinha nada adequado para vestir. Perguntei por que não passava algum tempo com seus novos amigos da escola, e ela explicou que nenhum deles mora no vilarejo e que o serviço de ônibus é irregular e caro. Atrevi-me a perguntar se a mãe dela não se importaria em ver a filha longe de casa por tanto tempo; é claro que a menina tinha tarefas escolares para fazer. Ao que parece, a mãe trabalha como cuidadora em um asilo em Pasbury. Trabalha por muitas horas e em turnos variados, e está feliz por ver a menina ocupada. Não há menção a um pai ou a irmãos.

 Confesso que estou permitindo sentir-me à vontade aqui, em Willow Cottage. Desde aquele mau presságio que senti no dia em que conheci o reverendo Williamson, não tive qualquer sensação negativa ou momentos de alarme. Será que finalmente encontrei um refúgio seguro? Será que finalmente escapei do alcance daquelas garras, sempre voltadas para mim? A ideia era sedutora, e eu detestaria estragar tudo com excesso de cautela e zelo. Quando terminamos de trabalhar, pedi a Tegan que se juntasse a mim para colocar uma vela e um pequeno círculo de pedras na área recentemente limpa. Expliquei que acreditava que aquele daria um excelente espaço sagrado. Somente os céus sabem o que a menina pensou sobre tal afirmação, mas ela concordou alegremente em me ajudar a posicionar as pedras e escolher uma vela. Vou queimar óleo de sálvia quando a lua cheia vier e pedir proteção constante.

2 DE MARÇO DE 2007 — A LUA ENTRA EM VIRGEM

A chuva pesada, trazida por uma frente fria, tornou qualquer tarefa ao ar livre bastante desagradável. Mas ainda é possível continuar, utilizando uma velha capa impermeável e galochas. Depois da escola, Tegan veio direto do ponto do ônibus para a minha casa esta tarde. Um olhar bastou para que eu soubesse que seu rosto vermelho não era apenas um efeito do tempo. Seus olhos estavam cheios de lágrimas quando se juntou a mim perto dos restos da minha fogueira. Olhou desconsolada para a fumaça, mas não disse o que a havia deixado naquele estado.

— Você teve um dia difícil? — perguntei, sem querer invadir sua privacidade, mas feliz em poder lhe dar a oportunidade de falar sobre o que a incomodava.

Ela simplesmente deu de ombros.

— O ar está muito frio hoje — continuei. — Você deveria usar um gorro. Manter esse seu cérebro incansável aquecido.

Duas lágrimas lhe escorreram pelo rosto e pingaram de seu queixo. Ela não fez nada para escondê-las. Subitamente, parecia uma criança, e não uma jovem mulher. Apenas uma garotinha triste, com uma dor que não sabia como compartilhar.

— Espere aqui — disse a ela. Entrei em casa e fui até o meu armário. Escolhi um pequeno frasco azul de óleo de bergamota e voltei para perto da fogueira, agora apagada. Tegan parecia mal ter notado a minha ausência. — Tome, pegue isto. Coloque algumas gotas no seu travesseiro e uma sobre o seu coração antes de ir para a escola amanhã.

Ela pegou o frasco, examinando-o por um momento, franzindo a testa, antes de erguer os olhos para mim. Finalmente, sorriu.

— Obrigada. Muito obrigada — falou. — Isto é...

Não a deixei terminar.

— Agora, vá — ordenei. — Está muito frio para ficar aqui fora à toa. Tenho coisas a fazer.

4 DE MARÇO DE 2007 — LUA MINGUANTE

Não tenho ninguém a quem culpar, a não ser a mim mesma, o que só serve para piorar meu humor. Como pude ser tão tola? No que eu estava pensando? Ouço-me tentando justificar minhas ações, uma resposta simples ao sofrimento de outra pessoa, de alguém a quem podia ajudar, mas isso não torna melhores os resultados. Tegan chegou correndo à minha horta naquela tarde, com os olhos brilhando, a luz da alegria e do espanto irradiando dela. Praticamente saltou na minha frente, sacudindo o frasco azul debaixo do meu nariz com tanto vigor que precisei lhe ordenar que parasse.

— Funcionou! — gritou. — Funcionou mesmo. Você é simplesmente incrível. Como fez isso? Conte-me o que tem aqui. O que mais você sabe fazer? Eu sabia, sempre soube. Simplesmente sabia que você era especial. Havia alguma coisa... Você sabe fazer feitiços de amor também? Você sabe fazer as pessoas se apaixonarem, mesmo que não queiram?

Mal ouvi o resto. Ela continuou a tagarelar enquanto eu tentava encontrar algum sentido naquilo e descobrir o que eu poderia ter feito para causar tanta excitação. Finalmente, ergui as mãos e falei rispidamente.

— Chega! Respire fundo e me conte, devagar e claramente, o que aconteceu.

— Bem, fiz exatamente o que você mandou: coloquei um pouco disto no meu travesseiro e algumas gotas sobre o meu coração. Bem, muitas, na verdade. Ontem e hoje. Pensei que fosse uma poção de amor, sabe, algo para fazer Michael gostar de mim.

— O quê?!

— Obviamente, não era. Posso ver isso agora. Era algo muito melhor! Como você sabia? Sobre Sarah-eu-sou-tão-perfeita-Howard? Não lhe contei que ela andava me provocando na escola. Nunca mencionei o que fez com o meu casaco, nem falei o que escreveu no meu armário ou sobre o sapo morto na minha mochila, contei? Acho que devo ter dito alguma coisa sobre ela zombar de mim por causa de Michael. Não que seja a única, mas é a pior. Vaca. As outras a imitam. Mas não agora! — Ela começou a sacudir de novo o pequeno frasco azul.

Balancei a cabeça.

— Sinto muito, Tegan, mas não estou entendendo uma palavra do que você está me dizendo. Eu lhe dei óleo de bergamota. Ele ajuda a fortalecer a autoconfiança e a determinação. Só isso.

Ela me ignorou.

— Infecção glandular! Não é genial? — Ela praticamente saltitava. — Ela vai ficar longe da escola por semanas, talvez meses. Talvez pelo resto do semestre e metade do verão. Você não faz ideia do quanto rezei para que algo assim acontecesse. Mas nunca pensei, realmente... e então você chegou. A resposta para as minhas preces.

— Ela olhou para mim com a expressão mais cheia de adoração e admiração que alguém me dirigira em décadas. Minha boca parecia estranhamente seca quando a abri para falar. Aquilo teria de ser desfeito.

— Tegan, o que você acha que dei a você?

— Não sei ao certo. Apenas algo para me livrar de Sarah Howard. — Ela sacudiu os ombros.

— Uma poção mágica?

— Bem, sim.

— E por que você acha que eu teria algo parecido? — Eu a observei procurar a resposta em algum lugar próximo aos seus pés.
— Tegan? — insisti.

— Parece bobagem agora, dizendo em voz alta, mas, bem, porque você é uma bruxa, não é?

Ela jamais poderia ter imaginado o impacto que suas palavras causaram em mim. Fiquei aliviada por ela estar momentaneamente impedida de me encarar, porque Tegan teria visto o medo em meus olhos. Como ela poderia ter visto tanto quando eu vira tão pouco? Eu subestimara perigosamente aquela menina. A chuva estava mais pesada agora, e nós duas nos encontrávamos paradas ali, separadas por alguns passos e várias centenas de anos, e o som dos pingos da chuva, alto em meio ao silêncio tenso. Lentamente, Tegan ergueu os olhos, e pude ver a expressão maravilhada em seu rosto. Era uma expressão que só se poderia encontrar naqueles que são jovens o bastante para ter as mentes abertas como os oceanos e os corações ansiosos por provas de que a magia existe. Se Tegan soubesse que provas estavam diante dela naquele momento...

— Venha para dentro — falei, e entramos juntas na cozinha. Pedi que se sentasse à mesa enquanto eu ia buscar um pouco de sopa no fogão. Entreguei uma tigela que ela segurou, jamais desviando os olhos de mim. — Cuidado com a perna de sapo — avisei.

Os olhos dela se arregalaram por um instante, e então ela riu, e a tensão na cozinha evaporou como a fumaça da sopa.

— O que você sabe sobre feiticeiras? — perguntei.

— Ah, o que todo mundo sabe. Elas fazem poções com ervas. Feitiços assustadores. Esse tipo de coisa. Sei que há muitas feiticeiras por aí hoje em dia; bem, muitas pessoas que dizem serem feiticeiras. É a moda da Nova Era, não é? Mas aposto que não existem muitas como você. Não há muitas que possam realmente fazer alguma coisa.

Ela assoprou a sopa na tigela.

Abri a porta do forno e coloquei mais um pedaço de madeira no fogo. Os pedaços de lenha cortados durante o trabalho da semana anterior ainda estavam úmidos e estalavam, mas produziam um calor razoável. Puxei minha cadeira para me aproximar e gesticulei para que Tegan fizesse o mesmo enquanto ajeitava as almofadas às minhas costas para ter mais conforto.

— A que horas sua mãe espera que você volte?

— Ela não está me esperando. Quero dizer, está no turno da noite. Só vai voltar para casa de manhã.

Não era a primeira vez que eu me espantava com a natureza solitária da vida daquela menina. Parecia cruel. Não era uma negligência deliberada, mas mesmo assim era cruel. Fechei meus olhos por um momento e fiz o possível para acalmar meus pensamentos em desordem. Havia apenas duas opções. A primeira era negar, dizer que era ridículo, fazer pouco caso de tudo, sem aceitar argumentos, e finalmente me distanciar em definitivo de Tegan. Essa era, certamente, a escolha mais sensata, mas me entristecia, porque teria de ser construída sobre mentiras e meias-verdades. O outro caminho, contudo, não poderia ser percorrido sem cautela. Era uma viagem sem volta, que, uma vez iniciada, exigiria reflexão, tempo e consideração. Em algum lugar no fundo do meu ser, senti uma faísca de excitação, uma centelha de esperança. Será que, depois de tanto, tanto tempo, eu poderia compartilhar meu segredo com alguém? Que não seria mais forçada a esconder a verdade de todos? Aquela menina inocente havia ultrapassado minhas defesas de um modo que ninguém conseguira antes, e agora eu sentia um desejo incontrolável de deixar que ela me conhecesse, de fazer com que me entendesse. E examinar de novo os fatos que haviam me levado até ali. Abri os olhos.

— Se você quiser ouvir — falei —, posso contar uma história sobre feiticeiras. Uma história de magia, amor e perda. Uma história de como a simples ignorância provoca o medo e de como esse medo pode ser mortal. Você quer ouvir?

— Sim, claro! Legal! Claro que quero ouvir — assentiu Tegan energicamente.

Ergui a mão.

— É mesmo? E você vai ser capaz de ficar parada, quieta, e ouvir?

Ela assentiu de novo, lenta e deliberadamente desta vez. Suspirei, respirando fundo: uma rendição.

— Muito bem — continuei —, deixe-me contar a você o que significa ser uma feiticeira.

Batchcombe, Wessex, 1627

I

Naquele ano, a colheita foi boa. A chuva viera no começo da estação e abrira caminho para um verão seco sob um sol frutífero, e o último corte de feno fora o melhor que Bess já vira. Ela arregaçou as mangas, e mechas escuras de cabelo lhe escaparam por sob a touca, colando-se à curva de seu pescoço quando se ergueu. Sua saia marrom chegava à grama recém-cortada, prendendo-se a pedaços de palha enquanto recolhia feixes de feno. À sua frente, seu pai, John, trabalhava com movimentos rápidos e decididos com o ancinho, cavando fundo antes de atirar o feno na pilha, aparentemente sem esforço. No topo da pilha, estava Thomas, com 16 anos, um ano mais velho e uma cabeça mais alto do que Bess. Ele arrumava o feno de maneira eficiente, deixando-o no formato exigido para resistir ao clima e aguentar os ventos de outono. Tinha o tom de pele e o corpo anguloso da irmã, ambas as características herdadas de sua mãe, Anne, assim como a seriedade, que ele parecia vestir como um manto sobre os ombros. Porém, seu modo prático de ver o mundo e seu jeito cuidadoso de enfrentar a vida eram qualidades que seu pai lhe transmitira.

Bess fez uma pausa, esfregando as costas, endireitando-se para alongar os músculos cansados. Gostava de trabalhar com o feno; gostava da sensação de completar mais um ciclo de plantio e cultivo, de uma colheita bem-sucedida, da segurança do alimento para os animais e do sustento da família durante os meses de inverno. Ainda assim, sua alegria não impedia que seu corpo reclamasse do trabalho pesado. O calor era exaustivo. Sua pele, ensopada de suor, estava suja de poeira e coçava por causa das sementes e da grama. Ela sentia o nariz e a garganta desconfortavelmente ressecados. Bess protegeu os olhos com a mão, esforçando-se para ver além da cerca a distância. Duas pessoas se aproximavam. Uma era alta e esguia como ela, andando com determinação e calma, a outra era uma pequena fonte de energia, morena e ágil, saltitando sobre o solo como se estivesse muito quente para seus pezinhos. Bess sorriu. Era um sorriso que apenas sua irmãzinha era capaz de provocar. A criança era um constante motivo de alegria para toda a família. Isso se devia, em parte, à sua alegria de viver, sua beleza e sua risada doce, a que ninguém conseguia resistir. Mas também tinha a ver com os anos dolorosos que precederam seu nascimento. Bess e Thomas haviam nascido rapidamente e sem dificuldades, mas seus irmãos mais novos não tiveram tanta sorte. Anne abortara duas vezes, e dois bebês haviam sobrevivido ao parto, mas morrido em seus braços. Outro, um menino de rosto rosado, do qual Bess ainda se lembrava, alcançara a idade de 2 anos, mas sucumbira ao sarampo. Quando Margaret chegara, a família já se preparava para mais dor e perda, mas logo viram que ali estava uma criança que se agarraria à vida com as mãozinhas e viveria cada dia intensamente, por mais ou menos dias que tivesse.

— Elas chegaram — avisou Bess aos homens.

Eles largaram seus ancinhos de imediato, mais do que prontos para o almoço, depois de uma longa manhã de trabalho.

Margaret deu um gritinho e correu para cumprimentar a irmã, saltando para seus braços. Bess girou a garotinha várias vezes, até que ambas caíram, tontas e rindo, no chão coberto de palha.

— Bess! — A voz de sua mãe apenas fingia irritação. — Tenha mais cuidado.

— Sim, senhora.

Seu pai limpou a frente da camisa com mãos calejadas.

— A égua não vai comer o feno se sentir o seu gosto nele. — A tentativa de mostrar-se zangado foi ainda menos eficiente.

Reunida, a família caminhou até um carvalho próximo e se acomodou sob sua sombra acolhedora. Anne colocou a cesta no solo e começou a retirar dela a refeição que trouxera para os trabalhadores.

— Fizemos bolos de aveia, Bess, olhe. — Margaret balançou uma trouxinha sob o nariz de sua irmã, puxando as extremidades para revelar a guloseima.

Bess respirou fundo, saboreando o aroma dos bolos quentes.

— Hummm! Margaret, estão cheirando bem.

— Bem? — John riu enquanto Anne lhe passava a jarra de cidra. — Ora, Bess, você não reconhece os melhores bolos de aveia de Batchcombe quando estão bem debaixo do seu nariz?

Margaret saltou, deliciada, dando cambalhotas desajeitadas para comemorar. Bess observou a confusão de saias e ceroulas rodopiando sobre o solo ressecado. Os bolos de aveia tinham o gosto do próprio dia, do sol e do carinho de mãos amorosas. Ela desejou que a vida pudesse sempre ser como aquela época do ano: o auge preguiçoso do verão, com o sol forte, os longos dias iluminados, o conforto do tempo quente e da comida abundante.

— Por que não pode ser sempre verão? — perguntou ela para ninguém em particular.

— Isso não faria sentido — disse Thomas, com a boca cheia de queijo. — Se fosse sempre verão, não haveria chuva, não haveria um tempo para plantar, nem uma época de descanso para a terra, nem a colheita. Os agricultores estariam em grandes apuros.

— Oh, Thomas — Bess estava deitada de costas, com as mãos atrás da cabeça, de olhos fechados, observando a dança brilhante do sol em suas pálpebras —, você sempre tem de demonstrar tanto bom-senso?

— Ninguém jamais morreu por excesso disso — retrucou ele.

Bess riu.

— Nem viveu realmente.

— Acho que você quer passar a vida inteira como criança, Bess — disse Thomas, mais como a afirmação de um fato do que como uma crítica.

Bess abriu os olhos e observou Margaret dançando sobre a palha.

— Certamente, este é o melhor verão das nossas vidas. Por que eu desejaria que acabasse? Tanta liberdade. A vida é cheia de possibilidades. E então temos de crescer, e nossas escolhas se tornam tão limitadas. Tudo já está decidido por nós. Quem devemos ser, onde e como devemos viver nossas vidas.

Anne balançou a cabeça.

— A maioria das pessoas se sentiria grata em ter um lugar, um lar, uma posição. Ter certeza de quem é.

— Não a nossa Bess. — John fez uma pausa para beber um grande gole de cidra e, então, continuou: — A nossa Bess preferiria logo ir para onde o vento a levasse. — Ele riu. — As aventuras estão além dos montes ou do outro lado do oceano, não aqui em Batchcombe. Não é assim, Bess?

— Será que é tão errado querer fazer algo diferente? — Os olhos dela brilhavam com a simples ideia. — Querer mudar as coisas? Ir além do que já está estabelecido?

— Tenha cuidado, Bess — alertou sua mãe. — Há pessoas que chamariam essas ideias de vaidade. Elas diriam que seria uma blasfêmia desejar algo diferente do que Deus escolheu para você.

Bess suspirou, desejando que apenas por uma vez sua mãe lhe permitisse falar sobre seus sonhos, antes de trazê-la de volta para a realidade dura.

— Olhem! — Margaret parara de dançar e estava apontando, animada, para o limite do pasto. — William! É o William da Bess!

O rosto de Bess ficou vermelho.

— Ele certamente não é "o William da Bess" — disse ela, levantando-se para esconder o embaraço.

— Oh, é, sim — insistiu Margaret. — Você sabe que ele está apaixonado por você. Todo mundo sabe. — Ela riu, deliciada.

Bess tentou permanecer séria, mas um sorriso brincava nos cantos de seus lábios.

— Ninguém sabe de coisa nenhuma, Margaret.

Bess deu uma olhada de soslaio na direção indicada pelo dedinho de sua irmã. Dois cavaleiros seguiam a trilha estreita entre os pastos e a floresta. William, como era de acordo com um jovem de sua condição social e família, montava um animal magnífico, da cor das folhas de outono. O segundo homem montava um cavalo comum, mas forte. Embora os dois estivessem ainda distantes, Bess podia reconhecer claramente o rosto jovem e sincero de William. Filho de *Sir* James Gould, um nobre local e proprietário das Matas Batchcombe, William podia ser encontrado com frequência tocando os negócios do pai, ajudando-o a gerenciar as propriedades e as terras que rodeavam Batchcombe Hall, a casa que estava na família por mais gerações do que alguém poderia se lembrar. Ele ouvia atentamente seu companheiro, assentindo de vez em quando, sua expressão séria como de costume. O olhar de Bess se desviou para o homem mais velho. Sabia quem ele era: as roupas escuras e a atitude inapropriadamente orgulhosa eram fáceis de reconhecer. Ele estava mais perto da idade de seu pai do que da de seu irmão, mas não tinha uma aparência tão abatida e envelhecida, o que era estranho para alguém que vivia uma vida tão simples e rural. Gideon Masters. Todos sabiam quem Gideon era, mas Bess duvidava de que alguém de fato o conhecesse. Gideon raramente vinha até o vilarejo, não frequentava a igreja nem ia até a taverna para beber uma cerveja, e, quando tinha companhia, não era dado a conversas. Sua vida de carvoeiro significava que naturalmente passaria a maior parte do tempo em sua casa na floresta, e Bess acreditava que ele apreciava aquela existência reclusa, provavelmente tendo escolhido aquela profissão por causa disso, e não apesar. Afinal de contas, não tivera a necessidade de procurar uma esposa ou constituir família. Gideon falava sem olhar para o seu senhor, fazendo gestos todo o tempo, indicando isso ou aquilo na floresta. E então, de repente, ele se virou e sorriu para William. Mesmo de sua posição distante, Bess podia ver a força daquele sorriso, o modo como transformava suas feições severas. Como sempre, Bess achava aquele homem estranhamente fascinante. Observá-lo a fazia lembrar como ela e Thomas, quando eram pequenos, deitavam-se de barriga para baixo na grama, com as mãos sob o queixo, enfeitiçados pela visão de um gato mastigando um rato vivo. Bess queria desviar os olhos, mas não conseguia, flagrando-se horrivelmente compelida a observar os dentes afiados do gato afundados no roedor que estremecia. Era assim com Gideon. Ela preferiria não vê-lo junto ao gentil William, e ainda assim, entre os dois cavaleiros, era ele quem atraía seu olhar, e não o rapaz. Naquele momento, Gideon, como se sentisse que estava sendo observado, olhou diretamente para Bess. Mesmo com uma boa distância entre eles, Bess tinha certeza de que ele olhava dentro de seus olhos. Virou-se rapidamente, servindo-se de um pedaço de pão. Bess percebeu outro par de olhos perscrutando-a. Sua mãe a observava atentamente.

— Aquele é um homem com quem não se deve brincar. — Anne fez a declaração para todos ouvirem, mas sem desviar os olhos de Bess.

— Ele é um homem solitário — concordou John.

— Talvez ele se sinta sozinho. — Mal havia dito aquelas palavras, Bess desejou não ter aberto a boca. Não podia imaginar o que a fizera falar aquilo em voz alta.

— Ele prefere a solidão — disse sua mãe. — Não é a mesma coisa.

O trabalho da tarde correra bem, e a família inteira dedicara seus esforços em terminar as tarefas. Mesmo assim, o sol já desaparecia por detrás das árvores quando começaram a recolher as ferramentas, preparando-se para voltar para casa. Longas sombras os seguiam pela floresta, e o que restava do calor do dia se dissipava no cair da noite. Enquanto caminhava, Bess deixava que seus ouvidos se concentrassem além dos galhos que estalavam e das pedras que rolavam, para poder discernir o suspiro distante do mar. Em um dia de vento, podia sentir o cheiro do oceano da porta de casa; mas, com aquele calor, tudo o que a alcançava era o barulho das ondas inofensivas do verão. Adorava o fato de sua casa ser tão próxima da costa. Eles não podiam ver o litoral do pequenino chalé, mas era apenas uma caminhada curta até o alto dos penhascos. Bess decidiu que, na manhã seguinte, levaria Margaret até a praia para procurar conchas.

Quando chegaram ao chalé, Margaret estava praticamente se arrastando, de mãos dadas com Bess, e bocejava alto. A casa ficava em uma pequena depressão na paisagem, suas paredes de pedras caiadas brilhavam rosadas ao cair do sol, e seu telhado de palha parecia um chapéu protetor sobre suas janelas. Vindo de trás do celeiro de madeira, ouvia-se o sonoro mugido das vacas, impacientes para serem ordenhadas. Thomas e John apanharam os baldes enquanto as mulheres entravam em casa.

O casebre tinha apenas um andar, com uma sala principal, um corredor, um cômodo que servia como quarto para toda a família e a leiteria. Ali, a temperatura era mantida baixa com o uso de pedras pesadas, sobre as quais a manteiga era colocada, enrolada em pedaços de musselina. Prateleiras de madeira abrigavam os queijos que estavam para secar. Perto da janela, ficava a batedeira para a manteiga, junto da qual Bess passava tantas horas ajudando a mãe a produzir os blocos saborosos que elas vendiam na feira de Batchcombe todas as sextas, além do queijo Blue Vinny que era tão popular. Nesse aspecto, a leiteria era igual a qualquer outra nas proximidades. Apenas a parede dos fundos e suas prateleiras resistentes eram diferentes do lugar-comum. Ali, ficavam ramos de ervas firmemente amarrados, pendurados no teto. Embaixo, havia cestas com tecidos de odor pungente. E, nas prateleiras, várias fileiras de pequenos potes de barro e jarras de pedra chamavam a atenção. Dentro de cada recipiente, um preparado que Anne inventara, feito com receitas que só ela conhecia e que mais tarde ensinara a Bess. Havia óleo de lavanda para tratar de cicatrizes e queimaduras; alecrim e hortelã para combater tosses e febres; confrei para curar ossos quebrados; chás de folhas de frutas para aplacar as dores do parto; pó de alho para purificar o sangue; e óleo de rosas para restaurar a mente. Potes de mel, das colmeias de John, estavam a postos para tratar de ferimentos que eram difíceis de curar ou salvar a vida de crianças depois de doenças. No canto escuro e silencioso daquele cômodo comum, estavam abrigados os segredos de cura e de tratamentos de doenças, passados de mãe para filha durante gerações.

— Deixe a porta aberta, Bess — disse sua mãe. — Vamos aproveitar a companhia do sol enquanto podemos. Seu pai não vai nos negar velas mais tarde.

Bess e Margaret começaram a arrumar a mesa enquanto sua mãe acendia o fogo para esquentar o jantar. Eles tinham sorte de viver tão perto da floresta e ter sua propriedade modesta cercada de árvores. Isso significava que, se tivessem cuidado, não lhes faltaria combustível, e eles podiam usar o esterco dos animais para fertilizar os pastos, em vez de ter que recolhê-lo e secá-lo para queimar nos meses de inverno. Margaret foi apanhar os pratos de estanho enquanto Bess levava uma jarra até a leiteria. Parou por um instante, para permitir que seus olhos se acostumassem com a penumbra. Como adorava aquele lugar. Ela se aproximou dos tijolos de queijo, sentindo sua fragrância, sua boca se enchendo d'água ao se lembrar da acidez cremosa de um pedaço de Blue Vinny sobre uma fatia de pão quente. Bess caminhou até o fundo da sala e correu os dedos sobre os potes, repetindo em voz alta os nomes dos conteúdos, memorizando a ordem na qual eles estavam armazenados.

— Alecrim, tomilho, alho. Camomila... Não, confrei. Mais confrei, chá de folha de framboesa... — Colocando a jarra na mesa, ela retirou a rolha de um dos potes e sentiu o aroma. — Ah, rosas doces.

O dom de sua mãe como curandeira era uma fonte constante de fascínio para Bess. Ela já a vira preparar infusões, tinturas e unguentos centenas de vezes, e aquilo nunca deixava de encantá-la. A sabedoria de sua mãe havia sido transmitida a ela por sua avó, e por sua bisavó antes dela, que colhia ervas e plantas para fabricar remédios e tônicos. Bess não tinha a paciência de sua mãe e desejava ter mais de seu equilíbrio para um dia poder assumir o trabalho. Sabia que tinha muito a aprender e, às vezes, ouvia a exasperação na voz de sua mãe quando esquecia qual chá acalmava as dores do parto ou qual óleo deveria ser tomado para combater vermes.

— Bess? — chamou sua mãe, perto do fogo. — Mais depressa com essa sidra.

Bess tampou o pote de óleo rapidamente e fez o que a mãe lhe pedia.

Jantaram em um silêncio familiar, com exceção dos comentários ocasionais de Margaret e do crepitar do fogo. As noites calmas de verão eram uma bênção, mas exigiam longas horas de trabalho no campo, e ninguém na família se sentia inclinado para uma conversa animada. Depois de ajudar a tirar a mesa, John se sentou perto da lareira com seu cachimbo. Thomas foi para fora cuidar dos animais antes de ir dormir. Anne acendeu duas velas e se sentou em sua cadeira de balanço perto das meninas, que já haviam apanhado a costura e as agulhas na cesta. Bess não gostava da tarefa e sempre se sentia insatisfeita com o resultado do trabalho. Margaret, por outro lado, tinha um talento natural para o bordado, e seus dedinhos ágeis trabalhavam com as agulhas sem jamais perder um ponto sequer ou descuidar de um acabamento. Ela pensou em Bess como uma pequena aranha de jardim, tecendo sua teia para apanhar o orvalho da manhã. A irmã percebeu que estava sendo observada e abriu um largo sorriso para ela. Uma comunicação silenciosa aconteceu entre as duas, um leve aceno, uma risadinha abafada.

— Continue, Bess — sussurrou Margaret —, *por favor*!

Bess sorriu, mas balançou a cabeça, usando os olhos para lembrar a irmã de que sua mãe estava sentada bem perto delas. Tentou se concentrar no bordado. A luz fraca da vela a forçava a apertar os olhos para enxergar a linha fina, e o esforço começava a fazer sua cabeça doer. A irritação crescia dentro dela. Por que tinham de arruinar sua vista e testar seus nervos com um trabalho tão entediante? Onde estava escrito que ela, Bess, deveria passar tantas horas concentrada em um trabalho tão exaustivo só para colocar algumas moedas no bolso da família? O pensamento de que alguma dama rica, que sem dúvida passava seu tempo com tarefas bem mais interessantes, enfeitava-se com o resultado do trabalho feito por Margaret aumentou a raiva na cabeça de Bess. Por um segundo, não conseguiu controlar seu temperamento, e naquele segundo uma onda invisível de pura energia lhe escapou. As velas na mesa começaram a faiscar. E então, alimentadas por aquele combustível rico, as chamas cresceram e cresceram, ficando mais brilhantes. Anne se assustou e levantou-se de um salto. Margaret deu gritinhos de alegria.

— Sim, Bess! — gritou ela, batendo palmas. — Oh, sim!

A sala estava cheia de luz, como se cem velas estivessem acesas. As chamas se erguiam altas sobre a mesa, ameaçando atingir o teto. John se levantou depressa, e estava prestes a apagá-las com sua sidra, quando, abruptamente, o fogo da vela se extinguiu. Na escuridão, Bess não podia ver o rosto de sua mãe, mas estava certa de tê-la ouvido estalar os dedos um segundo antes de as chamas terem se apagado. O ar estava pesado com o cheiro forte dos pavios queimados. John apanhou uma brasa na lareira e reacendeu as velas. A expressão de Anne era severa.

— Continuem com o trabalho, meninas — ordenou.

Uma batida urgente na porta assustou Bess de tal forma que ela deixou cair a renda que segurava com força.

John abriu a porta para receber um garoto de cerca de 12 anos, com o rosto vermelho. Ele praticamente caiu para dentro da sala, arfando acentuadamente.

— Ora, é o garoto de Bill Prosser — disse John. — Sente-se, rapaz. Que demônio o persegue?

— É a nossa Sarah — balbuciou ele. — O bebê... — Ele voltou os olhos cheios de lágrimas para Anne. — A senhora pode vir? Pode?

— A Velha Mary não está cuidando da sua irmã?

— Foi a Velha Mary quem me mandou vir buscá-la, senhora. Ela me pediu para lhe dizer que precisa da sua ajuda.

Bess se levantou. Ela viu os pais trocando olhares preocupados. Embora Anne já tivesse ajudado em muitos partos e fosse conhecida por seu cuidado e habilidade, a Velha Mary lhe ensinara a maior parte do que sabia. Era, sem dúvida, a melhor parteira de Batchcombe. Se ela precisava de ajuda, as coisas deviam estar bem ruins.

Anne entrou rapidamente na leiteria e voltou carregando sua bolsa. Apanhou o xale de lã e entregou outro para Bess.

— Venha comigo — disse ela, antes de praticamente empurrar o menino porta afora. — Depressa, Bess! — chamou Anne.

Bess despertou de seu estado de choque e correu atrás deles.

O lar dos Prosser era uma bonita casa de madeira, no fim da rua principal. Bill Prosser era um comerciante e, diferentemente de John, era o proprietário de sua casa. Não era grandiosa nem tinha ostentação, mas era nítido que havia nela uma qualidade e um investimento sóbrio que denunciavam um homem de posses. De fato, Batchcombe havia produzido recentemente vários homens assim: mercadores que tinham percebido a oportunidade de acumular riquezas e melhorar de vida naqueles tempos de mudança. Alguns deles foram tão bem-sucedidos, como era o caso de Prosser, que não adquiriram apenas dinheiro, mas também reputação. Na nova ordem das coisas, eles não eram meramente homens de negócios, pouco melhores que mercadores simplesmente comprando e vendendo em uma escala maior; agora, eram vistos como homens de visão e inteligência, homens que desempenhariam um papel importante no mundo moderno que emergia da idade das trevas. A senhora Prosser também era inteiramente responsável por sua sorte, tendo escolhido seu marido por suas qualidades e equilíbrio, era uma boa esposa para ele, dera-lhe três filhos e três filhas (por milagre, todos ainda vivos) e fora recompensada com segurança financeira e uma posição social muito mais alta do que poderia ter imaginado. Ela se orgulhava de ter mobiliado seu novo lar com itens de qualidade e modernos e, ao mesmo tempo, mantido a simplicidade. Era algo difícil de realizar com sucesso, particularmente quando as mercadorias de seu marido chegavam de terras distantes: as rendas mais finas, o linho mais precioso, as louças mais lindas de Veneza e a prataria da Espanha. Os resultados eram impressionantes, embora deixassem de lado um pouco a modéstia. Bill Prosser estava orgulhoso do que alcançara e ficava feliz ao ver a esposa decorar a casa de acordo com seu sucesso. Ele ficava mais feliz ainda ao ver suas filhas bem casadas. Tanto ele quanto a senhora Prosser sabiam muito bem que seus genros estariam além do alcance de suas filhas alguns anos antes, mas a sociedade tem a memória encurtada pela riqueza. Ainda assim, a doença e o infortúnio desconheciam as fronteiras sociais. E também as desconhecia o imensamente perigoso momento do parto.

A cena que Bess viu no quarto da jovem Sarah foi de pânico e de dor. A moça não tinha nem um ano de casada e voltara para a casa do pai para dar à luz. Os homens estavam sentados com rostos pálidos e expressões sérias na cozinha, enquanto as mulheres cuidavam da jovem aterrorizada. Sua mãe, sua irmã mais velha e, pelo menos, duas tias rodeavam a cama. Sarah parecia quase uma criança naquele momento, com os cabelos úmidos e embaraçados sobre o travesseiro, a pele quente e brilhante de suor, o corpo dominado pelo estômago distendido. O quarto estava iluminado apenas por uma pequena lamparina e uma vela, e, com o calor do verão, o ar estava fétido e quente. Bess levou a mão à boca quando a porta se fechou às suas costas. Anne se aproximou rapidamente da janela, abrindo-a.

— Ah! — gemeu a mãe de Sarah. — Minha filha vai apanhar um resfriado com o ar da noite nesse estado tão enfraquecido.

— Sua filha vai acabar desmaiando, sufocada, se tiver de respirar o ar abafado deste quarto junto com tantas pessoas.

A mulher fez menção de continuar protestando, mas Anne a silenciou.

— Estou aqui para ajudar, senhora Prosser. Deixe-me fazer isso.

Apesar de todos os esforços da Velha Mary, o parto consistira, até aquele momento, em horas de dor e sangue, e ainda não havia sinal do bebê. Sarah estava deitada, com os olhos arregalados, apertando a mão da mãe, seu rosto suado mostrando uma mistura de exaustão e medo. A irmã de Sarah tentando enxugar o rosto dela com um pano úmido.

Mary levou Anne para o canto do quarto e falou-lhe em voz baixa, embora tivesse que a elevar de quando em quando por causa dos gritos de dor da moça.

— Deus a abençoe por ter vindo tão rápido, Anne. Isto não está indo nada bem. A pobre menina está exausta e não há nem sinal do bebê.

Anne assentiu, ouvindo atentamente o que a velha senhora tinha a dizer. Bess achou que a própria Mary parecia estar à beira de um desmaio. O que achava que sua mãe poderia fazer por aquela pobre garota, que ela própria não poderia? Bess observou as duas conversando por um momento, antes de Anne se aproximar da cama e colocar as mãos na barriga de Sarah.

— Calma, minha criança, não tenha medo.

— Oh, senhora Hawksmith! — Sarah agarrou-se a Anne com a mão fraca. — O bebê vai morrer, e eu também!

— Não, não. É como Mary diz. Seu bebê está numa posição ruim, só isso. Precisamos movê-lo para que ele consiga encontrar a saída.

Ela mal havia terminado a frase quando um forte espasmo sacudiu o corpo de Sarah. A moça deu um gemido que se tornou um grito e, finalmente, um choro de partir o coração. Anne colocou as mãos sobre a barriga de Sarah mais uma vez, de modo gentil, mas firme, tentando manipular o bebê para mudar sua posição. Por um momento, pensou que fosse conseguir; mas, quando a criança parecia pronta para iniciar o processo do nascimento, tornou a se virar para cima e para o lado. Anne insistiu. Por três vezes, quase teve sucesso, mas a cada ocasião a criança se virava no último momento. Anne se endireitou, enquanto Sarah passava por outra convulsão agonizante. Bess estava assombrada por ver como o corpo inteiro da moça parecia tomado por uma força invisível. Uma força que deveria estar ajudando o nascimento do bebê, mas que, em vez disso, parecia estar apenas apressando sua morte.

Anne falou suavemente com Mary.

— Você já tentou mover o bebê pelo lado de dentro?

— Já — assentiu Mary —, mas ela é uma moça pequena. Não há espaço para as minhas mãos ossudas.

As duas mulheres olharam para os dedos tortos de Mary, atingidos pela artrite, e para as mãos firmes, mas largas, de Anne. Ela se virou para Bess.

— Deixe-me ver suas mãos.

— O quê?

— Rápido, Bess, mostre-me suas mãos.

Bess fez o que sua mãe lhe pediu. Anne e Mary examinaram cuidadosamente. Elas olharam uma para a outra e então olharam para Bess. Anne ergueu as mãos da filha, apertando-as enquanto falava.

— Bess, você deve ouvir minhas palavras com atenção. Faça exatamente o que eu lhe disser, nem mais, nem menos. Mova as mãos com cuidado, mas com firmeza.

— Você quer dizer... mas eu não posso, mamãe. Não posso!

— Você deve! Só você pode fazer isso. Se não fizer, mãe e filho vão morrer esta noite. Está me ouvindo?

Bess abriu a boca para protestar, mas não conseguiu encontrar as palavras. Já havia ajudado seu pai, que também percebera o valor de suas pequenas mãos, nos partos dos bezerros. Ajudara nos partos dos cordeirinhos. Estivera presente quando Margaret nascera, embora se lembrasse de pouco além da expressão determinada de sua mãe. Ela via aquela mesma determinação agora e sabia que não tinha forças para mudá-la. Antes que pudesse pensar mais, sua mãe mandou buscar uma bacia de água quente e fez com que Bess lavasse as mãos. Anne as enxugou com linho limpo e as esfregou com óleo de lavanda. Durante todo o tempo, a senhora Prosser e as outras mulheres observavam aquelas práticas estranhas com desdém. Anne levou Bess até a cama antes de se posicionar ao lado de Sarah, colocando as mãos em sua barriga mais uma vez. Ela assentiu com a cabeça para Bess.

Bess olhou para a jovem que estava deitada à sua frente. Seu peito arfava com o esforço e a dor do parto. Seu rosto estava assustadoramente pálido. Ela olhou para Bess, parecendo implorar por algo. Bess se inclinou e lentamente introduziu os dedos da mão direita no corpo da moça.

— O que você sente, Bess? — perguntou Anne.

— Não tenho certeza... não é a cabeça, nem os membros. — Ela olhou para sua mãe, franzindo as sobrancelhas, tentando ver em sua mente como o bebê estava posicionado no ventre da mãe. — Acho que... sim, posso sentir as costas da criança, e aqui, o ombro.

A Velha Mary praguejou baixinho.

— Era isso que eu temia, o bebê está atravessado.

A senhora Prosser começou a soluçar.

Anne olhou firmemente para Bess.

— Tente sentir o alto do ombro. Passe os dedos por sobre o osso. Vou ajudar você pelo lado de fora, mas você deve virar o bebê de forma que a cabeça fique para baixo.

— Não há espaço. Não consigo segurar...

— Você precisa tentar!

Bess tateou com as pontas dos dedos, conseguiu chegar até a nuca do bebê, e então ao ombro minúsculo. Ela empurrou, gentilmente no começo, e então com mais força.

— Ele não quer se mexer.

A Velha Mary se aproximou para sussurrar ao ouvido de Anne, mas suas palavras eram audíveis a todos.

— Anne, eu tenho os ferros...

— Não! — Anne estava inflexível. — Não enquanto a criança estiver viva. — Ela se virou novamente para Bess. — Continue tentando — disse ela.

Bess fez o que sua mãe lhe disse, mas temia que seus esforços fossem inúteis. O bebê escorregadio parecia preso em uma posição impossível. Uma aterrorizante imagem cruzou a mente de Bess. Ela se lembrou, com assustadora clareza, de uma ocasião em que seu pai não conseguira fazer o parto de um bezerro particularmente grande. Depois de lutar durante horas, ele desistira e mandara Bess até a leiteria, para buscar o ferro de pendurar os queijos. Ele o usara, com movimentos lentos e deliberados, para cortar o bezerro em pedaços a fim de que pudessem retirá-lo e salvar a vaca. Ninguém poderia ter certeza de que a pobre criatura já estivesse morta antes de ele começar a dissecá-la. Bess ainda podia ver os membros e cascos patéticos do filhote, em meio a uma massa sangrenta ao lado da mãe. A vaca morrera no dia seguinte. Bess tentou afastar aquela imagem da mente. Precisava ficar calma. Precisava agir com precisão. Se não o fizesse, Sarah pagaria o preço com sua vida.

Bess redobrou seus esforços, afastando a ideia de que poderia machucar a criança; o bebê precisava sair. Finalmente, começou a perceber uma leve mudança de posição. Anne também notou.

— Não o deixe escorregar de volta — disse ela.

Bess girou o ombro do bebê para um lado e sentiu que a cabeça se movia para baixo, na direção do canal do parto. Naquele momento, uma contração poderosa sacudiu o corpo de Sarah. A moça estava fraca demais para gritar e só conseguiu emitir um gemido assustador.

A Velha Mary se aproximou.

— Empurre agora, menina! Não fraqueje agora. Força!

Então, ela gritou. Com um último, gigantesco esforço, com forças vindas de um lugar desconhecido que existe dentro de toda mãe, Sarah gritou e empurrou.

Bess emitiu um som de espanto quando sua mão e o bebê foram expulsos de uma vez. Tudo aconteceu tão rapidamente que ela mal teve tempo de segurar o bebê, enquanto a criança escorregava pelos lençóis empapados de sangue.

— Olhem! — gritou Bess. — Nasceu! Um menino!

Anne examinou a criança, que protestou aos gritos, para o alívio de todos no quarto.

— Deus seja louvado! — sussurrou a senhora Prosser, trazendo a mão da filha aos lábios.

A Velha Mary sorriu, um sorriso sem dentes.

— Deus e a jovem Bess, aqui — disse ela. — Ela realmente é filha de sua mãe.

Bess observou enquanto o bebê era enrolado em panos quentes e entregue para a mãe. Sarah beijou o alto da cabeça de seu filho, seu rosto transformado. A sombra da morte desaparecera e fora substituída pela alegria da vida. Ela ergueu os olhos para Bess.

— Obrigada, Bess.

— Não preciso de agradecimentos, basta ver você e o bebê bem e a salvo, Sarah.

— Nunca esquecerei o que você fez por nós — disse Sarah, antes de fechar os olhos.

Bess sentiu a mão da mãe em seu braço.

— Vamos, Bess. Vamos deixá-la descansar.

— Tive tanto medo de não conseguir — confessou ela.

Sua mãe sorriu. Se fosse o sorriso de qualquer outra pessoa, poderia se dizer que denunciava orgulho. Ela balançou a cabeça.

— Você fez um ótimo trabalho, minha filha — disse ela. — Um ótimo trabalho.

2

Uma semana depois, no início do dia, com a alvorada mal despontando o suficiente para iluminar seu caminho, Bess levou uma cesta e se dirigiu para a floresta a fim de colher musgos e líquens para farmacopeia de sua mãe. A luz da alvorada não lançava nenhuma sombra e dava contornos suaves às árvores e pedras para que o mundo surgisse de alguma forma, mais suave e mais produtivo. Quando Bess atingiu o limite das pastagens, hesitou. Amava a floresta e sempre tivera a sensação de que, adentrando em seu abraço frondoso, estava penetrando outra esfera. Aqui as coisas eram ocultas e secretas. Todos os tipos de possibilidades habitavam as raízes emaranhadas e a verdejante vegetação rasteira. As árvores proporcionavam um ambiente impenetrável e misterioso, propício para criaturas tímidas e míticas habitarem. Era um lugar de fadas, duendes e ninfas da madeira. Um lugar mágico.

Bess flagrou-se dando passos cautelosos enquanto entrava cada vez mais profundamente na floresta. Não estava com medo nem nervosa, mas sentia que deveria mostrar certo respeito, até mesmo reverência, para com aquelas divindades da floresta, que agora tinham seus domínios pilhados. Inclinou-se para colher o musgo espesso como a pele de um lobo preso a uma rocha à sombra. Ela o depositou cuidadosamente no fundo de sua cesta e continuou. Em um abrunheiro, encontrou líquen prateado em abundância. Arrancou os galhos mais frágeis dos ramos mais baixos, até conseguir o suficiente. Um estreito riacho oferecia perfeitas condições aos fungos amantes de umidade, que eram excelentes para acelerar o processo de cicatrização em feridas abertas. Ela estava subindo os degraus na pedra pela trilha, quando ouviu, ou melhor, sentiu uma perturbação. Não era como se um som lhe chegasse até os ouvidos, era mais como se o ar à sua volta tivesse se modificado. Uma sutil mudança na energia. Inclinou a cabeça e ouviu; depois, forçou a passagem lentamente pela floresta, na direção do que quer que detectara. Poucos passos adiante já era possível distinguir os sons. Eram grunhidos e barulhos animalescos e rudes. Bess agora podia ouvir claramente suspiros e gemidos. Um movimento logo à frente a fez parar. Afastou uma cortina de hera que atrapalhava sua visão. O que viu a assustou. Dois vultos, um usando roupas escuras, alto e forte, o outro uma mulher — não, uma menina — toda nua, exceto por algumas tiras brancas de sua anágua rasgada. Estavam em pé, a moça pressionada contra um freixo, o homem de costas para Bess. Ela não ousara se mover, temendo que descobrissem que estavam sendo observados, mas, ao mesmo tempo, percebeu que estavam envolvidos demais no coito enérgico para serem tão facilmente distraídos. Estava prestes a se virar e deslizar silenciosamente de volta pelas árvores quando algo chamou sua atenção: um pedaço de corda desfiada. A moça estava atada à árvore. Agora que olhara de novo, Bess podia ver que os gritos e gemidos dela não eram de êxtase, mas de angústia. Ela não estava gostando das atenções daquele amante ardente; na verdade, estava sendo estuprada. Bess abriu a boca para gritar, mas conteve-se. Precisava fazer algo para salvar a pobre mocinha, mas um homem capaz de tal coisa não desistiria facilmente de seu prêmio. Ela não possuía nenhuma arma com a qual pudesse se proteger ou ameaçá-lo. Procurou à sua volta por uma vara forte ou uma pedra pesada. Naquele momento, ouviu gritos vindos de um caminho a oeste, mais interno na floresta. O homem os ouviu também e se virou para olhar sobre seu ombro. Virou-se de forma que Bess pôde ver claramente o seu rosto, e sem dúvida eram as feições austeras de Gideon Masters. Suas feições estavam distorcidas pela luxúria bestial e seus olhos desumanos, vermelhos de raiva. A moça ouviu as vozes de seus possíveis salvadores e os chamou. Gideon deu um passo para trás. Colocou um dedo sob o queixo da moça e ergueu seu rosto. Ele encarou seus olhos, os lábios movendo-se rapidamente como que invocando alguma oração ou encantamento. As pálpebras da moça ficaram pesadas, e ela caiu para a frente, seu peso contido pela corda que a atava. Gideon se encaminhou para o leste, mas depois hesitou. Girando nos calcanhares, estreitou os olhos na direção de Bess, examinando a vegetação rasteira, mas Bess já se atirara ao chão forrado da floresta. Ouviu quando ele se virou novamente e fugiu pela mata. Ficou onde estava, mas observou por entre a folhagem a tempo de ver as pessoas que procuravam a moça encontrarem-na. Reconheceu a família de ciganos que passara pela aldeia alguns dias antes. A mãe se atirou à filha e se agarrou a ela, chorando alto. O pai fez um escândalo ao redor, amaldiçoando em uma língua desconhecida para Bess e sacudindo o punho para o céu, antes de desatar a filha e levá-la nos braços. Bess abandonou a cesta e se esgueirou de volta do jeito que viera, não ousando levantar e correr, até ter a certeza de estar fora de vista, livre daquela terrível cena, que ficaria gravada para sempre em sua mente. Estava ao alcance da luz do sol, à beira da floresta, quando Gideon pulou na sua frente, bloqueando sua fuga. Instintivamente, ela recuou, mas depois a raiva lhe deu coragem. Não o deixaria ver seu medo.

— Ora, se não é a jovem Bess Hawksmith? Estava certo de ter visto você.

— Deixe-me passar.

— Há quanto tempo você estava se escondendo, eu me pergunto. Por quanto tempo você esteve assistindo, hein?

— Eu estava recolhendo musgos e líquens.

— Sério? Não estou vendo nada disso.

Bess se amaldiçoou por ter abandonado sua cesta como uma criança assustada. Gideon se aproximou. O calor de seu corpo era claramente perceptível e exalava um odor de terra. Bess virou a cabeça para evitá-lo. Quando falou de novo, ela sentiu a respiração dele contra sua orelha.

— A garota não estava tão indisposta quanto você pensa — disse ele.

Bess virou-se para encará-lo.

— Acho que ela não se prendeu sozinha à arvore.

— Talvez tenha pedido que eu o fizesse.

— Talvez você a tenha forçado.

— E que tipo de força teria sido? Você viu uma única marca em seu corpo jovem e maduro? Uma contusão ou sinal de agressão?

— Sei o que vi. Sei o que você fez.

Gideon sorriu.

— Tome cuidado, Bess. Essa sua língua comprida um dia lhe trará problemas. Você pretende correr para casa e contar o que viu? Acha que acreditarão em você?

— Eu vou falar em defesa da moça cigana, se ela me pedir.

— Ah, então o assunto está encerrado. Uma vez que ela não se lembrará de nada da sua... experiência. Já cuidei disso.

Ele colocou o dedo debaixo do queixo de Bess, exatamente como fizera com a moça. Bess quis afastar o rosto, mas ficou presa ao olhar dele. Cerrou a mandíbula, resistindo ao curioso redemoinho que começara a agitar seus pensamentos. A voz de Gideon a atingiu como se através de um nevoeiro de novembro.

— A maioria se rende sem lutar. Algumas mentes são facilmente influenciáveis, dobram-se fácil a uma vontade mais forte. Outras, como a sua, não são assim. — E soltou sua mão.

Bess passou por ele, de cabeça baixa.

— Ah, Bess — chamou ele suavemente —, não vá embora sem o que é seu.

Apesar de tudo, ela se virou e depois parou. Gideon estendeu-lhe a cesta, transbordando com os musgos mais verdes e os líquens mais delicados.

— Minha cesta! Mas como...? — Ela não conseguiu formular a pergunta, pois sabia que não haveria nenhuma resposta sensata. Em vez disso, pegou a alça de vime e rumou para casa, fugindo do cantar suave de Gideon que entoava "Greensleeves", uma melodia bonita demais para partir de uma alma tão sombria e perturbadora.

O vilarejo de Batchcombe era, de fato, suficientemente grande para ser chamado de cidade, mas as lembranças das famílias que habitavam o lugar eram longas e demoravam a mudar, e por isso ainda era referido como vilarejo. Como tal, era bem-suprido de lojas e serviços. Havia cervejarias mais do que o suficiente para saciar até mesmo a sede gigantesca de depois de uma colheita. Havia dois açougues, uma padaria bem-frequentada, uma forja de ferreiro e uma alfaiataria. Esses estabelecimentos ficavam arranjados ao longo de ambos os lados da larga rua principal, que abrigava ali mesmo a feira semanal, aonde toda a gente vinha para vender seus produtos. No centro da rua ficava o tribunal, um imponente edifício de pedra. No piso térreo estavam localizados o tribunal dos magistrados e o local de reunião do conselho; o piso superior abrigava os registros locais e assuntos de governo, e no calabouço ficava uma prisão subterrânea. O crescimento de Batchcombe permitira a inclusão de tendências e modismos na construção dos edifícios, de forma que havia uma falta de continuidade e conformidade de estilos, dando uma variedade abrangente para as fachadas que ladeavam as ruas. Havia casas de pedra, algumas caiadas, outras de arenito marrom aparente. Havia casas feitas de tijolos e outras de madeira com taipa. Próximo a elas ficava um terraço escavado centímetro a centímetro na pedra. Algumas casas eram cobertas de sapê ou juncos, enquanto outras ficavam protegidas da umidade de todos os invernos por telhas de pedra. Todos os gostos foram acomodados, cada inovação posta à prova. No entanto, a impressão geral era de ligeira decadência e desintegração. Como se cada edifício fosse uma habitação separada, disposta ao lado da outra por mero acaso, em vez de formarem juntas uma comunidade coesa.

Era justo dizer que Batchcombe mantivera-se como um retrato do fluxo corrente do século anterior. Os ventos da mudança política haviam tirado uma coisa ou outra do prumo e, ao longo do tempo, o vilarejo e seus habitantes contemplaram a sobrevivência na aceitação e flexibilidade. E o monumento a essa natureza maleável era a ruína bruta do mosteiro a oeste da fronteira da vila. Era como se os séculos de coexistência entre a Igreja e os fiéis da área nunca tivessem acontecido. Como se nunca tivessem trabalhado nos jardins do mosteiro, ou arrumado um emprego ajudando os monges na colheita, ou colocado, a cada ano, um punhado de garotos para trabalhar como pedreiros no lar glorioso dos servos de Deus, ou estendido suas mãos para pedir esmola em tempos de pobreza e de desastres. Quando Henrique VIII rompera com Roma e os mosteiros foram saqueados, Batchcombe olhou para o outro lado e nenhum forquilho foi levantado em protesto. O local que durante séculos servira de culto e casa dos monges foi estuprado, saqueado e profanado, restando apenas uma pilha íngreme de pedras.

Em contrapartida, o modesto templo no extremo sul da rua havia florescido. Fora modestamente construído em pedra, com a maioria de suas janelas em estilo simples. Apenas uma tivera a honra de ter um vitral, que representava Cristo elevando Lázaro de seu túmulo. A igreja tornara-se o ponto central para a maioria das reuniões sociais e, é claro, dos cultos da área. Uma sucessão de astutos guardiões da igreja havia misteriosamente afastado todos os sinais do papado ou indisfarçáveis indícios de riqueza, deixando um interior livre e discreto, de acordo primeiro com os desejos do monarca e depois pomposamente interpretando o gosto espartano dos anos que estavam por vir. Os paroquianos haviam deslizado silenciosamente para os bancos desprovidos de almofadas e acreditavam-se com sorte por não haverem sido entregues aos cuidados duvidosos de um dos pregadores itinerantes mais radicais que vagava por Wessex em busca de ouvidos atentos para suas crenças puritanas. O pároco, que a essa altura estabelecera-se firmemente no coração dos assuntos religiosos e seculares de Batchcombe, era o reverendo Edmund Burdock, um fiapo de homem, cuja frágil estrutura e voz suave disfarçavam uma vontade de aço.

Bess gostava de frequentar o culto de domingo na igreja. Depois de cuidar do gado e terminar suas tarefas domésticas, as mulheres Hawksmith, assim como todas as outras da área, colocavam seu vestido menos gasto, se tivessem um; caso não tivessem, providenciavam novos colarinhos, punhos e aventais, prendiam seus cabelos e iam para a igreja. Se o tempo estivesse bom, elas caminhavam; caso contrário, John precisava prender a égua à carroça para cavalgar até a vila.

Naquele dia, o sol estava a pino, em um céu sem nuvens, e o grupo animado trilhou o caminho seco até Batchcombe, desfrutando da perspectiva de um pouco de convívio. Para Bess, essa era a oportunidade semanal de observar o povo da vila e ouvir as fofocas. Sua mãe lhe falara sobre os perigos de bisbilhotar, mas havia algo irresistível nesses trechos de conversa, nos vislumbres de vidas diferentes da sua própria. Vidas que pareciam oferecer muito mais variedade e excitação. Mesmo amando sua família como amava, Bess abrigava um desejo secreto por algo mais. O que seria esse "mais", Bess não fazia ideia, mas tinha certeza de que estava lá. Ah, se soubesse como encontrá-lo. Nesse meio-tempo, absorvia o que podia dos conhecimentos de sua mãe e nutria seu anseio por aventuras com pedacinhos da vida de outras pessoas. O culto em si não a interessava. Guardava um antiga lembrança de um tempo em que músicos acompanhavam os hinos e deslumbrantes tapeçarias enfeitavam as paredes da igreja. Agora, porém, todo o evento era um assunto sombrio. O interior não era mais adornado, com exceção da cor adicionada pela congregação, embora até mesmo os vestidos das mulheres tivessem sido sutilmente alterados para manter a sintonia com a tendência de modéstia e simplicidade. Lamentavelmente, no julgamento de Bess. Do púlpito, o pároco, que era a própria personificação de moderação e humildade, pedia ao seu rebanho para viver uma vida religiosa em um mundo ímpio. Bess estava disposta a aceitar a presença de Deus em sua vida e fazia o melhor para se comportar da forma que fora ensinada para agradar a Ele. Invejava aqueles que tinham uma fé verdadeira. Ela via seus rostos radiantes quando rezavam ou cantavam nos bancos, os via acenar e sorrir quando o pregador as lembrava da benevolência de Deus e do Seu amor. Embora não se atrevesse a falar em voz alta sobre seus pensamentos com nenhuma alma vivente, Bess não conseguia enxergar as evidências de todo esse amor. Onde ele podia ser encontrado? Não na pobreza e na fome que atingia a todos quando as plantações pereciam e a colheita era ruim. Não na cruel marca da doença, que se espalhava entre as famílias, esmagando os fracos e velhos sob seus pés. Não nas agonias sofridas no parto nem na dor da perda de um filho.

Enquanto participava do hino de encerramento, Bess sentiu que Margaret a cutucava. Ela olhou para baixo e viu sua irmã sorrindo e inclinando a cabeça em direção ao banco oposto. Olhando para cima, os olhos de Bess encontraram os pálidos olhos acinzentados de William Gould. Bess o viu corar quase tanto quanto ela naquele momento. Lançou o olhar para baixo e depois lentamente o levantou de novo. Ele estava sorrindo para ela agora, fingindo cantar com vontade. Bess intencionalmente empinou o nariz e cantou com muito mais convicção do que sentia. Sabia que ele continuava a observá-la e era isso mesmo que ela desejava.

Quando o serviço acabou, os fiéis começaram a sair lentamente. Margaret não se conteve.

— Mamãe, você viu? William está aqui. Ele deve ter vindo só para ver a nossa Bess.

— Quieta, Margaret! — Sua mãe a pegou pela mão.

— É claro que sim — continuou a criança. — Por que mais ele escolheria nossa simples igrejinha em vez de sua própria capela bonita?

Bess notou o olhar severo de sua mãe, mas ambas sabiam ser verdade o que Margaret dizia. Os Gould frequentaram o culto da capela de Batchcombe Hall por todo tempo em que a grande casa existiu.

Anne procurou outra explicação.

— O reverendo Burdock é conhecido por seus belos sermões — disse ela. — Uma vez que William é um jovem aprendiz, pode ser que tenha interesse no que o reverendo possa dizer. — Começou a puxar Margaret em direção à porta.

Atrás dela, John ofereceu seu braço a Bess e sorriu.

— Talvez sim — disse ele, erguendo travessamente as sobrancelhas. — Ou talvez Margaret tenha razão. Duvido que na capela dele haja algo mais belo do que aquilo que o rapaz pôde contemplar no banco do outro lado do corredor, onde estava a nossa Bess.

Bess fingiu indiferença, mas gostou da ideia do afeto de William por ela. Que garota não gostaria? Na verdade, era um rapaz tranquilo, não muito excitante ou muito inteligente, mas era gentil e cordial. E ela não estava imune ao fato de que era rico e bem-nascido. Até demais para uma moça como Bess, sua mãe dizia-lhe com frequência. Uma declaração que só servia para tornar o rapaz ainda mais interessante do que parecia ser.

Quando chegaram ao lado de fora, Margaret escapuliu, encontrando outras crianças para brincar, enquanto seus pais estavam concentrados em uma conversa com os Prosser. Thomas rapidamente ficou entediado com os assuntos das outras pessoas e foi recostar contra um teixo à sombra. Bess notou Sarah exibindo seu novo bebê, agora com quase um mês de idade, e sentiu uma onda de orgulho. Ainda ficava maravilhada ao pensar no que conseguira fazer naquela noite. Foi bom ver mãe e filho felizes e saudáveis e saber que tinha uma parcela de responsabilidade sobre seu bem-estar

A FILHA DA FEITICEIRA

Bess perambulava pela área em frente à igreja de orelha em pé. O final do verão se prolongava e ainda mantinha algum calor e uma luminosidade alegre, de forma que o cenário era brilhante e colorido, um agradável contraste com o interior pobre da igreja. No canto leste, uma madressilva que floriu tardiamente subia pelas paredes do adro, suas flores acetinadas repousando contra as folhas brilhantes da hera abaixo. Ali ao ar livre, até mesmo o mais sóbrio dos vestidos era encantador e colorido. Uma garotinha corria por ali em azul-violeta, seguida por um garoto que vestia um conjunto da cor de cerejas esmagadas. Bess passou pela viúva Digby e pela viúva Smith, ambas porta-vozes confiáveis das fofocas do vilarejo.

— E afinal de contas, eles o encontraram correndo pela rua principal vestindo nada além de seu chapéu e sapatos de fivela prateada! — declarou a viúva Smith em um sussurro fingido.

— Que vergonha! Pobre da esposa que tem de suportar tal comportamento. E ele é filho de vigário.

— Já era de se esperar. O magistrado tem ouvido muitas queixas sobre a força da cerveja no Retiro do Violinista, mas nada é feito, irmã, nada é feito. Ah, bom-dia, Bess.

O que quer que a viúva Smith estivesse prestes a acrescentar sobre o assunto, Bess não chegaria a ouvir. Ela repreendeu-se silenciosamente por se aproximar demais antes de saber a identidade do pobre homem com os sapatos de fivela prateada.

— Bom-dia, viúva Smith, viúva Digby. Que belo dia faz hoje, não acham?

A viúva Smith se empertigou, inflando seu já considerável volume até proporções ameaçadoras.

— Belo? Este é o Sabá, criança. Tome cuidado.

— Será que o Senhor toma isso como ofensa? — perguntou Bess.

— Ele pode — advertiu a viúva Digby —, se acreditar que sua bela cabecinha está cheia apenas de pensamentos fúteis.

— Em vez de pensamentos sobre Ele, que é com o que uma menina deveria se ocupar neste dia — concordou a viúva Smith.

— Posso jurar, senhoras, que tenho apenas de olhar para o azul deste céu para pensar em Nosso Senhor — disse Bess, com um sorriso desarmante, antes de virar nos calcanhares e caminhar rapidamente para longe. Ela andou silenciosamente em torno do adro até chegar ao portal do cemitério. Ali estava o reverendo Burdock e o sacristão Amos Watts. Bess pensou em passar direto por eles, mas parou quando discerniu o assunto da conversa.

— Precisarei tomar nota — dizia o sacristão. — Não posso mais me abster.

O reverendo Burdock acenou a cabeça sensatamente.

— Claro, você deve. É nossa incumbência nos mantermos vigilantes. Eu esperava que depois da minha breve conversa com ele na feira de terça... mas não, parece que Gideon Masters deseja permanecer firmemente fora de nosso rebanho. Entristece-me ver um homem inteligente, creio eu, afastando-se de Deus.

— Gideon sempre foi um homem incomum. Eu nunca fiquei sabendo da participação dele em nenhum serviço religioso durante todos os anos em que tenho vivido em Batchcombe, que são alguns tantos, reverendo, como o senhor sabe. Tempo houve em que a consciência de um homem era sua maior preocupação.

— E Deus, é claro.

— Bem, agora isso é assunto do governo, e o governo diz que todos aqueles que não comparecerem à missa no Sabá deverão ter seus nomes anotados nos registros da Igreja. Eles serão abordados nas sessões trimestrais, gostem disso ou não.

— Você deve fazer seu trabalho, e nenhuma pessoa aqui vai pensar mal de você por isso. Seja como for, ainda poderei tentar uma segunda reunião com o relutante senhor Masters...

— Bess? — A voz de William sobressaltou Bess. Ela não havia notado que ele se aproximara dela. Franziu a testa, irritada porque agora não seria mais capaz de acompanhar a conversa do reverendo.

— Ah, William. Bom-dia — disse ela, sem se preocupar em disfarçar sua irritação.

William sorriu calorosamente.

— Tinha esperança de vê-la aqui — disse ele.

— Uma esperança segura, uma vez que sempre venho aqui em todo Sabá.

— Sim, acho que é mesmo. — William se mexia, inquieto, puxando sua curta capa, que estava apertada em torno de seu pescoço e não caindo cuidadosamente sobre os ombros como deveria. Ele continuou a sorrir para ela. — Poderíamos caminhar um pouco? — perguntou.

— Há muitas pessoas aqui fazendo exatamente isso. — Bess começou a dar passos largos. — Não cabe a mim dizer o que podem ou não fazer.

William correu ao lado dela, aparentemente imune à sua rispidez. Bess estava a ponto de dizer algo mais desestimulante quando viu que seus pais a observavam. Ela diminuiu o passo imediatamente para que William a acompanhasse e o brindou com um sorriso radiante.

— Então, William, conte-me. Está tudo bem em Batchcombe Hall?

— Muito bem, obrigado.

— E o seu pai? — Bess não gostava do homem, mas a mãe de William morrera, e não havia outra pessoa sobre quem perguntar.

— Ele também vai bem. Sempre ocupado com os assuntos da política, é claro.

Bess assentiu.

— Deixando você cuidar das posses?

— Bem, isso é com o meu irmão Hamilton. Sendo ele o mais velho...

Aproximaram-se das viúvas Digby e Smith. Bess gostou de ver suas expressões escandalizadas. Não conseguia imaginar quem elas desprezavam mais: se a própria Bess, por ter expectativas acima de sua posição social, ou William, por ter ideias abaixo da dele. O mundo que haviam conhecido tinha virado de cabeça para baixo nos últimos anos, e não se podia confiar que tudo seria como antes. Era uma situação agravada pelas pessoas que escolhiam se afastar da posição que o bom Deus escolhera para elas. Bess inclinou sua cabeça em direção às senhoras com um sorriso inocente. A viúva Smith franziu os lábios com tanta força que eles perderam a pouca cor que tinham. Bess esperou até que estivessem fora do alcance de sua voz antes de continuar a conversa com William.

— Mas não foi você que eu vi cuidando dos negócios de seu pai outro dia — disse ela —, à beira da Floresta de Batchcombe?

— Ah, muito possivelmente. Você me viu? O que poderia ter ocupado tanto meus pensamentos que não tomei conhecimento da sua presença? — William parecia genuinamente horrorizado com a ideia.

— Você estava conversando com Gideon Masters. — Bess fez o melhor possível para manter seu tom de voz, mas dizer o nome do homem mau em voz alta a perturbava.

— Oh, sim. Nós estávamos discutindo sobre a quais árvores os direitos dele se estendiam. Parece que a demanda por carvão vegetal é cada vez maior. Acredito que o homem faria a floresta inteira em tocos se pudesse.

Bess olhou para William. Era a primeira vez que ela o ouvia falar tão claramente sobre alguém.

— Você não gosta de Gideon Masters?

— Eu não disse isso.

— Mas você também não discorda?

— O que você quer que eu faça, que discuta com você ou...?

— Ou tenha a coragem de falar a verdade? — Bess completou a frase para ele e esperou.

William parou de andar e ficou de frente para ela. Seu rosto se alterou com uma expressão determinada. Muito mesmo, tanto que ele pareceu consideravelmente mais velho, o homem substituindo o menino.

— Se vai me pressionar, não, eu não encontro nada de que possa gostar em Gideon Masters. Há algo nele, um jeito, uma... disposição que me deixa inquieto.

— Acredite, é o jeito dele.

— Zombe de mim se quiser, Bess. Você pediu a verdade. Há algo de ruim naquele homem. Algo com que prefiro não lidar, e aconselho você a ficar longe dele.

Bess sentiu que compensara ser paciente. De fato, estava satisfeita em saber que William desconfiava de Gideon, que não estava sozinha em sua certeza de que era um homem perigoso. Mesmo assim, não conseguia se refrear diante da presunção do jovem de que ela deveria fazer o que ele dissera.

— Bem, agradeço gentilmente seu conselho, mas não tenho medo de homem nenhum.

— Em momento algum pensei que você tivesse — disse William.

* * *

Naquela tarde mesmo, Bess levou Margaret até a praia para pegar mariscos. Desceram pelo tortuoso caminho desde o topo do penhasco até que pisaram na areia. A maré tinha virado uma hora antes, de forma que havia água retida nas cavidades das rochas, que estavam cheias de todos os tipos de crustáceos. Bess e Margaret desabotoaram suas botas e as deixaram sobre uma pedra seca. Os pés de Margaret chapinhavam pela areia molhada enquanto ela corria à frente da irmã mais velha, uma brisa suave tocando seu cabelo trançado. Bess seguiu a menininha, cesta na mão, inclinando-se para pescar berbigões e búzios nas poças. Acima delas, as gaivotas voavam baixo, estridentes e ousadas. Uma ou duas desceram até a praia, saltitando por onde as meninas haviam passado, para ver o que conseguiam.

— Olhe, Bess! Um caranguejo. Enorme! — Margaret estava afundada até os joelhos em uma poça, caçando na água agitada e tomada de areia com a animação.

— Fique quieta, Margaret, ele vai se esconder de você com toda essa confusão.

Bess acalmou a garota e elas olharam para dentro d'água.

— Estou vendo! — Margaret era irrefreável. Ela começou a rir e logo provocou Bess, que gargalhava alto também. Ambas gritavam enquanto batiam as mãos espirrando a água ao caçar o caranguejo. Margaret gritou ainda mais alto quando o pegou. Bess arrancou-o dela e deixou-o cair em sua cesta.

— Vou encontrar outro! — cantou Margaret enquanto dançava até a próxima poça, a saia molhada prendendo-se às suas perninhas magras.

Bess endireitou-se e observou-a ir, desfrutando do lazer e da simples felicidade do momento. A praia era extensa e larga, um crescente amarelado estendendo-se tão longe quanto Batchcombe Point.

Do outro lado do promontório, a praia se modificava. Uma estranha combinação de marés, correntes e camadas de rochas decretava que, além de Batchcombe, as praias da região não eram de areia, mas de seixos, alguns bem grandes perto do limite que as separava, cada um deles maior do que um ovo de ganso, diminuindo até ficar do tamanho de ameixas cor de areia, um quilômetro e meio adiante. Bess deixou que o assobio das ondas na calmaria a embalassem em um suave devaneio. Percebeu algo, então, no outro extremo da praia, logo à beira d'água. Era uma forma escura, distante demais para se distinguir. Enquanto observava, podia ver que a sombra movia-se lentamente em sua direção. Estreitou um pouco os olhos, fazendo sombra com a mão, esforçando-se para focalizar. Agora ela podia ver que era um vulto. Um homem, vestido em roupas pretas e com um chapéu de abas largas. Ele caminhava com determinação, mas parecia avançar pouco pela areia molhada. Bess ouviu Margaret tagarelando atrás dela sobre peixinhos, mas sentia-se compelida a observar enquanto o homem se aproximava lentamente. Ela não estava muito certa, mas acreditava que sabia quem era. As roupas sombrias, a estatura alta, os movimentos metódicos e confiantes. Era Gideon Masters. O que ele poderia estar fazendo ali na praia? Não carregava uma cesta ou uma vara de pesca. Bess não conseguia imaginá-lo como o tipo de homem que passeia preguiçosamente à beira-mar. Ele continuou a aproximação, de modo que era possível enxergar suas feições e perceber que a encarava diretamente. Ela ficou paralisada. Passou a língua pelos lábios salgados e secos e percebeu que estava sem fôlego. Recordou o que William dissera. Algo de ruim havia naquele homem. Era por isso que ela se sentia assim?

— Bess, venha aqui, ajude-me a pegar esses peixinhos. Papai vai ficar tão feliz! Bess, venha agora!

Bess se desviou de seu objeto de fascinação, virando-se para responder à irmã.

— Espere um momento, Margaret. Não os espante antes que eu chegue aí.

Ela vislumbrou novamente a praia, parte dela mal ousando olhar, esperando ver Gideon apenas a alguns passos de distância. Mas ele desaparecera. A praia estendia-se vazia diante dela. Vazia e imperturbável. Ela correu adiante, procurando por pegadas na areia, mas não havia nenhuma. Ouviu Margaret chamando-a, mas continuou a busca, respingando através da espuma superficial, rastreando a praia e as rochas que levavam até o penhasco. Nada. Tentou se convencer de que Gideon deveria ter caminhado sobre a areia molhada. Suas pegadas teriam sido rapidamente cobertas pela água e todos os vestígios de sua caminhada instantaneamente apagaram-se. Parecia lógico. Ainda assim, isso não explicava como o homem cruzara a extensão de areia seca entre a beira d'água e o caminho para o topo do penhasco. Nem como cobrira o espaço com uma velocidade tal que ela não o vira passando. E não podia vê-lo agora trilhando o caminho tortuoso.

— Bess? — Margaret estava ficando ansiosa.

Com o coração furiosamente disparado, Bess correu de volta para sua irmã.

3

O ano já fizera a curva para longe do verão, começava a podridão fértil do outono e a família concentrava toda a sua energia na colheita de maçãs. Não eram árvores jovens, mas sim confiáveis e saudáveis, e haviam produzido outra safra boa. A terra estava começando a amolecer com as chuvas cada vez mais frequentes, mas os ramos continuavam segurando suas folhas, apesar de serem mais acobreadas do que verdes agora. Bess e os outros trabalhavam com afinco no pomar. John estacionara a carroça no portão e cada cesta de maçãs era gentilmente derrubada nela, pronta para ser transportada até o celeiro. De lá, Anne e Bess passavam muitos dias colocando as maçãs na prensa para produzir a sidra forte e doce que saciaria a sede e elevaria os ânimos durante os doze meses seguintes. Thomas e John subiam as escadas de madeira com degraus redondos, para alcançar os frutos das partes mais altas das árvores. Bess e Anne pegavam as maçãs conforme eles as passavam para baixo, enquanto a Margaret era dada a tarefa de recolher as frutas caídas. A colheita seria meticulosamente escolhida e espalhada em uma parte seca e arejada do celeiro. Era um trabalho lento, mas o tempo investido renderia dividendos.

— Adormeceu aí em cima, Thomas? — Bess estava ficando impaciente ao pé da escada, com o avental esticado, esperando o fruto.

Da árvore mais próxima, seu pai riu, a cabeça enfiada entre a folhagem.

— Ah, Bess, talvez Tom esteja lutando para escolher. Este trabalho que estamos prestes a fazer é importante. Sou a favor da minha "zidra" ser livre de vermes.

Bess começou a bater o pé, exasperada.

— Talvez ele esteja esperando que os vermes saiam sozinhos — murmurou ela.

Os ramos acima dela se abriram. Thomas olhou para baixo com uma careta.

— Pare de reclamar, Bess. Estou indo o mais rápido que posso.

Bess suspirou.

— Talvez seja melhor você deixar que eu suba aí, se o trabalho é irritante demais para você.

Anne passou carregando outra cesta.

— Deixe-o em paz, Bess. Ele não trabalhará mais rápido se você importuná-lo.

Bess abriu a boca para protestar contra aquilo que a mandavam tolerar, quando, sem aviso, Thomas se precipitou ao seu lado. Ele caiu silenciosamente no chão. Por um segundo, Bess ficou atônita demais para se mover, e então o som dos gritos de Margaret devolveu seus sentidos.

— Thomas? — Bess inclinou-se sobre o irmão. Repetiu seu nome, mas ele jazia imóvel. Anne correu até ele.

— Thomas! Aqui, deixe-me chegar até ele. Margaret, saia do caminho, filha. Thomas? — Ela se ajoelhou ao lado dele. Finalmente o rapaz gemeu e abriu os olhos. A família soltou um suspiro de alívio coletivo.

— Como vim parar aqui embaixo? — perguntou ele, tentando ficar em pé.

— Quieto! Fique deitado — disse Anne, acariciando sua testa. Ela estremeceu, afastando a mão como se a pele dele a tivesse queimado. Olhou para John. — Ele está com febre.

— Foi isso que o fez cair?

Anne assentiu.

— Ajude-me a levá-lo para casa e colocá-lo na cama.

Eles o levantaram suavemente, um braço ao redor dos ombros de cada um dos pais, e o arrastaram até o chalé. Bess começou a segui-los, mas Anne falou:

— Ajude Margaret com as frutas caídas. Entrem quando terminarem.

Bess reprimiu o instinto de se sentir excluída. Ela queria ajudar a cuidar de Thomas e não ser deixada no pomar. Mas sabia que o trabalho devia prosseguir. E o mais importante: Margaret não deveria ficar alarmada. Ela faria o que lhe fora ordenado e mais tarde se revezaria nos cuidados do irmão.

Uma cama dobrável baixa fora arranjada para Thomas na sala principal, de forma que ele pudesse tirar proveito do calor do fogo. Quando a noite caiu e finalmente Bess levou Margaret para dentro, ficou preocupada diante da visão de seu irmão. Em poucas horas, Thomas parecia ter passado de um jovem pálido, mas forte, a um garoto macilento, tomado pela febre, com a respiração irregular e os olhos baços. Bess fez a sua parte, limpando gentilmente seu rosto. Anne adicionara algumas gotas de óleo de rosas à água, mas não conseguira mascarar o crescente odor do pobre corpo superaquecido de Thomas. Apesar do fogo que parecia estar em fúria dentro de seu corpo, ele tremia, gemendo com as dores em suas pernas e juntas, reclamando de se sentir mais frio do que o rabo de uma vaca no inverno. Quando Margaret adormeceu no outro quarto, Anne pediu a John e Bess que a ajudassem a despir Thomas. Banharam seu corpo todo e o vestiram com um pijama macio do pai.

— O que é isso, mamãe? — perguntou Bess.

— Uma febre.

— Nascida de que doença? — Bess a pressionou para uma resposta mais detalhada.

— Cedo demais para dizer. Devemos esperar com ele. O tempo nos revelará o que o faz sofrer assim. — Anne não queria encontrar o olhar questionador da filha. — Vá até a leiteria. Traga-me o chá no jarro comprido da prateleira mais alta.

— O chá de urtiga?

Naquele momento, Anne olhou para ela.

— Sim. Você se lembra de como prepará-lo?

Bess assentiu.

— Seja rápida, então.

Bess deixou a cabeceira do irmão relutantemente, mas determinada, satisfeita por sua mãe considerá-la capaz de preparar a infusão para ele. Enquanto alcançava a porta da leiteria, olhou para trás. Os três formavam um quadro pungente: a mãe ajoelhada ao lado de seu filho doente, o pai de pé ao seu lado. Enquanto Bess observava, John, sem tirar os olhos de Thomas nem por um segundo, estendeu a mão e acariciou o rosto de Anne. Anne colocou a própria mão sobre a dele e a apertou contra seu rosto. Bess soube, naquele breve instante, por meio daquele pequeno, porém revelador, gesto, que seu irmão estava em perigo mortal.

Na manhã seguinte, Thomas não parecia nem melhor nem pior, mas perdera a capacidade de dormir. Ao contrário, o menino se revirava na cama mudando de posição a todo momento, no vão esforço de encontrar uma posição menos dolorosa. Margaret estava fora, recolhendo os ovos. John fora até o mercado de Batchcombe para vender os queijos. Anne e Bess trabalhavam em sua costura, de forma a ficarem mais perto de Thomas. Subitamente, ele balançou as pernas até o chão e se esforçou para ficar em pé. As duas mulheres correram para ele.

— Thomas — sua mãe pôs as mãos em seus ombros —, você deve repousar. Não tente se levantar.

— Não! — A raiva tingia suas palavras, curiosamente arrastadas. — Devo assumir o meu trabalho, mãe. Não posso deixar tudo para o papai.

— Você não está bem — disse-lhe Bess. — Papai se arranjará até que você esteja recuperado.

Ele não se acalmou, mas lutou contra elas com um pouco de força recém-descoberta.

— Deixem-me em paz! Eu vou sair — disse ele, cambaleando à frente delas até a porta, alheio ao seu estado de nudez. Seu andar era caótico e precário, de modo que ele se agarrava aos móveis e paredes enquanto seguia.

— Thomas! — Anne chamou por ele. Ela e Bess tentaram novamente persuadi-lo a voltar para a cama, porém sem sucesso. Ele estava vociferando agora, um fluxo de palavras incoerentes, como se estivesse falando com uma pessoa invisível na sala. Finalmente, girou a maçaneta e escancarou a porta. Bess temia pelo que poderia acontecer se ele pisasse para fora, mas ele foi impedido de sair de casa. John atravessara a porta, guiando seu filho de volta para dentro. Conduziu-o com firmeza, mas suavemente, não de volta para a cama improvisada, mas através da porta do quarto.

— Venha, Thomas — falou baixinho —, você trabalhou bastante. Descanse agora.

Bess e Anne os seguiram e ajudaram a colocá-lo em sua própria cama. Thomas parecia exausto de seus esforços e caiu em um sono profundo imediatamente.

John tomou as mãos de Anne nas suas.

— Estive no vilarejo — disse ele.

O rosto de Anne fez a pergunta, mas ela não teve coragem de dizer as palavras.

— Outros estão doentes — confirmou ele. — Alguns já estão mortos.

— Quantos? — sussurrou Anne.

— Onze até agora.

— Oh, meu Deus. — A cor se esvaiu do seu rosto.

Bess não podia permanecer em silêncio por mais tempo.

— Mãe? O que é isso? O que está acontecendo?

Anne só conseguia balançar a cabeça, as palavras lhe fugiam por um momento. Então, respirou estremecendo e encarou Bess.

— Junte a roupa de cama. — Apontou para o quarto. — Leve tudo daqui que não pertence a Thomas. Seu pai moverá as camas. Depois, traga-me velas, não, sebo e um balde, e eu precisarei de água. E sálvia para queimar... Rápido, Bess, não há tempo para ficar pasma.

— Mas eu não compreendo.

— Ouça o que lhe digo, Bess. Assim que eu tiver minhas coisas aqui, você não deve voltar a este quarto. Está me ouvindo? E nem deixe que sua irmã ponha um pé que seja por aquela porta. Você deverá cuidar dela e mantê-la longe deste quarto e de mim. Prometa-me!

— Eu prometo — disse Bess, as lágrimas embaçando a imagem de seu irmão que chiava enquanto tremia em sua cama. Ela entendia agora, embora ninguém houvesse dito claramente o que esperava ouvir. Em seu coração, já sabia a verdade sobre a notícia que seu pai trouxera do vilarejo. Reconhecera a verdade nela e sentiu mais medo do que jamais sentira em sua vida. Os habitantes da vila estavam morrendo. Muitos outros enfrentariam o mesmo destino, lento e doloroso. A peste chegara a Batchcombe.

As horas seguintes se passaram em um turbilhão de atividade. Bess seguiu as instruções de sua mãe e, em seguida, mantendo Margaret por perto, começou a cumprir as tarefas de Thomas com os animais. Havia vacas para serem ordenhadas, suínos a alimentar e dar de beber, lenha a ser reunida. Bess forçou-se a se concentrar em suas tarefas, esquivando-se das intermináveis perguntas de Margaret com afirmações vagas. Ela não podia se permitir pensar que, enquanto buscava gravetos, a vida de seu irmão estava se esvaindo. Tais pensamentos poderiam paralisá-la ou levá-la à loucura.

Quando voltou para as vacas no curral, viu o pai acendendo uma fogueira. Sobre ela, estavam empilhados os lençóis e fronhas usados na cama de Thomas da noite anterior, assim como todas as roupas dele. A visão comoveu Bess até quase às lágrimas. Ela se levantou e viu o pai, sentiu o coração partindo-se ao notar seus ombros caídos e a cabeça baixa.

Naquela noite, estava deitada em sua cama improvisada no corredor e ouviu os gemidos tristes de Thomas no quarto ao lado. Vira sua mãe apenas brevemente, quando ela emergiu do quarto para um momento de ar e quietude.

Bess percebeu quando ela saiu. A porta para o quarto estava entreaberta, e a necessidade que sentia de ver seu irmão era mais forte do que poderia suportar. Empurrou a porta e entrou furtivamente no quarto. Ficou ao lado da cama de Thomas e o observou. O cômodo estava lúgubre e ele, deitado com o rosto voltado para a parede.

— Thomas? — sussurrou. — Thomas? — Um pouco mais alto.

Ao som de sua voz, ele rolou. Sua primeira visão do irmão forçou Bess a abafar um grito. Um lado do seu rosto estava enegrecido e inchado, o outro, pálido e, de alguma forma, murcho. Um olho estava injetado, o outro, vermelho e estranho. O cheiro de sua respiração ofegante fez a bile subir para a garganta de Bess. Foi preciso todo o seu autocontrole para não sair correndo e gritando do quarto.

— Bess? É você? — Ele ergueu a mão, procurando por ela.

Bess se controlou e tomou a mão dele na sua. Seu aperto não era de um jovem forte, mas sim de um homem velho.

— Estou aqui, Tom. Fique sossegado.

— É bom ver você de novo. Eu temia... — Ele não foi capaz de concluir o pensamento. Lágrimas quentes encheram seus olhos miseravelmente grotescos. — Perdoe-me, Bess — soluçou ele.

— Perdoar você? Pelo quê?

— Por não ser mais corajoso. Sei que deveria ser, pela mamãe, por todos vocês. É só que... eu tenho tanto medo.

Bess ajoelhou-se ao seu lado e levou a mão dele ao peito.

— Ah, Thomas, não há coragem em ser destemido. Você não sabe disso? Uma pessoa que conhece o medo e ainda assim consegue pensar nos outros, bem, essa é uma pessoa corajosa.

Thomas olhou para ela, um sorriso torto distorcendo ainda mais seu rosto.

— Você acredita mesmo nisso, Bess?

— Acredito. — Ela balançou a cabeça; suas próprias lágrimas caindo para se juntar às dele sobre a colcha úmida.

— Bess! O que está fazendo? — Sua mãe gritou da porta, forçando Bess a ficar em pé novamente.

— Eu só queria vê-lo, mãe, apenas por um momento.

Anne agarrou seu braço e a arrastou até a porta, empurrando-a rudemente através dela.

— Você me prometeu, Bess.

— Sinto muito, eu só queria...

— O que você queria não tem importância, menina. Você sabe o que poderia ter feito? Sabe? — Anne bateu a porta.

Bess estremeceu diante da memória da fúria de sua mãe e do sofrimento de seu pobre irmão. Ela desistiu de perseguir o sono e puxou Margaret para mais perto dela. Em algum momento antes do amanhecer, Thomas começou a se lamentar, um ruído estridente de acabar com os nervos, que Bess sabia que a assombraria pelo resto de seus dias. Enquanto uma frágil aurora irrompia pela janela desaferrolhada, os lamentos cessaram e, com eles, o coração de Thomas.

Grogue pela falta de sono, Bess afastou as cobertas e se mexeu. Ela chacoalhou Margaret suavemente, mas a criança não acordou.

Olhando para baixo, à luz escassa, Bess via agora que o rosto de sua irmã estava da cor de queijo passado. Ela ouviu um grito estridente, alguns momentos antes de perceber que o barulho viera de si mesma.
Oh, meu Deus, o que foi que eu fiz? O que foi que eu fiz?
A vida se desintegrou em uma confusão de febre e pânico. Bess achou difícil acreditar que aquilo tudo que estava acontecendo pudesse ser real. Certamente, era um pesadelo horrível do qual ela logo deveria acordar, ofegante e assustada, apenas para ser rapidamente acalmada e restaurada pela normalidade da vida cotidiana mais uma vez. Só que não era um sonho. Margaret jazia murmurando e suando em sua cama na sala, Bess a seu lado, enquanto Anne preparava o pobre Thomas para sua sepultura. Dentro dessa loucura, surgiu o som de uma carroça do lado de fora e um martelar brutal na porta.

— Abra! Sr. Hawksmith? Venha à sua porta! — exigiu uma voz rouca. Anne apareceu da porta do quarto. Ela olhou para John.

— Os rastreadores! — disse ela.

— Mãe, o que eles querem? — perguntou Bess.

— Thomas. — Foi a resposta. — Eles querem levar nosso menino embora. — Anne parecia prestes a desmaiar.

— Não enquanto eu viver — disse John, sua voz surgindo das profundezas do sofrimento e da perda. Marchou até a porta e gritou através dela. — Não há nada com que se preocupar aqui! Podemos nos cuidar nós mesmos.

— Você tem a peste em sua casa, sr. Hawksmith. Precisamos ver por nós mesmos e levar quaisquer corpos à vala.

— Não! — gritou Bess. — Pai, você não deve permitir.

John agarrou a extremidade da mesa da cozinha.

— Ajude-me, Bess.

Juntos, eles arrastaram o móvel pesado até que ele se apoiasse contra a porta. John inclinou-se sobre ele.

— Abra, Hawksmith. Nós só voltaremos com uma ordem do governador e mais homens, você sabe disso.

— Volte com toda a Batchcombe, se achar melhor! — rugiu John. — Nenhum filho meu será sepultado em uma vala comum, está me ouvindo?

Houve um murmúrio do lado de fora e depois silêncio.

— Eles se foram? — perguntou Anne.

— Foram — disse John. Ele foi até a janela e observou por um tempo, depois falou com firmeza à Anne. — Temos de enterrar o garoto esta noite. Ele não pode ficar aqui por mais tempo.

Anne assumiu os cuidados de Margaret, enquanto Bess cuidava dos animais. As vacas não eram ordenhadas corretamente havia dias e estavam indóceis. Bess chorou lágrimas de tristeza, frustração e medo enquanto a mais velha escoiceava o balde de leite de suas mãos pela segunda vez. Ela pensou que nunca havia derramado tantas lágrimas e temia que nunca fosse parar. Thomas estava morto e Margaret terrivelmente doente. Teria sido sua culpa? Teria ela mesma levado a doença de Thomas para Margaret? Esse pensamento fazia seu coração ficar apertado. Correu para verificar se ainda havia água suficiente no prado para as vacas. Caminhando de volta para casa, viu seu pai cavando a sepultura de Thomas. Ela parou e observou-o, incapaz de arrastar-se para longe da visão de seu amado pai obstinadamente virando pás com terra molhada, cavando cada vez mais fundo, preparando o lugar para o seu primogênito passar a eternidade. Enquanto ela o observava, ele terminou a sepultura, uma ferida escura e barrenta no pomar gramado. Ele endireitou-se e ela o viu limpar uma lágrima de seus olhos com as costas sujas de uma das mãos. Por um momento, pensou que ele poderia estar rezando, por estar tão quieto. Então, sem qualquer som, suas pernas dobraram e ele caiu para a frente na sepultura.

— Mãe! — gritou Bess enquanto derrubava o balde de leite e corria em direção ao pai. — Mãe, venha rápido! — Chegou até a sepultura e olhou para baixo. — Pai! — Ele jazia gemendo no chão do áspero espaço. Bess desceu e tentou deixá-lo em pé. A consciência do pai ia e vinha, enquanto ele murmurava sons que não eram claros o suficiente para serem palavras. Suas mãos estavam úmidas e seu rosto, corado e quente. Anne olhou para o marido.

— Ah, Senhor, nos salve!

— Ele caiu aqui dentro. Está doente, mãe. O pai está doente! Ele é pesado demais, não consigo erguê-lo.

Anne deslizou para o lado de Bess, e juntas elas o ergueram.

— Empurre, Bess. Vamos lá, temos que tirá-lo daqui.

Levou quase uma hora para que as duas mulheres levantassem e arrastassem John para fora do túmulo escorregadio. No momento em que chegaram de volta ao chalé, os três estavam cobertos de lama. Bess mal teve forças para buscar água, mas sabia que elas deviam lavar seu pai e a si mesmas. Margaret se contorcia sem descanso em sua cama, chamando por sua mãe e pedindo por algo que ajudasse a mitigar a dor. Anne e Bess colocaram John na cama. Anne acendeu sálvia para queimar na lareira, e elas esfregaram John e Margaret com óleo de lavanda. Enquanto Bess sentava-se junto da irmã, acariciando suavemente os bracinhos da menina com o óleo perfumado, pensou novamente no amor de Deus e decidiu que não havia nada disso na casa dos Hawksmith naquela noite. Ela estava tão cansada que quase dormiu no chão, onde se sentara. Sua mãe a despertara com um suave sacolejar.

— Bess, nós precisamos enterrar Thomas. Os rastreadores voltarão em breve se não o fizermos. Não suportarei que o levem — disse ela.

Um entorpecimento caiu sobre Bess enquanto trazia o carrinho de mão. Anne envolvera Thomas firmemente em seu lençol. Não havia tempo para caixões. As mulheres colocaram seu corpo sobre uma tábua, que arrastaram até o carrinho, e o levaram para fora. Começara a chover e, como era outubro, a água não se contentava em cair reta, mas descia em um ângulo tal como se fosse invadir cada casaco ou gola. Bess e Anne fizeram o possível para mover Thomas suavemente, mas tal era a sua fadiga e tão prejudicadas estavam quando chegaram ao túmulo, agora lamacento, que foram induzidas a simplesmente incliná-lo para o buraco alagado. Sem dizer uma palavra, elas despejaram e rasparam a terra até que o túmulo ficasse cheio. Em silêncio, contemplaram o montículo de terra à sua frente. A chuva corria livremente pelo rosto de cada uma, escorria pelas suas costas e pingava de cada bainha. Bess esperou que sua mãe dissesse alguma coisa, palavras de conforto ou de despedida, ou uma tentativa de encomendar sua alma a Deus. Mas nada veio. Bess não tinha coragem de tentar. De que adiantava falar com Deus agora? Ela estendeu a mão para tocar Anne, mas a mãe se virou e caminhou para a casa.

— Os vivos precisam de nós. — Foi tudo o que ela disse.

Quando Bess alcançou o chalé, notou pela primeira vez a marca que os rastreadores haviam deixado na porta. Proclamava ao mundo que aquela era uma casa com a peste. Não uma fazenda ou um lar, não um chalé onde as pessoas viviam e eram amadas. Apenas uma construção abrigando uma doença, um lugar para ser desprezado e desdenhado. Enquanto Bess entrava, perguntava-se quantas outras sepulturas ela e sua mãe precisariam cavar. E quem restaria para cavar sua própria.

Aquela noite, Bess e sua mãe sentaram-se perto do fogo, exaustas demais para trabalhar em sua costura, desanimadas demais para aquecer algumas lentilhas. Elas haviam acabado com uma cunha de queijo seco e esgotado o último garrafão de sidra algumas horas antes. Bess sentiu que seu estômago ameaçava rejeitar até mesmo aquilo. Olhou para a mãe. A luz irregular do fogo iluminava um lado do rosto, outrora belo, lançando sombras mortais debaixo de seus olhos. Uma visão de como Thomas estava da última vez que o vira surgiu na mente de Bess. Ela fechou os olhos para afastá-la, mas ainda assim persistia, pior na escuridão de suas pálpebras fechadas. Em vez disso, olhou para Margaret. Ela dormia tranquilamente agora, enquanto, na cama ao lado, John gemia e se virava espasmodicamente.

— Ela não parece estar sofrendo tanto agora — disse Bess à sua mãe.

A mãe continuava a olhar para as chamas.

— Ela está dormindo.

— Isso é bom, certo? Com o repouso pode vir a cura.

— Pode. — A voz da mãe não tinha convicção.

Bess não conseguia mais suportar suas respostas evasivas.

— Será que ela viverá, mamãe? Diga-me que sim.

Agora Anne mudara a direção de seu olhar. Olhou primeiro para onde Margaret estava, depois virou-se para Bess. Mesmo esses pequeninos movimentos pareciam envolver um esforço enorme.

— Ela está com a peste, Bess.

— Mas alguns sobrevivem a ela, não é? Alguns vivem.

— Alguns, sim. Os fortes e os adultos. Os mais propensos a sucumbir são os fracos. Os velhos e os muito jovens. — Anne não tinha energia para a emoção. O fogo tomou sua atenção mais uma vez.

Bess se levantou.

— Não vou deixá-la morrer. Não vou! — disse ela. Balançou a chaleira sobre o calor, depois foi até a despensa buscar mel.

Derramou água quente em uma tigela e agitou o xarope âmbar. Ela o levou para Margaret. Erguendo a criança sobre os travesseiros, falou-lhe em voz baixa.

— Olhe, pequena Meg, veja o que eu lhe trouxe. Aqui. — Levou uma colher do líquido morno até os lábios rachados de sua irmã. As pálpebras de Margaret tremeram, mas não abriram. Seu pescoço estava deformado e inchado, e apresentava ínguas. E aqueles caroços horríveis, por sua vez, tinham uma massa de manchas vermelhas. Sua pele estava começando a escurecer com o sangramento debaixo de sua superfície, que rendia à doença o apelido de peste negra. Bess afastou tais pensamentos de sua mente e gentilmente ergueu e abriu os lábios de sua irmã, derramando um minúsculo gole da mistura de mel com água em sua boca. Ele escorreu para fora. Ela tentou novamente. Desta vez, Margaret balbuciou, mas o sabor a agitou um pouco e a fez abrir os olhos avermelhados.

— Bess? — Sua voz era um suspiro seco.

— Estou aqui, pequena.

— Bess... — Ela lutou para se concentrar, esticando a mão para tocar o rosto de Bess. — Você pode me deixar melhor... Sei que pode... use sua magia, Bess. Sua *magia*. — Os olhos da criança encontraram, então, os de Bess, implorando, pedindo, mendigando, cheios de medo e ainda assim com esperança. Com expectativa.

Bess lutou contra as lágrimas de tristeza e frustração. Seus truques não tinham nenhuma serventia para ela agora. As pequenas invocações e ilusões com as quais secretamente havia deleitado tanto Margaret por toda a sua vida eram impotentes contra a ferocidade da peste, e Bess sabia disso. Ela balançou a cabeça, não querendo admitir para sua amada irmã que a magia não a ajudaria.

— Mais tarde, minha querida. Por ora, você deve beber um pouco mais. Assim, está bem. — Bess mergulhou a colher na tigela outra vez. — Aqui, de novo. Um pouco mais. Isso a deixará forte novamente. — Ela continuou a alimentar a irmã, o olhar da menina o tempo todo sobre ela, até que pensou que não seria capaz de conter o próprio choro. Assim que a tigela esvaziou, colocou Margaret deitada e a deixou confortável. Ela se sentou no chão ao lado da cama baixa, os braços ao redor da criança, desejando que ficasse bem. Desejando que vivesse.

Na manhã seguinte, Bess acordou onde pegara no sono, ao lado da irmã. O galo cantou com a voz rouca sobre o telhado do celeiro. Um amanhecer cinzento sugeria que outra noite fora superada, outro dia estava por vir. Bess ergueu-se rigidamente sobre seus pés e foi até o fogo para atiçar as brasas.

— Bess. — Sua mãe estava atrás dela.

— Bom-dia, mãe. Não se incomode. Vou cuidar do fogo e buscar um pouco mais de mel e água para Margaret. Ela gostou, eu acho. Sei que irá ajudá-la.

— Bess. — Anne se adiantou e colocou a mão no braço de Bess. — Sua irmã está morta.

Bess sentiu-se tonta, como se todo o seu sangue tivesse congelado, e achou que fosse cair sobre a lareira. Abriu a boca para gritar, mas descobriu que não conseguia. Correu até Margaret e atirou-se sobre o corpo frio da criança. Agora sua voz retornara.

— Não! Não, não, não, não! Não, Margaret! Não, minha pequena Meg. — Ela agarrou a menina sem vida. — Sente-se, Meg, vamos lá, agora. Você tem de acordar. Acorde! — Ela a sacudiu grosseiramente, sem saber o que estava fazendo.

Anne a afastou.

— Deixe-a, Bess.

— Eu devia ter ficado acordada! Devia tê-la salvado!

— Não havia nada a ser feito.
— Mas é minha culpa! Ah, meu Deus, eu a matei. Fui até Thomas quando você disse para não ir e trouxe a peste para a pobrezinha da doce Margaret, e agora ela está morta! Deixe-me morrer também! Deixe-me ir com eles!
Bess vislumbrou a mão de sua mãe apenas brevemente quando ela a ergueu e a lançou com grande força em seu rosto. A brutalidade do golpe derrubou Bess no chão. Chocada, limpou o sangue da boca com os dedos. Ergueu o olhar para sua mãe, atordoada com o que acontecera.
A voz de Anne ficou equilibrada enquanto ela falava entre dentes.
— Escute-me, Bess. Ouça bem. Você não matou a sua irmã mais do que eu. Ela caiu doente rápido demais para que você tivesse carregado a doença de Thomas até ela. Você compreende? Sim?
Bess assentiu.
— Você deve ser forte agora. Deve buscar nas profundezas do seu coração e encontrar a força que jamais imaginou haver ali, Bess. Você deve demonstrar coragem. Assim como eu também. — Ela ajudou a filha a ficar em pé. Segurou seus braços com firmeza enquanto continuava a falar. — Busque sua capa, filha, nós temos trabalho a fazer lá fora.
— Mas uma de nós deve ficar com papai. — Bess fungou, ainda tentando conter o fio de sangue que escorria de seu lábio.
Agora ela sentia as mãos de Anne tremendo, embora não tivesse afrouxado seu aperto e seus olhos não houvessem nem mesmo piscado.
— Seu pai não precisa mais de nós — disse ela. — Venha, devemos nos apressar antes que os rastreadores voltem. — Assim dizendo, atravessou a sala, pegando seu xale. Diante da porta, ela esperou. Lágrimas silenciosas lavavam agora o sangue do rosto de Bess. Ela foi

até onde o pai jazia imóvel e frio como uma barra de manteiga. Seu rosto parecia em paz, apesar de sua cor lívida. Ela fantasiou que ele ainda conservava um traço de seu sorriso travesso. Acariciou seu rosto com a mão trêmula e depois seguiu a mãe para fora do chalé.

4

Passaram-se dois dias após enterrarem John e Margaret até que a chuva impiedosa cessasse. Bess foi até a margem da Floresta de Batchcombe e juntou algumas flores silvestres que encontrou ali. O ar ainda estava pesado com a umidade, mas o sol brilhava corajosamente. Da floresta, vinha o cheiro de musgo úmido e esporos dos fungos. Bess olhava para a escuridão entre as árvores próximas e flagrou-se pensando em Gideon Masters. Teria ele escapado da peste? Seu chalé ficava bem longe de qualquer outra casa, e seus hábitos solitários significavam que ele podia muito bem não ter entrado em contato com uma pessoa portando a doença. Seria terrível, pensou ela, ser tão sozinha. Imaginou adoecer e ninguém notar. Mas, se Gideon não tinha ninguém para amar, isso significava que ele não tinha quem perder. Não haveria para ele aquela dor surda que assombrava as câmaras vazias do coração de Bess agora ou o brutal aperto que a atormentava em momentos de descuido, como quando encontrou o cajado de Thomas ou quando vislumbrou o cachimbo de seu pai ou ao perceber-se murmurando a canção de ninar favorita de Margaret. Nesses momentos, Bess se dobrava de dor, o fôlego arrancado de seu corpo como que por um golpe físico. Observava a mãe sofrer da mesma maneira, e ambas sabiam que não havia remédio. Nada poderia fazê-las se sentir inteiras novamente. Bess voltou para o chalé e levou as flores para os túmulos. Os montes de terra ainda estavam úmidos e a grama não cresceria ali por muitos meses. Não havia dinheiro para lápides. Em vez disso, Bess e sua mãe fariam algo de madeira em um dia distante no futuro, quando conseguissem arriscar fazer algo sem o medo de se abater. Bess sentiu a presença de Anne ao lado dela.

— Venha para dentro, Bess. Não lhe faz bem ficar aqui por tanto tempo.

— Fiquei por muito tempo? Não percebi. Olhe, colhi flores.

— Elas são muito bonitas. Margaret teria gostado delas.

— Ela deveria estar aqui para vê-las.

— Eu acredito que ela ainda esteja aqui, Bess. Você não acha?

— Digo, aqui. — Bess envolveu os braços ao redor de si mesma como se estivesse abraçando sua irmãzinha. — Quente e viva e cheia de doçura e alegria, para que eu pudesse abraçá-la... não fria e silenciosa em seu túmulo lamacento.

— Nós temos que mantê-la viva em nossos corações, Bess. É onde ela vive verdadeiramente agora, não na terra, mas em nossos corações. Em nós. — O olhar de Anne recaiu sobre o túmulo de John. — Todos eles estão a salvo em nossos corações.

— Pensei que deveriam estar com Deus. — Bess não conseguiu conter a amargura em sua voz. — Em seus amorosos braços. Não é nisso que somos ensinadas a acreditar? Você acredita nisso, mãe? Acredita?

— Bess...

— Acredita? — Bess começou a chorar.

— Quieta, criança. Chega de chorar. Chega. — Anne estendeu a mão e secou o rosto da filha com o dedo. Sua expressão ficou alarmada. — Bess...

— Você não acredita tanto quanto eu. Onde estava o Bom Pastor quando o rosto de Thomas inchou como o ventre de um cordeiro morto? Onde estava Nosso Senhor quando papai nos abandonou à maldição de seu leito de morte?

— Bess! Você está quente.

— Onde estava nosso amado Deus quando Meg arranhou o ar tentando respirar?

— Bess! — Anne segurou Bess pelos ombros e falou seriamente. — Você não está bem. Você precisa entrar.

— O quê? — Bess tentou compreender as palavras de sua mãe.

— Não estou bem?

O tempo congelou naquele momento. As duas mulheres ficaram ali, apoiadas uma na outra, medo e tristeza ameaçando esmagá-las. Em algum lugar do pomar, uma gralha lutava com um corvo. Um vento fino começou a espalhar as flores que Bess havia depositado nas sepulturas.

Anne respirou fundo e virou sua única filha viva em direção ao chalé.

— Venha — disse ela. — Vamos entrar.

A febre rapidamente roubou de Bess todo o senso de tempo ou noção de realidade. Ela estava consciente da presença de sua mãe, de ser lavada com água de rosas e massageada com óleos perfumados. Registrara uma colher que fora levada aos seus lábios ou uma xícara derramando um líquido em sua boca. Além disso, o mundo não existia para ela. Tudo o que conhecia era dor e delírio. De repente, sentia tanto calor que imaginava que o sapê do telhado estava em chamas e, ao mesmo tempo, tanto frio que acreditava que já deveria estar morta. Seu corpo, de alguma forma, separou-se dela mesma, como se ela não tivesse controle sobre ele nem domínio de sua utilidade. Era um canal de agonia, nada mais. Ela ouviu um som áspero e rascante. Seria o vento descendo pela chaminé? Ou madeira sendo serrada? Não, deu-se conta de que era o som de sua própria respiração. O ar era carregado para dentro e para fora de seu corpo como um fole de ferreiro atiçando o fogo de sua febre. Em alguns momentos, sentia uma calma, uma aceitação de que iria morrer. Era certo que deveria. Por que seria ela a viver, se apressara a morte da pobre Margaret? Estaria com os outros em breve. Houve uma vez, na escuridão, em que ouviu a voz de sua mãe. Imaginou tê-la ouvido falar em viver, e não morrer, embora suas palavras fizessem pouco sentido. Então, estranhamente, Anne desaparecera. Bess não podia saber realmente se ela não estava na casa, mas tinha certeza de que estava sozinha. Não sozinha por dez minutos, enquanto sua mãe buscava madeira ou água, mas sozinha por uma longa, uma vazia e silenciosa porção de tempo.

E, nesse tempo, Bess sonhou. Era um sonho tão real quanto qualquer memória. Via a si mesma dentro da cova vazia de Thomas, a chuva descendo pelas laterais íngremes de forma que uma poça de água lamacenta se erguia até seus joelhos. Arranhava a terra escorregadia, lutando para sair, mas sem conseguir apoio. Deslizava para baixo, caindo de costas no atoleiro, submergindo por um instante. Sentava-se, afogando, cuspindo lama, esfregando a água barrenta de seus olhos. Quando o fazia, via Thomas, como estava durante os piores ataques da peste, sentado do lado oposto ao dela. Ele a encarava com seus olhos grotescamente inchados e seu rosto enegrecido. Ela gritou e começou a escalar novamente, mas dessa vez foi atingida pelo corpo de Margaret, que fora jogado na cova. A criança voltava seu rosto raivoso para Bess, gritando com ela:

— Você fez isso comigo, Bess! Você me matou!

Bess balançava a cabeça, cambaleando e gritando até ficar sem voz. Derrotada, ela se encolhia no canto, os braços sobre a cabeça, e aguardava a morte.

A primeira indicação para Bess de que ela estava de fato viva havia sido o som de um cântico. Era um ruído tão curioso e improvável que levou algum tempo para acreditar que estava acordada e ouvindo um som de verdade, não um produto de sua mente febril. Abriu os olhos. Era dia. O fogo na lareira queimava silenciosamente. O sol de inverno entrava pela janela entreaberta. Percebeu as sombras de um movimento e descobriu que era capaz de virar um pouco a cabeça. Notou, então, que a música vinha de sua mãe. Anne estava de costas para Bess, tinha a cabeça coberta pelo seu xale e se encontrava diante da mesa da cozinha. Estava inteiramente concentrada em uma vela solitária que queimava à sua frente. Havia objetos que não eram familiares posicionados em torno da vela. Seus braços estavam levantados como em súplica, e seu corpo balançava ligeiramente de um lado para o outro enquanto ela continuava a cantar repetidamente as notas graves e monótonas. Bess não conseguia discernir as palavras. Elas pareciam estranhas, como se de alguma língua estrangeira. Certamente era uma canção que nunca ouvira a mãe cantar. A melodia, se é que poderia ser chamada assim, era misteriosa e dissonante, mas estranhamente hipnótica. De repente, como se sentisse que estava sendo observada, sua mãe deixou cair os braços para os lados e ficou em silêncio. Ela parou por um momento, depois apagou a vela e se virou.

Bess engasgara quando percebera que o cabelo de sua mãe tornara-se completamente branco. Nenhuma mecha dourada permanecera. O efeito fazia com que Anne parecesse uma década mais velha do que há apenas alguns dias. Bess esforçava-se para se apoiar sobre um cotovelo quando sua mãe se apressou até ela.

— Bess! Pronto, fique quieta, minha pequena. Está tudo bem — disse, ajoelhando-se ao lado da cama baixa. Tocou o rosto da filha e sorriu, o primeiro sorriso que Bess viu no rosto de sua mãe desde o dia da colheita de maçãs.

— Mãe, o que aconteceu com você? Seu cabelo...

— Não tem importância. O que importa agora é que você está bem, Bess. Você está bem. — Ela apertou a mão da filha.

— Mas como? — Bess sentou-se, examinando os braços e as mãos, procurando em seu rosto por caroços ou inchaços, por sinais da desfiguração que o restante da família desenvolvera. Não havia nada.

— Esteja certa — disse sua mãe — de que você está exatamente como era. A peste não deixou nenhuma marca em você.

— Ah, mãe! — Bess se atirou nos braços de Anne e chorou lágrimas de alívio e de tristeza. Por um curto período de tempo, ela se sentira perto de Margaret e estava convencida de que a veria em breve. Agora a notícia de que estava viva fora manchada pela dor de ser arrancada de sua irmã.

Anne secou as lágrimas da filha.

— Venha agora, este não é um momento para choro. Vou lhe preparar um caldo. Você ficará forte mais uma vez, muito em breve. Você vai ver.

Enquanto Bess observava sua mãe movendo-se pelo cômodo, preparando a comida, esforçava-se para entender o que acontecera. Fora afligida pela peste, e, ainda assim, ela, e somente ela, sobrevivera. Sua mãe a teria curado? O que tentara com Bess que não havia tentado com os outros? Que remédio poderoso teria inventado e, se era tão eficaz, por que não o usara antes? Ela via agora que o cabelo de sua mãe não era a única coisa que havia se alterado tão dramaticamente. Ela parecia se mover de forma diferente, ocupar o espaço de um modo totalmente novo. Um modo que era estranho e inquietante. Algo profundo havia mudado em sua mãe enquanto Bess estivera doente em seu leito. Alguma transformação ocorrera na raiz de seu ser, acreditava Bess, alguma coisa havia mudado para sempre em sua alma.

Aquele fora o inverno mais triste que Bess já suportara. O frio da tristeza em seu coração era acompanhado pelos ventos gelados e geadas cruéis que assolaram a fazenda. Ela e a mãe lutaram para cuidar da terra e dos animais, mas era uma tarefa impossível. A pequena propriedade fora equipada e preparada para exigir o trabalho de quatro adultos, não dois. Rapidamente, tornou-se claro que elas não seriam capazes de gerir toda a área plantada sozinhas e, como não havia dinheiro para contratar ajuda, foram forçadas a se desfazer de alguns de seus animais. E menos animais significava menos comida. Juntas, abateram a velha porca, mergulhando sua carne no sal. A porca restante vagou morosamente pelo pátio por alguns dias e ameaçava definhar até desaparecer diante de seus olhos. A vaca mais jovem foi vendida a um vizinho. A mais velha mostrou-se estéril, o que significava que restara apenas uma para oferecer leite. O rendimento tão mais baixo significava o fim de sua fabricação de queijos, pelo menos até o outono seguinte.

O Natal passou despercebido na casa Hawksmith. Nem Bess nem sua mãe podiam encarar as alegres tradições e costumes que marcavam o dia como especial e as lembravam de seus amados entes perdidos. Elas não possuíam tempo nem energia para se importar e devem ter percebido que muitos na vila agora haviam deixado de celebrar a festa natalina. Estava em moda naquela terra a observância silenciosa da vontade de Deus, e não os rituais vistosos que serviam de desculpa para a alegria e os excessos de bebida em Seu nome. Nada disso importava a Bess ou a Anne. Elas raramente se aventuravam pela vila, exceto para vender ou comprar algo. Nenhuma delas pusera os pés na igreja desde a peste. Ocorrera a Bess que isso não passaria despercebido. Lembrou-se das palavras do reverendo Burdock para o sacristão. Isso parecia ter acontecido havia muito tempo: numa época ensolarada, iluminada e esperançosa. Todos os paroquianos eram obrigados a assistir ao culto dominical, e sua ausência seria registrada. Por ora, o tempo inclemente e as privações infligidas à vila pela peste davam às pessoas outras coisas com que se preocupar. Por ora.

Durante duas semanas inteiras, nos dias mais sombrios da estação, a neve cobriu a terra quase até o próprio mar. Bess nunca vira o topo das falésias branco pela neve. O calor do mar sempre mantivera tal clima a distância até agora. Olhando para a terra bela e fria, Bess sentiu como se a própria Terra estivesse de luto. Ela se perguntava se a primavera ainda voltaria. Parecia-lhe que as coisas poderiam ficar assim para sempre. Antes do Natal, ajudou sua mãe a espremer a última das maçãs e a colocar o suco para fermentar. Agora, a sidra estava pronta, e Anne decidiu que elas deveriam vender uma parte.

— Quero que você leve estes garrafões para a taverna Três Penas. Chame James Crabtree. Agnes vai querer negociar com você. — Enquanto falava, Anne ajustava seu próprio manto pesado sobre os ombros de Bess. — Não se deixe arrastar para uma negociação com aquela mulher. Ela vai querer tirar o máximo de você por nada. Insista em falar com James, está me ouvindo?

Bess assentiu. Teve uma sensação esquisita nas profundezas de suas entranhas e concluiu que era empolgação. Nunca estivera em uma taverna antes, e a Três Penas tinha a reputação de ser a mais selvagem do vilarejo. Depois de ter ficado tanto tempo enfiada na fazenda, sentira certa empolgação de estar saindo mundo afora, encarregada de algo tão adulto e importante. Imediatamente, Bess sentiu-se culpada, como se fosse errado sentir qualquer coisa semelhante a prazer. Ela se perguntava se seria sempre errado.

A neve desaparecera, mas o chão estava congelado e duro, e um vento cruel castigou o rosto de Bess assim que ela saiu. Puxando o capuz de sua capa por cima do gorro, amarrou-o firmemente. Foi buscar a velha égua, que se mostrou indócil e relutante em ser arrastada para fora de seu celeiro quente. Anne ajudou a filha a acomodar os garrafões de sidra nos cestos sobre o cavalo.

— Não demore — disse Anne, enquanto apertava os arreios e entregava as rédeas do cabresto. — Eu sei que Whisper irá devagar, mas você pode montá-la assim que tiver entregado a sidra, e ela voltará rapidamente para casa.

Bess tomou as rédeas.

— Vamos lá, garota, vou lhe arrumar um punhado de feno quando voltarmos.

— E não se demore na taverna, Bess. — Sua mãe alertou. — Não fale com mais ninguém, além de James Crabtree.

A taverna Três Penas era uma grande construção, feita de tábuas fortes e com um telhado de palha desalinhado. O andar superior tinha pequenas janelas de vidro no telhado. Os quartos ali eram usados como estalagem, um lugar para os viajantes passarem uma noite com um pouquinho de conforto e muito barulho. Bess tinha ouvido falar de todos os tipos de usos para esses quartos, além de dormir. Amarrou Whisper a um anel preso à parede da frente da taverna e entrou. Imediatamente, seus sentidos foram atacados. A fumaça produzida pela madeira verde sobre o fogo e os numerosos cachimbos de barro sendo preenchidos e pitados com fervor tornavam o ar mais espesso que uma neblina do mar. Bess fechou a porta atrás de si, fazendo o melhor que podia para ignorar os olhares lascivos lançados a ela pelo caminho. O piso térreo do edifício consistia em uma sala de teto baixo, preenchida com uma porção de mesas e bancos desgastados. Um grande assento ao lado do fogo era regularmente ocupado por consumidores idosos, de idade indeterminada e capacidade mental limitada. Os assentos das janelas eram ocupados por mulheres espalhafatosas, vestidas com cores fortes, que entretinham os homens de olhos faiscantes. O riso estridente desses pares bêbados cessava apenas quando eles escapuliam para um dos quartos no andar de cima. Do lado oposto ao da lareira, um bar fora construído rusticamente, com madeira recuperada. Barris ficavam em um canto. Canecas, potes e jarras ficavam acomodados em prateleiras sujas. Os latidos e rugidos dos embriagados competiam com os gritos pedindo cerveja ou sidra, dirigidos à proprietária cada vez mais mal-humorada e à garçonete que passava mais tempo se desviando de mãos bobas do que enchendo canecas de cerveja. Bess endireitou os ombros e caminhou rapidamente em direção ao bar. Ela corou ao lhe atirarem comentários lascivos sobre suas longas pernas e lábios carnudos enquanto passava apressada pela multidão. Mais de uma vez sentiu mãos sobre ela, mas não reagiu. Ao alcançar o bar, ficou chocada ao não ver nenhum sinal do gerente, mas somente a desagradável esposa dele. Sentiu que um monte de homens começava a se aglomerar ao seu redor.

— Vim para falar com o sr. Crabtree — disse ela para a indócil Agnes Crabtree.

— Bem, e essa agora — disse a mulher, sem ao menos olhar para Bess. — O sr. Crabtree está ocupado no momento, de modo que você pode tratar do assunto comigo.

O cheiro dos corpos quentes e imundos estava começando a permear a fumaça e atingir o nariz de Bess. Ela não deu nenhum sinal exterior da repulsa que sentia.

— Eu não irei incomodá-lo por mais do que um instante. Tenho sidra para vender. — Ela aumentou o tom de voz, mas continuou agradável.

Naquele momento, Agnes se virou e franziu a testa para a jovem provocativamente atraente diante dela.

— Não acha que entendo de sidra, então?

Houve um murmúrio de interesse dos homens que estavam por perto. Bess reprimiu o pânico quando percebeu um homem ficar atrás dela, tão próximo que sentiu seu corpo contra o dela.

— Vejo que você está extremamente ocupada, sra. Crabtree. Não gostaria de incomodá-la. Minha mãe me disse...

— Oh! Bem, se foi sua mãe quem disse! Então está dito, sua mãe lhe disse!

O homem atrás de Bess se esfregou sem vergonha nenhuma nela. Ela corou ao perceber claramente a parte enrijecida do corpo dele contra suas nádegas. Imediatamente, todo o medo que sentira foi substituído pela fúria. Que direito tinha ele de tratá-la daquela maneira? Que direito tinha qualquer homem? Ela girou nos calcanhares, surpreendendo o homem com seu movimento rápido, enquanto ele cambaleava um pouco para trás.

— Senhor! Não pedi suas atenções e elas não são bem-vindas!

Um coro de surpresa e deleite se elevou do grupo reunido.

— Que azar, Davy! — zombou alguém, rindo. — A moça não aceita suas atenções!

— Pelo menos, ela o chamou de senhor! — opinou outro.

O próprio homem se refreou ante o ridículo. Dando um passo à frente, prendeu-a contra o bar.

— Talvez eu deva lhe dar uma atenção mais direta — disse ele.

Bess sentiu-se enojada diante do contato tão íntimo e agressivo.

— Afaste-se de mim, senhor. — Sentiu sua fúria aumentando e sabia que deveria mantê-la sob controle, não importando qual fosse a provocação.

— Acha que é boa demais para gente como eu, então? Pensa que um dia será a senhora de Batchcombe Hall? — Enquanto falava, gotas de saliva fétida respingavam no rosto de Bess. Ela resistiu ao impulso de enxugá-las.

— Eu estou avisando...

— Você o quê, menina? — riu ele. — O que devo temer? Aquele seu irmão ingênuo virá atrás de mim, é? Ou serei reprimido pelo velho Hawksmith em pessoa?

À menção do nome de seu pai, muitos dos que estavam por perto caíram em silêncio. Estava claro que alguns deles sabiam do destino de sua família, mesmo que seu algoz não o soubesse. Bess abriu a boca para falar, mas tamanha raiva ferveu dentro dela, que não encontraria palavras para expressá-la. Nunca sentira tanta fúria, e agora o homem asqueroso estava movendo a mão em direção ao seu seio. Ela queria liberar sua raiva, mas uma pequena parte dela temia fazê-lo, sem saber quais seriam as consequências. Em vez disso, pegou uma jarra de faiança do bar e atirou-a pelos ares. Quando a mesma se chocou contra o rosto de Davy, houve um terrível estrondo, rapidamente seguido por um baque enquanto o homem caía para o lado. Gritos e gargalhadas encheram o espaço. Agnes acotovelou a multidão para passar.

— Tirem-no daqui antes que haja mais confusão, e você — acenou para Bess —, se quer tanto ver meu marido, passe por aquela porta e seja rápida. — Ela inclinou a cabeça na direção do canto mais afastado da sala.

Bess não esperou por mais instruções e saiu correndo com o coração disparado diante do que acabara de fazer, diante da força de sua própria raiva.

Do outro lado da porta, havia uma passagem estreita. Na escuridão, Bess conseguira enxergar degraus que levavam ao porão, de um lado, e uma porta na outra extremidade. Ela tateou pelas paredes e abriu a segunda porta. Uma cena de animação selvagem a recebera. O espaço, que alguma vez deve ter abrigado animais ou servido de estábulo a cavalos, fora modificado para acomodar um cercado circular. Em torno dessa arena, estava disposta uma multidão agitada e concentrada na ação que se desenvolvia dentro do círculo. Bess se espremeu por entre os homens que gritavam e gesticulavam, de forma que pudesse ver o que os havia lançado em tal frenesi de gritos e palavrões. No centro do cercado, dois galos atiravam-se um contra o outro. Ambos estavam ensanguentados e usavam falsas esporas viscosas de osso, presas sobre seus próprios ossos. As aves pareciam se equiparar em peso, mas uma delas tinha muito mais vigor do que a outra. O galo mais forte tinha penas cor de cobre e roxas, que se destacavam em um grande colar em seu pescoço. Ele saltava no ar e se lançava, garras e esporas à mostra, diante de seu oponente enfraquecido. Enquanto a ave mais fraca era atacada, o sangue jorrava de uma nova ferida em seu flanco, incitando a comemoração da plateia. Bess olhou para as criaturas infelizes e para os homens ao seu redor. Viu dinheiro apertado em punhos e olhos brilhando. Seria a aposta o que os deixava tão empolgados ou a visão do sangue sendo tão cruelmente derramado? Com os nervos já muito afetados pela experiência dentro da taverna, Bess agora se encontrava oprimida pelo desejo de violência ao seu redor. Sua raiva voltou. Ela olhou para os rostos brilhantes dos homens e para o estado lamentável das aves e não suportou mais. Fechou os olhos. Incerta do que precisamente estava tentando fazer, Bess seguiu seus instintos e invocou sua vontade, sua força e sua raiva. Ela as reuniu e depois as soltou, os olhos abrindo enquanto o fazia. As portas de cada lado da sala se abriram. Um vento soprou frenético através do recinto, agitando uma tempestade de poeira e palha, cegando a multidão barulhenta, girando em um vórtice de ruído caótico e detritos asfixiantes erguidos do chão. Não durou mais do que a metade de um minuto e depois parou, tão repentinamente quanto começara. Em meio a muita tosse e palavrões, o ar clareou, revelando o cercado vazio. As aves tinham desaparecido. Depois de um suspiro geral de espanto, os homens começaram a brigar e lançar acusações uns sobre os outros, enquanto foi organizada uma busca infrutífera pelos galos desaparecidos. Bess permaneceu entre tudo isso tranquilamente, procurando o sr. Crabtree em meio à multidão.

    Enquanto seu olhar vagava pela sala, prendeu a respiração ao ver, nos fundos, um vulto alto usando um chapéu de abas largas de feltro preto. Gideon Masters. O que teria atraído um homem tão solitário a um evento daquela natureza? Seus olhares se encontraram e um pequeno sorriso brincou no rosto dele. Bess desviou o olhar rapidamente, certa de que ele, e apenas ele, estava ciente do que ela fizera. Ela foi empurrada pelos homens enquanto a atmosfera começou a ficar cada vez mais violenta. Bess localizou James Crabtree ao lado de Gideon, balançando a cabeça em descrença, diante de toda a loucura ao seu redor. Enchendo-se de coragem, caminhou até ele.

— Sr. Crabtree. — Ela teve dificuldades para se fazer ouvir. — Sr. Crabtree! — Agora ele a notara.

— Pelo amor de Deus, o que temos aqui?

— Bess Hawksmith. Tenho sidra para vender, se estiver interessado.

— Você tem? E onde estaria essa sidra? — Olhou para ela, como se esperando que ela fosse tirar o produto de sob a capa.

— Bem, está com a nossa égua, em frente à sua... estalagem. Crabtree riu.

— Ouso dizer que é onde você a deixou, Bess Hawksmith, mas aposto os ganhos da minha noite como não está mais lá!

— O quê? — Bess ficou estarrecida. — O que está dizendo? Certamente ninguém iria levá-la, iria?

O proprietário começou a se afastar, ainda rindo para si mesmo.

— Com sorte, deixaram o cavalo, moça! Lembre-se de minhas palavras!

Bess ficou olhando para Crabtree, depois para Gideon. Estava certa de que ele apreciava sua angústia, embora seu rosto permanecesse impassível. Ela se virou e fugiu pela porta dos fundos. Do lado de fora, o vento estava mais forte. Correu até a frente do edifício. Whisper adormecera, descansando sobre uma pata.

Os cestos estavam vazios.

— Não! Ah, não! — Naquele momento, Bess não conseguia decidir quem odiava mais: os ladrões que a haviam roubado ou ela mesma por sua própria estupidez.

Sentiu que não estava sozinha e então ouviu um cantarolar de uma canção familiar entoada em voz baixa. Mesmo sem as palavras, sabia que a canção era "Greensleeves". Seu pai muitas vezes pedira a ela que a cantasse sozinha. Bess retesou-se enquanto Gideon se aproximava dela. Ele parou de cantar e a observou. Bess reprimiu as lágrimas, determinada a não se humilhar perante ele.

— Parece que há pessoas por aqui que não são confiáveis — disse ele, as palavras proferidas suavemente, mas com uma voz que continha inconfundível força.

Bess ignorou-o e desamarrou a égua.

— Uma pena — continuou ele — que se tire vantagem de uma pessoa de natureza confiável. É raro encontrar inocência nestes tempos obscuros. Não gosto que abusem do pouco que ainda resta.

Bess olhou para ele, sem saber se ele estava zombando dela ou demonstrando preocupação genuína. Ela não conseguia ler sua expressão. Terminou de desamarrar as rédeas e começou a virar a égua.

— O que dirá para sua mãe? — perguntou Gideon, sem fazer qualquer menção de desobstruir seu caminho.

— Ora, a verdade, é claro.

— Será que ela não vai repreendê-la por sua tolice?

— Acha que eu deveria mentir para me livrar? Que tipo de filha eu seria, então?

— Esperta, talvez.

— Melhor tola e honesta do que esperta e falsa.

— Belos sentimentos, Bess. Aplaudo sua integridade.

Havia algo na maneira com que ele pronunciava o nome dela que Bess achou profundamente inquietante.

— Não preciso de sua aprovação, senhor.

Então, ele sorriu de forma genuína, claramente divertido com sua demonstração de confiança. Seus traços angulosos e olhos escuros foram suavizados e transformados por seu largo sorriso. Seus olhos se enrugaram, e teria sido fácil, naquele momento, acreditar que o temperamento natural daquele homem era de gentileza e alegria. Bess achou essa versão nova, agradável e charmosa do homem mais inquietante do que sua versão usual. Olhou para o chão e fez menção de empurrá-lo para passar. Ele ergueu a mão, silenciosamente detendo-a com o gesto.

— Eu vou comprar sua sidra, Bess — disse ele.

Bess sentiu a raiva renovada emprestando-lhe força, mas se lembrou de que ele testemunhara os efeitos de sua ira. Saber que ele vira essa parte secreta dela, que, involuntariamente se revelara perante ele, perturbava-a.

— Vai sair do caminho ou devo arrastar a égua sobre você para ser mais divertido?

— Por que está tão irritada? Tudo o que fiz foi uma oferta para comprar sua sidra.

— Sabe muito bem que não tenho nenhuma para vender.

— É mesmo? Tem certeza?

Ela fez uma careta para ele e depois lhe deu as costas para olhar para a égua. Os alforjes estavam cheios. Ela os pegou, incapaz de aceitar o que estava vendo. Um instante atrás eles estavam vazios, e tinha certeza disso. Mas agora os garrafões haviam voltado para o pacote, e cada um, a julgar pelo peso, estava cheio. Ela arrancou uma rolha e cheirou o conteúdo. Não havia como confundir o aroma frutado e adocicado que a saudava. Bess sentiu um arrepio nas costas. Virou-se lentamente para Gideon, que estava casualmente acariciando as orelhas de Whisper.

— Que truque é esse? — perguntou ela, suas palavras tênues arrebatadas pelo vento selvagem que puxava sua capa e enchia seus olhos de lágrimas.

Gideon a observou enquanto falava.

— Não é truque, Bess. É simplesmente magia. Você acredita em magia, não é?

— Acredito que essa conversa é uma blasfêmia e que pessoas foram enforcadas por menos.

— Isso porque você é uma jovem temente a Deus, que foi bem ensinada a respeito dos caminhos do mundo. Entre todos esses livros que sua mãe lhe empurrou e as palavras secas do reverendo Burdock, o que mais você pensa? — Aproximou-se dela, seu corpo bloqueando o vento de forma que entre eles havia um pequeno refúgio de tranquilidade em meio à selvageria do dia que ia findando.

— Mas você sabe, Bess, em seu coração você sabe a verdade. Há magia à nossa volta. Nas nuvens em ebulição. Neste vento malicioso que agora mesmo mergulha sob as suas roupas para pôr seus dedos frios em seu corpo jovem e macio. Na sidra que some e reaparece. — Ergueu a mão lentamente e tocou de leve uma mecha de cabelo que se soltava sob a capa de Bess. — E você, Bess, há magia em você.

— Não entendo o que quer dizer.

— Acho que entende, sim. Sei o que vi. Sei o que você fez. Essas palavras soam familiares? Elas deveriam. Você as disse para mim, há não muito tempo. Nós não somos tão diferentes, você e eu, Bess. Queria que você enxergasse isso. Não finja para mim que você já não se perguntou por que sobreviveu à peste, quando os outros não. Quantas vezes você ouviu falar de alguém tão doente, tão tomado pela vil doença, que tenha recuperado a boa saúde, hein? Sem ao menos uma mancha sobre a bela pele rosada.

— Tive sorte. — Bess podia ouvir o tremor em sua própria voz.

— Sorte? Talvez você ache que Deus a poupou. Por que ele faria isso? Você acha que é melhor do que os outros? É isso?

— Sei apenas que minha mãe cuidou da minha saúde.

— Ela cuidou mesmo. Cuidou mesmo. — Ele assentiu, deixando sua mão cair em seguida. — Certamente deve ter sido um remédio forte o que ela encontrou para você. Ela disse a você como fez isso? Você perguntou a ela que ervas ela usou? — Ele fez a palavras *ervas* soar ridícula.

Bess não conseguia ver sentido no que ele dizia. Gideon Masters parecia estar insinuando que sua mãe usara magia para salvá-la. Mas isso era loucura. Sua mãe não sabia fazer magia. Sua mãe não era feiticeira. E, no entanto, era como se ele soubesse mais sobre sua mãe do que ela própria, como se tivesse algum conhecimento sobre o que sua mãe havia feito. Ou como havia feito.

Gideon enfiou a mão no bolso e tirou quatro moedas. Ele as apertou na mão de Bess.

— Pela sidra — disse ele. — Agora corra para casa, a luz está diminuindo. — Dizendo isso, tocou a borda de seu chapéu enquanto inclinava sua cabeça e partiu rapidamente, a passos largos.

Bess olhou as moedas. Era um bom preço.

— Mas, a sidra... — gritou para ele. — Você não pegou a sidra.

Ele respondeu, olhando para trás:

— Ah, acho que você descobrirá que peguei. Boa-noite para você, Bess. Até a próxima vez.

Bess girou; seu queixo caiu ao ver que os alforjes estavam novamente vazios, pendendo frouxos contra os flancos da égua. Ela tornou a se virar, sua mente em um caos, mas Gideon desaparecera.

5

Quando Bess voltou para casa, tinha a intenção de contar à mãe a versão completa do que acontecera. Por que não? E, no entanto, quando chegou a hora, relutou em mencionar Gideon Masters. Sua própria relutância a deixou perplexa. No final, simplesmente disse que tinha vendido a sidra, e sua mãe, satisfeita com o preço, não questionou mais. Conforme os dias corriam, o momento de falar sobre o assunto passava, de forma que Bess logo se convenceu de que não havia mais nada a ser dito. Em momentos de silêncio, porém, quando tinha a oportunidade de deixar sua mente vagar de volta ao lugar fustigado pelo vento, diante da estalagem onde vira a magia ser executada, Bess sabia que havia uma centena de perguntas gritando por respostas. Que poderes Gideon possuía para conseguir tais feitos? E o que ele sabia sobre como Bess se salvara da peste? Bess remoía essas dúvidas em sua mente várias e várias vezes, mas algo a impedia de manifestar qualquer uma delas para sua mãe. E a questão mais intrigante de todas: Por que não conseguia falar com sua mãe sobre a conversa com Gideon? O que temia ouvir?

O longo inverno arrastava-se com pés de chumbo em direção a uma primavera, que sempre recuava. A vaca estéril adoeceu e morreu. As galinhas demonstravam não estar muito inclinadas a retomar a sua atividade. A porca solitária há muito perdera o juízo e dera mais trabalho pesado a Bess, escapando regularmente dos limites do quintal e precisando ser resgatada de um sem-número de refúgios. Em uma dessas vezes, quando Bess estava empurrando e enxotando o pobre animal de volta pela trilha curva, um visitante surgiu, chamando por ela. Não chovia nem ventava naquele dia, por isso Bess podia ouvir o baque de cascos se aproximando. Ela parou de pajear a porca e olhou abaixo do caminho tortuoso, assistindo enquanto a montaria brilhante galopava para mais perto.

William, pensou ela. Apenas isso. Ela não tinha energia para formar uma opinião sobre sua presença depois de tantos meses sem vê-lo. Ele freara o cavalo e descera da sela, cumprimentando-a com uma reverência formal. Bess ficou impassível, olhando para ele. Quando o rapaz se endireitou e voltou-se para olhá-la adequadamente, ela percebeu na reação dele o quanto os meses anteriores lhe haviam tirado. Reconhecia, é claro, que não poderia ter suportado tudo o que acontecera sem algum sinal exterior de seu sofrimento, mas era difícil ver-se tão claramente detalhada no rosto jovem e belo de William. Era verdade que não sofrera marcas da peste em si, mas a tristeza e o desgosto haviam sido agravados por um inverno de privações. Sabia muito bem que não era a mesma menina que caminhara com ele no adro da igreja no outono anterior. Sua pele perdera o brilho juvenil, e seu corpo, a promessa inicial de fecundidade e prazer. Na verdade, sua carne pendia flácida sobre os ossos, sua estrutura naturalmente curvilínea agora parecia mais pobre e frágil do que ágil e elegante. Ela pôs a mão nos cabelos, sabendo que ele estava manchado e despenteado. Deixou cair a palma da mão contra sua saia, mas não fez nenhuma tentativa de espanar a sujeira de suas roupas. Ergueu o queixo. Que ele a encontrasse como ela era. Não havia razão para fingir.

William ficou diante dela, com os olhos inquietos.

— Bess, por favor, aceite minhas condolências. Fiquei verdadeiramente triste ao saber de seu infortúnio. Seu pai era um homem bom, e seu irmão e irmã... — Ele deixou as palavras no ar, sua exercitada polidez falhando em fornecer-lhe os meios de expressar corretamente sua empatia.

Bess fez um pequeno gesto à guisa de resposta. O silêncio entre eles rapidamente tornou-se tão sólido quanto um muro de pedra. Ela queria muito dizer alguma coisa, mas sentia-se incapaz. William é que deveria tomar a iniciativa. Não poderia ser o contrário. Ela esperou.

— Eu teria vindo mais cedo, mas só retornei recentemente. Da França, na verdade. Meu irmão e eu fomos enviados a negócios. Para meu pai.

— Muitos dos que puderam fugiram da peste.

— Por favor, não me censure, Bess. Não foi minha escolha partir.

Bess achou que ele parecia muito mais jovem do que ela se lembrava. Ainda um menino. Enquanto ela não era mais uma menina. Sua juventude fora enterrada junto com sua família.

Suspirou, sabendo que outro abismo se abrira entre ela e William. Algo mais para mantê-los separados.

— E você? — William tentou sorrir. — Está bem, Bess? E sua mãe?

— Como você pode ver.

— Vejo que você tem sofrido. Gostaria de ajudá-la, Bess. Sinceramente. — Ele se aproximou. — Sei que deve ser muito difícil para ambas, tentando trabalhar na fazenda sem...

— Nós fazemos o que deve ser feito.

— Mas certamente é demais, Bess. Você parece muito cansada mesmo.

— Nem mais nem menos do que qualquer outra pessoa com animais para cuidar, campos para trabalhar, e sem muitos recursos para abastecer seus trabalhos — disse Bess, sem conseguir afastar a amargura de sua voz.

— Você não vai me deixar ajudá-la? Sabe, acho que sempre tive uma afeição por você, Bess. Espero que me considere um amigo.

Bess se espantou. Teria ele escolhido aquele exato momento para declarar seus sentimentos? Ali estava ela, surrada e miserável, uma pobre entre os camponeses, cuja beleza fora tudo o que tivera, mas se apagara, e agora ele vinha falar de amor? De casamento? Um casamento que era, mesmo antes de seu estado de abatimento, uma ideia improvável e que teria levantado objeções e questionamentos. Poderia ele realmente crer que seu pai o permitiria escolher tal mulher para sua noiva?

Bess sentiu um soluço preso em sua garganta. Se tal reação vinha da ideia de ser resgatada da luta incansável da pobreza ou da ideia do calor e conforto da afeição de William por ela não saberia dizer. As pernas enfraqueceram como se fosse desabar no chão.

Vendo sua fragilidade, William passou o braço sobre seus ombros para sustentá-la.

— Não se incomode, Bess. Não vou deixar que você sofra assim. Você verá. Vim para lhe dizer que Lily Bredon, que foi criada da minha querida mãe por muitos anos, deixou o emprego. Após a morte de minha mãe, Lily tornou-se governanta, mas ela já não é mais tão jovem e foi viver com a irmã em Dorchester. Logo pensei em você e sua mãe. Precisamos de uma governanta, e outra ajudante de cozinha seria uma bênção, agora que meu irmão parece decidido a se casar. As acomodações são aconchegantes e alegres o suficiente. O trabalho não é excessivamente árduo, eu acho, e você nunca mais passaria fome. Não é a solução perfeita? Diga que você vai falar com sua mãe a respeito disso o quanto antes.

Bess olhou incrédula para William. Seus olhos brilhavam com a alegria de oferecer uma oportunidade tão maravilhosa de salvação. Ela podia ver apenas sinceridade e bondade em sua expressão, disso estava certa. Ficou claro para ela que, em sua inocência, ele não tivera a menor consciência da dor que acabara de lhe infligir. Em algum lugar lá dentro dela, uma estranha sensação se agitara, acompanhada por um curioso som borbulhante que Bess não reconhecera de imediato. Somente quando ficou mais alto e forte é que ela soube ser uma risada. Não uma risada suave ou um riso nervoso, mas uma gargalhada forçada, tão estridente e inesperada que fez com que William se afastasse com um passo para trás. Bess riu até que seu corpo doesse e lágrimas descessem livremente de seus olhos. William a encarou, claramente preocupado com a possibilidade de ter provocado, de alguma forma, um ataque de loucura nela. Ela acenou com a mão para ele, impotente.

— Perdoe-me, William — disse ela. — Não consigo mais conter minhas emoções mais básicas, como você está vendo. E, afinal, não é riso o que um bobo deve causar?

— Está me chamando de bobo?

— Não. — Ela balançou a cabeça enquanto enxugava os olhos. — Não você, querido e bondoso William. Eu é que sou a pateta aqui. Eu mereço esse título. E ninguém mais. Como metade do vilarejo fez o máximo para me informar, embora eu não tenha ouvido.

— Não estou entendendo, Bess. Pensei em lhe oferecer esperança, auxiliá-la em um momento de necessidade, mas você riu da minha sugestão.

— Sua oferta é justa. É de bom-senso, como seria de se esperar de você. É esse sentido, que muito me falta, o que nos diferencia um do outro mais do que qualquer outra coisa. Você é mais experiente e sábio do que imaginei, William. — Recuperara a compostura e começou a sentir uma pesada tristeza se abater sobre ela. Até aquele momento, não havia compreendido a força de sua afeição por William. Havia superestimado o próprio valor, falhara em ouvir as palavras daqueles que conheciam melhor a ordem das coisas, e agora machucava seu coração com a própria estupidez. Como poderia ter realmente acreditado que William Gould, de Batchcombe Hall, poderia cogitá-la para ser sua futura esposa? — Sinto muito, William — disse ela, afinal. — É uma oferta generosa, de verdade, mas não posso aceitá-la.

William arrastou os pés, mexendo-se antes de levantar seus olhos até os dela com um sorriso hesitante. Ele estendeu a mão e acolheu a de Bess na sua. Ela percebeu duramente o quão calejados e ásperos seus próprios dedos estavam ao toque da pele suave dele. Quando ele falou, havia saudade em sua voz.

— Você vai mesmo descartar tão rapidamente a oportunidade de estar perto de mim? — perguntou ele, gentilmente.

Agora ela entendera. Soltou um suspiro de espanto enquanto arrancava sua mão da dele e balançava a cabeça.

— Juro que não sei que outras palavras mais surpreendentes sairão de sua boca no dia de hoje! Primeiro, você me incita a entrar em sua casa como uma serviçal, embora me chame de amiga. Agora escuto que seu plano era me instalar como concubina, para estar ao alcance quando o capricho o fizer vir em minha direção, como se eu estivesse sempre disposta a receber qualquer migalha de afeição que você resolva me dar!

— Bess, eu...

— Não! Imploro que não diga mais nada. Vejo que interpretei mal o seu caráter, William. Tola que sou, vi bondade e inocência em seus olhos sorridentes. Como eu estava enganada. — Girou nos calcanhares, suas botas pesadas afundando na lama pegajosa da estrada enquanto ela caminhava em direção a casa.

— Bess, não vire as costas para mim. Deixe-me ao menos ser seu amigo! — gritou na direção dela.

Sem parar ou olhar para trás, Bess disse a ele:

— Não preciso de um amigo que me acha boa o bastante para compartilhar sua cama, mas não seu nome. Bom-dia para você, William Gould!

Quando Bess chegou em casa, ainda se via incapaz de conter sua raiva. Bateu a porta atrás de si. Sua mãe ouviu o barulho e veio da despensa.

— Bess? O que houve?

Bess arrancou o xale dos ombros e o pendurou no gancho.

— Aprendi uma lição sobre a verdadeira natureza dos homens — disse ela, batendo o pé no chão.

— Ah. E quem foi seu professor?

— Ninguém menos que William Gould, herdeiro de Batchcombe Hall, em breve senhor de toda a região. Um senhor como qualquer outro, que terá o que quiser em sua mão de sangue azul e manipulará tudo conforme sua vontade.

A expressão de Anne mostrou alarme.

— Ele feriu você?

— Ah, muito pelo contrário, mãe. Eu deveria ter-lhe agradecido, na verdade, por abrir meus olhos. Deixe-me contar o que o trouxe aqui depois de sua longa ausência. Seria para desfrutar da companhia de uma amiga, talvez? Ou, você pode estar pensando, seria para expressar a profundidade de seus verdadeiros sentimentos por mim? Não, nada disso. Foi para nos fazer uma generosa oferta de emprego. Diga-me, mãe, como isso soaria para você? Você está pronta para ser uma serviçal em Batchcombe Hall? Para servir a família Gould? Para um dia, em breve, ter William como seu senhor e mestre?

Anne surpreendeu Bess com sua reação. Ela não rejeitou imediatamente a ideia, nem a tomou como ofensa. Em vez disso, sentou-se no banco e descansou os braços sobre a mesa. Bess viu que ela estava considerando essa nova possibilidade.

— Mãe, devo acreditar que você consideraria tal destino para nós?

— Não estou em posição de rejeitá-lo, Bess. Não estamos conseguindo administrar a fazenda. Você sabe disso.

— É isso o que você quer para nós? Que sejamos criadas?

— Você se acha melhor do que os que fazem esse trabalho? Quando você afunda na lama para levantar a porca doente ou quando cata os piolhos que as ovelhas infestadas passam para você ou quando cai imunda em sua cama sobre lençóis sujos, você se acha boa demais para ser uma serviçal, Bess?

Bess não podia acreditar no que estava ouvindo.

— Isso não é tudo — contou à mãe. — William tem em mente uma outra função para mim. Ele me viu como sua futura amante, convenientemente instalada no alojamento dos criados. O que me diz disso?

— Digo que toda mulher deve escolher um senhor. William é um bom homem. Ele a protegeria.

— Juro que estou quase indo à loucura com as palavras dos outros! Ouvir minha própria mãe aconselhando-me a aceitar tal destino! Você me tem em tão baixa estima?

— Você é a minha querida do coração. Você é tudo para mim, Bess. Procuro apenas vê-la a salvo. Vê-la em segurança.

— E não se importa nem um pouco com a minha reputação?

— Reputação é para aqueles que podem pagar por ela.

— E a minha liberdade?

Anne estreitou os olhos para a filha.

— Será que a eduquei tão mal? Você não sabe que nenhuma mulher é livre, Bess? Na verdade, a única liberdade que uma mulher possui é a de escolher seu senhor.

— Então, papai era seu senhor?

— Certamente que era.

— Não! Ele a tratava como igual!

— Você está enganada, Bess. Só pode haver um soberano em uma casa.

— E agora que a liberdade lhe foi imposta por cortesia da morte, você desistiria dela para me ver submissa a um novo senhor?

— Os Gould são uma família boa.

— Não acho que sua moral seja boa.

Anne inclinou-se acentuadamente nos cotovelos e falou suspirando as palavras.

— Você desconhece as coisas do mundo, Bess, e isso é culpa minha, não sua. Eu deveria tê-la educado melhor. Deveria ter mostrado claramente o seu lugar. Mas, em vez disso, incentivei sua personalidade forte, seu espírito, sua inteligência. Vejo agora que lhe prestei um desserviço.

— Não, mãe. Não prestou. — Bess sentou-se diante de Anne e segurou suas mãos com força. — Você me criou para ser quem eu sou, e não vou aceitar nos ver reduzidas a nada. Não vou permitir nos ver ainda mais diminuídas. Nós encontraremos um jeito de ficar aqui e trabalhar na fazenda para reconstruir nossas vidas.

— Bess, não se pode duvidar de sua coragem, mas dá uma falsa esperança negar nossos limites.

— Vou mostrar a você que não precisamos de homem nenhum.

Anne balançou a cabeça.

— Filha, sem a ajuda de um homem, você estaria compartilhando o túmulo de sua irmã.

Bess sentiu um aperto frio em seu coração. Ela esperou que sua mãe explicasse.

— Quando você foi atingida pela peste, vi que a estava perdendo. Tentei tudo o que pude para curá-la, mas sem sucesso. Percebi que você também poderia escapar de minhas mãos. Tal como seu irmão e sua irmã escaparam. Como seu pai. Eu não podia sentar e assistir a você morrer, minha filha. Não podia. Procurei Gideon.

Bess franziu a testa.

— Mas por quê? Por que você achou que ele, dentre todas as pessoas, poderia ajudar?

— Há coisas sobre Gideon Masters que você não sabe. Poucas pessoas conhecem, de fato, tudo sobre aquele homem. Na verdade, é algo que muitos não entenderiam. Mas eu sabia. Sempre soube. — Ela apertou as mãos de sua filha, mas não conseguiu encará-la, mantendo os olhos baixos enquanto falava. — Sua avó era conhecida por seus poderes de cura, como fora a mãe e a avó dela antes disso. O conhecimento que possuíam foi transmitido até mim por meio de ensino e prática, como tenho procurado passá-lo a você. As mulheres de nossa família têm feito um bom trabalho, Bess. Elas viram gerações de bebês serem entregues a este mundo em segurança, têm tratado seus males desde o berço, aliviaram o sofrimento de todo e qualquer um que procurasse por sua ajuda. Não há nada de ímpio nisso. Nenhuma feitiçaria. Nenhuma magia. Remédios simples, poções de ervas, tinturas e unções. Isso é tudo. Mas, às vezes, como você viu com a sua irmã, Bess, às vezes não é o suficiente. Não pude salvar Thomas. Não pude salvar Margaret. Não pude salvar seu pobre querido pai. Eu sabia que não poderia salvá-la. Gideon era a única esperança que me restava. Fui até a cabana dele na floresta e implorei que a curasse. Eu disse que faria o que fosse, daria qualquer coisa, pagaria qualquer preço, se ele a fizesse ficar bem novamente. Eu sabia que ele era capaz de tal coisa. E ele viu que eu sabia.

Anne soltou as mãos de Bess e se endireitou, como se, tocando a filha, fosse incapaz de dizer o que estava prestes a dizer. Bess tinha uma centena de perguntas a fazer, mas forçou-se a ficar quieta enquanto sua mãe contava a história.

— Ele me levou para dentro, alertando de que não haveria volta da jornada que estávamos para fazer. Ele me fez assegurá-lo mais duas vezes de que aquilo era o que eu realmente desejava a qualquer custo. Apenas quando estava certo de minha decisão, ele agiu. — Anne balançou a cabeça e esfregou os olhos. — Oh, Bess, ver tanto poder nas mãos de um único homem é algo incrível e assustador.

Fiquei lá a noite inteira observando-o em seus encantamentos, seus cânticos e rezas, seus rituais e processos estranhos. Havia chamas de fogo branco dançando na sala, e sons... sons sobrenaturais como eu nunca ouvira antes. Também não sou capaz de descrevê-los para você agora. Durante a maior parte do tempo, ele solicitava apenas que eu não fizesse nada. Então, pela madrugada, Gideon me conduziu à frente, até que eu ficasse no centro de um círculo que marcara no chão. Dentro do círculo, havia desenhado uma estrela de cinco pontas. Ele fez sacrifícios e falou em línguas estranhas. O próprio ar naquela noite tinha o sabor da magia, eu posso jurar. Sobre mim, havia um turbilhão de formas, cores e sons que não nasceram neste mundo. — Anne levantou-se, os olhos brilhando com a lembrança, seu rosto magro emoldurado pelos cabelos grisalhos, parecendo selvagem e distante. — Eu senti. Senti o poder que Gideon invocara. Foi uma coisa terrível. Uma coisa como nenhuma outra. Uma força de fora, que viajara para dentro de minha alma. Nunca senti tanto medo em minha vida. — Olhando para Bess, sua expressão se alterou para êxtase. — Nunca senti tanto medo quanto naquela noite e nunca me senti tão viva!

Bess falou em tom baixo.

— Você usou magia para me curar? Gideon deu essa magia a você?

— Sim. E funcionou! Tão logo a senti entrando em mim, sabia que tinha o poder de curá-la. Sabia que você seria salva. Voltei para casa e fiz o que Gideon me instruíra. Fiz oferendas. Acendi velas. Repeti as estranhas canções e encantamentos. E você sobreviveu! — Agora ela sorria, seu rosto radiante de alegria pelo que acontecera.

Demorou algum tempo para que Bess pudesse falar, mas precisava falar. Havia uma questão a mais que necessitava ser respondida.

— Mãe. — Ela ficou de pé e escolheu as palavras com cuidado. — Diga-me, que preço você pagou por essa magia?

Anne desviou o olhar, balançando a cabeça.

— Que preço? — insistiu Bess.

— Não! Não me pergunte isso. — Anne subiu o tom de voz e levantou a mão como para se resguardar de maiores interrogatórios. — Nunca me pergunte isso, Bess. Nunca.

Bess queria pressioná-la, mas descobriu que não podia. As revelações que sua mãe fizera eram o bastante por enquanto. Sua mente já estava em um turbilhão. Ela precisava de tempo para pensar no que ouvira. Maiores explicações precisariam esperar outro dia. Mas aquele dia chegaria. Bess teria sua resposta.

Na manhã seguinte, as duas se levantaram antes da aurora para chegar a Batchcombe a tempo de montar sua pequena barraca na feira. Não tinham queijo para vender, nem manteiga, nem ovos. Em vez disso, levaram um pequeno maço de golas de renda e a porca solitária. O animal pareceu sentir a inutilidade da resistência e se permitiu ser conduzido até uma rampa improvisada na traseira da velha carroça. Whisper trotou pelo chão com passos lentos e constantes, de forma que elas chegaram ao seu canto alocado na rua principal um pouco depois das oito horas.

Elas não frequentavam uma feira desse tipo desde o outono do ano anterior, e Bess ficou chocada ao ver o quão reduzido o evento estava. A confusão e o agito de costume se foram, a brincadeira bem-humorada entre os feirantes, as fofocas das mulheres e a pose dos homens também. O inverno brutal e a impiedosa progressão da peste haviam transformado Batchcombe em uma cidade de sombras e fantasmas. Casais foram reduzidos a vultos solitários. Famílias que enchiam a rua agora tinham pais de rostos tristes caminhando com espaços entre si, onde antes as crianças deveriam estar. Muitas haviam perdido o único provedor, forçando mulheres a vender artigos de seu próprio vestuário e mobiliário ou parte do precioso gado. A barraca de peixe estava vazia, não havendo homens de sobra para partirem nos barcos. A porta da padaria estava fechada e trancada. Havia, como sempre houvera, a embriaguez, mas já não era do tipo irreverente e alegre. Em vez disso, os homens viravam cerveja e sidra goela abaixo e sentavam-se em um silêncio sombrio, à espera de alívio para seus tormentos pessoais. Poucas pessoas idosas haviam sobrevivido, e ainda menos bebês, dando a cena uma sensação curiosamente desequilibrada e pouco natural. As crianças que haviam sido poupadas pareciam assombradas agora, desprovidas de irmãos e cansadas da dor e do excesso de trabalho. Era uma aparência que Bess sabia que ela própria exibia. Até mesmo o clima parecia cansado e não se dava ao trabalho de manter vendavais e ventanias, como já fizera. Em todo o lugar havia um sentimento de ausência e de perda. O céu permanecia categoricamente cinza. O chão era de barro úmido e pedra sem graça. O próprio povo de Batchcombe perdera sua cor, sem nenhum casaco vermelho ou capa escarlate à vista, de forma que a feira se tornara um espetáculo monótono e triste.

    Bess ficara ao lado da porca infeliz, enquanto sua mãe fazia o possível para convencer uma mulher bem-vestida a comprar alguma renda. Enquanto observava a procissão de tristeza que passava, perguntava-se ociosamente se poderia haver alegria no vilarejo novamente. Um casal que ela reconhecera fez uma pausa em seu caminhar pela rua. Bess forçou um sorriso, mas o homem olhou com frieza e a mulher de olhos vermelhos parecia prestes a se dissolver em uma nova crise de choro. Bess franziu a testa para sua mãe, que colocou a mão em seu braço enquanto o casal seguia adiante.

    — Goody Wainwright teve todos os filhos levados pela peste — explicou Anne.

— Sinto muito por sua perda, mas por que eles nos olharam com tanto ódio em seus olhos?

— É difícil para eles aceitar seu destino. Minha filha ainda vive. Os filhos deles, não. É isso.

Como que para enfatizar a verdade disso, o sr. Wainwright diminuiu o passo para escarrar e cuspir em direção aos pés de Anne. Bess queria responder, dizer algo em sua defesa, mas notou a resignação de sua mãe e manteve-se em silêncio. Ficou tão perturbada com o que acontecera que demorou a notar que estavam falando com ela. Virou-se para encontrar William ao seu lado.

— Bom-dia para você, Bess. Eu esperava encontrá-la aqui.

— William, se você veio para me pressionar mais... — Ela se sentia desconfortável em sua presença.

— Não. Não, por favor, perdoe-me por ofendê-la, Bess. Eu... eu não tinha dado ao assunto a devida atenção. Vejo agora que julguei mal seus sentimentos por mim. Sinto muito. Não queria causar-lhe angústia.

Bess olhou para ele. Qual seria o propósito de tentar fazê-lo entender? Ele e ela haviam crescido separados por uma divisão que jamais poderia ser superada.

— Não há mais nada a ser dito sobre o assunto — disse ela.

Anne aproximou-se da filha.

— Bom-dia, William — disse ela, inexpressivamente.

Ele respondeu com uma reverência rígida, claramente incerto de como sua proposta fora recebida. Seu olhar recaiu sobre a porca.

— Ah, você a está vendendo?

— Ora, não — explodiu Bess —, imaginamos que uma volta na feira poderia melhorar seu ânimo.

Anne se interpôs entre William e Bess.

— Sim, William. Nós estamos vendendo a porca.

— Bom, muito bem, poderíamos usar outro animal assim. Ela parece... bem o suficiente.

— Está um pouquinho magra — disse Anne —, mas é jovem e tem produzido bons leitõezinhos a seu tempo.

— Excelente. Vou levá-la.

Bess não se conteve.

— Agora você nos insulta com a sua caridade!

— Bess! — sibilou Anne. — O jovem senhor simplesmente deseja comprar a porca.

— O jovem senhor nem sequer perguntou o preço dela.

— Eu lhe asseguro, Bess, que tenho necessidade de outra porca. Isso não é caridade, são negócios.

Bess abriu a boca para expressar seus pensamentos sobre os negócios de William, mas foi impedida de fazê-lo por uma comoção súbita no final da rua. Ouviu-se um som de cascos barulhentos e cães latindo enquanto um grupo de viajantes precipitava-se na curva e colina acima. Os frequentadores da feira se aglomeraram para olhar e rapidamente se espremeram contra as barracas e portas para evitar serem pisoteados pela rápida comitiva. Havia seis homens montados em bons cavalos. Todos sombriamente vestidos, mas em roupas de boa qualidade e com espadas na cintura. Um cavaleiro se destacava. Seu traje era semelhante ao dos outros em muitos aspectos, exceto pelas botas visivelmente finas. Seu chapéu preto não tinha penas, e seu largo cinto de couro estava apertado por uma fivela de prata reluzente. Seu cavalo era branco como um cordeiro recém-nascido e movia-se orgulhosamente, parecendo flutuar sobre os paralelepípedos. Bess achava que havia um ar sobre esse homem, algo em sua postura, algo na elegância de sua roupa ou em seu confiante queixo erguido, que o distinguia dos outros. Não havia nada de extravagante nele, nada que pudesse ser criticado nesses tempos em que simplicidade e modéstia eram virtudes, e ainda assim, em que sua capa simples e seu uniforme sem adornos conferiam-lhe uma presença inconfundível.

Um murmúrio percorreu a multidão. Começou como um sussurro hesitante, mas rapidamente tornou-se um coro, de modo que, quando a comitiva passou por Bess, ela claramente ouviu o anúncio. O vilarejo agora abrigava Nathaniel Kilpeck, magistrado, juiz e caçador de feiticeiras. A boca de Bess ficou seca, e ela não teve forças para olhar nos olhos de sua mãe. Em vez disso, silenciosamente pegou sua mão, e as duas mulheres ficaram caladas, observando enquanto o grupo galopava em direção à estalagem no fim da rua.

6

Dois dias depois, Bess e Anne sentaram-se à mesa da cozinha e comeram um magro café da manhã de lentilha aguada, em silêncio. Elas não falaram de Nathaniel Kilpeck ou do motivo de sua vinda para Batchcombe. Bess sentiu que verbalizar seus medos poderia dar a eles mais peso, trazendo-os, de alguma forma, à existência. E, ao mesmo tempo, ainda não ter falado sobre o caçador de feiticeiras a deixava atormentada. Ouvira sobre a caça às feiticeiras em outras partes do país. Thomas até mesmo tinha entretido suas irmãs com histórias sobre feitiços e maldades de feiticeiras. E sobre o eventual enforcamento daquelas mesmas mulheres depois de terem sido levadas a julgamento e condenadas. Bess viu sua mãe terminar a refeição. Seu outrora lindo rosto agora mostrava o crânio sob a carne, e o azul intenso dos seus olhos tinha esvanecido. Mesmo assim, ainda havia força nela. Um poder. Enquanto Bess se esforçava para dar sentido a tudo o que havia acontecido naqueles poucos meses brutais, ouviu um galope de cavalo no quintal. Ela e sua mãe trocaram olhares ansiosos e se apressaram em sair para encontrar Bill Prosser em sua égua castanha.

— Bom-dia para você, viúva Hawksmith. Bess. — Ele acenou rapidamente com a cabeça, demonstrando claramente que não tinha intenção de desmontar.

— O que o traz à nossa porta assim tão apressado, Bill Prosser? Alguém na sua casa está passando mal? — perguntou Anne.

— Não, graças a Deus. Fomos poupados. A peste passou pela aldeia, mas o bom Deus achou por bem proteger-nos. Vim até você por outro motivo, por insistência de minha esposa e filha.

— Outro motivo? — A voz de Anne não demonstrou seus medos.

— Vocês estão sabendo que Nathaniel Kilpeck está na aldeia? Ele foi enviado até aqui por ordens do governo, para procurar feitiçaria e julgar os acusados. A velha Mary foi presa.

Com essa notícia, Anne engasgou, levando a mão à boca.

— Não! — Bess aproximou-se. — Mas sob qual acusação?

— Acusação de feitiçaria.

— Mary não é feiticeira — disse Bess —, ela é uma boa mulher. Uma mulher temente a Deus. Ela salvou inúmeras vidas na aldeia. Todos sabem disso. Quem a acusou?

— A senhora Wainwright. E a viúva Digby.

— Aquela mulher tem uma língua de cobra!

— Bess! — Anne tentou silenciá-la.

Bill tinha mais para contar.

— A senhora Wainwright alega que a velha Mary lançou uma maldição sobre suas crianças e que, por causa disso, elas rapidamente sucumbiram à peste. — Ele pausou desconfortavelmente e então acrescentou: — Ela deu o nome de mais uma pessoa em suas acusações.

— Quem? — insistiu Bess.

Anne colocou a mão no braço de sua filha.

— Não há necessidade de pressionar ainda mais nosso bom vizinho, Bess. — Ela olhou para cima e acenou para ele com a cabeça. — Meus agradecimentos a você por vir nos dar essa notícia — disse ela.

— Como eu lhe disse, minha mulher e filha me pediram para avisar você. Bom-dia para as duas — disse ele, virando seu cavalo inquieto e esporeando-o rapidamente em um desabalado galope.

Bess agarrou-se à mãe.

— Ele quis dizer que é você. Você foi acusada! Mãe, precisamos sair daqui de uma vez; não podemos ficar. Não é seguro. Temos que pegar o que pudermos e ir embora neste instante.

— Silêncio, minha filha — disse Anne, com os olhos fixos no horizonte. — Fugir não vai nos ajudar em nada.

Bess viu um olhar de calma e resignação no rosto de sua mãe. Ela apertou os olhos, mirando a distância, seguindo a direção do olhar da mãe. Bill Prosser havia desaparecido dentro da floresta, mas o som de cascos ainda podia ser ouvido. Ele vinha, ela podia ver agora, do grupo que despontava no alto do morro e trovejava caminho abaixo, rapidamente, em direção ao chalé. À frente dos outros cavalgava Nathaniel Kilpeck.

A reunião que havia sido convocada no tribunal deveria essencialmente determinar se as acusações contra Anne tinham ou não credibilidade suficiente para levá-la a julgamento. Mas, na mente de Bess, aquilo já era um julgamento em si. Anne estava sendo mantida em frente à bancada no fundo da sala por um oficial. A galeria pública estava cheia de pessoas do vilarejo, murmurando e cochichando. Tudo acontecera tão rápido, que Bess ainda não conseguira compreender completamente. Ali estava ela, sentada na ressonante sala do tribunal, cercada por rostos familiares que ela não mais reconhecia. Eram vizinhos, colegas agricultores e feirantes, pessoas que conhecera por toda a vida, que agora estavam ali, lotando os bancos de madeira, debruçando-se para ver melhor a suposta feiticeira que vivia entre eles. A porta se abriu, e uma procissão de homens sisudos caminhou até seus lugares na bancada do magistrado. Bess reconheceu Nathaniel Kilpeck e dois de seus homens. Com ele estava também o conselheiro da cidade, Geoffrey Wilkins, e o reverendo Burdock. Assim que se acomodaram, o conselheiro Wilkins bateu o martelo três vezes pedindo silêncio. Os ruídos cessaram.

— Esta reunião foi convocada — declarou ele —, com a finalidade de inspecionar as provas contra Anne Hawksmith. Quem a preside é o magistrado Nathaniel Kilpeck, enviado diretamente pela autoridade do Parlamento na posição de caçador de feiticeiras.

Nathaniel Kilpeck dispensou mais introduções.

— Obrigado, conselheiro — disse ele com sua voz curiosamente alta e tensa. Ele fez uma pausa, estreitando os olhos para encontrar primeiro Anne e depois os espectadores reunidos. — Muitos de vocês aqui devem ter ouvido meu nome e devem ter ouvido sobre atos associados a mim. Atos graves. Não peço desculpa por eles. Estes são tempos sombrios. O diabo caminha sobre a Terra, e nenhum de nós está a salvo de suas mãos profanas. Cabe a todos, a cada um de nós, a incumbência de sermos vigilantes. Estarmos atentos para os perigos que espreitam entre aqueles que convivem conosco. É somente por meio dessa vigilância que poderemos erradicar a podridão do mal de nossa sociedade e limpar nossa terra da influência de Satã. Devemos livrá-la de criaturas como a feiticeira que está diante de mim, se feiticeira ela for, ou então nenhuma criança poderá crescer em segurança e em nome de Deus nesta cidade.

Isso fez com que muitos concordassem com a cabeça e se iniciasse uma onda de murmúrios a favor vindos da plateia. As mãos de Bess já estavam úmidas de suor. Ela sabia que sua mãe se encontrava em grande perigo, mas até aquele momento não tinha se dado conta da enormidade de seu risco. Ali estava um homem disposto a mostrar para o mundo que a incredulidade não seria tolerada. Um homem, ao que lhe parecia, que não tinha vindo para escutar, para ouvir evidências e testemunhos, mas sim para condenar qualquer um que fosse colocado à sua frente, independentemente de sua inocência ou culpa, apenas para dar continuidade à sua própria causa.

— Tenham certeza de que serei rigoroso — continuou ele. — Rigoroso em meu interrogatório de ambas, acusada e testemunha. E rigoroso na aplicação da lei a essas questões. Não me deixarei levar pelo clamor das massas. Vou fazer com que as evidências sejam corretamente recolhidas e examinadas. Então, e só então, levarei a acusada a julgamento; e esse julgamento será conduzido com o máximo decoro. No entanto, se eu descobrir que Satã corrompeu de fato essa mulher, que a denegriu, afastando-a do papel de serva de Deus que ela nasceu para cumprir e transformando-a em algo vil e maligno, então não mostrarei nenhuma piedade. Feitiçaria é contra Deus. É contra a lei. Pretendo garantir que seja erradicada para que os cidadãos tementes a Deus possam viver em paz e segurança mais uma vez!

Dessa vez, houve uma aclamação. Em apenas alguns momentos, Kilpeck ganhara o apoio da maioria na sala, e Bess já podia ver o fervor assustador com que as pessoas, até então gentis, agora sacudiam seus punhos e batiam suas bengalas no chão para mostrar aprovação

No meio disso tudo, sua mãe permanecia parada e altiva, com os olhos fixos em algum ponto distante, parecendo forte e vulnerável ao mesmo tempo.

O conselheiro Wilkins estava de pé.

— Quem acusa essa mulher? — perguntou ele.

Houve uma confusão em um dos lados da multidão aglomerada. A senhora Wainwright deu um passo à frente.

— Eu, senhor — disse ela.

Nathaniel Kilpeck abordou a mulher diretamente.

— E o que você alega que ela cometeu?

— Eu alego que ela, junto com aquela megera Mary, lançou uma maldição sobre meus quatro filhos para que eles sofressem terrivelmente e morressem da peste. — Os olhos da senhora Wainwright estavam avermelhados e inchados. Sua pele, seca e esquelética, como se todos os líquidos tivessem sido sugados de seu corpo. Bess podia sentir a raiva e a dor da mulher enquanto ela falava.

O reverendo Burdock limpou a garganta.

— Permita-me...? — Ele recebeu um aceno do magistrado, consentindo. — Senhora Wainwright, todos nós lamentamos sua perda. Eu sei o quanto a senhora sofreu. Mas, certamente, é da natureza terrível dessa doença que os pequenos foram vítimas. Se Deus achou por bem levar seus filhos, por que a senhora considera que a velha Mary ou Anne Hawksmith aqui presentes tiveram alguma parte nisso?

— Todo mundo sabe que as duas são praticantes de misticismo. Elas usam poções, até as vendem. Não fazem segredo de suas artes negras.

O reverendo arriscou um sorriso.

— Mas para a cura, certamente. Pelo que sei dessas mulheres, elas ajudaram em muitos partos e aliviaram o sofrimento de inúmeros membros de nossa paróquia. O que teriam a ganhar desejando o mal a seus filhos?

Com isso, a senhora Wainwright cerrou seus dentes de tal forma que teve que cuspir suas palavras por entre eles.

— A filha de Anne Hawksmith não morreu. — Ela apontou um dedo ossudo para a acusada, seu braço estendido tremia ao fazê-lo. — Sua filha foi atingida pela peste, mas ainda vive. Ela deveria ter morrido, mas aquela mulher fez um pacto com o demônio para salvá-la, então a menina sobreviveu. Ela deu minhas crianças para ele, para que a filha dela pudesse viver.

Houve suspiros de horror na multidão e maldições proferidas. Kilpeck ergueu a mão para silenciar a plateia mais uma vez.

— Isso é verdade, senhora Hawksmith? Sua filha ainda vive, mesmo depois de ter sofrido com a peste?

Houve um tremor na voz de Anne quando ela falou, mas manteve o tom no mesmo nível e seus olhos fixos à frente.

— Minha filha mais velha, Bess, de fato caiu doente, senhor. E, sim, somos abençoadas por ela ter se recuperado — disse ela.

— Abençoadas ou amaldiçoadas! — gritaram da galeria.

— Silêncio! — ordenou o conselheiro Wilkins.

Anne continuou.

— Minha filha mais nova, Margaret, minha doce bebê, não teve tanta sorte. Ela morreu. Assim como meu filho, Thomas, e meu querido marido, John.

— Então, apenas Bess foi poupada? — perguntou Kilpeck. — Bess e você, é claro.

— É o que digo, senhor. Bess adoeceu, mas se recuperou completamente. Eu mesma não fui atingida.

— Isso é estranho, você não acha? Uma casa tão dilacerada pela peste e, ainda assim, você resistiu ao seu avanço sem nem mesmo uma febre?

— Foi o que aconteceu.

— Sim. E onde está sua filha agora? Está aqui? — Perscrutou a galeria pública. — Bess Hawksmith, apresente-se.

Bess abriu caminho entre a multidão, percebendo que as pessoas rapidamente lhe davam passagem. Foi para perto de sua mãe.

Kilpeck e os outros na bancada olharam para ela, examinando-a de perto.

— Não vejo nem sequer um sinal de seu sofrimento — disse Kilpeck a ela —, nada de marcas ou cicatrizes. De fato, você parece estar em perfeita saúde.

— Agradeço a Deus e aos cuidados de minha mãe, senhor. Ainda que em certo momento eu tenha desejado me juntar ao meu irmão e à minha irmã.

— Você pensou que iria morrer?

Bess hesitou, então assentiu.

— Sim, senhor. Eu pensei.

— Entendo. Então seu caso era tão grave que você chegou a acreditar que seria tomada nos braços por Nosso Senhor e ainda está aqui. O que você acha que a manteve nesta Terra? Quais medicamentos e orações sua mãe ofereceu?

No silêncio do tribunal, tudo o que Bess podia ouvir era a batida de seu próprio coração. Lembrou-se de quando acordou e viu sua mãe entoando cânticos na frente de uma vela. Lembrou-se de quando sua mãe falou de Gideon Masters e da magia poderosa que ele havia lhe dado. A magia que a salvara. Estaria ela prestes a condenar sua própria mãe? Seriam suas próprias palavras que iriam colocar a corda em seu pescoço?

— Vamos, criança — disse o reverendo Burdock —, conte-nos o que você sabe.

— Lamento não poder ajudar mais nesse assunto, reverendo, mas, como o magistrado disse, eu estava gravemente doente. Não me lembro de nenhum tratamento nem dos detalhes de minha cura. Apenas sei que tenho que agradecer à vontade de Deus e ao amor de minha mãe por estar viva.

Kilpeck não disse nada por um momento, mas ficou olhando para Bess de perto, como se soubesse que as verdadeiras respostas que procurava permaneceriam dentro dela. Finalmente, sussurrou para o conselheiro Wilkins, que se levantou e perguntou:

— Quem mais acusa essa mulher? Dê um passo à frente.

A viúva Digby, com o lenço na mão, abriu caminho até a frente do grupo reunido.

— Eu acuso. — Dirigiu-se ela a Kilpeck, em lágrimas. — Meu nome é Honoria Digby, e fui forçada a assistir, impotente, à minha querida irmã, Eleanor, ser levada deste mundo. Em seu delírio, ela agarrou minha mão e falou sobre uma visão que tinha diante de seus pobres olhos cegos. "Honoria", disse ela, "estão vindo me buscar. Eu posso ver!" Implorei que me dissesse quem a estava aterrorizando, e ela disse: "A velha Mary e Anne Hawksmith! Lá vêm elas, avançando em suas vassouras, nuas e desavergonhadas, amamentando seus demônios nos próprios peitos!" — A viúva Digby desmaiou nos braços de dois homens que estavam próximos e não pôde dizer mais nada. Um tremor de repulsa percorreu a multidão. Nathaniel Kilpeck olhou para Anne.

— Bem, Anne Hawksmith, você ouviu os testemunhos contra você. O que tem a dizer em sua defesa?

— Vou ser condenada pelas injúrias de uma velha febril e pelo ciúme de uma mãe cuja mente foi envenenada pela dor? Vou ser condenada por ter cuidado de minha própria filha até que recuperasse sua saúde?

— É exatamente seu êxito em uma situação em que tantos outros falharam que nos interessa aqui — disse Kilpeck a ela. — Vai ser pior para você se não nos revelar quais métodos usou para curá-la.

Anne fez uma pausa. Virou-se para olhar Bess e sorriu gentilmente para ela. Voltou-se para Kilpeck.

— O senhor não tem filhos, tem?

— Não sou eu quem está sendo investigado aqui — disse ele.

— Eu sei que o senhor não tem — continuou Anne —, porque, se tivesse uma filha, saberia que faria qualquer coisa para salvá-la. Não há poder nesta Terra, ou em qualquer outro lugar, que o senhor não usaria se pudesse acabar com o sofrimento de uma filha sua e recuperá-la.

A multidão começou a ficar inquieta.

O reverendo Burdock procurou aconselhar Anne:

— Tenha cuidado, senhora, essas declarações não ajudam em nada no seu caso.

— Minha filha estava perto da morte — disse Anne —, eu já tinha visto meu primogênito e minha caçula morrerem. Eu havia enterrado meu próprio marido. Que tipo de mãe eu seria se não fizesse nada enquanto ainda estava ao meu alcance salvar o último filho que me restava? A morte a tinha em suas garras, e eu a puxei de suas mãos, isso é tudo.

Kilpeck franziu o cenho para ela.

— Você diz que a trouxe de volta do mundo dos mortos? Ela já havia partido desta vida quando você promoveu sua cura?

— Eu não sei o quão profundamente ela já havia caído no abismo da noite sem fim, só sei que fui capaz de levantá-la novamente.

Houve mais exclamações de choque pela sala.

O reverendo Burdock empalideceu.

— Você quer nos fazer acreditar que ergueu sua filha do mundo dos mortos? Você afirma fazer milagres agora?

Anne sorriu suavemente, com um olhar de resignação em seu rosto.

— É o trabalho de Nosso Senhor que vocês chamam de milagre; o meu, os senhores dizem que é magia.

— Blasfêmia! — gritou a viúva Digby.

— Você está indo longe demais, Anne Hawksmith! — O reverendo não conseguia esconder sua fúria. Anne não se abalou com isso.

— Por que, reverendo Burdock, se o senhor tem na janela de sua igreja a imagem de Cristo levantando Lázaro? O senhor teria gritado "Feitiçaria!" para Nosso Senhor?

Com isso, a sala desabou em turbulência. Gritos e maldições vinham das galerias, e o martelo do conselheiro Wilkins não era capaz de silenciá-los. O reverendo não conseguia mais ficar quieto em seu assento. Oficiais da corte e dois soldados foram obrigados a conter a multidão que forçava caminho para a frente. Bess temia que fossem arrastadas pela horda furiosa. Olhou para a mãe novamente. Por que ela falara com tanta audácia? Por que não fizera nenhuma tentativa de ocultar os fatos ou ao menos amenizá-los para apelar à misericórdia dos magistrados? Quanto mais Bess olhava para sua mãe, menos a reconhecia. Ela parecia tão calma, tão resolvida e de modo algum perturbada ou aterrorizada, como Bess estava, pelo frenesi da multidão nem pelas possíveis consequências de suas palavras.

Finalmente, a ordem foi restaurada. Nathaniel Kilpeck esperou pelo silêncio absoluto antes de fazer seu pronunciamento.

— Estou satisfeito com que exista substância para as acusações de *malefício*. Ordeno, portanto, que sejam procurados, no corpo de

Anne Hawksmith, sinais de que ela seja feiticeira, e que a acusada seja enviada de volta para sua casa e lá vigiada por dois dias e duas noites. Aceitarei testemunhos adicionais que estejam por vir, e um julgamento será realizado, nesta corte, daqui a cinco dias.

Ele terminou de falar e rapidamente levantou de seu assento. Assim que Anne foi levada pela porta lateral para as celas no andar de baixo, os membros da bancada saíram. O coração de Bess se encheu de medo com a visão de sua mãe sendo levada para longe dela.

— Mãe! — chamou, mas a porta se fechou atrás do último soldado.

Bess só foi saber algum tempo depois tudo aquilo por que sua mãe passara nas mãos dos oficiais do tribunal. Normalmente, esse tipo de trabalho era realizado pelas parteiras locais, mas, claramente, nesse caso, outra pessoa deveria fazê-lo. Isabel Pritchard, uma mulher de integridade duvidosa, foi trazida de Dorchester para realizar a tarefa. Anne foi despida e amarrada a uma mesa com cordas de couro. Sob o escrutínio do conselheiro Wilkins e de Nathaniel Kilpeck, a senhora Pritchard inspecionou cada centímetro da carne de Anne. Depois de algum tempo, anunciou a descoberta de dois sinais escuros, que começou a espetar para ver se sangravam. Não sangraram. Kilpeck não estava satisfeito com os esforços de Pritchard e se empenhou em vasculhar ele mesmo o corpo de Anne. Nenhuma parte, mesmo que privada ou indecente, foi poupada. Finalmente, ele encontrou, no fundo entre suas pernas, o que parecia ser uma pequena teta flácida. Kilpeck registrou isso em detalhes, dizendo que aparentava ter sido recentemente sugada.

Dali, Anne foi levada de volta para sua fazenda. Bess havia sido avisada de que a vigília aconteceria na casa de Anne, onde seria mais provável que conhecidos e demônios aparecessem. A velha Mary, não tendo uma casa que fosse de fato sua, também seria vigiada lá. A mobília foi empurrada para um lado, com Anne e Mary firmemente amarradas em cadeiras no centro da sala. Outros assentos, mais confortáveis, foram colocados nas laterais, nos quais sentariam os vigilantes oficiais. Eram eles Isabel Pritchard, sem dúvida feliz em aceitar uma taxa extra por serviços adicionais, o conselheiro Wilkins, o reverendo Burdock e o caçador de feiticeiras. Um soldado foi designado para ficar na porta. Permitiram que Bess permanecesse, mas deixaram claro que qualquer interferência de sua parte resultaria em expulsão.

Depois de muito barulho e de se acomodarem, os vigilantes fizeram silêncio. Bess encontrou espaço em um canto escuro de onde podia ver o rosto de sua mãe claramente quando a luz do fogo e das velas cuidadosamente posicionadas caía sobre ele. Não fazia ideia do que esperavam que acontecesse. Alguém realmente acreditava que criaturas curiosas e pequenos espíritos iriam visitar sua mãe? Estava além de sua compreensão que alguém de bom-senso, como o conselheiro Wilkins, pudesse realmente acreditar que estava prestes a testemunhar tal tipo de coisa. Ele conhecera sua mãe por toda a vida. Vira suas idas regulares à igreja, assim como o reverendo. E, no entanto, ali estavam eles, sentados na sala, em silêncio, esperando que entidades sobrenaturais aparecessem. A velha Mary parecia estar perto de desmaiar. Seus lábios se moviam sem parar, como se estivesse rezando, e seus olhos aparentavam ter perdido o foco. Anne, por outro lado, sentou-se ereta e parada, impassível e serena. Bess maravilhou-se com sua compostura e autocontrole.

As horas se passaram, perceptíveis apenas pelo seu vazio. Não havia tempo sobre o qual falar e nenhuma conversa, de forma que o único som audível era o suave silvo e estalo do fogo, e o pio esporádico de uma coruja atrás da casa. Depois de mais duas horas, esses sons foram aumentados pelo barulho irregular do ronco do conselheiro Wilkins. Bess moveu-se com dificuldade, sabendo que não corria perigo de cair no sono, mesmo que estivesse exausta pela ansiedade dos últimos dias. As velas queimavam lentamente, sugerindo que o amanhecer logo colocaria um fim àquela noite ridícula. Então, primeiro discretamente, mas logo ganhando volume, sons puderam ser ouvidos. Sons de arranhados. Kilpeck retesou-se em sua cadeira. O reverendo franziu a testa e olhou ao seu redor. Os barulhos de arranhados continuaram e pareciam vir da porta que levava à leiteria. Assim que Bess convencera a si mesma de que não era nada além de um rato faminto, os sons mudaram para batidas e a porta podia ser vista chacoalhando no batente.

— Deus nos salve! — sussurrou a senhora Pritchard.

Toda a sala manteve os olhos fixos na porta. Até o conselheiro Wilkins foi sacudido de seu cochilo pelo barulho.

Então, as batidas passavam a ser acompanhadas por gritos estranhos e uivos. O reverendo Burdock começou a rezar. O conselheiro Wilkins fez um movimento para se levantar, mas Kilpeck deteve-o com a mão.

— Não se mexa! — instruiu ele.

Os uivos ficaram mais altos. Eram diferentes de todos os sons que Bess tinha ouvido antes em toda a sua vida, algo entre o ganido dos filhotes de cães e o balbuciar dos bebês. A velha Mary choramingou e forçou as cordas que a prendiam à sua cadeira. Seus olhos se arregalaram quando a trava de madeira da porta do galpão começou a levantar, aparentemente por conta própria. Mesmo com tudo isso, Anne não se mexeu.

Bess prendeu a respiração quando a porta se abriu lentamente. A princípio, não conseguiu ver nada; então, formas baixas e curvadas saíram da escuridão do outro quarto e deslizaram para a luz. Naquele momento, a respiração de Bess viera com um engasgo de horror. As criaturas claramente não eram nascidas de qualquer animal da

Terra de Deus. Eram quatro no total, todas aproximadamente do tamanho de texugos, mas seus corpos eram curvados e sinuosos como grandes doninhas. Cobertos com o que parecia um pelo áspero, tinham também uma pele como a dos sapos. Seus olhos eram úmidos e sem brilho, e a saliva escorria de suas bocas frouxas e desdentadas. As aberrações rastejaram para a frente, seus estômagos arrastando no chão, ainda fazendo barulhos assustadores. A velha Mary começou a gritar, e logo a senhora Pritchard juntou-se a ela.

O conselheiro Wilkins não pôde mais se conter e saltou de sua cadeira. O reverendo Burdock tinha parado de rezar para olhar fixamente, horrorizado, as criaturas circulando pela sala até encontrar Anne. Ao verem-na, começaram a guinchar de alegria. Elas se lançaram em seu colo e sobre seu pescoço, lambendo seu rosto e fungando em seu cabelo. Bess achou que fosse vomitar, mas, ainda assim, sua mãe não se mexeu nem deu qualquer sinal visível de horror ou repulsa. De fato, não parecia surpresa com o que estava acontecendo, como se esperasse por aquilo. Será que conhecia aquelas aberrações? Será que eram seus demônios? Seus conhecidos? A cabeça de Bess rodopiava enquanto tentava processar o que estava vendo. A velha Mary tinha praticamente perdido a sanidade e gritava loucamente, contorcendo-se de forma desesperada em sua cadeira para tentar ficar longe das criaturas. Para ficar longe de Anne.

Kilpeck levantou-se e puxou a espada. Seu soldado estava prestes a deixar o posto na porta, mas o caçador de feiticeiras fez um sinal para ele permanecer onde estava.

— Tomem suas posições, rápido! — gritou. — Não deixem nenhuma coisa viva sair desta sala. — Ele levantou a espada e desceu-a sobre um dos animais aos pés de Anne, cortando fora uma das pernas da criatura. Ela gritou horrivelmente, um som medonho, que não parou mesmo quando um segundo golpe separou sua cabeça de seu corpo. As duas metades continuaram a se remexer e se contorcer. O reverendo Burdock vomitou copiosamente. A senhora Pritchard desmaiou no chão. O conselheiro Wilkins, não tendo uma espada, pegou um banco e começou a bater descontroladamente nas aberrações à medida que elas disparavam pela sala. Bess tapou os ouvidos com as mãos para evitar os sons terríveis, incapaz de tirar os olhos de sua mãe. Um dos demônios buscou refúgio debaixo da saia de Anne.

— Vejam! Vejam como as criaturas imundas buscam sua dona! Elas são crias do demônio! Essa mulher não é irmã de Eva, é um instrumento vil de Satã! — Ele ergueu a espada sobre a cabeça, e Bess viu que pretendia descê-la sobre sua mãe.

— Não! Não! — gritou ela, atirando-se para a frente. Jogou os braços em volta de sua mãe, ignorando os demônios que fugiam, cobrindo o corpo de sua mãe com o seu. — Não! — gritou para Kilpeck, fixando os olhos nos dele. Por um instante, sua espada vacilou, suspensa, ameaçando acabar com as vidas de Anne e Bess com um único golpe. Naquele momento, os demônios fugiram. Em um piscar de olhos, tinham sumido, e, com eles, o barulho e o caos que haviam causado. Bess manteve o olhar em Kilpeck, desafiando-o, sabendo, como ele sabia, que não tinha o direito de tirar a vida dela. Devagar, com grande esforço, o homem baixou a espada inofensivamente. Isabel Pritchard sentou-se no chão, chorando. O reverendo Burdock começou a rezar mais uma vez. Enquanto isso, uma piscina fumegante apareceu debaixo da cadeira da velha Mary, e o fedor de urina quente preencheu o ar.

7

A história dos acontecimentos daquela noite logo se espalhou pelo vilarejo. Quando Anne e a velha Mary foram trazidas das celas para diante dos magistrados pela segunda vez, não havia mais espaço no tribunal, e os soldados tiveram dificuldade em manter a ordem. O conselheiro Wilkins bateu o martelo insistente e ruidosamente para obter silêncio. A velha Mary tinha recuperado sua sanidade apenas o suficiente para emitir uma confissão balbuciada. Parecia que havia perdido toda a esperança de ser poupada, mas agarrou-se à esperança de que sua alma ainda pudesse ser salva. Seu testemunho, somado aos da senhora Wainwright e da viúva Digby, teria sido suficiente para condenar ambas as acusadas. Depois do que os vigilantes tinham visto, tais evidências provavelmente não eram necessárias.

Bess estava atordoada devido à falta de sono e ao medo. Medo de que estivesse ficando louca. Medo de que sua mãe não pudesse mais ser salva. E medo do poder, qualquer que fosse, que tinha enviado aquelas criaturas à sua mãe. O que aquilo significava? O que sua mãe havia se tornado? Esse era o preço sobre o qual ela não queria falar? O preço que ela deveria pagar por Gideon tê-la ajudado a salvar a vida da filha?

Nathaniel Kilpeck levantou a mão pedindo silêncio. Finalmente, quando todos os espectadores inquietos silenciaram, ele começou a falar, sua voz esganiçada entregando uma outrora bem-disfarçada excitação.

— Ouvimos os depoimentos das testemunhas, ambas mulheres fiéis e de boa reputação nesta paróquia. Ouvimos a confissão de Mary, que está diante de nós, uma feiticeira assumida.

Um silvo de ódio e agitação veio da galeria pública.

— Na noite passada, eu mesmo, com outros aqui presentes, testemunhei o espetáculo profano de quatro demônios repugnantes que vieram mamar nas partes íntimas dessa evidente e perigosa feiticeira que está diante de mim! — Nisso, ele apontou a mão trêmula para Anne. A multidão exultou, bateu os pés e gritou. O caçador de feiticeiras esperou pelo silêncio antes de continuar. — Foram tais os horrores e tão forte a evidência que enviei uma mensagem para o tribunal superior e pedi ação imediata e rápida para o caso. Posso dizer agora que recebi uma notificação de que não será necessário esperar pela quarta sessão nem levar essas... *mulheres* para a corte em Dorchester. Foi dado a mim o poder de pronunciar um veredicto sobre as provas coletadas e emitir a sentença aqui, neste mesmo dia e lugar, tal a natureza de seus crimes. — A multidão vibrou. Kilpeck levantou a voz para que fosse ouvida sobre a multidão, sem esperar que ela se acalmasse dessa vez. — Mary, parteira desta paróquia, nós ouvimos sua confissão e aceitamos sua declaração de culpa. Que Deus tenha piedade de sua alma. Anne Hawksmith, você ouviu as acusações apresentadas contra a sua pessoa. Você foi examinada, e foram encontradas as marcas do demônio e os recursos para amamentar seus semelhantes. Eu mesmo testemunhei Satã visitar você na forma daquelas criaturas repugnantes. Todos que lá estavam presentes viram o prazer delas em sua companhia. Você tem algo a dizer em sua defesa?

Finalmente, o silêncio retornou ao tribunal. Todos os ouvidos ficaram atentos para escutar o que Anne iria dizer, todos os pescoços esticados para terem uma visão melhor da noiva do diabo que tinha vivido despercebida entre eles por tantos anos. Bess começou a tremer. Por um instante, Anne olhou em volta, como se estivesse estudando os rostos daqueles que tinham vindo testemunhar sua condenação. Quando seus olhos encontraram os de Bess, ela sorriu suavemente e então voltou sua atenção para os magistrados.

— Nada do que eu disser irá amolecer corações de pedra — disse ela.

— Você ainda alega inocência? Depois de tudo o que vimos? — perguntou Kilpeck.

— Sou inocente das acusações feitas contra mim pela viúva Digby e Goody Wainwright, sim. Não prejudiquei ninguém.

— As acusações de *malefício* são apenas um dos detalhes deste julgamento. Feitiçaria em si é um crime capital, isso você deve saber.

Anne não disse nada.

O reverendo Burdock inclinou-se para a frente no banco, com as mãos entrelaçadas.

— Pelo amor de Deus, mulher, nem para salvar sua alma da condenação você vai confessar e implorar pela misericórdia desta corte e de Nosso Senhor?

Anne olhou para ele diretamente.

— Não tenho mais nada para pedir a Deus — disse ela.

O reverendo recuou como se ela o tivesse atingido.

— Como você pode ter chegado a esse estado ímpio e deplorável, mulher?

— Mulher, não: bruxa! — veio o grito da sala, e logo um brado se formou. — Bruxa! Bruxa! Bruxa!

Wilkins bateu o martelo em vão. Somente Kilpeck, ficando de pé, finalmente restaurou a ordem.

— Parteira Mary, Anne Hawksmith, vocês duas são declaradas culpadas das acusações de malefício, em particular ao que diz respeito às crianças Wainwright e à viúva Smith, e no geral pela prática de feitiçaria. É a sentença deste tribunal que vocês sejam levadas deste lugar ao nascer do sol, dois dias a partir desta data, e que sejam enforcadas até a morte.

O tribunal mergulhou no caos. Bess ouviu o som de seu próprio grito e achou que fosse enlouquecer naquele momento. Tentou forçar a passagem para alcançar sua mãe, os braços estendidos, mas não tinha jeito. Sentia uma loucura perigosa brotando dentro dela, mas não sabia o que fazer. Apesar de sua força interior estar atingindo níveis quase incontroláveis, não via nenhuma forma de como aquilo poderia ser empregado para salvar sua mãe. A multidão gritava e vaiava à beira da revolta, de tal forma que Kilpeck fez um sinal para que os soldados retirassem as condenadas do local enquanto seus homens impediam o avanço da população, cada vez mais selvagem. Bess foi sacudida e empurrada pela multidão, de modo que conseguiu apenas um último e breve vislumbre de sua mãe quando ela foi levada.

Batchcombe Hall era um belo exemplo de construção da sua época. Seus tijolos vermelhos brilhantes e madeiras reluzentes mostravam que seu proprietário era um homem de recursos. A porta da frente já dizia muito — a madeira encerada mostrava saúde e força; dobradiças de ferro intrincado chamavam mais a atenção por sua beleza do que pela sua função; a tranca forte sugeria que aquilo era de fato uma fortaleza, assim como as sete dúzias de cravos negros sobressaindo-se das tábuas largas de madeira. Foi para essa porta que Bess se dirigiu logo no dia seguinte ao julgamento de sua mãe. Ela deixou Whisper pastando na grama abundante ao lado do caminho da entrada e respirou fundo antes de subir os degraus. Pensara muito sobre buscar a ajuda de William. Ela estava longe de ter certeza de que ele pudesse fazer algo, mas não havia mais ninguém a quem recorrer. Ela não tinha escolha. Uma vez tomada a decisão, precisava decidir em qual porta iria se apresentar. Estava desconfortável com a ideia de chegar à frente daquela casa enorme. Nunca havia pisado em um lugar como aquele. Será que ao menos a deixariam entrar? E mais, ela não era uma criada nem uma vendedora. Nem sequer cogitou entrar na casa de William sorrateiramente pela porta dos fundos. Havia algo de furtivo numa atitude dessas. Sua situação era grave; mas, independentemente do que o tribunal havia decidido em relação à sua mãe, Bess se recusava a sentir vergonha. Não, iria até a porta da frente e perguntaria por William. Aquela não era hora para melindres.

Levantou a pesada aldrava de ferro e bateu forte quatro vezes. Depois de uma longa e preocupante espera, ouviu passos, e a porta foi aberta. Uma mulher elegante, de feições angulosas e mãos pequenas, inclinou a cabeça ao ver a inesperada visitante.

— O que a traz aqui? — perguntou ela.

Bess conteve-se com a rapidez com que essa mulher tinha concluído que não havia nenhuma possibilidade de ela ser amiga dos Goulds.

— Gostaria de falar com mestre William Gould.

— Mestre William está ocupado no momento. Sobre que assunto gostaria de falar com ele?

— Um assunto de natureza pessoal.

A mulher permaneceu imóvel por um instante, como se estivesse avaliando se esse motivo era ou não suficiente para importunar seu patrão.

Bess continuou.

— É um assunto de certa urgência — acrescentou, não vendo nenhuma alteração na decisão da governanta. — Seria uma grande gentileza se você informasse mestre William que estou aqui.

Sem uma palavra, a mulher desapareceu para dentro da casa, fechando a porta atrás de si. Bess ficou olhando para a barreira intransponível, imaginando se tinha sido dispensada. Esperou, com um nó apertando algum lugar embaixo da sua costela. Finalmente, a porta se abriu de novo, e dessa vez William aproximou-se rápido. Pegou sua mão e a levou para dentro.

— Bess — disse ele —, minha pobre, pobre Bess. Fui informado da terrível notícia, é claro. — Ele falou enquanto a levava rapidamente através da grande sala de entrada, passando pela escada de madeira polida e por outra porta. A confortável sala de estar possuía mais móveis e tapeçarias do que Bess já tinha visto em toda a sua vida. Também havia uma mulher jovem, de pele clara, sentada em uma poltrona ao lado do fogo. Bess parou, desconcertada pela visão daquela inesperada estranha. William a levou até uma cadeira de carvalho esculpido, adornada com encosto de tapeçaria e almofadas.

— Bess, você ainda não foi apresentada a Noella Bridgewell. — Ele se virou para a mulher. — Perdoe-me, querida, temo que esta não seja a hora para apresentações formais. Bess Hawksmith é uma vizinha e uma boa amiga.

Noella deu um breve aceno de cabeça como cumprimento.

— Conheço esse nome, é claro — disse ela.

Bess olhou para as roupas finas da garota, o laço espanhol caro em seu pescoço, a rica seda de seu vestido, a faixa incrustada de pérolas em seu cabelo. Aquela era uma dama de certo prestígio, considerável riqueza e beleza inegável. Bess sentou-se, consciente de suas mãos ásperas e roupas desbotadas.

— Prazer em conhecê-la — disse ela, incapaz de se concentrar na troca de formalidades sociais. — Perdoe minha rudeza, mas vim por um assunto de vida ou morte.

Noella acenou com a cabeça novamente, abrindo um leque de marfim para manter o calor do fogo longe de seu rosto.

— Estou certa de que meu noivo irá lhe dar toda a assistência que puder — disse ela.

Noivo! Aquela mulher ia se casar com William? Bess sentiu sua cabeça girar. Queria sair correndo da sala, mas precisava da ajuda de William. Ele era a única esperança que restava para sua mãe. Respirou fundo e ergueu o queixo.

— Como está sua mãe? — perguntou William.

Bess não sabia como responder. Ela sentia como se não soubesse mais quem sua mãe era ou como deveria estar se sentindo. Cravou as unhas nas palmas das mãos para tentar conter a vontade de chorar.

— Não me deixaram vê-la desde o julgamento — disse a ele, balançando a cabeça. — Oh, William, vão enforcá-la amanhã!

William ainda segurava a mão dela. Ele a apertou, sem dar sinais de que queria soltá-la, apesar do olhar firme de sua noiva.

— O mundo já não vive por regras que eu possa entender, Bess. Sua mãe é uma boa mulher, uma mulher temente a Deus, de modéstia e oração. Mãe e esposa amorosa. Ajudou tanta gente. Não sei explicar como tal coisa pode ter acontecido.

— Muitos em Batchcombe sofreram profundamente, William. Eles procuram alguém para culpar. Foi minha mãe quem me fez ver isso. — Ela hesitou, depois acrescentou: — As pessoas temem o que não podem explicar. — Sentiu seu batimento cardíaco acelerar e sabia que ela mesma estava com medo. Não da mãe que a criara, amara e instruíra por toda a vida, mas daquele novo poder dentro daquela mesma mulher amada. Ela olhou para William. — Você vai nos ajudar? — perguntou.

— Mas o que posso fazer?

— Sua família é muito respeitada, seu pai tem influência. Se ele apelasse por misericórdia, certamente... — Ela parou ao ver a cabeça baixa de William.

— Meu pai não vai intervir.

— Você sabe disso?

William fez que sim com a cabeça.

— Mas você poderia abordá-lo, perguntar você mesma a ele, fazê-lo ver que são mulheres inocentes. A peste levou muitos, certamente já morreram pessoas o suficiente. O que há a se ganhar com mais mortes?

Lentamente, o aperto de William na mão de Bess começou a afrouxar até ele deixar sua própria mão cair ao seu lado. Não podia olhar para ela. Finalmente, foi Noella quem falou. Ela se levantou e se aproximou para ficar ao lado do seu futuro marido.

— Você devia saber que foi o pai de William quem mandou chamar Nathaniel Kilpeck — disse ela, com a voz inalterada.

Bess não podia acreditar no que estava ouvindo.

— O quê? Seu pai mandou chamar o caçador de feiticeiras? Mas não entendo. Que possível razão ele teria para se preocupar com tais assuntos? Por que ele traria uma injustiça tão cruel para nosso entorno?

William ainda não podia olhar para ela. Ele andava enquanto falava, as mãos erguidas em desespero.

— Há questões mais amplas em jogo, Bess — disse ele. — Coisas de que você não pode saber. O Parlamento é um lugar de agitação e intriga. Cada homem precisa se colocar à prova, provar sua lealdade. Meu pai percorreu um caminho perigoso. Se for muito adiante para um lado, pode ser chamado de traidor e perder a cabeça. Se for para o outro, poderá se ver mergulhado em areia movediça em pouco tempo, e o resultado seria o mesmo. Nestes tempos perigosos, os ventos da mudança vão de norte a sul e voltam novamente ao pôr do sol. Há uma pressão sobre a nobreza para que mantenha controle de suas regiões. As pessoas sentem essa incerteza no país e a temem, Bess. Querem um governo forte. Querem saber que estão nas mãos de homens de atitude. Que serão protegidas. Se não puderem ser salvas da peste ou da fome, precisam ao menos saber que estão sob a guarda de Deus e que o demônio não está entre elas.

No silêncio que se interpôs entre ambos, Bess lembrou-se de como sua vida era diferente da vida de William. Ali estava um homem cujo pai sacrificaria qualquer um para manter sua posição.

Como ela podia sequer ter imaginado um dia que ele permitiria que sua posição fosse enfraquecida deixando seu filho casar-se com uma garota sem qualquer riqueza ou posição? E, de fato, William nunca alimentara, ele próprio, tal desejo. Bess via isso agora. O rapaz soubera o tempo todo qual era o lugar dela, e nunca seria ao seu lado. Pelo menos, não publicamente. Noella era exatamente o tipo de mulher que o pai dele teria escolhido. Engrandeceria a posição da família e, sem dúvidas, sua fortuna. Ela era importante. Bess e sua mãe eram descartáveis. Fechou os olhos contra as cores estonteantes das finas tapeçarias à sua volta. Ela não pertencia àquele lugar. Não havia nada que William pudesse fazer para salvar sua mãe. Não havia nada que ele estivesse autorizado a fazer. Ela se levantou, mostrando mais autocontrole do que sentia.

— Vejo agora que eu estava errada ao contar com a sua ajuda para minha mãe. Lamento ter trazido esse problema à sua porta, William. Bom-dia. — Ela caminhou para fora da sala, sem saber por quanto tempo conseguiria segurar as lágrimas de angústia que agora surgiam em seus olhos.

— Espere. — William ergueu-se e correu atrás dela. — Por favor, Bess. Deve haver alguma coisa... — Ele barrou seu caminho até a porta.

— O quê? Devo aceitar sua gentil oferta e me instalar como sua amante no alojamento das criadas, William? Ou nem para isso sirvo mais agora que minha mãe está condenada? — Ela o empurrou e passou por ele.

— Você vai ver sua mãe agora? Deixe-me pelo menos acompanhar você...

— Eles não vão me deixar vê-la — disse ela, sem parar, já estendendo a mão para o trinco da porta da frente.

— Não vão deixar vê-la? Mas certamente...

Bess se virou, a raiva emprestando a ela a força da qual precisava.

— Sim, ela vai ser enforcada pela manhã, e eles não vão me deixar entrar para que possamos dizer nosso último adeus. Há mais crueldade nessa restrição do que minha pobre mãe já cometeu em toda a sua vida de bondade.

— Então, existe algo que eu posso fazer. Por favor, espere aqui um momento.

William correu de volta para a sala. Bess estava a ponto de sair quando notou a empregada que a tinha deixado esperando. Ela endireitou os ombros. Não tinha de que se envergonhar. Por que deveria? William correu de volta em direção a Bess.

— Aqui. — Ele apertou um saco de couro com dinheiro na mão dela. — Pegue isso. É suficiente para pagar quem você precisar para passar um tempo com sua mãe. É o mínimo que posso fazer por você. Desejo que isso traga paz de espírito a vocês duas.

Bess fechou seus dedos ao redor do saco, ainda lutando para controlar sua agitação.

— Obrigada. — Foi tudo o que ela conseguiu dizer antes de deixar a casa, sabendo, enquanto corria de volta para Whisper e pegava as rédeas, que nunca mais teria paz de espírito novamente.

A entrada da cadeia sob o tribunal ficava embaixo de uma escada circular de pedra de largura pouco maior que a de dois homens. Bess seguiu o carcereiro pela espiral mal-iluminada; o brilho do lampião fumacento dele não iluminava nenhum lugar útil para guiar os passos vacilantes dela. Ali estava um homem corrompido pela mesma corporação que o pagava, há anos, para zelar por ela. Bess percebeu a melancolia que emanava dele, além do mau hálito que saía por entre seus dentes escurecidos.

— Ninguém vê os prisioneiros na noite anterior a uma execução — disse ele, sem rodeios. — Ninguém.

Qualquer esperança que Bess tivesse de apelar ao seu espírito cristão desapareceu rapidamente.

— Só peço alguns breves momentos.

Ele recostou na porta trancada e cruzou os braços.

— Eu perderia meu emprego. Seria escorraçado. E onde você estaria então, hein? Você iria ajudar o pobre velho Baggis, desempregado e faminto, garota? Hein? Acho que não.

— Talvez, se eu puder lhe dar alguma... garantia. Contra tal consequência terrível...

Ele deu um sorrisinho, estudando lentamente suas roupas simples e seu corpo jovem. Sem nenhuma pressa, aproximou-se e estendeu a mão suja.

— E o que uma empregada como você pode ter que o velho Baggis possa querer, hein? O que você acha?

Bess deu um passo para trás e segurou o saco de dinheiro.

— Metade agora — disse ela —, metade quando tivermos passado algum tempo juntas. Uma hora.

Ele franziu o cenho para ela e para o saco suspenso à frente dele. Com um dar de ombros e um grunhido, estendeu a mão. Bess contou rapidamente metade das moedas na palma de sua mão imunda.

A tristeza e a falta de ar nas celas não eram o pior. Com os acusados confinados em suas prisões dia e noite durante o período de sua estada, o ar era espesso por causa do fedor de palha encharcada de urina e fezes. Bess imaginou quão pior devia ser a cadeia de uma cidade do tamanho de Dorchester. Aquelas celas eram apenas para os acusados de crimes que aguardavam as sessões de seus julgamentos.

Uma exceção fora feita para Anne e Mary. Pelo menos, elas haviam sido poupadas de meses de encarceramento em um inferno como aquele. Quando Bess viu a velha Mary, duvidou de que aquela mulher doente teria conseguido sobreviver por poucos dias. Ela estava sentada no canto da cela, balançando-se para a frente e para trás, suas algemas retinindo a cada movimento, falando sozinha e tendo envelhecido uma década em apenas alguns dias. Anne viu Bess e veio rapidamente até a porta de metal da cela, as correntes em seus tornozelos freando seu avanço. O carcereiro torceu a chave na fechadura enferrujada e deixou Bess entrar, fechando a porta atrás dela. Bess se atirou nos braços da mãe.

— Pronto, criança. Agora calma. — Anne acariciou suas costas.

— Oh, mãe, fiquei com medo de que não me deixassem encontrar você antes de amanhã.

— De fato, estou bem surpresa de ver você aqui. Quem foi que lhe deu permissão?

— Isso não importa agora. — Ela se afastou para olhar sua mãe. Seus cabelos caíam soltos pelos ombros, como um véu branco. Seu rosto estava tenso, mas de alguma forma, sereno. Não era a primeira vez que Bess se deparava com o autocontrole de sua mãe e seu aparente destemor. A lembrança de como ela ficara imperturbável diante de tudo o que acontecera na noite dos vigilantes voltou à sua memória e fez seu coração se arrepiar. Ela balançou a cabeça lentamente.

— Há tanta coisa que eu quero perguntar a você — disse ela —, tantas coisas que não entendo.

— Mas você vai entender um dia, Bess. Um dia. Não me julgue muito severamente.

— Jamais! Como eu poderia julgar você? Você tem feito de tudo por mim, disso eu sei.

— Sinto muito, querida, por deixá-la tão sozinha. Perdoe-me.

— Não há nada para perdoar.

Anne olhou para a porta para se certificar de que não estavam sendo ouvidas.

— Ouça-me, Bess. Você precisa me fazer uma promessa solene.

— É só pedir.

— Depois de amanhã... não, não chore... depois de amanhã, você deve ir até Gideon.

— O quê? Mãe, não!

— Sim, você deve pedir ajuda a ele.

— Mas nós já não sofremos o suficiente por causa da ajuda dele? Você não pagou um preço mais alto do que qualquer um pagaria?

— Você sabe tão pouco sobre como são as coisas, Bess. Você não vê que aqueles que me condenaram deverão, em seguida, ir atrás de você?

— Eu? Mas por quê?

— Você é filha de uma feiticeira comprovada. Estes tempos são diferentes de qualquer outro em que vivemos. As pessoas vivem com medo, mesmo sem saber do quê. Por enquanto, é de feitiçaria. Ao se livrarem de mim e de Mary, elas se sentirão mais seguras. Por pouco tempo. Mas não se passarão muitos dias antes de o pânico se instalar novamente e a multidão desejar outro assassinato. Gideon é o único que pode proteger você.

— Por quais meios? Ele teria que me transformar em...

— ... em uma criatura repugnante como a que sua mãe se tornou?

— Não! Não é isso que eu... — Bess deixou as palavras não ditas e desistiu de tentar controlar os soluços.

— Bess, preste atenção no que digo. Você é tudo o que resta de mim. De todos nós. Você tem o coração bondoso de seu pai, o amor pela vida de sua irmã e a força de seu irmão. Sobreviva, Bess! Continue vivendo para que todos nós possamos prosseguir. Se não o fizer, então morrerei derrotada. Se você me der sua palavra de que vai fazer como eu pedi... então, e só então, poderei ir satisfeita para a forca.

— Oh, mamãe.

— Você me dá sua palavra?

Bess deu o mais ínfimo dos acenos de cabeça, concordando.

— Se não há outro jeito, então, sim, prometo. Irei até Gideon e pedirei a proteção dele.

Anne suspirou, e Bess desejou que tivesse aliviado um pouco a tensão de seu corpo. Ela colocou o dedo sob o queixo de Bess e alinhou o rosto de sua filha com o seu.

— Deixe que essas sejam suas últimas lágrimas — disse ela —, para que você não tenha nenhuma quando eu não puder mais enxugá-las para você.

— Oh, mãe, eu sou tão... impotente. Se ao menos pudesse derrubar este prédio horrível e levar você até um lugar seguro. Como posso vê-la morrer?

— Você tem mais força do que imagina, Bess. Não sofra por mim. Vou me juntar à nossa família e levarei seu amor comigo. Não estou com medo.

Bess parou de chorar e tocou o rosto da mãe.

— Eu estou — disse ela.

— Eu sei. Mas sempre estarei ao seu lado, Bess. Saiba disso. Você é inteligente. É habilidosa. É persistente. Há um mundo lá fora esperando por você. Sei que fará coisas maravilhosas.

Elas foram interrompidas pela tosse seca do carcereiro, que descia ruidosamente pela passagem em direção à cela.

— Pronto — resmungou ele —, acabou o tempo.

— O quê? — Bess segurou a mão de sua mãe. — Você disse uma hora!

— Não, moça, foi você quem disse uma hora. Eu não mencionei tempo algum. Vamos, saia antes que eu perca o meu emprego.

— Não vou lhe dar um centavo até termos uma hora inteira.

— Vai, sim, se não quiser acabar trancada aqui mesmo, sua megerazinha atrevida. Aqui, me dê isso. — Ele deu um passo à frente e pegou o saco do cinto dela. — Agora mexa esse belo traseiro jovem escada acima antes que eu encontre outra utilidade para ele.

Bess se virou para a mãe, que beijou rapidamente sua mão.

— Vá agora — disse Anne depois que se abraçaram —, e lembre-se, chega de lágrimas.

De algum lugar escondido dentro dela, Bess encontrou um sorriso pequeno e corajoso. Então, ela se virou, temendo que sua coragem pudesse deixá-la. Com as pernas pesadas, forçou-se a se apressar atrás do carcereiro.

8

Por ser um lugar sem muita importância, Batchcombe não possuía sua própria forca, e não houve tempo para construir uma. Havia, no entanto, um carvalho robusto a oeste do vilarejo, que era conhecido, há mais tempo do que a memória de todos alcançava, como a Árvore dos Enforcados. Em tempos menos civilizados, os desafortunados e os ímpios foram sumariamente içados em seus convenientes galhos. Não havia degraus para subir nem plataforma para o padre dizer suas palavras de conforto, mas, apesar disso, os condenados acabavam mortos na ponta de suas cordas. Foi em direção a essa árvore que a carroça levando Anne e a velha Mary fez seu trajeto tortuoso. Parecia a Bess que a paróquia inteira tinha ido testemunhar aquilo que para ela era o assassinato de duas pobres mulheres. Tanto famílias de camponeses quanto comerciantes e nobres estavam presentes e lutavam por um lugar de onde pudessem ver tudo. A carroça carregando sua mãe era puxada por duas mulas. As mulheres ainda se encontravam algemadas pelos tornozelos, com os laços já em torno de seus pescoços. Elas estavam encostadas uma na outra para serem transportadas pela estrada irregular sem caírem nas impiedosas estacas de madeira que as cercavam. Cada etapa da jornada era acompanhada pelas vaias e insultos da multidão. Bess olhou para os rostos selvagens e os punhos erguidos, e foi levada de volta à cena da rinha de galo em que vira tal frenesi e brutalidade pela última vez. Ela não havia dormido, mas amarrara Whisper à carroça e encontrara um lugar em uma pequena colina de um dos lados da árvore de enforcamento. Dali podia ver sua mãe, e sua mãe podia vê-la. As duas trocaram olhares de saudade e tristeza, mas, fiel aos desejos de sua mãe, Bess não chorou. De fato, não podia. Era como se, ao longo daqueles últimos meses terríveis, ela tivesse chorado as lágrimas de uma vida inteira, e não houvesse restado mais nenhuma.

    A multidão ficou mais barulhenta e rude quando o reverendo Burdock entoou suas orações. A carroça foi posicionada embaixo da árvore, e as cordas das forcas foram rapidamente enlaçadas no galho acima. De frente para a árvore estava Nathaniel Kilpeck, em seu belo cavalo branco. Ele ergueu a mão, pedindo silêncio, enquanto o pastor terminava de encomendar mais duas almas para o céu.

    — Que todos saibam — disse ele com a voz fina que agora habitava os pesadelos de Bess — que não há vitória aqui hoje. As criaturas desgraçadas que vocês veem à sua frente foram corrompidas pelo próprio demônio e são merecedoras da nossa piedade. — Houve rumores de discordância. Kilpeck continuou: — No entanto, sei que todos aqui vão acreditar em mim quando eu disser que Batchcombe agora é um lugar mais seguro, um lugar mais santo, um lugar melhor, porque está livre de bruxaria.

Isso trouxe uma vibração e gritos:

— Enforque as bruxas! Deixe-as dançar com o diabo se elas o amam tanto!

Kilpeck se virou para as mulheres na carroça.

— Vocês têm algo a dizer? — perguntou ele.

Mary apenas choramingou e balançou a cabeça. Anne permaneceu séria e disse apenas:

— Eu vou para a minha família.

Kilpeck pareceu irritado com sua calma. Se esperava pedidos desesperados de clemência e confissões de última hora, ficou sem nada disso. Levantou a mão novamente, sinalizando para o soldado que estava perto da cabeça das mulas. Assim que baixou rapidamente a mão, o homem puxou os animais para a frente. As duas mulheres foram puxadas de trás da carroça pelas cordas que tinham uma ponta amarrada à árvore e outra aos seus pescoços.

Bess sentiu todo o ar deixar seu corpo e não ouviu outro som que não o de seu sangue fluindo rapidamente para a sua cabeça. Assistiu em desespero à velha Mary chutar e corcovear, seu corpo mais animado ao se aproximar da morte do que tinha sido por muitos anos em vida. Em contraste, Anne deslizou silenciosamente da beira da carroça em movimento, seu rosto muito sereno como sempre. Houve um estalido, mas ela não fez mais do que se contrair uma vez. Ficou claro para Bess que a mãe morrera em menos de um piscar de olhos, mesmo que seus belos olhos azuis permanecessem abertos, olhando benignamente para a multidão que clamava por sua morte.

* * *

Durante a lenta jornada de volta para casa, com seu triste carregamento na carroça, uma calma tomou conta de Bess. Tudo acabara, pelo menos para sua mãe, e o que lhe restava fazer eram coisas práticas. Coisas que estavam sob seu controle. O sol brilhava com uma alegria inadequada quando Whisper parou de repente na fazenda. Bess entrou na casa e foi buscar o que precisava — uma mortalha para sua mãe e um pano que servisse de sudário para a velha Mary. Ela aceitou ambos os corpos, incapaz de imaginar a pobre mulher sem parentes sendo enterrada do lado de fora do cemitério, sozinha e anônima. Bess levou o resto do dia para preparar cuidadosamente as duas mulheres para o enterro e cavar suas sepulturas. Fechou a mente para as memórias cruéis de como ela e sua mãe tinham enterrado primeiro Thomas, depois seu pai, e por último a pequena Margaret. Trabalhou por horas, cavando o solo seco com sua pá enquanto os pássaros voavam sobre sua cabeça com galhos nos bicos. Ali estava o início de outra primavera, quando tudo ao seu redor era florescente e germinante, significando vida nova e, no entanto, ela mesma estava inteiramente ocupada com a questão da morte. Uma brisa suave trouxe o cheiro do mar. Bess sentiu uma vontade súbita de ir para a praia e olhar a água tranquilizadora. Prometeu a si mesma que, quando terminasse sua tarefa sinistra, iria fazer exatamente isso. Não estava com pressa de voltar a entrar na casa vazia que um dia tinha sido um lar cheio de amor. Foi preciso um esforço exaustivo para arrastar os corpos da carroça para o carrinho de mão e então deitá-los o mais delicadamente possível em seus túmulos de barro. Quando terminou de cobrir o solo, estava tremendo de exaustão. Ajoelhou-se ao lado das recentes sepulturas que se alinhavam às três anteriores, não rezando, mas à beira de um colapso, suas pernas incapazes de sustentá-la por mais um momento. Sentiu que devia dizer algo significativo, algo para marcar o momento trágico. Mas nem palavras nem lágrimas vieram. Em vez disso, na mente entorpecida de Bess, vieram o som de vozes distantes e o estrondo de rodas de carroça no chão duro. Semicerrando os olhos sob o sol do entardecer, ela pôde ver uma pequena multidão, alguns a cavalo, mas a maioria a pé, e uma carroça velha. A procissão se movia sem urgência, mas com determinação, e logo chegou à fazenda.

Bess levantou-se num salto. Viu a viúva Digby sentada na carroça, junto com a senhora Wainwright. Reconheceu um soldado entre os homens e alguns rostos conhecidos da feira. Preparou-se para o que poderia vir a seguir.

Um homem se aproximou, e então ela pôde ver que era o sr. Wainwright. Ele apontou para os montes de terra escura.

— Esses são os túmulos das duas bruxas? — perguntou ele.

Bess falou entre dentes.

— Esses são os lugares onde repousam minha mãe e a velha Mary.

Houve uma movimentação perto da carroça. Wainwright fez um sinal para os outros homens.

— Traga-as aqui! — bradou ele.

Os outros abriram a traseira da carroça e puxaram para fora quatro lajotas largas, cada uma grande o suficiente para precisar de dois homens para carregá-las. Eles se aproximaram dos túmulos. Bess foi instigada à ação.

— O que você quer fazer? Leve isso daí!

— Afaste-se, Bess — disse Wainwright. — Deixe-nos fazer o que deve ser feito.

— Não! — Mas, mesmo protestando, Bess foi empurrada do caminho dos homens. As pedras caíram em cima dos túmulos com um baque pesado.

— Vocês não podem deixá-las em paz? — chorou Bess. — Mesmo agora, quando elas estão mortas, ainda precisam atormentá-las? Vocês não podem deixá-las descansar?

Um dos carregadores de pedras virou-se para ela.

— Sim, nós vamos deixá-las descansar — disse ele — e vamos nos certificar de que elas permaneçam descansando totalmente. — Ele interrompeu seu trabalho apenas para cuspir ruidosamente. Os outros seguiram o exemplo.

— Vão embora! — gritou Bess. — Vão embora! Saiam deste lugar, estou dizendo. — Ela se jogou sobre o túmulo de sua mãe, encorajada pela fúria. — Estão satisfeitos agora? Podem dormir mais facilmente em suas camas sabendo que mandaram minha mãe para a morte e esmagaram sua alma com suas malditas pedras? Minha mãe que só lhes mostrou bondade. Minha mãe que salvou a vida da sua irmã, Tom Crabtree, e aliviou suas dores no parto, Betty Tones, e tirou um prego envenenado do seu pé, senhora Baines. Vocês têm mesmo a memória tão curta assim? Minha mãe era uma boa mulher! Minha mãe era uma curandeira.

Wainwright se aproximou, perto o suficiente para que Bess sentisse o cheiro de uísque em sua respiração e visse a loucura em seus olhos angustiados. Sua voz era um grunhido lento.

— Sua mãe era uma bruxa!

Silenciosamente, a multidão virou as costas para Bess e deixou-a ajoelhada sobre as lajes frias, que, segundo eles acreditavam, impediriam as bruxas de levantarem de seus túmulos e voarem nuas em suas vassouras sobre a aldeia.

Bess os viu partir. Somente se mexeu quando o último deles desapareceu de vista. Podia ver agora que sua mãe estava certa. Aquelas pessoas estavam com uma febre incontrolável, tão mortal quanto a peste, e não iria demorar até que viessem à sua procura. Entrou rapidamente em casa e apanhou alguns poucos pertences. Sua mão pairou sobre itens preciosos, como o cachimbo de seu pai, mas ela não os pegou. Eles pertenciam ao chalé. Pegou somente o melhor xale de sua mãe e o amarrou em volta dos ombros. Parou na porta por um último instante, olhando lentamente para o único lar que havia conhecido, e então saiu, trancando a porta de madeira. Seguiu em direção ao gado no campo, abrindo as porteiras entre os cercados. A vaca trotou por alguns metros e então parou para pastar. Whisper espantava mosquitos com a cauda e procurava por brotos tenros. Havia bastante grama para pastar e acesso à agua da nascente. As galinhas teriam de tomar cuidado com as raposas. Bess ficou algum tempo ao lado dos túmulos, ainda incapaz de balbuciar palavras, apenas deixando seu coração falar com os mortos. À medida que o crepúsculo se aprofundava, partiu com passos determinados, não sabendo quando ou mesmo se iria voltar. Tinha uma promessa a cumprir.

Bess conhecia bem a floresta de Batchcombe. Brincara em suas árvores quando criança e a vasculhara em busca de seus tesouros quando adulta, embrenhando-se na mata para pegar alho selvagem ou colher musgo ou flores para os remédios de sua mãe. Ela e seu irmão subiam em muitos carvalhos e descascavam tiras de bétula prateada pelas suas propriedades de acender o fogo. Encontrou o caminho sem dificuldade, apesar da luz fraca. No momento em que viu o chalé de Gideon, corujas começaram a dar o alarme e os porcos-espinhos despertaram para sua atividade noturna. O chalé em si era pequeno, de madeira e comum. Suas toras resistentes combinavam perfeitamente com os troncos que o cercavam, e ele parecia se fundir com a floresta, envolvido pelas árvores e pela vegetação. À esquerda da casa, no entanto, algo chamava a atenção. Naquele instante, no escuro, pareciam ser dois dragões sentados, dormindo, com as cabeças curvadas, exalando a fumaça de sua respiração no ritmo lento de seus corações sonolentos. Em uma inspeção mais próxima, percebia-se que aquelas maravilhas não eram criaturas fantásticas, mas sim obra do homem, pois eram repositórios de carvão de Gideon. Havia, ao menos, dois deles acesos noite e dia, enquanto os outros ao redor esfriavam, sua colheita quebradiça passando calmamente de madeira em chamas para frágeis pedaços de negridão, esperando para serem levados de suas camas feitas de cinzas. À medida que Bess se aproximava das cavidades trepidantes, podia sentir o calor assustador, apesar da camada de relva que os cobria e impedia a entrada de ar. Para ela, era incrível que o fogo não escapasse e devorasse o chalé e a floresta inteira. Afastou-se rapidamente daquelas coisas assustadoras e seguiu em direção ao chalé. Quando levantou a mão para bater, a porta foi aberta bruscamente. Gideon devia tê-la visto se aproximando. Os dois se entreolharam sem palavras, o trepidar distante do carvão queimando era o único som naquele silêncio pesado. Finalmente, Gideon mudou de lado e fez um gesto para que ela entrasse. Mesmo naquele momento, Bess achou difícil de acreditar que ela própria estava se colocando voluntariamente aos cuidados de um homem que sabia ser capaz de estuprar e matar a sangue frio. Isso dava uma ideia de sua angústia, de sua dor, de sua sensação inabalável de desesperança, de que ela não se importava mais com o que lhe acontecesse.

 A casa consistia em único cômodo mal-iluminado por dois lampiões. A única outra iluminação vinha das chamas que ardiam na lareira de pedra. Havia duas cadeiras perto do fogo, uma pequena mesa com um banco, uma série de armários e uma cama grande de penas no canto afastado do ambiente. Bess se virou para encarar Gideon. Ela estava prestes a falar quando ele disse:

 — Sua mãe está morta.

Era uma afirmação, não uma pergunta, e tão desprovida de sentimento que era impossível para Bess interpretar como um consolo ou uma ofensa. Ela apenas concordou com a cabeça e disse:

— Foi minha mãe que... Ela me disse para vir até você.

Gideon se aproximou, deixando seus olhos percorrerem todo o corpo de Bess, inclinando a cabeça um pouco de lado. Apesar de seu cansaço, Bess descobriu que ainda tinha energia para indignar-se com o tratamento dele. Ali estava ela, recentemente enlutada, sozinha no mundo, angustiada e exausta, e ele não tinha sequer uma palavra civilizada ou de simpatia para oferecer. O que havia feito sua mãe acreditar que ele iria ao menos querer ajudá-la?

— Se eu não sou bem-vinda aqui, vou embora, é claro — disse ela.

Gideon descartou a sugestão.

— Perdoe-me — disse ele —, estou sendo um péssimo anfitrião. Estou desacostumado a ter companhia. Por favor, sente-se. — Ele apontou uma cadeira confortável à esquerda da lareira.

Bess deslizou o xale de seus ombros e colocou-o junto de sua bagagem no chão. A cadeira era macia, com almofadas e, no momento em que se afundou nela, começou a sentir o cansaço inundá-la.

— Descanse um pouco — disse Gideon. — Quando foi a última vez que você comeu?

Bess esfregou as têmporas.

— Não me lembro.

— Eu vou buscar um pouco de comida. Você vai precisar de forças para enfrentar o que vem pela frente.

Bess fechou os olhos, pretendendo apenas descansá-los, mas em alguns momentos estava dormindo. Sonhou com dragões sobrevoando a floresta de Batchcombe, chamas jorrando de suas bocas cheias de dentes pontiagudos enquanto faziam Nathaniel Kilpeck correr para salvar sua vida. O sonho mudou, e os dragões se voltaram contra Bess. Ela acordou com um sobressalto, sentada na cadeira. A melodia de "Greensleeves" atravessou sua consciência sonolenta. O cobertor de lã que Gideon havia colocado sobre ela escorregou para o chão. Seus olhos retomaram o foco para encontrá-lo sentado, parado como uma pedra, na cadeira do outro lado, cachimbo na mão, cantarolando a melodia enquanto a observava. Observava e esperava. Ele apontou com o cachimbo para a mesa.

— Vá e coma — disse ele.

Bess fez o que lhe foi ordenado. Ela ficou surpresa ao perceber a própria voracidade. Era um saboroso ensopado de coelho e ervas picantes, com pão para enxugar o molho. Comeu avidamente, nem mesmo se importando por estar sendo observada o tempo todo por Gideon. Quando terminou, ele levantou e começou a caminhar sem pressa pelo cômodo. Bess imaginou o que iria acontecer em seguida. Ali estava alguém que era, de fato, um estranho para ela. Nunca estivera sozinha em uma casa, à noite, com um homem. Não havia mais ninguém para protegê-la. Estava à mercê dele e não tinha noção do que esperar desse homem, além de saber que ele seria capaz de obter dela tudo o que desejasse. Endireitou as costas. Não iria deixar que Gideon tirasse dela o pouco de dignidade que lhe restava. Ele percebeu sua inquietação, mas não fez nada para acalmá-la. Em vez disso, levantou, tocando uma curiosa escultura de madeira. Na escuridão, Bess não conseguia identificar o que era. Parecia ser uma espécie de bode. Abruptamente, ele a colocou de volta em seu lugar na prateleira.

— Diga-me, Bess, como você acha que eu poderia proteger você, hein? Acha que estas frágeis paredes de madeira vão deter seus perseguidores? Você acha que eles vão me ouvir quando eu disser que deixem você em paz?

— Não sei. Não pensei nisso.

Ele avançou, batendo as palmas das mãos sobre a mesa à sua frente. Ao inclinar-se em sua direção, seu rosto ficou a apenas alguns centímetros do dela.

— Então, você tem que começar a pensar! Não estou interessado em uma empregada doméstica com babados na cabeça que não é capaz de ajudar a si própria. Só posso ajudá-la se você se mostrar à altura da tarefa.

— Tenho certeza de que farei o meu melhor, senhor.

— Vamos esperar que o seu melhor seja bom o suficiente, então. — Ele se levantou lentamente, sem tirar os olhos dela. — Seria uma pena ter esse seu pescoço delicioso marcado com a queimadura de uma corda. Sua mãe a enviou aqui porque quis que você aprendesse o que ela própria aprendeu. E mais. Mandou você para ser minha aluna. O mesmo poder que salvou você da peste vai lhe salvar novamente, Bess. Mas não tem volta, certifique-se de que entende isso. Uma vez que você embarque nessa jornada, não poderá retornar ao lugar que habitava antes nesta Terra. Você estará mudada para sempre.

Bess sentiu a boca seca, mas se forçou a falar.

— E que preço devo pagar por sua ajuda? — perguntou ela.

Gideon balançou a cabeça e permitiu-se dar o menor dos sorrisos.

— Não vamos falar disso agora. Já é o suficiente por uma noite. Durma, e vamos começar para valer pela manhã. Tenho de cuidar do fogo no meu carvão. Você pode usar a cama. — Ele pegou seu chapéu preto do gancho na parede e começou a se encaminhar para a porta.

Bess estava de pé.

— Você está me propondo um acordo às cegas?

Ele parou com a mão no trinco e falou sem se virar para olhá-la.

— Você não está em condições de barganhar, garota. Você vai aceitar o que eu oferecer sem discutir os termos. Porque, se não o fizer, vai quebrar a promessa feita à sua mãe. E porque se não o fizer, certamente irá acabar balançando ao vento debaixo da Árvore dos Enforcados, como ela.

Os dois dias e noites seguintes passaram para Bess em meio a um turbilhão de nomes estranhos e palavras desconhecidas. Gideon lhe mostrou livros que ela nunca vira. A maioria deles não estava em latim, nem em inglês, nem em francês, nem em qualquer outra língua que Bess pudesse reconhecer. Ele a fez repetir palavras curiosas continuamente até que as soubesse de cor e sua língua estivesse farta de tropeçar nos sons desconhecidos. Era um professor rígido, que não a deixava descansar ou comer até que estivesse satisfeito, até que Bess aprendesse o que ele queria. Para começar, Bess não conseguia ver utilidade naquelas expressões ininteligíveis. No entanto, entendia a importância que Gideon dava a elas e logo percebeu que ele não iria explicar nada até que encontrasse o momento certo. Às vezes, trabalhavam na mesa do chalé. Em outros momentos, caminhavam pelas áreas mais sombrias da floresta. Ocasionalmente, Gideon a mantinha sentada do lado de fora, estudando, enquanto cuidava das pilhas de carvão. Bess achava o processo fascinante. Gideon cantava enquanto trabalhava, em uma voz baixa e curiosamente melódica sempre no mesmo tom. Sempre "Greensleeves".

Ai, meu amor, você me faz mal
Ao me rejeitar indelicadamente;
E eu a amei ah por tanto tempo
Deleitando-me na sua companhia.
Greensleeves foi meu prazer,

Greensleeves foi meu coração de ouro,
Greensleeves foi meu coração de alegria,
E quem mais senão minha dama Greensleeves.

 Cantando a canção de amor estranhamente hipnótica, cuidava de seus poços de carvão. Começava limpando um espaço para o fogo, então abria a marteladas um combustor de carvão de quase dois metros de altura. No entorno, construía uma chaminé, formada por um triângulo de varas fortes. Em volta da chaminé, colocava pedaços de lenha, algumas vezes de carvalho ou de castanheira, outras vezes de salgueiro; todas árvores cultivadas no bosque em torno deles. Finalmente, completava uma pilha em formato de cúpula, que então cobria com terra e relva, tapando o buraco. A estaca central era removida, e, no espaço que ela ocupava, ele derramava carvão em brasa para acender o amontoado de lenha. A chaminé era coberta com mais relva molhada, de modo que a única saída para o vapor e a fumaça produzidos era a abertura cavada na lateral da pilha. Na imaginação de Bess, aquelas eram nada mais, nada menos que as narinas de dragões adormecidos. As noites ainda estavam frescas, mas os dias eram aquecidos por um sorridente sol de primavera. O trabalho era duro, por isso Gideon muitas vezes tirava a camisa, exibindo seu torso musculoso retesado pelo esforço de levantar a madeira pesada. Nas vezes em que destampava um dos fornos já prontos, o ar ficava cheio de fuligem à medida que ele derramava água sobre o carvão fresco. O pó dos restos de madeira moída misturava-se ao seu próprio suor, fazendo parecer que ele próprio havia saído de um dos fornos. Bess ainda ficava perturbada com o fato de que, embora Gideon não fosse um homem jovem, seu corpo não estava desgastado ou enfraquecido por tal esforço. Apesar do trabalho pesado e da vida simples, ele tinha a aparência de um membro da nobreza, com traços finos e pele firme e lisa. Durante todo esse tempo, ele a sobrecarregava com a prática de decorar encantamentos melodiosos ou passagens bizarramente ritmadas de um de seus livros. Na noite do terceiro dia, ele a mandou sentar-se à mesa e apresentou-lhe um novo volume. Era o mais belo livro que Bess já vira em toda a sua vida. A capa era de couro vermelho macio, trabalhada em ouro, coberta por uma estampa de estrelas e uma escrita curvilínea e sinuosa. Pela primeira vez, Gideon sentou-se ao lado dela. Bess tinha plena consciência da pressão que a perna dele fazia contra a sua.

— Isto — disse ele — é algo maravilhoso, Bess. Algo sagrado.

— É uma Bíblia?

— Uma espécie, talvez. Mas não do tipo que lhe é familiar. — Ele deixou os dedos deslizarem suavemente sobre as letras na capa antes de abrir o livro delicadamente, com muito cuidado. — Este é o meu *Livro das Sombras*.

Quando ele deixou a primeira página cair plana sob a luz pulsante da vela, Bess pôde sentir um cheiro doce de incenso e uma brisa quente contra seu rosto, mesmo que as janelas estivessem bem fechadas e que lá fora estivesse prestes a gear. Gideon virou as páginas, manuseando o livro com uma suavidade que Bess ainda não vira nele. Olhou mais de perto para ler o que estava escrito e notou que as palavras estavam em inglês. Enquanto as lia, soltou um pequeno grito.

— Feitiços! Estes são todos os feitiços! — disse ela.

— Naturalmente, é isso que um *Livro das Sombras* é, Bess, um livro de feitiços. Além de ser um diário e um registro da magia usada e encontrada. Aqui há palavras para aliviar o sofrimento e acabar com a dor, feitiços para dar coragem aos fracos e derreter o mais duro dos corações.

Bess lia enquanto ele falava.

— E maldições — disse ela. — Olhe, esta é para matar o gado de um vizinho. E esta, para afastar um rival no amor.

— Maldições, sim, e encantamentos também. Não há nada que não possa ser resolvido pelo poder da magia, Bess, você certamente deve saber disso agora, mais do que todas as pessoas.

— Sei que minha mãe nunca desejou mal a ninguém. Ela foi enforcada por isso, e era inocente.

— Bess, Bess, você é que está sendo inocente. Ela foi enforcada por ser uma feiticeira, algo que, acredito, sua mãe nunca negou, não é?

— O quê?

— Em seu julgamento, você a ouviu dizer que não era uma feiticeira?

— Ela não era culpada, foi o que disse.

— Não era culpada por amaldiçoar aquelas crianças miseráveis ou por perseguir a viúva idiota, é claro. Por que ela iria desperdiçar suas energias de tal forma? Mas por ser uma feiticeira? Agora venha, pois esta não é a hora nem o lugar para ser pudica, Bess. Não se iluda mais. Com o que você acha que lidamos nesses últimos dias? Sobre qual poder você acha que tenho falado? Que poder sua mãe usou para trazer você de volta das garras da Morte, hein? Vamos falar claramente de uma vez por todas sobre esse assunto. Sua mãe era uma feiticeira. Eu a ajudei a se tornar uma. E agora você está no mesmo caminho.

— Eu não vou colocar maldições nas pessoas! Não vou usar o mal! Minha mãe era uma curandeira. Ela era boa e gentil.

— Era mesmo. Mas era também uma mãe recentemente destituída da maior parte de sua prole. Ela não aceitaria ver você morrer, Bess, mesmo que isso significasse amaldiçoar sua própria alma para salvá-la e ela estava preparada para fazer isso.

— Como ousa dizer que minha mãe estava amaldiçoada! Não vou ouvir isso! — Bess se levantou, arrastando o banco nas lajotas do chão.

— Felizmente, você pode ficar tranquila quanto a isso. Ela pode de fato ter se amaldiçoado, mas preferiu morrer para salvá-la e assim redimiu a própria alma. Tenho certeza de que Anne está em paz com o restante de sua família neste momento.

Bess franziu a testa, balançando a cabeça, como se os pensamentos lá dentro pudessem deixá-la louca.

— Ela devia minha cura a você — disse ela —, mas não precisava morrer por minha causa.

— Lamento dizer que você está errada nesse ponto. Sua mãe tinha um grande dom para as artes das trevas, Bess. Ela era uma aluna dedicada e talentosa, e progrediu muito no curto espaço de tempo que tínhamos disponível. Se ela quisesse, poderia ter escapado da prisão, ficado livre e fugido de seus perseguidores com certa facilidade.

Bess sentou-se de novo, pesadamente.

— Mas não estou entendendo. Quando encontrei minha mãe na noite antes de morrer, lamentei que não pudesse fazer exatamente essas coisas por ela. Que não pudesse derrubar os muros da prisão e levá-la daquele lugar horrível. Se ela mesma poderia ter feito isso, por que não fez?

— E contra quem você acha que as pessoas importantes de Batchcombe iriam então se voltar? Se tivesse fugido dessa forma, não poderia levar você com ela, Bess. Ela sabia disso. Teria que deixar você desprotegida. Escolheu ser enforcada, para que você pudesse vir aqui receber o poder de sobreviver. É isso que ela queria que você fizesse, não é? Sobreviver?

Bess lembrou-se das palavras de sua mãe na última vez em que se falaram. "Sobreviva, Bess", dissera ela. "Continue vivendo." Como Gideon podia saber o que ela dissera? Teria ele ouvido a conversa delas de alguma forma? Teria espionado?

Antes que Bess pudesse responder, Gideon estendeu a mão e pegou a dela na sua. Com o toque, seu corpo ficou tenso, e um estranho calor se espalhou por ela, como se seus ossos estivessem amolecendo. Ficou chocada ao perceber que a sensação não era desagradável. Queria retirar a mão, mas descobriu que não podia.

— Você não deve se torturar com coisas que não pode mudar — disse a ela, sorrindo gentilmente. — Sua mãe fez a escolha dela, e você fez, livremente, a sua promessa. Não tenha medo. Eu serei seu guia. — Ele levantou a outra mão e acariciou suavemente seus cabelos. — Vou cuidar para que nenhum mal aconteça a você. Há grandeza em você, Bess — sussurrou ele. — Uma grandeza que até agora permanece em estado dormente. Uma vez desperta, você será magnífica!

Bess olhou para ele e se lembrou da forma com que um gato cruelmente brinca com sua presa antes de devorá-la. Como ela poderia confiar em um homem desses? De que coisas terríveis ele seria capaz? Como se estivesse lendo seus pensamentos, Gideon largou sua mão e virou-se para o *Livro das Sombras*.

— Venha — disse ele —, há muito a ser feito, e pode ser que não tenhamos muito tempo disponível.

Os dias que se seguiram foram os mais incríveis da vida de Bess. Se ela fosse capaz de organizar seus pensamentos, seria forçada a admitir que estava intrigada com o que lhe estava sendo mostrado. Não apenas intrigada, mas encantada e seduzida. Sua resistência inicial rapidamente começou a desvanecer-se diante de atos tão deslumbrantes de magia. Gideon lhe mostrou como produzir fogo onde não havia nada, usando apenas um feitiço e a força de sua vontade. Fez aparecer criaturas fantásticas. Não os demônios hediondos que tinham visitado sua mãe, mas delicados seres fabulosos que dançavam para ela em volta dos fornos de carvão. Reuniu um coral invisível que cantou a música mais doce que ela já ouvira, tão doce que a fez chorar de alegria. Ele lhe mostrou como curar suas próprias feridas. Ela recuou, chocada, quando ele cortou a palma de sua mão com uma faca, mas o choque se transformou em fascinação quando ele fez a laceração desaparecer com apenas algumas palavras e o toque de sua mão. E que toque! Ela se sentia mais e mais atraída por ele. Sucumbindo mais e mais ao seu próprio encanto. Gideon a fascinava como sempre havia feito; mas, aos poucos, a repulsa que sentia por ele começou a diminuir. Em pouco tempo, Bess descobriu que gostava dos elogios dele quando executava bem alguma tarefa. Ficava radiante quando Gideon aplaudia suas tentativas em algum truque novo. E rapidamente passou a desejar seu toque. Gideon nunca tentou forçá-la a nada, nem mesmo beijá-la e, ainda assim, ela sabia que tinha sido seduzida. Ele a teria sem nenhuma resistência e certamente deve ter se dado conta disso. E mesmo à noite, quando ela caía exausta na cama de penas, ele a deixava sem molestá-la e saía para cuidar do carvão. Em uma ocasião, quando ele estava prestes a abrir a porta, ela falou.

— Espere — disse ela. — Você precisa sair? O carvão não pode ficar um pouco mais sem a sua atenção? — Ela ficou no centro da sala, chocada com sua própria ousadia, sem saber o que esperava dele, apenas querendo que ele ficasse. Ansiando por ele.

Gideon parou. Sorriu para ela, um sorriso sagaz. Foi até ela e colocou as mãos em cada um de seus ombros, seu rosto a apenas alguns centímetros do dela. Bess pôde sentir o calor da proximidade de seu corpo. Gideon se inclinou, e seus lábios tocaram os dela. Foi o mais leve, o mais contido dos beijos, mas teve um poder e uma doçura irresistíveis, que tiraram o fôlego de Bess. Ela enrolou seus braços em torno do pescoço dele. Gideon afastou-se gentilmente. Pegou as mãos dela, desembaraçando-as, e as segurou junto ao seu peito.

— Paciência, meu amor — disse ele calmamente. — Nosso momento vai chegar. — Sorrindo de novo, virou-se e saiu da sala.

Bess permaneceu onde estava, com o rosto em chamas. Estava envergonhada e atordoada pelo poder de seus próprios sentimentos e pela vontade com que tinha se atirado sobre ele. Ao mesmo tempo, ficou surpresa com a força do desejo que Gideon despertara dentro dela. Desejo por um homem que ela sabia ser capaz de coisas terríveis. Pensou na menina cigana na floresta, muitos meses atrás, e odiou mais ainda a si mesma. Correu para a cama, onde ficou inquieta e confusa por muitas horas antes de pegar no sono.

Em outra noite quente, alguns dias depois, Bess não conseguia adormecer. Virava-se e mexia-se debaixo das cobertas pesadas. Embora o inverno mal tivesse passado e a noite estivesse fria, sua pele queimava. Seu corpo fora acordado pelo desejo e não iria deixá-la descansar. Finalmente, Bess se levantou. Jogou o xale sobre os ombros por cima da camisola e foi descalça para fora do chalé. Esperava encontrar Gideon alimentando as chamas ou abafando o carvão já pronto, mas ele não estava lá. Ela notou o som de uma música ao longe, vindo fraca por entre as árvores. À medida que andava, reconhecia a melodia de "Greensleeves", mas ela estava sendo tocada com tanta agressividade, tanta urgência de ritmo e em volume tão caótico que havia se tornado o som da loucura, a insanidade em forma de música. Embora ainda não fosse lua cheia, havia luz suficiente para ela seguir o caminho com cuidado na direção dos sons. Depois de caminhar um pouco, vislumbrou chamas entre os troncos. Havia fogo queimando em uma clareira à frente. Bess se aproximou cautelosamente, ficando o mais perto que ousava, não querendo ser descoberta espionando. Ela chegou a um carvalho alto e largo, e olhou por detrás dele. O que viu a forçou a pressionar a boca com o punho para abafar um grito.

Havia, de fato, um fogo grande e furioso queimando com brilho e ferocidade sobrenaturais. Em torno dele, dançavam criaturas tão horríveis que certamente deveriam ter saído direto do pior dos pesadelos. Uma delas tinha a cabeça de um lagarto, mas o corpo de uma ovelha. Outra deslizava com a barriga, feito uma cobra, mas era coberta por um cabelo grosso e emaranhado. Morcegos do tamanho de perus saltavam dos galhos. Guinchos sobrenaturais e gritos acompanhavam a música, que, por sua vez, vinha de um gigante careca coberto de pústulas. Ele batia em um enorme tambor, balançando seus grandes braços para baixo com força assustadora. Ao lado dele, um rapaz bonito, com a parte inferior do corpo e as pernas de uma cabra, soprava um conjunto de tubos. Um homem mais velho do que parecia ser possível dedilhava uma harpa, suas sobrancelhas grossas de sujeira contorcendo-se em sua concentração. Outras criaturas rodopiavam enlouquecidas, dançando e gritando. Uma ninhada de demônios mamava em uma porca enorme enquanto ela cochilava. Duas criaturas parecidas com doninhas começaram a brigar com tal vigor que uma delas abocanhou o pescoço inteiro da outra, cortando fora a cabeça rosnante da rival. Do lado mais distante do fogo, havia um vulto em pé, de costas para Bess, os braços erguidos em súplica. Ele usava uma longa capa. Dele vinha um cântico que Bess reconheceu de seus estudos. A voz também era inconfundível. Cada nervo de Bess gritava para que corresse para longe, mas ela não conseguia deixar de observar Gideon. Ao terminar o cântico, ele se virou, e a luz do fogo iluminou seu rosto.

Naquele momento, as chamas dobraram de altura. Elas retorciam e rugiam, como se duas formas estivessem se contorcendo dentro delas. As formas tornaram-se sólidas, transformando-se em duas mulheres nuas saindo do fogo. As mulheres se enroscaram em Gideon, beijando-o e insinuando-se para ele, desatando o fecho de sua capa e fazendo com que ela caísse a seus pés, deixando-o nu, assim como elas estavam. Ele empurrou uma das mulheres para o chão, virando-a para que pudesse penetrá-la por trás. A mulher-demônio soltou um grito horrível de prazer quando ele penetrou entre suas nádegas. A segunda mulher se ajoelhou e se ocupou em lamber suas coxas enquanto ele continuava a obter prazer da criatura que gritava diante dele. À medida que seu êxtase aumentava, ele começou a emitir um grunhido aterrador. Então, enquanto Bess assistia, o rosto dele se contorceu e pulsava como se ele estivesse passando por uma terrível transformação.

Foi então que Bess foi inundada pelo medo. As rígidas, mas nobres, feições de Gideon já não existiam mais. Em seu lugar estava o rosto de uma besta, uma imagem que parecia ser um bode com a carne empapuçada e os dentes salientes. Bess lutou para respirar, dizendo a si mesma que aquele não poderia ser o homem por cujo toque ela ansiava. Mas seus olhos não deixavam dúvidas. Não havia erro. Aquele era Gideon, transformado em algo indescritivelmente maligno. Ou era o contrário? Poderia ser que aquele fosse o verdadeiro Gideon? Que ele realmente era assim, e que o homem bonito que ela conhecia era apenas um disfarce? O pensamento arrancou dela um choro descontrolado.

Gideon olhou para cima, seu rosto horrível ainda contorcido pelo êxtase, e nesse instante ele a viu. Bess girou sobre os calcanhares e lançou-se, tropeçando, em direção ao bosque. Mesmo com as amoreiras chicoteando seu rosto, ela sabia que Gideon vinha em seu encalço. Ela o ouviu se aproximando através da vegetação rasteira. Quando ele a agarrou, Bess gritou descontroladamente, desviando os olhos de seu rosto, com medo do que iria ver.

— Bess! — Ele a sacudiu. — Bess, olhe para mim.

Ela não podia.

— Não! — gritou ela. — Deixe-me! Deixe-me sair deste lugar horrível!

Ele agarrou o queixo dela e o puxou para que ela o encarasse. Já não havia como evitar olhar, e ela descobriu que ele voltara à forma humana, apesar de uma vermelhidão repugnante ter ficado em seus olhos. Ele a segurou firmemente contra o seu corpo nu e excitado.

— Isso é para você, Bess. Tudo isso é para você. Eu pedi que você fosse abençoada por nosso Senhor Satanás, e esta noite nós celebramos a generosidade dele. Você será como eu. Não vai mais temer a morte ou a dor. Estará fora do alcance daqueles que poderiam tirar sua vida. Vamos embora, para outro lugar onde não somos conhecidos. Juntos, nós...

— Não! Eu não posso!

— Você sabe que nós somos iguais, você e eu, somos da mesma espécie.

— Não, isso não é verdade!

— Mas é, sim. Pense nisso, Bess. Pense no seu próprio poder. Você tem a força da magia dentro de você, nós dois sabemos, eu a vi usá-la. Não é um truque floreado, não são ensinamentos de curandeira remanescentes de sua mãe. Você sabe que eu falo a verdade...

— Não...

— Sim! Você sabe que a força vem de um lugar escuro dentro de você, pois você só pode usá-la quando está brava. Essa é a verdade. É uma força negra e será ampliada mil vezes assim que você der o passo, assim que aceitar seu dom e se juntar a mim.

— Prefiro morrer!

— Você está destinada a viver. A continuar, como sua mãe queria.

— Ela não teria me entregue a... isso! — Bess lutava para se soltar dele.

— Ela sabia que preço seria cobrado de você. Mas não se assuste. Nosso mestre recompensa seus discípulos fiéis. Você vê como sou forte, você tem notado o meu vigor, você não pode negar isso. É o presente dele, e ele oferece o mesmo a você. Vida, Bess, não a morte, mas sim vida e juventude eterna, meu amor!

— Amor? O que você pode saber sobre amor? Não vejo amor aqui. — Ela sacudiu o punho para o grupo abominável que pulava e dançava em torno deles. — Eu só vejo o mal! — Ela se desvencilhou dele e correu de volta para a floresta, batendo a porta da cabana atrás dela e barrando-a com a mesa antes de arremessar-se sobre a cama. Por uma hora ou mais, ela ficou sentada, rígida pelo terror, esperando e ouvindo. Quando nenhum som ou movimento pôde ser detectado, cedeu ao cansaço e caiu em um sono profundo.

9

Quando acordou na manhã seguinte, a mesa havia sido colocada de volta em seu lugar no centro da sala e a sopa fervia no fogo. Gideon estava sentado limpando seu cachimbo de barro, como se os eventos da noite anterior nunca tivessem acontecido. Ao vê-la se mexer, ele apontou para o caldeirão.

— Venha, tome o café da manhã. Temos pouco tempo.

— Tempo?

— Você deve estar com tudo decorado antes que a lua esteja cheia. Só então você poderá entoar os versos antigos que irão completar sua transformação. Só então você estará fortalecida.

— Eu não vou dizê-los. — Sua voz era pouco mais que um sussurro. — Não vou.

Ele ignorou as palavras dela e colocou o cachimbo de volta na prateleira. Foi uma atitude banal, mas que abalou Bess profundamente. Quantas vezes ela vira seu querido pai fazer exatamente a mesma coisa antes de começar seu trabalho na fazenda ou de se preparar para ir dormir? Como ela poderia ter viajado uma distância tão curta e ainda assim estar tão longe daquele lar amoroso e daquela vida simples e boa que um dia tivera? O que se tornara agora? Gideon pegou o chapéu do cabide. Estava prestes a abrir a porta quando cavalos vieram trovejando pela clareira. Gritos ecoaram pelas árvores.

— Gideon Masters! Saia!

Bess logo reconheceu a voz do caçador de bruxas.

— Saia! Sabemos que você tem Bess Hawksmith com você. Preciso prendê-la e levá-la agora para ser julgada por bruxaria. Traga-a para fora.

Bess saiu rapidamente de sua cama e pegou o xale. Ela esperava que Gideon fechasse a porta, para fazer algo para protegê-la; mas, em vez disso, ele a abriu.

— Com certeza, magistrado — gritou ele —, ela está se preparando. Venha agora, Bess — disse a ela, estendendo a mão.

Incapaz de entender o que estava acontecendo, Bess colocou seu vestido e o xale por cima da camisola e rapidamente calçou suas botas. Ela não podia ficar naquele lugar de horror com o que quer que fosse Gideon, mas entregá-la para Kilpeck, sabendo, como deveria, o destino que a aguardava, era surpreendente. Que resultado ele poderia prever? Tremendo e ignorando a mão dele, ela saiu pela porta. Kilpeck estava em seu cavalo branco. Com ele encontravam-se seis de seus homens e dois soldados da cidade. Bess se esforçou para ter voz.

— Quem me acusa? — finalmente perguntou.

— Bill Prosser.

— O quê? Mas ele sabe que salvei a vida de seu neto e a de sua filha, Sarah.

Nathaniel Kilpeck teve óbvio prazer em ser o portador da notícia devastadora:

— Sarah Prosser caiu em delírio durante três dias, período durante o qual foi ouvida repetindo seu nome continuamente. O bom Deus, em sua infinita misericórdia, a levou desta vida há dois dias. Venha. Você terá a oportunidade de enfrentar seus acusadores no tribunal.

Dois dos homens já haviam desmontado e agora caminhavam em direção a Bess, que ficou onde estava, paralisada de medo. Ela sentiu a mão de Gideon em seu braço. Ele se inclinou para perto de seu ouvido, o hálito quente em seu pescoço fazendo-a tremer.

— A lua cheia — disse ele. — Esteja preparada. Estarei esperando por você.

Ela olhou para ele, seu rosto mostrava uma mistura de horror e desafio, e então foi levada.

Menos de uma hora depois, Bess estava onde sua mãe estivera: no Palácio da Justiça de Batchcombe. Uma multidão inquieta esperava ansiosamente o início de seu julgamento. O soldado pediu ordem, e o conselheiro Watkins, o reverendo Burdock e o caçador de bruxas Kilpeck entraram na sala, tomando seus lugares na bancada. Bess ouviu seu nome ser lido, juntamente com as acusações contra ela, mas era como se estivesse separada do que estava acontecendo. Sentiu como se estivesse assistindo mais uma vez à sua mãe ser acusada, enquanto, ao mesmo tempo, sabia que era ela quem estavam julgando.

Mesmo assim, tinha dificuldade de se concentrar no que estava sendo dito. Bill Prosser, de fato, acusara a menina de inflingir uma cruel maldição a sua filha, alegando que Bess deveria ter plantado as sementes da morte quando cuidara de sua doença vários meses antes. Bess olhou para o rosto familiar daquele homem que conhecia por toda a sua vida e viu claramente como a demência da dor o havia mudado. Em seguida, ouviu o depoimento de Davy Allis, a quem reconhecera como o depravado da taverna Três Penas. Ele alegou que ela lhe colocara um mau-olhado e que ele não gozava de boa saúde desde o dia em que ela o agredira na taverna. Ele, inclusive, tinha encontrado testemunhas dispostas a depor sobre o ocorrido. Bess ouvia tudo com uma indiferença fatal. Não havia nada que pudesse fazer ou dizer para argumentar com aquelas pessoas. Havia sido julgada e considerada culpada antes mesmo de ter sido arrastada para o tribunal. O peso da resignação ao seu terrível destino caía sobre seus ombros. No momento em que os magistrados declararam seu veredicto, ficou quase aliviada pela farsa ter acabado. Ouviu Wilkins bater o martelo e sentiu mãos ásperas empurrando-a em direção à porta da prisão. Foi levada para a mesma cela onde sua mãe passara seus últimos dias. Embora vazio, o quarto fedia, e a palha estava molhada e rançosa. A única janela era muito alta para permitir sequer um vislumbre de liberdade e mal deixava passar o ar por entre as barras de ferro. O carcereiro se deu ao prazer de invadir seu corpo com as mãos o máximo que pôde, enquanto acorrentava seus pés.

— É um prazer para o velho Baggis ver você novamente, bruxinha. Não se preocupe com as poucas horas que tem pela frente. Vou cuidar para que você não as desperdice sozinha. — Ele saiu, dando uma risada gutural que ainda ecoava pela sala quando a porta foi fechada e a chave, girada na fechadura.

Era um alívio estar sozinha, mesmo num lugar como aquele. Ali, pelo menos naquele momento, não havia ninguém para apontar um dedo acusador em seu rosto ou cuspir quando ela passava. Caiu de joelhos na palha podre, tentando invocar um pouco da coragem e do autocontrole que tinha visto a mãe demonstrar. Pelo menos, iriam ficar juntas novamente. Não faltava muito agora. A execução havia sido marcada para o amanhecer do dia seguinte. Só teria de suportar aquela noite e a provação da forca, e então estaria em paz com aqueles a quem amava. Já se conformara que aquele era o único caminho que lhe restava. Acreditou quando Gideon disse que tinha o poder de salvar a si mesma quando quisesse. Mas não queria. Como poderia? Será que sua mãe realmente desejara que ela se tornasse uma criatura tão vil quanto Gideon? Bess se recusava a acreditar nisso. Não, ela deveria esperar apenas que ele pudesse manter os perseguidores longe da filha por tempo suficiente até que outra salvação aparecesse. Teria a mãe esperado que William viesse resgatar Bess? Era possível, já que sua mãe não sabia toda a verdade sobre o envolvimento da família Gould em seu próprio fim. A cabeça de Bess latejava com o esforço de raciocinar sobre a irracionalidade. Ela puxou o xale sobre a cabeça e deitou-se, agradecida por estar prestes a pegar no sono.

Não pareceu ter passado muito tempo, embora provavelmente tivessem sido várias horas, quando foi acordada pelo som da porta sendo aberta. Baggis cambaleou para dentro da cela. Mesmo no ar fétido, Bess podia sentir o cheiro do álcool na respiração do homem quando ele se aproximou.

— Bem, aqui está o Baggis agora, bem como ele disse, para lhe fazer companhia.

Bess se levantou num salto.

— Saia de perto de mim, por favor.

— Não seja tímida, mocinha. — Ele chegou perto dela, estendendo a mão em direção aos seus peitos. Bess afastou a mão dele com um safanão. Ele riu. — Você não vai conseguir nada sendo exigente; é melhor aceitar consolo de quem quer oferecer. Ouvi por aí — disse ele, num sussurro conspiratório — que o caçador de bruxas tem tanta certeza de que você é uma criatura tão, mas tão maligna, que está planejando uma pequena surpresa. — Baggis pausou para limpar a baba que caía da boca com as costas da mão. — Parece que ele prefere o método escocês de livrar a paróquia das bruxas. Vai atrair uma multidão maior do que uma feira de verão. Há anos não temos uma execução na fogueira em Batchcombe. — Vendo o medo nos olhos de Bess, ele continuou: — Não se preocupe, bruxinha, ouso dizer que será uma vela muito bonita.

Bess tentou se esquivar, mas ele a cercou e a agarrou pelos cabelos, caindo no chão com ela.

— Então, agora você vai ser gentil com o velho Baggis, moça feiticeira, e ele vai ser gentil com você. — Ele a segurou contra o chão, deitando o corpo pesado em cima dela. Bess lutou selvagemente, mas era impedida pelas algemas, além de não ser forte o suficiente para empurrá-lo. Ele baixou sua boca em direção à dela. — Que tal um beijinho, menina? — babou.

Bess virou o rosto no último momento e afundou os dentes profundamente em seu nariz bulboso. Baggis soltou um grito e sentou-se, o sangue jorrando da mordida. Ele praguejou coisas ininteligíveis antes de lançar o punho direito para baixo com força brutal contra o rosto de Bess. Ela ouviu o som de sua própria mandíbula rachar.

— Vai me morder, sua megera? Fique quieta ou vou quebrar cada dente dessa boca linda.

Bess ainda se recuperava do golpe, mas rapidamente tomou consciência de que ele a manuseava debaixo de sua saia. Agora as correntes estavam atrapalhando seu agressor. Bess se contorceu, não pensando em nada, simplesmente reagindo. Baggis praguejou e a socou pela segunda vez. Bess gritou quando ele atingiu seu rosto exatamente no mesmo local da primeira vez. A dor a deixou imóvel até que ela sentiu Baggis alcançar seu objetivo. Ele soltou uma série de grunhidos suínos enquanto se movia, forçando a entrada. Uma dor diferente, mais aguda do que aquela que tomava conta do seu rosto, mais intensa e de certa forma muito mais insuportável, apunhalava seu corpo. Bess olhou para cima e viu o rosto lascivo de seu agressor, ainda mais feio por conta de sua lascívia egoísta. Naquele momento, as nuvens se deslocaram no céu da noite, expondo a lua. Seus raios de prata entraram pela janela alta da prisão, deslizando por entre as barras e invadindo a escuridão. Bess sentiu a luz cobri-la. A lua cheia. Aquele era o momento. Agora, ela devia decidir. Baggis dava estocadas dentro dela, cuspindo saliva em seu rosto. Bess pensou em Gideon e no que havia presenciado na floresta. Então, lembrou-se de como ele falara sobre estar livre da dor e a da morte. Pensou nas palavras de sua mãe. *Sobreviva! Continue vivendo!* E tomou sua decisão. Tentou dizer as palavras que Gideon havia lhe ensinado, mas a boca não respondia mais como deveria. Ela tossiu sangue e tentou novamente. Cada palavra foi arrancada dolorosamente de sua garganta.

— *Fleare dust achmilanee... achmilaneema... Eniht si eht modgnik.*
— Ela cuspiu um dente e continuou com um pouco mais de força. — *Eniht si eht modgnik,* meu Senhor. *Fleare dust achmilanee, dewollah eb yht eman! Fleare dust achmilaneema.... Rewop dna eht yrolg! Fleare dust achmi laneema!*

Seu agressor estava concentrado demais em seu próprio prazer para prestar qualquer atenção aos sons estranhos que Bess agora entoava, cada vez mais alto, mais e mais forte. Ela repetiu os versos três vezes, conforme Gideon a instruíra, com medo de que a qualquer momento as nuvens pudessem lhe roubar os raios da lua. Mas isso não aconteceu. Ela falou a última sílaba do último verso e esperou. Nada aconteceu. Nada para impedir a profanação implacável de seu corpo. Nada para mascarar os ruídos repulsivos que vinham do carcereiro bêbado. Tudo fora uma fantasia? Ela realmente tinha que se submeter àquilo e, em seguida, sofrer o tormento de ser queimada viva? Bess fechou os olhos e formou mais uma palavra. Ela usou todo o ar que havia em seu corpo para gritá-la.

— Gideon!

De súbito, a sala ficou sobrenaturalmente imóvel. Até Baggis parou. A distância, Bess pôde ouvir um gemido alto que cresceu e ganhou força até que se tornou um rugido ensurdecedor. A luz suave da lua foi substituída por um brilho ofuscante. O carcereiro olhou ao seu redor, em pânico, e depois de volta para Bess. Ele gritou aterrorizado, lutando para fugir dela, caindo para trás em sua pressa de separar-se.

— Bruxa! — gritou ele. — Bruxa!

Com o homem imundo fora do caminho, a luz pulsante envolveu Bess. O barulho era aterrorizante agora, como o grito de guerra de mil regimentos ou o rugido de uma centena de dragões lutando. A boca de Baggis estava escancarada em gritos que não podiam ser percebidos em meio à cacofonia. Bess podia sentir o poder fluindo através de seu corpo. Eliminando a dor, estancando o sangue e recompondo seus ossos quebrados. Ela se levantou, sentindo-se leve e livre enquanto as correntes de suas algemas se rompiam. Agora entendia. Entendeu o êxtase do poder. Sua beleza. Sua glória. Sua satisfação sensual. Todo o seu ser brilhava e reluzia com ele. Ela olhou para o homem encolhido no canto da cela. Como o jogo havia virado rápido! Dessa vez foi ela quem levantou a mão. Baggis cobriu a cabeça com os braços, choramingando. Bess queria testar sua força, queria se vingar, sentir, pela primeira vez em sua vida, o que realmente significava ser aquela que possuía o poder. Sabia que poderia esmagá-lo como uma formiga sob seus pés, se desejasse. Ela começou a levitar, flutuando em direção à janela.

— Misericórdia! — gritou Baggis.

Bess baixou a mão lentamente.

— Você terá exatamente a misericórdia que merece — disse a ele, apontando um dedo na direção de sua virilha.

Enquanto os berros do patético homem se transformavam em gritos agudos, Bess se virou e atravessou as grades da janela sem esforço. Assim que chegou à rua, o silêncio voltou. Olhou em volta, subitamente fraca e esgotada mais uma vez. Ninguém a vira. A vizinhança dormia. Obviamente, apenas os ocupantes da cela tinham ouvido alguma coisa. Seguindo pelas sombras da lua, Bess correu.

Extraído dos Arquivos do Tribunal de Batchcombe, 21 de Março de 1628

Neste dia, pouco antes do amanhecer, a Feiticeira acusada e condenada, Elizabeth Anne Hawksmith, usou de Bruxaria para fugir de sua prisão. A mesma feriu gravemente o carcereiro, um certo Jonathan Baggis, quando ele tentou contê-la. Ele, de fato, ficou mentalmente perturbado, e verificou-se que seu membro enegreceu e murchou. De acordo com seu depoimento, a Feiticeira escalou os muros da cela com a facilidade de um inseto antes de usar a força do próprio demônio para arrancar as barras da janela. Ela, então, mudou de forma, transformando-se em um lagarto para que pudesse efetuar sua fuga através do portal estreito, que é, de fato, muito pequeno para permitir que uma mulher adulta passe por ele.

Registre-se aqui que a dita Feiticeira fugiu em seguida da aldeia. Após a descoberta do carcereiro em estado de choque perto do nascer do sol, o alarme foi soado, e ela foi perseguida até Batchcombe Point, onde o destacamento, apesar da resposta rápida e dos esforços valorosos, não conseguiu prendê-la. Os presentes testemunharam e atestaram o fato de que a condenada, então, subiu ao topo do penhasco, abriu os braços e fugiu voando.

Beltane

15 DE ABRIL — A LUA ENTRA EM ÁRIES

Muitas semanas se passaram desde que Tegan sentou-se em minha cozinha para ouvir a história de Bess e de sua família. Ostara veio e se foi rapidamente com os ventos do oeste, que afinal começaram a afugentar a escuridão do inverno. Desde o equinócio, o clima tem sido ameno e úmido, provocando a opulência e o esplendor do início da estação e despertando-nos da hibernação primaveril. Fiquei estranhamente estimulada ao compartilhar meu passado, como se precisasse liberar um pouco da dor e da perda que carregava comigo por todos aqueles anos. É claro que Tegan não sabia que a história de Bess era, na realidade, a história de meu próprio começo. Por que faria tal conexão? Ela presumiu que Bess talvez fosse alguma parente distante, e fiquei contente em deixá-la acreditar nisso.

O que contei, entretanto, acendeu nela a paixão por todas as coisas mágicas. Passou a questionar-me incessantemente sobre meu próprio conhecimento das artes, de modo que finalmente concordei em instruí-la nos caminhos da feitiçaria tradicional. Tenho consultado meu coração e não encontrei nada de errado em fazê-lo, contanto que acredite estar realmente livre de meu perseguidor. Certamente não tenho visto sinais de que meu novo assentamento seja inseguro. Minha intenção é ensinar a Tegan o que significa trabalhar com a natureza, para curar e proteger. O ofício da feitiçaria tradicional é benigno e bom, e acredito que ela o tomará para si. Na verdade, já se mostrou uma aluna interessada, passando cada vez mais tempo comigo, ouvindo atentamente e executando minhas instruções com cuidado e interesse. Confesso que estou gostando tanto da companhia quanto do entusiasmo dela. É claro, está fora de questão sequer permitir que ela passeie nos reinos mais sombrios da arte. Essa magia não tem lugar em sua vida. Não desejaria a ninguém o preço que paguei pelo poder que escolhi aceitar. E foi uma escolha, por mais que eu possa querer culpar as circunstâncias e o infortúnio. Foi a minha escolha. E uma escolha da qual minha mãe se afastou. A única forma que encontrei de me reconciliar com essa decisão por todos esses anos foi ter continuado seu trabalho. De curar. De cuidar. De apoiar os mais fracos. Essas são as coisas boas que uma feiticeira pode fazer. Que uma feiticeira deve fazer. Essas são as habilidades que quero transmitir a Tegan.

Já começamos os nossos preparativos para celebrar Beltane. Espero muito a chegada desse dia, quando o Deus-Sol tem seu lugar como majestade sobre o ano, e tudo é calor, crescimento e abundância. Dei alguns livros a Tegan, para que lesse sobre o assunto, o tempo todo lembrando-lhe de que seu trabalho escolar não deve ser prejudicado. Sua mãe, a quem ainda estou por conhecer, pode afinal se tornar resistente quanto a ela passar tanto tempo comigo, caso receba más notícias da escola.

19 DE ABRIL — PRIMEIRO QUARTO

As primeiras andorinhas chegaram, e um casal voltou a um antigo ninho no canto do meu barracão de jardinagem. Os narcisos cessaram sua exibição e começaram a se retirar. A dança da primavera incluía, por sua vez, as floradas, que estão particularmente boas este ano. Os salgueiros e macieiras no bosque estão lindos, e posso facilmente perder horas vagando entre eles. Mas há trabalho a ser feito. Continuo a participar da feira semanal em Pasbury. Há outra da qual poderia participar, em uma cidade perto o suficiente para que haja placas nos postes indicando sua direção. Uma cidade maior e mais próspera, onde, sem dúvida, eu iria encontrar mais clientes para meus produtos. Mas não é um lugar que eu possa vir a revisitar. As lembranças são muito vivas e dolorosas demais, mesmo depois de todos esses anos. Devo me concentrar em meus estoques. Tenho muitos óleos aromatizados e perfumados, mas desejo preparar uma quantidade de sachês de lavanda e tigelas de *potpourri*. E o vinho de seiva de bétula está pronto para a rotulagem. Minhas necessidades são simples, mas minhas economias diminuíram após o longo inverno. Não há como evitar a necessidade de dinheiro. Por mais que não goste da atividade comercial, devo me esforçar para vender meus produtos. Assim, ao menos tenho a chance de tratar aqueles que, de outra forma, não poderiam entrar em contato. Tegan está determinada a se juntar a mim tanto quanto eu permita, embora tenha sido advertida para não esperar muito.

23 DE ABRIL — SEGUNDO QUARTO

Que sucesso! Não fazia ideia de que as pessoas por aqui gostariam tanto de meus produtos. Parece que a minha reputação começou a se espalhar. Tegan adorou o dia e ficou tão satisfeita quanto eu ao ver o último óleo de manjericão arrebatado antes das três horas da tarde. Comemoramos com um sorvete na barraca vizinha. O dia, no entanto, foi marcante por outro motivo além do meu modesto ganho financeiro. Pouco antes do meio-dia, uma mulher atraente, com olhos suaves e cabelos bonitos, aproximou-se da mesa. Ela fingiu interesse nas garrafas de óleo de banho, mas percebi imediatamente que havia outro motivo para estar diante de mim. No mesmo instante em que reconheci o que havia de tão familiar em suas feições, Tegan falou.

— Mãe! — disse ela. — O que está fazendo aqui?

— Pedi um intervalo de almoço maior para poder vir até aqui e ver como estão indo. — Ela parou e olhou para mim, enquanto se dirigia à filha. — Você não vai nos apresentar?

— Ah, claro. Mãe, essa é Elizabeth. Elizabeth... minha mãe. Helen.

Ela estendeu a mão e eu a peguei. Somente agora eu notara o uniforme sob sua capa.

— Estou feliz em conhecê-la finalmente — disse eu.

— Tegan fala de você sem parar. Elizabeth isso, Elizabeth aquilo. — Ela sorriu, mas não pude ler os reais sentimentos em seu rosto.

— Que embaraçoso — disse eu, e então: — Ela está sendo de grande ajuda hoje.

— Sim, olhe, mãe, vendemos um monte de coisas. Todo mundo adora. Você devia experimentar um pouco disto. — Ela pegou um pote de esfoliante corporal de aveia. — É exuberante e apenas um par de libras. Vá em frente.

— Que vendedora — disse Helen, levando o pote e procurando em sua bolsa. Ela entregou as moedas sem ao menos olhar para sua compra. — Bem, é melhor que eu deixe vocês em paz, então. Continuem o bom trabalho. Estou em um turno duplo, lembre-se. Há frango na geladeira. Não me espere.

Além da surpresa inicial, sua visita pareceu ter afetado pouco Tegan. Acho que ela ficou contente porque a mãe se deu ao trabalho de procurá-la e ainda comprar alguma coisa. Tenho certeza, no entanto, de que o propósito dela em vir à feira não foi o de agradar à filha, mas me ver. Era, afinal de contas, o terreno neutro ideal para me avaliar. Não havia necessidade das minúcias embaraçosas que uma visita à minha casa teria exigido. Em vez disso, poderia satisfazer à sua curiosidade com o mais breve dos encontros. Senti também que, de alguma forma, ela estava reivindicando sua posse sobre Tegan. Lembrando-me de que ela era a mãe e que qualquer tempo que sua filha passasse comigo seria por sua tolerância. Ou eu estaria colocando minha própria interpretação carente sobre um gesto de amizade inofensivo? Para mim, é difícil dizer. Sei que me tornei apegada a Tegan. Fico ansiosa por suas visitas e acho uma alegria instruí-la. Estou bem ciente de que sua mãe poderia pôr um fim nessas visitas se quisesse. O que diria se soubesse que sua filha está aprendendo a arte comigo? Não conheço a mulher, mas ainda assim tenho quase certeza de que desaprovaria. O que significa que devemos manter segredo, Tegan e eu. E segredos são perigosos. Eles começam pequenos, mas crescem a cada resposta evasiva ou mentira deslavada que os protege. No entanto, confesso achar a proximidade que tal conspiração gera algo irresistivelmente delicioso.

25 DE ABRIL — SEGUNDO QUARTO

Ontem à noite, após um longo dia de labuta no jardim, convidei Tegan a ficar para a noite em uma ação de graças à Deusa e aos elementos. Quando a escuridão começou a cair, peguei meu cajado e fomos até a clareira no centro do pequeno bosque. Já usei o poço raso para fazer fogueira várias vezes e arrumei dois troncos caídos em volta dele para nos sentarmos. Juntamos alguns gravetos e outros pedaços maiores de lenha, e acende-nos o fogo. Coloquei velas sobre pedras em um círculo maior ao nosso redor. Tegan estava ao meu lado quando comecei a oração para consagrar o círculo.

Lanço este círculo em nome da Mãe da Vida e do Deus Verde, guardião da natureza. Que seja um ponto de encontro de amor e sabedoria.

Levando meu cajado, percorri o círculo três vezes em sentido horário, mantendo em minha mente a imagem de uma chama azul ardendo sobre o cajado. Depois, retornei ao centro do círculo e peguei a mão de Tegan. Erguemos nossos braços e olhares aos céus. Entoei:

Invoco, entre os espíritos elementares do Éter, o espectro da vida, para cuidar de nós e nos ajudar com a magia. Você, que está por toda parte, em todas as direções, no Fogo e na Água, na Terra e no Ar, a tudo amparando, eu o saúdo e lhe dou as boas-vindas.

Nós nos acomodamos, e eu passei a Tegan bolinhos quentes de queijo e cerveja gelada de gengibre do nosso piquenique. Seu rosto brilhava, tanto pela natureza revigorante da pequena cerimônia quanto pelo calor e pela luz do fogo.

— Isso é tão legal — disse ela, mordendo um bolinho. — Esquisito, mas muito legal. Eu realmente senti alguma coisa, como se alguém estivesse ouvindo. É bobagem?

— Nem um pouco. É um sinal de que você está começando a baixar a guarda e se abrir para a magia. Não é um passo pequeno aceitar que não estamos sozinhos nesta Terra. E que não somos as criaturas todo-poderosas que a maioria das pessoas acredita ser. Você está aprendendo a aquietar essa sua mente frenética.

— Quando posso tentar um feitiço? Nada grandioso, só um pequenininho. Você vai me deixar ter uma chance?

Sua ânsia transbordante me fez rir.

— Tudo a seu tempo, Tegan. Não se pode apressar essas coisas.

— Deve haver algo que você ache que eu não iria estragar. — Ela bebeu um gole da garrafa e ficou olhando para o fogo mal-humorada. Eu sabia que ela estava muito longe de estar pronta, mas era difícil recusar seu pedido.

— Depois de Beltane — disse eu. — Se você terminar a leitura que lhe passei.

— Eu vou! Vou terminar mesmo. Uau, isso vai ser demais. Mal posso esperar. O que será? Posso escolher algum feitiço?

— Espere para ver, e não, você não pode escolher. Deixe isso comigo.

Comemos em silêncio por um momento, enquanto eu me dava conta de que ela, de fato, começara a moderar a sua inquietação juvenil e aprendera a ouvir e pensar. Havia algo maravilhosamente amistoso em partilhar um pequeno instante como aquele com uma pessoa nova, aberta, sem cinismo e que estava disposta a aprender. Fiquei bastante comovida com a proximidade que sinto existir entre nós. Já faz muito tempo desde que me permiti me envolver e me preocupar com outra alma vivente. Eu aprecio o luxo de tal amizade. Valorizo-a, extremamente consciente do quanto tal coisa é rara e preciosa.

Tegan terminou de comer e se deitou de costas, sobre os cotovelos, estimulando a beira do fogo com seu pé.

— Conte mais sobre Beltane — disse ela. — Conte o que vamos fazer.

— Beltane é o festival do sol e do fogo. Ele anuncia a chegada do verão e da fertilidade.

— Vamos ter que ficar nuas?

Lancei a ela um olhar.

— Isso é com você — disse eu. — Pessoalmente, prefiro manter minhas roupas nessa época do ano. Como estava dizendo, Bel é o deus da luz e do fogo. Nós celebramos o fato de que o sol finalmente veio para nos libertar da prisão do inverno. Coletaremos as nove madeiras sagradas para a nossa fogueira e mancharemos nossos rostos com as cinzas. Ficaremos de vigília durante a noite. Alguns acreditam que o orvalho da aurora em Beltane carrega bênçãos de saúde e alegria. Suponho que você possa tirar a roupa nesse momento, se julgar necessário.

Tegan riu.

— A noite toda, uau. Não se preocupe sobre eu ficar nua; acho que vou levar um saco de dormir.

— O fogo irá mantê-la aquecida. E farei um pouco de hidromel para nós, que sempre afasta o frio. — Atirei mais lenha ao fogo. Faíscas dançaram até o céu noturno. Um morcego sobrevoou ousadamente perto, sem dúvida atraído pelas mariposas hipnotizadas pelo fogo que se atiravam à autodestruição das chamas. Assisti à reação de Tegan e fiquei feliz ao ver que ela simplesmente observou a criatura. Apenas algumas semanas antes de sua chegada, tal cena teria lhe arrancado gritos e comentários irreverentes sobre vampiros.

— Beltane será uma noite importante para você, Tegan. É um dos eventos mais mágicos no calendário das feiticeiras. É um momento em que o véu entre o outro mundo e a nossa existência terrestre torna-se tão fino quanto uma teia. Espíritos de todas as naturezas e convicções podem nos visitar. Você deve estar aberta ao que acontecer, mas não se permita ceder a uma imaginação exagerada.

— É perigoso? — perguntou ela, quase esperançosa, pensei.

— Não. Mas não devemos ser complacentes. Existem forças externas obscuras, bem como existem as de luz. Cobriremos as portas e janelas do chalé com ramos de sorveira e pedirei proteção à Deusa.

28 DE ABRIL — A LUA ENTRA EM LIBRA

Tegan não veio hoje. Admito estar surpresa. Ela vinha se mostrando tão interessada em fazer parte dos preparativos para Beltane, e hoje deveria me ajudar a decantar o hidromel e depois recolher madeira para empilhar na fogueira de Bel. Ainda assim, não importa. Afinal, estou acostumada a trabalhar sozinha. Começo a conhecer bem os pequenos bosques agora e estou gostando de vê-los sacudir sua monotonia do inverno. O primeiro dos jacintos já despontou e começa a florescer. Existe planta mais adequada para as fadas? Estou ansiosa para vagar entre eles assim que florirem.

29 DE ABRIL — SEGUNDO QUARTO

Tegan apareceu hoje depois da escola, cheia de desculpas. Não conseguiu ficar quieta nem por um instante, pulando de um pé para o outro, tropeçando nas palavras que balbuciava sobre encontrar alguém no dia anterior e não perceber o tempo passando, e esperava que eu não me importasse, mas não podia ficar hoje também. Ela me mostrou com orgulho um telefone celular que seu novo amigo lhe dera. Foi evasiva sobre a identidade de quem quer que fosse que ela estava na pressa de encontrar, mas suspeitei de que era um garoto. Quem mais poderia gerar tal estado febril? Suponho que fosse de se esperar, mas confesso estar desapontada. Se ela se apegar a um namorado nesse momento de sua instrução, o mais provável é que desista dos estudos. Todo o conhecimento e admiração do mundo não podem competir com o frenesi de um amor juvenil.

Teremos de esperar para ver o que acontece.

Lembrei a ela que, se perder Beltane, irá se arrepender mais tarde. Talvez seu novo amigo estivesse disposto a abrir mão de encontrá-la apenas por essa única noite? Ela me tranquilizou, mas tenho minhas dúvidas. Farei provisões para dois, mas vou me preparar para ficar sozinha.

1º DE MAIO — A LUA ENTRA EM ESCORPIÃO

Escrevo isto enquanto o brilho da minha fogueira de Bel é substituído por um glorioso nascer do sol. Os raios vermelhos pulsam com o poder de cura. Sento-me num tronco coberto de musgo, meus pés descalços são banhados pelo orvalho. Este deveria ser um momento de requintada alegria e esperança no futuro; ainda assim, não consigo me livrar de uma tristeza. Como eu previra, Tegan esteve ausente ontem à noite. Lamento por ela, lamento que tenha perdido uma experiência tão mágica e comovente. Lamento por mim também. Nunca deveria ter me permitido ficar tão encantada pela garota. O que sou para ela, afinal? Um interesse passageiro, e isso é tudo. Um capricho. Alguém para ajudá-la a adquirir confiança em si mesma, para que possa criar coragem para se relacionar com o resto do mundo. Para que possa construir suas próprias amizades importantes. É ridículo ver-me competindo com a juventude no que ela tem de mais natural. Afinal, não tenho nenhum interesse romântico em Tegan. É justo que ela persiga os desejos e as necessidades que todas as garotas de sua idade têm. E só queria que isso tivesse sido um pouquinho mais tarde. Só um pouquinho.

5 DE MAIO — TERCEIRO QUARTO

Outro dia bem-sucedido na feira. Eu, ao que parece, conquistei boa reputação entre os compradores de Pasbury. O número de clientes em minha barraca tem crescido constantemente, e alguns tornaram-se rostos costumeiros. A jovem que veio no meu primeiro sábado voltou hoje. Seus ferimentos desapareceram e, dessa vez, seu bebê trotava à sua frente. Ela manuseou objetos pela barraca até que não houvesse ninguém por perto.

— Funcionou — disse ela, calmamente. — Aquilo que você me deu. Resolveu. Não tem saído desde então, não sem mim. Bem que ele quis. Passou pela porta da frente, na sexta passada, mas voltou todo estranho. Empalideceu e disse que se sentia mal. Ajudei-o a se sentar e fiz algo para comer. Ele se alegrou. E me agradeceu. Ele me agradeceu! Sem xingar e gritar e sem usar os punhos. Apenas me agradeceu. No dia seguinte fomos à praia.

— Fico feliz — disse eu.

— Então, quanto lhe devo?

— Vamos dizer que foi uma amostra grátis. E você pode gostar de uma garrafa do meu vinho de seiva de bétula. Cinco libras por litro.

Ela pegou a garrafa que segurei diante dela.

— É...? — Ela deixou a questão no ar.

— É muito forte — disse a ela —, mas nada além disso. Apenas vinho.

Depois que ela se foi, um casal de idosos dos apartamentos para aposentados apareceu pela terceira semana seguida. Eu estava terminando de embrulhar um conjunto de itens para o tratamento de artrite e mais um pouquinho de algo da minha imaginação para ajudar a memória, quando notei Tegan rondando a barraca de bolos em frente à minha.

Ela se aproximou lentamente, sua linguagem corporal eloquentemente delatava sua consciência pesada. Senti meu espírito se animar diante da visão dela, mas me lembrei de manter uma distância entre nós.

— Você está muito ocupada hoje — disse ela.

— Tenho me ocupado na barraca há algumas semanas. O boca-a-boca está funcionando.

— As pessoas gostam de vir aqui.

— Meus produtos parecem ser populares, sim.

— Não são os seus produtos, na verdade. É você. É para ver você que eles vêm.

Parei de remexer os sachês de lavanda e olhei para Tegan. A menina desajeitada estava desaparecendo, e uma mulher recém-feita e confiante tomava seu lugar. Só o amor pode dar tal confiança instantânea e trazer uma transformação tão rápida. Eu estava certa em minha suposição. Então, eu a havia perdido. Seu estudo da arte da magia certamente não era suficientemente avançado para prender a atenção dela quando confrontado com a distração da luxúria juvenil.

— Pensei que eu poderia aparecer de novo amanhã, se estiver tudo bem — disse ela.

— Você não vai estar ocupada com seu novo amigo?

A surpresa alterou suas feições.

— Como você sabe?

— Não é preciso ter o poder da adivinhação para ver quando uma pessoa está apaixonada.

Ela corou e sorriu.

— Ele vai se apresentar em Batchcombe amanhã.

Estremeci diante da inesperada menção à cidade de minhas origens. Tegan percebeu minha reação e eu me afastei, ansiosa para que a menina não pensasse que o desconcerto escrito em meu rosto tinha algo a ver com o seu romance.

Houve uma pausa, enquanto Tegan esperou que eu respondesse. Felizmente, dois novos clientes surgiram, e dei atenção a eles. Tegan se demorou por mais algum tempo e depois desapareceu. Senti um puxão doloroso em meu peito. Eu sabia que a desprezara, e ela sentiu a rejeição. Que escolha eu tinha? Melhor desistir da ideia de tê-la como aluna, de compartilhar com ela a beleza e a bênção de minha magia. Ela é apenas uma menina, e é o que eu devo deixá-la ser.

6 DE MAIO — TERCEIRO QUARTO

Devo dizer que admiro a resistência de Tegan. Ela chegou à minha porta da frente hoje, um pouco depois do meio-dia.

— Eu teria chegado mais cedo, mas, bem, eu e Ian ficamos juntos até tarde ontem. Ele foi para Bournemouth agora. Ele tem uma moto muito legal. Diz ele que pode fazer um monte de dinheiro em um almoço de domingo nessa época do ano. E toca violão de forma brilhante. — Ela arriscou um sorriso tímido. — Acho que ele me ama.

— Estou feliz por você.

— Você precisa conhecê-lo. Sei que você vai amá-lo. Ele é... especial.

— Claro que é.

Ela mudou de um pé para outro. Um melro no jardim atrás dela começou a cantar.

— Bem, você vai me convidar para entrar ou o quê?

Fiquei de lado, e ela passou por mim. Na cozinha, começou a tagarelar sobre coisas sem importância, claramente tentando recuperar o pedaço do terreno que perdera. Não é de minha natureza ser mal-humorada, mas fiz o meu melhor, pelo menos para ser desinteressante, na esperança de que Tegan se cansasse e desistisse. Ela não desistiu. Finalmente, ficou contrariada.

— Ei, o que eu fiz de tão errado?

— Você precisa perguntar?

— Bem, perdi algumas coisas. Sinto muito. Faço de novo da próxima vez.

— Coisas! — Agora era a minha vez de ficar brava. — Você perdeu Beltane. Você deixou passar a oportunidade de experimentar um dos Sabás mais emocionantes e fascinantes do ano wicca. Um dos ritos mais importantes de passagem que qualquer feiticeira aprendiz pode ter.

— O que você disse?

— Eu disse que Beltane tem um enorme significado, não é para ser tratado como um feriado qualquer.

— Não, *feiticeira*. Você disse *feiticeira aprendiz*!

O ar nesse momento pareceu borbulhar.

— Posso ter dito.

— Você disse! Você realmente quer dizer que vai me mostrar tudo, vai me treinar para ser como você. Eu! Uma feiticeira! Não vai ensinar apenas alguns truques da Nova Era para impressionar por aí e como fazer esses óleos fedorentos, certo? Isso é uma loucura. — Ela se largou em minha cadeira diante do fogão apagado, sem tirar os olhos de mim por nem um instante.

— Acho que você nem sabe o que a palavra significa — disse eu, envergonhada por minha própria petulância.

— Sei. Tenho lido os livros que você me deu.

— Bem, se você pensou que isso tudo fosse para, como você disse, "impressionar por aí", estou surpresa por ter se incomodado.

— Eu li. E eu estou. Olhe, não importa o que eu pensava antes. Era sempre legal, quero dizer, eu queria aprender. E sabe o quê? Acho que é porque eu sempre soube. Você tentou disfarçar. Admita, você tentou fazer com que parecesse apenas, tipo, um estilo de vida ou coisa assim. Valores hippies. Jeito natural de viver. Plantar suas próprias verduras. Fazer seus próprios óleos de ervas. Fazer seu próprio iogurte. Eu sei que as coisas que você me deu deram um jeito em Sarah Howard. Eu disse a você, então, que tinha sacado o que você é, mas você não estava entendendo nada. Contou sobre seus antepassados e tudo o mais, mas distorceu as coisas, não é? Tentou fazer com que eu acreditasse que era tudo meio divertido, apenas remédios antigos, contos de fadas e superstição. — Ela estreitou os olhos para mim. — Mas é mais do que isso, não é? Muito mais.

Eu estivera muito determinada a afastá-la, mas senti minha decisão enfraquecer diante de tal fascínio. O ego é uma coisa perigosa.

— Para ser brutalmente sincera com você, Tegan, não acredito mais que você tenha o que é preciso para ser minha aluna.

— Porra nenhuma!

— Você precisa usar essa linguagem?

— Se você achasse que não dou conta, não teria começado a me mostrar as coisas, de jeito nenhum!

— Para aprender os caminhos da arte, é necessário ter dedicação. Compromisso. Sacrifícios têm que ser feitos.

— Você está dizendo que não posso ter um namorado?

— Estou dizendo que você precisa estabelecer prioridades.

— Escolher, você quer dizer?

— Não. Não necessariamente.

— O quê, então? — Ela saltou da cadeira e veio até mim. Para minha surpresa, tomou minhas mãos nas dela. — Diga-me o que preciso fazer para provar que sou capaz. Quero fazer isso. Quero aprender. Quero ser como você. O que devo fazer?

Eu me perguntei: Se eu tivesse pedido que desistisse dele, ela teria feito isso? Estava me desafiando? Estava me provocando? Ou será que me conhecia tão bem? Que me conhecia bem o suficiente para ter certeza de que eu não iria, não poderia pedir isso a ela. Como eu poderia? A criança quase não soubera o que é o amor durante toda a sua vida, quem era eu para tirá-lo dela agora que o encontrara?

— Você teria de dedicar muito mais tempo aos seus estudos.

— Farei isso.

— Estudo sério, não simplesmente folhear os livros e tratar o assunto todo como uma agradável distração de seus trabalhos da escola.

— Sério. Posso levar a sério.

— Por que será que eu duvido disso?

— Vá em frente e me teste. — Ela correu até o aparador e pegou meu Grimório. — Pergunte-me algo. Qualquer coisa. Tenho lido *de verdade*.

— Seu comprometimento não pode ser tão facilmente testado.

— Deixe-me mostrar o que sei. — Ela empurrou o livro pesado em minhas mãos. — Vá em frente.

— Muito bem. — Coloquei o Grimório em cima da mesa da cozinha e cruzei os braços. — Diga-me a diferença entre uma varinha e um athame.

— Fácil. Uma varinha serve para mover a energia e direcioná-la. Um athame é um punhal usado em rituais sagrados e cerimônias, e para expulsar a energia negativa. Pergunte outra.

Apertei os lábios.

— Que árvore é chamada, às vezes, de Dama Branca e nunca deve ser cortada?

— O sabugueiro! Vamos lá, pergunte alguma coisa mais difícil.

— Liste os Sabás na ordem em que ocorrem nas 13 luas.

Ela assim o fez. Também listou os Esbats, os Equinócios, os festivais das divindades pagãs e tradições wicca. Ela passou a explicar as plantas associadas a cada cerimônia de Sabá, bem como as cores e os alimentos que devem ser usados. Quando terminou, sentou-se novamente, com um sorriso triunfante no rosto.

— Vá, você está impressionada, admita.

— Decorar coisas está longe de ser uma habilidade sofisticada.

O mau humor passou por seus olhos, mas ela o controlou bem. Respirando fundo, ela disse:

— Estou falando sério, Elizabeth. De verdade.

Suspirei. Eu queria muito que ela estivesse falando sério.

— Veremos — disse eu. — Você pode começar fazendo o almoço, enquanto listo o que há para ser feito.

— Sem problema. — Ela pulou novamente e abriu a porta do fogão. Olhou para o seu interior frio. — Vamos ter que acender essa coisa primeiro — disse ela.

Concentrei-me e, em seguida, soprei suavemente na direção dos gravetos que colocara lá anteriormente.

Tegan saltou para trás quando o fogo explodiu com vida. Apesar de tudo, eu era incapaz de esconder minha diversão. Tegan fechou a porta e virou-se, franzindo a testa para mim.

— Ei, você falou sério. Tenho sorte de ainda ter as sobrancelhas.

Tegan tratou de se ocupar e cozinhou um *dhal* para nós. Enquanto comíamos, continuou a tentar me impressionar com o conhecimento que acumulara sobre os caminhos da feitiçaria tradicional. Fiquei agradavelmente surpreendida com o que Tegan aprendera e também com a qualidade do nosso almoço.

— Você está cozinhando melhor — disse a ela, quando finalmente ficou quieta.

— Uau, Elizabeth, não vá enlouquecer nos elogios, hein? — Ela limpou a tigela com um pedaço de pão e empurrou a cadeira para trás, esticando as pernas. — Estou satisfeita — disse ela. Senti sua hesitação antes de me perguntar. — Você vai me contar mais? Sobre como é. Ser uma feiticeira, quero dizer. Como é realmente.

— O que você quer saber, especificamente?

— Você sabe, se você já amaldiçoou as pessoas? Colocou feitiços nelas? Alguém já fez isso com você? Você conhece muitas outras feiticeiras? Quero dizer, elas podem estar em todo lugar, não podem? À nossa volta, sem que saibamos? Você pertence a um clã? Isso soa muito assustador. E os homens, eles podem ser feiticeiros ou são bruxos, ou enfim, o que era aquele bastardo na história de Bess? Magos, eles são sempre magos? E você realmente pode curar as pessoas? Quero dizer, sei que você tem as poções e os óleos e não precisa me convencer de que eles funcionam, mas e as coisas maiores? Doenças reais? Você pode dar um jeito nas pessoas? Pode?

— A cura é a razão para ser uma feiticeira, Tegan. Se você realmente pertence à arte, à irmandade, você não pode deixar de curar. Algumas vezes com mais sucesso do que outras.

— Então, você poderia curar o câncer, esse tipo de coisa? Uau, você poderia ir a um asilo ou um hospital, e simplesmente... melhorar a vida das pessoas! Não poderia? Você não pode?

— Não é tão simples. Há muita coisa que você ainda não compreende.

— Conte. — Ela se inclinou para a frente, olhando nos meus olhos. — Por favor me conte.

A tarde começou a minguar, e as sufocantes nuvens de verão escureceram o céu. Acenei meu braço em um movimento lento e expansivo, e as velas colocadas ao redor da sala ganharam línguas de fogo. Tegan ofegou, mas permaneceu imóvel.

— Há feiticeiras que usam sua magia de cura para grandes feitos, Tegan. E há aquelas capazes de utilizá-la no sentido oposto — balancei a cabeça. — Esse poder é terrível. É contra a natureza. É uma profanação da arte e deve ser temido. — Deixei que meus olhos fossem tomados pelas chamas dançantes das velas e comecei a contar a minha história.

Fitzrovia, Londres, 1888

I

O cadáver já havia começado a feder. Eliza se afastou para deixar que os homens descarregassem o corpo do carrinho de mão e o levassem pelo corredor até o gélido morgue. O braço esquerdo do falecido roçou sua saia marrom enquanto era carregado.

— Coloque-o lá, por favor. — Ela apontou para uma mesa vazia de madeira no canto mais próximo. — Com cuidado, agora.

— Não se preocupe, senhora. — O mais velho dos dois homens lhe deu um sorriso desdentado. — Qualquer batida ou tropeço não vai mais incomodar esse cara. — Ele grunhiu ao balançar o corpo para colocá-lo em cima da superfície.

Eliza olhou para o vulto. À meia luz, suas feições estavam suavizadas, mas não havia dúvida de que era o rosto de alguém que tivera uma vida cruel. Todos os seus males ficaram gravados ao redor dos olhos e na testa, e sua própria agressividade puxou para baixo os cantos de sua boca fina. Pequenos pontos de luz brilhavam nas costas dos piolhos que habitavam seus cabelos. O laço que o havia enviado para outro lugar tinha queimado uma linha de cor viva ao redor do pescoço. Suas roupas estavam sujas. Eliza teve pena dele por seu fim solitário. O que o levara à forca ela não sabia. Qualquer que tivesse sido seu crime, parecia injustamente cruel negar um enterro a um homem. Mas esse era o destino dos assassinos que não tinham ninguém para reclamar o corpo ou pagar os custos do funeral. Seu destino era ser um instrumento de ensino para os estudantes de medicina do Hospital Fitzroy, que iriam se debruçar sobre ele, cortando avidamente seus órgãos, investigando, sondando e dissecando, sem se preocupar com quem ele fora ou de onde teria vindo. Eliza se perguntou como ela própria seria, se a história de sua vida estivesse escrita tão claramente em seu rosto. Supôs que seria algo demasiado horrível de se contemplar. Instintivamente, levou a mão aos cabelos. Passou os dedos pela larga faixa branca perolada que fazia de tudo para esconder, enfiada em seu coque impecável. Era, sem dúvida, um marco na sua história. Um legado do momento de sua transformação durante todos aqueles anos sombrios. Exceto por essa recordação, sua aparência tinha mudado pouco. Ela não era mais uma menina, mas sim uma mulher. Parecia que seu corpo continuara a crescer na maturidade, e então o processo de envelhecimento tinha diminuído. A magia que a sustentava, que dava a ela a existência eterna da qual Gideon falara, também lhe dava força e juventude permanentes. Eliza observou que tinha envelhecido exteriormente não mais do que cinco anos, ou perto disso, para cada século que vivera.

 Ela percebeu que os dois homens ainda estavam de pé atrás dela, arrastando os pés.

 — Oh, por favor, procurem o sr. Thomas. Ele vai providenciar seu pagamento.

 — Obrigado, senhora. — Eles tocaram os quepes em saudação e saíram.

 Eliza verificou o relógio que usava preso ao vestido. Ela não devia deixar o dr. Gimmel esperando. Subiu correndo as escadas do porão para a parte central do hospital. O Fitzroy, como era conhecido, fora inaugurado como hospital-escola havia apenas quatro anos, mas o edifício não era novo. Os financiadores determinaram que parte de uma rua residencial seria comprada e modificada para criar um espaço que pudesse acomodar tanto pacientes quanto alunos. Consequentemente, com seus muitos andares e corredores estreitos, o Fitzroy apresentava desafios incomuns quando levavam e traziam pacientes do centro cirúrgico ou para o necrotério. O centro em si fora construído para a realização de procedimentos cirúrgicos, e havia sido bem-planejado e equipado.

No momento em que Eliza entrou pela porta lateral para pegar seu avental branco, já se ouvia o zunido dos alunos ansiosos. O cheiro de fenol misturava-se com o de suor e madeira polida. Um biombo de carvalho separava a área onde as enfermeiras, assistentes e cirurgiões vestiam suas roupas. Placas de identificação em cima de uma fila de pinos indicavam o proprietário de cada avental ou capote. Uma vez por semana, todas as roupas manchadas de sangue eram levadas para a lavanderia, embora alguns médicos ficassem supersticiosamente apegados a um capote específico e preferissem continuar com ele a trocá-lo, mesmo que estivesse ensanguentado. Eliza não cultivava esse tipo de sentimentalismo. Tinha aprendido muito tempo atrás, com sua mãe, que a limpeza era inseparável da cura. Surpreendia a ela que a profissão médica tivesse acabado de acordar para esse fato e alguns ainda persistissem teimosamente com seus hábitos particulares imundos.

Vestiu seu avental imaculado e amarrou-o bem apertado. Apesar de ser mais qualificada e mais experiente do que muitos dos profissionais de saúde que trabalhavam no hospital, sabia que seria uma provocação vestir a roupa de cirurgiã, em vez do uniforme de enfermeira. Já era suficientemente difícil ser aceita em tal universo masculino sem atrair críticas indesejadas. Cobriu os cabelos com um gorro branco novo e foi para o auditório. Havia apenas um espaço vazio nas fileiras sobrepostas de assentos que formavam um semicírculo diante da mesa de cirurgia. Uma vez que se tornara uma exigência legal que um médico praticante tivesse, no mínimo, dois anos de instrução em anatomia, a instituição não sofrera falta de alunos. Como de hábito, Eliza deu uma rápida olhadela em meio à confusão de rostos, procurando por novos alunos, por alguém desconhecido, alguém específico. Ela se sentia segura desde que chegara ao Fitzroy, mas o hábito de suspeitar e desconfiar ficara profundamente arraigado nela depois de todos esses anos. Nunca havia superado totalmente a sensação de estar sendo perseguida. Sabia que tal superação seria perigosa. Ela estava acostumada a ignorar os comentários indecentes que lhe faziam. Com exceção de uma enfermeira idosa que agora estava ocupada derramando serragem na caixa de sangue embaixo da mesa de cirurgia, ela era a única mulher presente. E sabia que alguns dos jovens a viam apenas como uma mulher, uma pessoa a ser seduzida ou ignorada, dependendo do gosto de cada um. Também estava consciente de que muitos se ressentiam com a sua presença, e alguns tinham ciúmes ferozes da consideração que o dr. Gimmel tinha por ela. Não era segredo que ele a via como sua protegida e tinha orgulho de sua habilidade, considerando-a sua pupila mais talentosa. Na verdade, Eliza acreditava que ele gostava de escandalizar alguns de seus colegas cirurgiões. Ela se considerava muito afortunada por ter um mentor como ele. Tão afortunada que, por enquanto, decidira não praticar medicina sozinha. Ainda que as mulheres agora tivessem permissão para trabalhar como médicas, raramente atuavam como cirurgiãs. Permanecendo no Fitzroy como assistente do dr. Gimmel, Eliza tinha a oportunidade de realizar cirurgias que nunca poderia fazer em qualquer outro lugar.

Enquanto pulverizava fenol sobre a mesa e no ar, continuava procurando alguém entre os rostos que olhavam para ela. Percebeu dois novos alunos sentados juntos, ambos com o mesmo cabelo vermelho abundante, e se lembrou de que havia dois irmãos iniciando os estudos naquela manhã. Então, no limite de sua visão, um vulto solitário chamou sua atenção. Ele estava sentado perto do fundo do anfiteatro, distante dos demais. Era alto e usava um casaco escuro, com um colarinho sutil, mas elegante, e botões de prata. Carregava uma bengala preta onde agora descansava as mãos à sua frente. Mesmo no fundo abafado do anfiteatro, preferia manter a capa e a cartola, cuja seda brilhava sob a meia-luz. Eliza soube imediatamente que ele estava olhando para ela. Não de um jeito casual ou passageiro, como alguns dos outros poderiam estar olhando, mas intensamente. Atentamente. Com interesse agudo. Tentou se livrar do mal-estar súbito que se instalou sobre ela e ficou aliviada ao ver a porta do auditório abrir. Phileas Gimmel, membro do Colégio Real de Cirurgiões, entrou na sala seguido por um auxiliar, empurrando o infeliz paciente numa cadeira de rodas.

Dr. Gimmel era um homem que impunha respeito, mesmo sem parecer desejar isso. Ele tinha o ar de quem fora destinado, com um entusiasmo sem limites, para sua profissão e de quem tinha um desejo genuíno de transmitir sua sabedoria para os outros. Também tinha um brilho maroto nos olhos e um sorriso sempre pronto a acalmar os nervos, tanto dos alunos quanto dos pacientes. Um silêncio reverente tomou conta da sala quando o grande homem se posicionou à frente, dirigindo-se aos alunos como se fossem sua plateia em outra espécie de teatro.

— Cavalheiros! Como fico feliz em ver tantos rostos ansiosos e atentos. Alegra meu coração saber que tantos jovens têm a vocação para vir aqui e aprender tudo o que a ciência médica oferece. Um dia, alguns de vocês, se Deus quiser, estarão de pé sobre este mesmo chão, equilibrados no limiar entre a vida e a morte que todos os cirurgiões devem trilhar. É em função disso que lhes peço a sua concentração máxima hoje, senhores. Porque, quando esse momento chegar, vocês ficarão aqui sozinhos. A responsabilidade por seu paciente estará sobre seus ombros, não importa o quão preparados vocês estejam para ajudá-lo. — Fez uma pausa para olhar para Eliza. — E tudo com o que vocês poderão contar será o conhecimento e a experiência que irão adquirir neste lugar de aprendizado. Eu só posso ensinar àqueles que queiram aprender, senhores. Para aprender, vocês devem ser humildes. Devem estar preparados para admitir sua ignorância. Devem se permitir serem preenchidos com as informações vitais apresentadas a vocês por meio da habilidade e dedicação daqueles que lhes precederam no longo caminho para o esclarecimento.

Ele se virou e acenou para a enfermeira. Ela e o assistente levantaram da cadeira o paciente que gemia e o colocaram na mesa. O homem estava cinzento de dor e agarrava seu estômago com as duas mãos.

Dr. Gimmel continuou.

— Temos um caso simples diante de nós esta manhã, senhores. Nosso paciente, como até o mais lento de vocês sem dúvida já deve ter observado, é um homem jovem, de constituição magra, com boa saúde, exceto pela dor abdominal que o trouxe até aqui. Após uma análise aprofundada, cheguei à conclusão de que o apêndice está perigosamente inflamado, e deixá-lo assim seria dar uma sentença de morte para este pobre sujeito.

Com a explicação, o paciente deixou escapar um grito de agonia. Dr. Gimmel assentiu com a cabeça.

— Sem dúvida, é uma desgraça para qualquer homem encontrar-se com tal enfermidade. No entanto, a grande sorte desse paciente é estar nessa situação ao alcance dos braços sempre estendidos do Fitzroy. Não tema, meu bom homem. — Ele colocou brevemente a palma da mão na testa do paciente. — Seus problemas em breve vão acabar.

Eliza adiantou-se com uma bandeja trazendo uma garrafa de vidro azul e um pedaço de pano. Ela observou o médico enquanto ele cuidadosamente colocava o pano sobre a boca e o nariz do paciente e aplicava algumas gotas de clorofórmio. Uma imagem passou por sua cabeça, de outra cirurgia, feita havia cerca de cinquenta anos ou menos, antes que ela viesse para o Fitzroy. Antes que os atos cirúrgicos tivessem sido abençoados com a aplicação de anestesia. Lembrou-se da pressa com que o cirurgião era forçado a proceder. Lembrou-se dos berros subindo para gritos enquanto a serra de ossos abria seu caminho através da coxa do paciente. Lembrou-se do terror no rosto do jovem e do jeito como ele se contorcia e lutava contra os laços que o prendiam, até que a dor e a exaustão o levaram misericordiosamente a perder a consciência. Aqueles foram dias sombrios para os procedimentos cirúrgicos. Eliza tinha aprendido rapidamente, no entanto, que havia algumas maneiras de aliviar esse sofrimento tão terrível. A hipnose vinha sendo amplamente praticada havia anos e, apesar de reprovada, era legalizada. Ela já havia se apresentado como hipnotizadora e, assim, usado a técnica para entorpecer os pacientes e deixá-los completamente inconscientes. Quando a hipnose tornou-se ilegal, ela foi forçada a abandonar a prática, com medo de que a verdadeira natureza de suas habilidades fosse descoberta. Foi apenas o uso do éter e, depois, o do clorofórmio que lhe permitiram retomar seu trabalho.

Agora, ela via o jovem na mesa de cirurgia entrando mansamente em um sono profundo. Mais tarde, sua verdadeira coragem seria testada, durante os perigosos dias de recuperação. Isso se ele sobrevivesse à cirurgia propriamente dita.

Dr. Gimmel prosseguiu confiante, falando aos alunos enquanto trabalhava. Ele pegou um bisturi da bandeja e fez uma incisão precisa. A enfermeira se inclinou para limpar o sangue do ferimento. Eliza colocou um conjunto de afastadores na mão estendida do cirurgião.

— Como podem ver, senhores, por mais eficaz que seja a anestesia aplicada, o cirurgião ainda enfrenta o perigo sempre presente da perda de sangue. De fato, o sangramento descontrolado continua sendo a segunda causa mais comum de mortalidade no meio cirúrgico. Sem dúvida, vocês já devem ter lido tudo isso muitas vezes em seus estudos, mas nada substitui o aprendizado a partir da observação.

Enquanto ele falava, o sangue corria em um fluxo viscoso para fora da mesa e para dentro dos sapatos do médico. Sem parar seu trabalho, ele usou um pé para posicionar a caixa de serragem no lugar. Um dos estudantes mais pálidos desmaiou.

— Felizmente, a área em que nossos esforços estão concentrados hoje não envolve qualquer das artérias principais e, portanto, podemos continuar com a certeza de que o que estamos vendo aqui, apesar de dramático, é de fato superficial em termos de perda de sangue. Ah, aqui está o item ofensivo.

Eliza passou-lhe um bisturi e uma pinça. Ele segurou o intestino acima do apêndice inchado e, em seguida, tentou fazer outra incisão para removê-lo. Para horror de Eliza, ela o viu perder seu alvo e cortar um pedaço de intestino saudável. O médico hesitou; então, tentou novamente, franzindo a testa, cabeça baixa, olhando para dentro da cavidade abdominal. Mais sangue fluía. Segundos se passaram em um silêncio incomum. Uma gota de suor escorreu pela curva entre o olho e o nariz do dr. Gimmel e parou, balançando, na borda de sua narina. Finalmente, seu bisturi encontrou o alvo. Eliza pegou a parte removida do corpo em um prato, enquanto o cirurgião costurava o intestino rompido. Ele se endireitou.

— Minha assistente vai agora fechar a ferida para mim. Observem e aprendam, senhores. Reconheçam que a costura não é mais algo restrito ao gênero feminino da espécie. Vocês mesmos terão que saber fazer suturas tão limpas e eficazes como a que Eliza está fazendo tão habilmente agora. — Ele enxugou a testa com as costas da mão, deixando uma mancha de sangue em seu rosto.

Mais tarde, no consultório do doutor, Eliza sentou-se à pequena mesa perto da janela aberta e fez anotações sobre o trabalho da manhã. Da rua, vinha o barulho da diligência que ia para Shoreditch e o chocalhar das rodas sempre ocupadas das carruagens atrás de elegantes cavalos. O tempo estava quente, e Eliza pensou brevemente em como seria agradável caminhar sob as sombras frescas do Regents Park. O jardim de rosas já não estaria em sua melhor fase naquela época do ano, mas o parque ainda estaria perfumado e cheio de flores alegres. Prometeu a si mesma um passeio por lá em seu próximo dia livre. Atrás dela, sentado em sua ampla escrivaninha de mogno, dr. Gimmel estava atipicamente abatido. Eliza viu quando ele se sentou, com os óculos na mão, esfregando os olhos fechados. Sabia que estava perturbado pelo que acontecera durante a apendicectomia, mas que não deveria abordar o assunto. Se o erro tivesse sido um evento isolado, ela não teria dado muita atenção, mas aquela não era a primeira vez que testemunhara um erro dele em um momento delicado de uma cirurgia. Ele ainda era o visionário brilhante que a inspirara havia quase cinco anos. Ainda emanava a mesma verve e coragem que o levara a implantar técnicas pioneiras e procedimentos que outros cirurgiões certamente evitariam. Mas algo havia mudado. Algo havia se alterado em suas habilidades nos últimos meses, e os resultados eram alarmantes.

Ele percebeu que ela o observava e apressou-se em recuperar o seu humor habitual.

— Então, Eliza, minha querida, vamos ver quais desafios nos aguardam amanhã. — Ele pegou a agenda à sua frente, olhando as anotações da secretária. — Remoção de um rim pela manhã, um caso privado, não para os nossos alunos, infelizmente. E, depois do almoço, uma nova paciente. E uma paciente interessante. Seu próprio médico a indicou para mim. Ele escreve: "A senhorita Astredge é uma jovem de boa família que lhe proporcionou, até hoje, todos os cuidados e privilégios, e, ainda assim, não consegue prosperar. Na verdade, sua saúde geral parece estar falhando com uma rapidez alarmante. Ela não se queixa de qualquer dor ou desconforto, mas está claramente sofrendo e, se o problema não for encontrado, bem, acreditamos que o desfecho será trágico." Ele não dá nenhuma sugestão sobre de que mal a pobre mulher sofre. Teremos de descobrir nós mesmos.

— O senhor suspeita de câncer? — perguntou Eliza, cruzando a sala para ficar diante dele.

O dr. Gimmel sorriu; o sábio com o seu discípulo favorito mais uma vez.

— E, se eu suspeitar — perguntou ele —, onde procuraria neste caso?

— Eu sugeriria o fígado.

— Qual é a sua hipótese?

— É sabido que o câncer nesse órgão pode não apresentar dor até a progressão tardia da doença. Os sintomas também coincidem com a falha do fígado, que faz com que o paciente não absorva nutrientes da comida, apesar de ter um apetite normal.

— Excelente, dra. Hawksmith. Temo que você logo ocupará o meu lugar nesta mesa, se eu não ficar atento. Você vai me ajudar na análise dessa jovem amanhã de manhã. Por hoje, acredito que já temos o suficiente. Pode tirar a tarde de folga.

— Mas e a sua ronda de visitas... e eu entendi que havia mais um procedimento previsto para as três horas.

Dr. Gimmel fez um gesto afastando seus protestos.

— Nada que não possa esperar. Temo que eu não esteja no meu melhor dia hoje. Cansado da nossa semana agitada, sem dúvida, nada mais que isso. — Ele se levantou. — No entanto, vou surpreender a sra. Gimmel, chegando em casa mais cedo, e assim dar a ela o prazer de se alvoroçar com a minha presença, só desta vez.

Eliza pegou sua bolsa grande de couro, colocando um livro de anatomia dentro antes de puxar o fecho. Por um instante fugaz, ela considerou dar aquele passeio, mas rapidamente decidiu que o parque poderia esperar. Havia formas mais úteis de aproveitar a inesperada tarde livre.

Ela saiu calmamente pela porta principal do hospital e virou à esquerda em uma rua barulhenta. Um menino com orelhas de abano gritava do alto de uma caixa virada, vendendo jornais. Uma cigana tentou colocar lavanda na mão de Eliza. Mesmo nas largas avenidas ao redor de Fitzroy Square, o tráfego era intenso. Carruagens, caleças, diligências e carroças disputavam lugar, ignorando gritos de pedestres que competiam pela passagem no corpo a corpo. Eliza andou as duas ruas curtas até Tottenham Court Road, onde tomou a diligência no sentido leste, pagando seis centavos por um assento no interior. O veículo trepidava sobre o pavimento e passava pelos prédios altos, abrindo caminho através da paisagem de figuras em movimento contínuo. Subiu a ladeira na High Holborn e seguiu seu lento trajeto pela cidade. Eliza estava desacostumada a atravessar Londres em outros períodos que não a hora do rush e ficou agradavelmente surpresa com a quantidade relativamente pequena de pessoas nas ruas. Isso até descer em Whitechapel Road, onde a multidão circulando em torno dela se tornou mais densa e familiarmente frenética. Ali encontravam-se vielas estreitas e ruas lotadas, não as largas avenidas de Fitzrovia. Lá se foram os elegantes casarões com seus pisos altos e entradas imponentes. Naquele lugar, as casas foram construídas levando-se em consideração apenas a quantidade e a capacidade de abrigar pessoas. As fileiras de pequenas casas ficavam de costas umas para as outras como se estivessem engalfinhadas; cada casa tinha dois cômodos na parte de baixo e dois menores em cima, com teto baixo. Além dessas, havia os cortiços e os asilos, as cervejarias e os armazéns, e as todo-poderosas fábricas, essas máquinas de comércio que giravam o motor que levava a riqueza dos músculos doloridos dos pobres para os cofres forrados com veludo dos ricos. Eliza seguiu seu caminho por entre o fluxo rápido de pessoas. Encontrou certa segurança no fato de estar em meio à massa de gente. Ali, tanto mulheres quanto homens e crianças tornavam-se parte de um corpo único e enorme; as pessoas não eram mais indivíduos, e sim pedaços de um colosso, um gigante vivo, que respirava e se reproduzia, o lado pobre da cidade. Ali, ela estava escondida e poderia passar despercebida. Desconhecida. Segura. Que esperança poderia ter alguém ao procurar um vulto solitário em um caos como aquele? Mesmo uma pessoa poderosa como Gideon Masters. Ali, pelo menos, Eliza podia baixar sua guarda, ainda que apenas um pouco.

Ela enredou-se pela pequena feira que enchia a rua Cuthbert às sextas-feiras, parando para comprar uma maçã de um carrinho de mão. Enquanto pagava por sua compra, avistou Benjamin David em pé, na porta de sua loja de tecidos, aproveitando o calor daquele dia agradável de fim de agosto. O alfaiate e sua esposa tinham sido gentis com Eliza, fazendo com que se sentisse bem-vinda quando chegara à vizinhança. Gostava da companhia do casal de idosos e, muitas vezes, jantava na casa deles, que ficava em cima da loja. Os dois trocaram acenos antes de Eliza seguir em frente. O tocador de realejo do outro lado da rua tocava uma valsa segundo a qual todos pareciam se mover, enquanto faziam o possível para não esbarrarem uns nos outros. Minutos depois, Eliza chegou à sua porta da frente. Ou melhor, à porta da frente da casa da sra. Garvey, onde estava hospedada havia quase três anos. A casa já fora uma loja de doces, e ostentava uma profunda e curva janela que se projetava para a rua. A silhueta da anfitriã de Eliza podia ser claramente percebida por trás da cortina de renda. Era o seu lugar favorito para se sentar e assistir às idas e vindas da vizinhança. Muito pouco escapava dos olhos avarentos da sra. Garvey.

A mão de Eliza estava na maçaneta quando ela teve a forte sensação de que alguém a olhava. Ficou congelada por um instante, depois se virou. Do outro lado da rua, vislumbrou um vulto sombrio, ou talvez a sombra desse vulto, assim que ele entrou no beco estreito ao lado da padaria. A rua era um manancial de pessoas, e, ainda assim, tinha certeza de que vira alguém que não deveria estar lá. Um tremor tomou conta de seu corpo. Ela abriu a porta e entrou, fechando-a com uma batida. A sra. Garvey surgiu de seu quarto mais rápido que um raio. Era uma mulher escultural, que gostava de se vestir de forma a acentuar suas curvas. Ainda que não estivesse usando uma crinolina, suas formas teriam preenchido o corredor estreito do mesmo jeito.

— Pelo que vejo, você veio para casa cedo. Não está se sentindo bem, dra. Hawksmith? — Sua preocupação não era tanto pela saúde de sua inquilina, mas sim por algumas migalhas de drama.

— Não, de forma alguma. O dr. Gimmel estava indisposto. Ele me mandou para casa.

— Ah! Sempre achei que o bom doutor iria acabar esgotado do jeito que ele cuida de seus pacientes. É um homem tão bom. Por favor, certifique-se de lhe transmitir meus votos de uma rápida recuperação, sim?

— Claro!

Eliza passou pela sra. Garvey, seu olfato quase saturado pelo cheiro de violeta. A sra. Garvey não se mexeu de onde estava. Ela sacou seu leque e começou a abaná-lo vigorosamente sob o queixo.

— Ah, esse calor — gemeu ela. — É de admirar que as pessoas adoeçam? Não temos ar, estou lhe dizendo. Foi todo consumido. Haverá cólera novamente, guarde minhas palavras, dra. Hawksmith. Guarde-as. Você verá que eu estava certa.

— Sem dúvida, sra. Garvey, agora, se me der licença, gostaria de abrir a clínica.

— O quê? Agora! Em plena luz do dia! Não, não, dra. Hawksmith, acho que não. Esse não era o nosso acordo. A clínica deve funcionar à noite, é isso que foi acordado. Nada foi dito sobre as tardes.

— Eu sei que é irregular...

— Muito!

— ... no entanto, parece uma oportunidade tão providencial. A clínica tem estado tão ocupada ultimamente. — Ela viu o olhar horrorizado da senhora e tentou um de seus sorrisos mais brilhantes. — Quem sabe só desta vez, se não se importar?

A sra. Garvey fez uma careta, depois suspirou profundamente, as rendas em seu decote tremulando com a expiração.

— Muito bem. Desta vez, tudo bem. Mas isso não deve se tornar um hábito. Tenho uma reputação a zelar. Peça às suas moças para serem discretas, por favor.

Na parte de trás da casa, havia uma pequena sala quadrada com uma modesta janela que dava para um pátio de paralelepípedos. Um saguão ligava a sala ao exterior com uma porta robusta. Era por essa porta que Eliza recebia suas pacientes. Três noites por semana, a partir das oito horas, ela fazia o possível para ver, aconselhar e tratar mulheres, tantas quantas viessem. As mulheres apresentavam uma variedade de doenças, lesões e queixas tão diversificadas quanto elas mesmas em idade, forma e tamanho. O que tinham em comum, no entanto, era a profissão, pois eram todas prostitutas. Quando Eliza se mudara para Londres, muitos anos antes, ficara chocada e entristecida com a vida miserável que aquelas mulheres levavam. Eram forçadas a caminhar pelas ruas vendendo seus corpos e sua dignidade, arriscando sua segurança e saúde, à mercê de cada bêbado com alguns centavos para gastar, insultadas, excluídas, desprezadas por todos, cuidadas por ninguém. A injustiça da censura da sociedade infligida a essas mulheres levou Eliza a agir. Ela não podia mudar o que as pessoas pensavam sobre os que tinham menos sorte do que elas, ou mudar a forma como as pessoas julgavam as outras. Não podia fazer nada para amenizar o desprezo ou mesmo a violência que os homens que usavam essas prostitutas infligiam a elas ou restabelecer o equilíbrio que permitisse aos homens buscarem prazer sem julgamento ou crítica. O que ela podia fazer era ajudar a curar essas mulheres. Ela persuadira a sra. Garvey, com muita conversa e não menos dinheiro, que isso era algo piedoso e digno de ser feito, que sua posição na comunidade não seria negativamente afetada pelo fato de a clínica estar localizada em sua propriedade. Pelo contrário, seria elevada. As mulheres usariam sempre a porta de trás, nunca iriam chamá-la quando Eliza não estivesse presente, e não se apresentariam em estado de embriaguez. Quando foi espalhada a notícia de que havia uma médica disposta a tratar as desafortunadas por qualquer doação que elas pudessem oferecer, meninas de 12 anos e até avós desdentadas se dirigiram para o número 62 da rua Hebden Lane. Uma vez houve problemas quando um cliente impaciente de uma das prostitutas cansou de esperá-la do lado de fora do muro alto do quintal e invadiu a casa. A menina que ele procurava ficou furiosa e partiu para cima dele com um candeeiro de mesa, até que as outras mulheres presentes arrastaram a dupla para fora da casa e para longe do alcance dos ouvidos da sra. Garvey. Ainda assim, Eliza foi avisada de que uma segunda ocorrência como aquela faria com que a clínica fosse fechada. Desde então, as damas da noite policiavam elas mesmas a área, nunca permitindo que seus rapazes se aventurassem em qualquer lugar perto da casa ou de sua amada médica.

 Eliza empurrou a janela para abri-la, prendendo a porta para mantê-la aberta, e desaferrolhou o portãozinho do quintal. Pendurou nele uma pequena placa de madeira com seu nome e depois voltou para dentro. Ela havia mobiliado a sala, às próprias custas, com uma mesa e cadeiras, embora a sra. Garvey tenha insistido para que os móveis passassem por uma inspeção, por medo de cupins, antes de deixá-los entrar. Havia também uma cama estreita atrás de uma divisória improvisada, onde podia examinar suas pacientes.

Um armário com cadeado continha ataduras, curativos, remédios e pomadas feitos pela própria Eliza, além de medicamentos convencionais que podia se dar o luxo de comprar na farmácia do hospital.

Apesar do horário incomum, em poucos minutos uma jovem entrou na clínica. Eliza reconheceu-a imediatamente e pediu que se sentasse.

— Como está se sentindo hoje, Lily? — perguntou ela, pegando sua mão, tanto para confortar a menina quanto para checar disfarçadamente seu pulso. Como Eliza previra, estava disparado.

Agradecendo, Lily sentou-se na cadeira dura, puxando o xale sobre si, embora a sala estivesse desconfortavelmente quente.

— Eu não sei, doutora, realmente não sei. Em um momento, estou me sentindo muito bem, até animada; mas, no minuto seguinte, estou mais cansada do que uma mula manca. Mal consigo colocar um pé na frente do outro.

— Você está tomando a medicação que lhe dei da última vez?

— Claro, sim, olhe. — Ela puxou um vidro vazio da bolsa amarrada à sua cintura. — Viu? Não sobrou uma gota. E tenho usado aquele creme e tudo. Mas não faz muita diferença.

Eliza delicadamente virou a cabeça da menina para um lado e examinou seu pescoço.

— As feridas parecem melhores.

— Ah, sim, estão melhores. Mas não me dá mais gás, sabe? Como é que eu vou ganhar a vida se mal consigo sair da cama, hein? — A menina parou de falar e deixou-se esparramar na cadeira.

Eliza notou o quanto Lily estava mais magra desde a última vez que a vira. Era verdade que a progressão das feridas e a corrosão destrutiva da pele haviam sido estancadas, mas agora a menina parecia ter perdido toda a força. Eliza sorriu para ela e afagou seu ombro.

— Não se preocupe — disse ela —, vou lhe dar alguma coisa.

— Foi até o armário e tirou uma chave grande do bolso. Soltou o cadeado, abriu a porta e olhou para as fileiras de potes à sua frente. Ela sabia que, na verdade, pouco poderia fazer por Lily. Conhecia bem o avanço implacável da sífilis e estava dolorosamente consciente do quão limitada era sua capacidade de tratá-la. Tudo o que podia fazer era aliviar os sintomas. Estava claro para ela que Lily tinha entrado na fase de depressão da doença. O padrão não era rígido, mas raramente variava muito. A menina só continuava capaz de trabalhar porque até agora tinha escapado da devastação mais óbvia que normalmente afetava o rosto. Eliza a instruíra sobre o fator contagioso da doença e avisou que ela deveria se proteger para não espalhá-la entre seus clientes e, portanto, em última análise, também entre suas amigas. Mas ela sabia que a menina não tinha outro meio de se sustentar. A perspectiva sombria de delírio, de loucura e de uma morte dolorosa estava por vir. Quando chegasse a hora, Eliza faria o possível para encontrar um leito para a infeliz criatura em um dos sanatórios mais adequados. Ela entregou duas garrafas para Lily.

— Isto é mais do que você tinha antes — disse a ela —, e esta é uma dose para ajudar a recuperar suas forças. Tome com cuidado, Lily. Tomar demais vai surtir o efeito contrário.

— Obrigada, doutora. Você é uma boa alma.

Era em momentos como esse, quando confrontava tamanho sofrimento, que Eliza ficava tentada a usar os elementos mais fortes de sua arte. Ela sabia que, como bruxa, não estava além de sua capacidade impedir a marcha inexorável da doença. Não poderia curar completamente a menina, mas poderia livrá-la da maldição da enfermidade e lhe poupar de um futuro miserável e curto. Mas, havia muito tempo, Eliza fizera uma promessa a si mesma. Uma promessa que, tinha certeza, era a única coisa que a mantinha fora do alcance de Gideon, pois conectar-se com esse poder iria, inevitavelmente, conectá-la a ele. Uma promessa que significava aguentar a vida solitária que tinha herdado. Ela não iria usar as artes das trevas. Nunca. Usaria apenas seu próprio talento como curandeira e as habilidades e remédios que sua mãe havia lhe ensinado. Nada mais. Nem mesmo agora. Nem mesmo pela pobre Lily.

Passos rápidos no saguão indicavam a chegada de outra paciente. Um vulto ágil, esplendidamente vestido, com o chapéu em um ângulo inusitado e um sorriso iluminando as feições, entrou na pequena sala.

— Disseram-me que aqui eu poderia consultar um médico sem pagar. É verdade? — perguntou ela.

Eliza estava prestes a responder quando foi silenciada por um pressentimento esmagador. O medo a inundou de tal forma que, por um momento, não conseguiu falar. Havia algo naquela garota que estava diante dela, alguma ligação com uma terrível violência. Uma imagem passou pela cabeça de Eliza daquela mesma garota deitada, coberta de sangue recém-derramado, seu corpo mutilado grotescamente. Eviscerada. Ela fechou os olhos e afastou a horrível visão. Recompondo-se, foi até seu livro de anotações sobre a mesa.

— Você foi informada corretamente — disse ela, pegando uma caneta. — Vou atendê-la assim que terminar com Lily. Pode me dizer seu nome?

— Mary — respondeu a garota. — Meu nome é Mary Jane Kelly.

2

Já passava das dez horas quando Eliza finalmente encontrou a paz do seu quarto em cima da clínica. Jantou algo leve e só queria cair na cama.

Tirou a roupa, ficando apenas de combinação e anágua, e sentou-se por um momento na penteadeira ao lado da janela. Ela nunca conseguiu se sentir confortável em um espartilho e o considerava uma das piores modas que já tivera de suportar. No espelho, seu reflexo cansado olhou para ela. Por mais gratificante que fosse ajudar aquelas que não tinham recursos para cuidados médicos e por mais que gostasse de seu trabalho no Fitzroy, ao fim de cada dia, estava sempre cansada. Não eram somente as longas horas de labuta que a esgotavam. Era a falta de companhia em sua vida. Há muito tempo aceitara que nunca poderia ter filhos. Estava convicta de que sua imortalidade a tornara estéril. Muitos anos se passaram até conseguir aceitar isso totalmente, mas sabia que, na verdade, era uma bênção. Como poderia criar filhos somente para vê-los envelhecer e morrer enquanto ela continuava sua jornada sem fim? Não, ela acabou entendendo que não havia nascido para ser mãe. Além disso, tinha seus pacientes para nutrir e cuidar. Muitos deles eram, de fato, como crianças sem mãe, sozinhas e sem amor no mundo. Era parte do dom de Eliza ajudá-los, e ela o fazia de boa vontade. Mas sentia falta de seus próprios familiares. Mesmo depois de tantos anos, a dor de suas mortes e o vazio que deixaram em sua vida não diminuíram. E quanto a um homem para amar, alguém para abraçá-la, para fazê-la sentir-se viva, sentir-se mulher e não uma criatura anormal... Ela tivera amantes, é claro, mas Eliza aprendeu a não se deixar envolver profundamente. Como poderia ficar com um homem, ser sua esposa, sua alma gêmea? Quanto tempo levaria até que ele percebesse que ela não poderia lhe dar filhos e que não era mortal? O que aconteceria então? Cuidaria dele durante a velhice e depois seguiria em frente? Ela nunca estivera diante de tal situação. Gideon tinha contribuído para isso. Toda vez que Eliza chegara perto de encontrar a felicidade, ele a tomava dela. Não importava onde ela estivesse, quantas vezes mudasse sua aparência e seu nome, ele sempre a encontrava. Era apenas uma questão de tempo. Como poderia colocar alguém que amasse no encalço de tal perigo, de tamanho mal?

Eliza soltou seus cabelos e escovou-os ritmicamente, lembrando como fazia o mesmo em Margaret, cujos cabelos brilhavam como a asa de um melro. Subiu na cama alta e estreita, desfazendo-se das cobertas, pois a noite estava quase tão quente e abafada quanto o dia havia sido. Caiu em um sono agitado. Um sono perturbado não tanto por sonhos, mas por memórias. Tantas memórias. Tantas vidas que vivera. Tantas esquinas que dobrara, sempre na esperança de se livrar da pessoa que a reivindicava. Aquele que nunca a deixaria ser livre. Em seus sonhos, apareceu o vulto fantasmagórico que notara observando-a, lembrando-lhe de que ela sempre veria a si mesma como a presa de um homem.

O dia seguinte não estava mais fresco do que o anterior. Era um alívio que não houvesse alunos presentes na sala de cirurgia, pois a atmosfera estava fétida e desconfortável o suficiente apenas com os poucos que estavam em volta da mesa. Um homem de boa família, mas de péssima saúde, jazia diante do dr. Gimmel e de Eliza. Um dos alunos mais experientes, Roland Pierce, tinha sido escolhido para participar e ficou posicionado perto da cabeça do paciente, pronto para administrar mais clorofórmio, caso fosse necessário. A enfermeira Morrison ficou em frente ao médico. Entre eles, via-se uma ampla incisão que havia sido feita nas costas do paciente para permitir acesso a um rim que abrigava uma pedra enorme. Eliza observava maravilhada enquanto o médico curvava-se sobre o paciente para vasculhar a área abaixo da caixa torácica, delicadamente encontrando seu caminho até o órgão vital.

— Aqui está — disse ele. — Ahá, sim... Em boas condições, exceto pela pedra. Bisturi, por favor, enfermeira Morrison. Obrigado. Agora, só precisamos de um pequeno corte... sim... e aqui... Maldição!

Abruptamente, o médico parou de cortar. Assim que ele se endireitou, uma fonte vermelho-escura jorrou da cavidade abdominal. Em um segundo, ela se espalhou em leque, pulverizando a enfermeira com sangue arterial brilhante. Eliza esperou que o médico reagisse, mas ele ficou paralisado. Roland engasgou e empalideceu.

— Dr. Gimmel. — Eliza tocou seu braço. — A artéria renal foi rompida.

— O quê? — O médico parecia incapaz de continuar. Ele largou o bisturi no chão, agora escorregadio, e agarrou a cabeça, cambaleando para trás.

— Meu Senhor! — Roland agitou-se. — Eliza, o paciente vai sangrar até a morte.

Eliza virou-se para a enfermeira.

— Atenda o dr. Gimmel. Roland, mais clorofórmio.

— Mais? Mas este homem já está no limite.

— Faça como eu digo. — Eliza pegou uma pinça pequena da bandeja de instrumentos e se esforçou para localizar a fonte do sangue que jorrava. — Temos que desacelerar o ritmo cardíaco, se pudermos. — Ela continuou a mergulhar no interior da cavidade, mas havia muito sangue agora; era quase impossível encontrar o que estava procurando. Por fim, deu um grito. — Peguei! Aqui, está preso. Roland, passe-me uma agulha. Vou tentar suturar a artéria. Está cortada, mas não partida. Se eu reparar a abertura, deixando espaço suficiente para o fluxo de sangue...

— Não se preocupe. — Roland não se moveu. — É muito tarde agora.

Eliza olhou para cima, seu próprio rosto gotejando o sangue do paciente. Roland estava com a mão na garganta do homem para confirmar que não havia pulso. Ele balançou a cabeça. Eliza olhou para suas mãos dentro do corpo do homem morto, as mãos grossas de sangue, como se tivesse tentado matar, em vez de salvar o pobre coitado. Por um segundo, viu novamente a imagem de Mary Kelly, a menina que fora à sua clínica, igualmente encharcada de sangue.

— Não! — gritou ela.

Roland deu um passo para o lado dela.

— Não foi culpa sua — disse a ela. — Não havia realmente mais nada que você pudesse fazer.

Enquanto Eliza balançava a cabeça, notou que as arquibancadas não estavam completamente vazias. Sentado na fileira de cima, parado como uma pedra e com uma expressão ilegível, estava o aluno novo que ela notara no dia anterior. O que ele estava fazendo ali, assistindo a uma cirurgia privada? Todo mundo sabia que o auditório era fechado para os alunos quando os pacientes pagantes pediam. Eliza agarrou o braço de Roland.

— Quem é aquele? — sussurrou ela.

— O quê? — Roland estava compreensivelmente surpreso que ela estivesse preocupada com um estranho num momento como aquele.

— Lá em cima, sentado na última fileira.

Roland olhou para cima a tempo de ver o homem saindo pela porta traseira.

— Oh, aquele sujeito. Novo aluno, eu acho. Italiano, se bem me lembro. Chama-se *signor* Gresseti.

Uma hora depois, Eliza sentou-se com o dr. Gimmel em sua sala. O sr. Thomas trouxera o chá para eles, mas isso não ajudava muito a diminuir o desconforto. Eliza nunca tinha visto o médico parecer tão velho.

— Eliza, a verdade é: meus olhos estão com defeito. E ultimamente tenho sentido fortes dores de cabeça. Elas vêm com uma rapidez assustadora, como você viu hoje. E, quando isso acontece, minha visão é seriamente prejudicada. — Ele colocou sua xícara no pires e se recostou na cadeira. — Em suma, minha querida, estou perdendo a minha visão. Acho que já percebi esse problema há algum tempo, para ser bem sincero com você. Confesso que fiquei com medo de dizer isso em voz alta.

— Eu lamento muito.

— Você é uma menina gentil, Eliza. E uma excelente médica. Você será uma cirurgiã esplêndida quando chegar a hora. Mas sou eu quem realmente lamenta. Minha teimosia em recusar-me a aceitar minha condição custou a vida de um homem. Não — ele ergueu a mão —, não tente me convencer do contrário. Nós dois sabemos que é verdade.

Ficaram sentados em silêncio por algum tempo. Parecia um golpe cruel para um homem tão talentoso ser roubado de suas habilidades quando as tinha utilizado durante a vida inteira para curar os outros. Agora não havia ninguém para curá-lo.

— O que vai fazer? — perguntou Eliza.

O médico encolheu os ombros e balançou a cabeça.

— Não posso mais trabalhar como cirurgião, é óbvio. Posso continuar como consultor até que isso também se torne... insustentável.

Eliza abriu a boca para oferecer algumas palavras de conforto, mas eles foram interrompidos pelo sr. Thomas na porta.

— Desculpe-me, dr. Gimmel, mas o seu próximo compromisso...?

— Sim, sim. Claro. Faça-os entrar. — Ele se levantou e limpou a garganta, estendendo a mão de boas-vindas quando as duas figuras entraram na sala.

Thomas os apresentou.

— Sr. Simon e srta. Abigail Astredge, senhor.

— Obrigado, Thomas. Entrem, entrem. Essa é a minha assistente, dra. Eliza Hawksmith. Por favor, sentem-se.

Enquanto gentilezas eram trocadas, Eliza olhou para a nova paciente. Era uma menina delgada e delicada, que acabara de sair da adolescência, com a pele cor de cera de vela e os cabelos dourados como as folhas de outono. Sua palidez e duas manchas coloridas em suas bochechas indicavam que, de fato estava indisposta. Seu irmão, um homem de ombros largos, embora magro, com suaves olhos verdes, foi discretamente solícito, ajudando a irmã a sentar em uma cadeira antes de posicionar-se atrás dela. Eliza comoveu-se com esse comportamento protetor, mas, quando ela lhe ofereceu um sorriso, ele não correspondeu. Envergonhada, voltou sua atenção para o que o dr. Gimmel estava dizendo.

— Agora, minha querida srta. Astredge, tenha certeza, faremos tudo que estiver a nosso alcance para curá-la. Seu médico me passou detalhes sobre sua condição e estou feliz em recebê-la aos cuidados do Fitzroy.

— Obrigada, dr. Gimmel, o senhor é muito gentil. Tenho certeza de que é o homem certo para me curar — disse Abigail, com uma voz fraca que denunciava sua falta de convicção.

— Minha irmã tem enfrentado sua doença com uma coragem incomum. — Simon Astredge colocou a mão no ombro da menina. — Mas, bem, digamos que ela perdeu a confiança na capacidade dos médicos para ajudá-la.

— Ora, Simon...

— Não, não, srta. Astredge, deixe que ele diga o que a senhorita mesma certamente gostaria de nos dizer. É absolutamente compreensível — disse o dr. Gimmel — que a senhorita se sinta dessa maneira a respeito dos médicos em geral. Não pode haver nada mais alarmante do que encontrar-se com a saúde debilitada, sem um diagnóstico adequado e, portanto, sem um tratamento correto. Por favor, permita que eu e minha equipe restauremos sua crença no que a ciência médica tem para lhe oferecer.

— Por mim, doutor. — Abigail sorriu, mas havia uma tristeza em seus olhos que não seria curada. — Admito que ficaria feliz em ir para a minha cama e deixar que o bom Deus me leve durante o sono. Meu irmão, no entanto — olhou para ele e acariciou sua mão —, não iria deixar. Na verdade, ele tem essa convicção de que vou me recuperar completamente, e sinto que é meu dever como irmã fazer esse esforço.

Agora, finalmente, Simon sorriu também. Eliza pôde ver que era o seu medo pela vida da irmã que tanto nublava o rosto dele.

O dr. Gimmel estava cheio de otimismo.

— Então, não podemos decepcionar, podemos? Proponho que, após um exame minucioso em que, com sua permissão, serei auxiliado pela dra. Hawksmith, a levemos a um dos nossos quartos privativos para que possamos observar, por algumas semanas, sua saúde sob uma dieta rigorosa e um esquema de tratamento, antes de nos decidirmos por qualquer procedimento cirúrgico.

— Ah — Abigail pareceu alarmada —, não quero que pareça, por um momento, que eu não esteja cooperando, doutor, mas a ideia de ficar em um hospital...

— Ela é contra isso, senhor. — Seu irmão terminou seu pensamento.

Eliza sentou-se ao lado de Abigail e fez o seu melhor para tranquilizá-la.

— Temos vários quartos muito bonitos, senhorita Astredge. Todos são iluminados e bem-ventilados, e a senhorita será incentivada a caminhar nos jardins do hospital. Pode não ser tão desagradável quanto imagina.

Abigail se virou para Eliza.

— Por favor, entenda, dra. Hawksmith, não é que eu duvide da qualidade das instalações do Fitzroy. É que simplesmente fico mais feliz em nossa casa com vista para o parque. Que é onde creio que vou me curar melhor e é onde quero ficar. Com meu irmão. Seja o que for que o futuro nos reserve.

— Devo explicar — interferiu Simon —, que Abigail e eu não temos mais nossos pais vivos. Somos tudo um para o outro. Endosso a opção dela de que não sejamos separados. Nossa decisão já está tomada.

Dr. Gimmel assentiu.

— Pode até ser que a casa seja mais importante nesse caso do que as paredes de uma instituição desconhecida, por mais bem-equipada que seja. No entanto, permanece o fato de que, para o tratamento ser eficaz, deve haver acompanhamento regular e observação. Apenas por tais meios poderemos determinar a natureza e a progressão da doença e, portanto, adquirir o prognóstico e prescrever o tratamento mais eficaz.

— Essas observações não poderiam ser feitas em nossa casa? — perguntou Abigail.

— Por uma enfermeira residente, você quer dizer? — O dr. Gimmel não estava convencido.

Simon balançou a cabeça.

— Perdoe-me, eu não acho que uma enfermeira seja suficiente para a tarefa. Se pudéssemos encontrar um médico, talvez?

— O tempo de um médico é restrito, sr. Astredge.

— Se aceitam uma sugestão... — disse Eliza. — Regents Park fica bem perto. Eu estaria mais do que disposta a me comprometer a visitar a srta. Astredge diariamente e realizar quaisquer exames ou testes que sejam necessários.

O dr. Gimmel considerou a ideia.

— Seria uma solução, é claro; mas, dra. Hawksmith, sua clínica em Whitechapel toma muito de seu tempo, assim como suas obrigações aqui, como minha assistente.

— Minha clínica não vai ser negligenciada. E me lembro, dr. Gimmel, de que o senhor havia considerado fazer uma pausa da cirurgia por um curto período de tempo, não é?

Dr. Gimmel lutou para entender o que Eliza estava lhe dizendo, e, em seguida, sorriu e concordou com a cabeça.

— Isso mesmo, Eliza. Você é a voz da razão, como sempre. Bem, srta. Astredge, sr. Astredge, a dra. Hawksmith irá atender às suas necessidades?

O sorriso de Abigail iluminou a sala, e ela apertou a mão de seu irmão.

— Acho que ela vai atender muito bem, sem dúvida — disse ela.

Simon olhou diretamente para Eliza agora, seus olhos verdes captando o olhar dela. Ela sentiu que corou um pouco e ficou surpresa ao achar a experiência muito agradável.

— Dra. Hawksmith — disse ele lentamente —, teremos o maior prazer em recebê-la em nossa casa.

Naquela noite, bem depois das nove horas, Eliza terminou a atividade em sua clínica sentindo-se ainda mais exausta do que era habitual. O tempo quente se tornara fechado e trovejante, com o som distante de tambores avisando que uma tempestade se aproximava. Ela acompanhou até a saída a última de suas pacientes, Lily, e sua amiga Martha, que tinha vindo para apoiá-la. As mulheres saíram do pequeno quintal rindo. Embora estivesse gravemente doente, o humor de Lily havia melhorado com os cuidados de Eliza e também com a medicação que ela a fizera tomar. Não era algo que poderia ser encontrado na farmácia local. Era uma receita própria de Eliza e não se destinava a tratar a doença da pobre menina, mas sim a melhorar o mal-estar que vinha com ela. Eliza levou a placa do portão para o fundo do quintal. Nisso, um ruído nas sombras do beco fez seu coração disparar.

— Quem está aí? — gritou ela, tentando soar corajosa, mesmo que não se sentisse assim. — Mary Ann? Sally, é você?

Não houve resposta, mas Eliza tinha certeza de que alguém estava escondido na escuridão. Ela esperou, mas quem quer que fosse optou por não aparecer. Mais uma vez, começou a sentir um frio apavorante penetrando seu corpo. Queria correr para dentro, mas estava muito nervosa para virar as costas para o vulto escondido. De repente, ouviu um estalo duplo agudo. O pequeno barulho, que poderia ser um relógio sendo fechado ou o topo de uma bengala oca sendo empurrado, sacudiu-a de seu estado de imobilidade. Eliza fechou o portão com uma batida e atravessou o pátio correndo, sem olhar para trás. Uma vez lá dentro, fechou a porta superior e inferior e encostou-se contra ela, arfando. Sua mente se recusando a aceitar a ideia de que mais uma vez seu esconderijo havia sido descoberto.

3

Naquela noite, os céus desabaram em uma tempestade selvagem, mas de curta duração. Menos de uma hora de cacofonia e relâmpagos deram lugar à chuva constante, que foi diminuindo até se transformar em chuvisco e neblina quando o amanhecer cinzento chegou. O frescor úmido foi um alívio depois dos dias de mormaço que o precederam, mas as ruas estavam agora cobertas de poeira transformada em lama pela chuva. Calhas haviam transbordado e pequenos rios corriam sob as ferraduras dos cascos e o couro da sola das botas, levando todo o tipo de destroço a se agarrar nas amplas e longas saias das senhoras. Eliza constatou que até o piso da diligência havia se tornado uma mistura imunda de palha molhada, lama e lixo triturado. O cheiro no vagão lotado era suficiente para revirar o mais forte dos estômagos. Ela ficou agradecida ao chegar à limpeza impecável do Fitzroy. Era um hábito seu ir diretamente ao consultório do dr. Gimmel ao chegar de manhã. Entrou sem bater, tirou o gorro e o xale, sacudindo a água. Estava a ponto de pendurá-los quando percebeu que não se encontrava sozinha na sala.

— Oh! — Eliza deu um passo para trás, e sua mente ficou momentaneamente vazia de palavras educadas ao reconhecer o homem que estava diante dela. Ele tirou a cartola e se curvou, cumprimentando-a.

— Perdoe-me, senhora, não foi minha intenção assustá-la. — Seu sotaque era cheio de consoantes agudas, vogais vacilantes e acentuações erradas, mas seu inglês era excelente. — Permita-me que eu me apresente, na ausência de outro para fazer as apresentações? Meu nome é Damon Gresseti. — Ele permaneceu curvado e esticou-se para pegar sua mão enluvada e plantar nela o mais seco dos beijos. Eliza retirou-a bem mais rápido do que as boas maneiras ditavam.

— Quem o deixou entrar? — perguntou ela. — Este é o consultório do dr. Gimmel.

Signor Gresseti endireitou-se sem pressa, recolocando o chapéu e apoiando-se ligeiramente em sua bengala preta. Sua capa forrada de seda estava dobrada para trás sobre um dos ombros, revelando suas roupas requintadas, feitas sob medida. Ele era alto e suas feições, curiosamente inexpressivas. Mesmo agora, o leve sorriso que ele dava não parecia contagiar seus olhos.

— O sr. Thomas foi bastante gentil deixando-me entrar. Estou adiantado para a minha consulta com o eminente doutor. Você certamente não gostaria que eu me atrasasse e o deixasse esperando, não é?

— Não, claro que não. — Eliza foi até sua mesa e colocou a bolsa ao lado da cadeira. — Naturalmente, se tem uma consulta marcada, o sr. Thomas desejaria que o senhor esperasse confortavelmente. Devo dizer, no entanto, que é mais comum que os alunos visitantes permaneçam sentados na sala do sr. Thomas.

— Isso mesmo. Mais uma vez, só posso lhe pedir perdão. Foi ideia minha entrar antes da chegada do dr. Gimmel. Não quero que o sr. Thomas seja repreendido por ter concedido o meu desejo.

Naquele momento, a porta se abriu, e Phileas Gimmel entrou na sala.

— Ah! Meu bom amigo, você já está aqui! Preciso estar sempre atrasado para cada consulta? — Ele segurou a mão do visitante e a apertou com entusiasmo. — Mas não importa, sei que você não iria se incomodar com o meu atraso, tendo a companhia da minha assistente de valor inestimável, dra. Eliza Hawksmith. Eliza, permita-me apresentar o *signor* Gresseti.

— Eu mesma teria chegado mais cedo, doutor, se soubesse que um novo aluno iria se juntar a nós para a cirurgia desta manhã.

— Aluno? — O dr. Gimmel deu uma risada. — Não, minha cara, não. Esse é Damon Gresseti, do Instituto de Pesquisa Médica de Milão. Está aqui para uma troca de conhecimento e metodologia, por sugestão do próprio cirurgião sênior daquele lugar maravilhoso.

Eliza ficou confusa. Não era um estudante, mas um cientista médico de prestígio, a julgar pela consideração do dr. Gimmel para com ele.

— O Instituto de Milão? É uma honra para nós.

— Sem dúvida, é mesmo — disse o dr. Gimmel.

— A honra é minha — insistiu Gresseti.

— Por favor, sentem-se, não façam cerimônia. — O dr. Gimmel conduziu Gresseti a uma cadeira. — Iremos trabalhar juntos por algumas semanas. Não haverá tempo para delicadezas formais na sala de cirurgia.

— Mas, doutor — Eliza permaneceu de pé —, entendi que o senhor faria uma pequena pausa da cirurgia.

— Sim, sim, já sei. Meu Deus, dra. Hawksmith, sempre acreditei que se preocupar comigo fosse tarefa da minha esposa, não da minha colega. — Ele lhe deu um olhar de reprovação. — Pretendo fiscalizar os procedimentos e orientar os médicos residentes que provarem estar à altura da tarefa. Conto com você como sendo a primeira deles, Eliza, sem dúvida.

— Acho que a dra. Hawksmith será uma boa cirurgiã — disse Gresseti. — Já observei seu trabalho. Ontem pela manhã. A remoção da pedra nos rins...?

Dr. Gimmel silenciou, e seu queixo caiu. Eliza estava ao mesmo tempo chocada e irritada. Como o homem podia ser tão cruel a ponto de lembrar o procedimento que se mostrara fatal para o paciente?

Que resposta poderia se esperar do dr. Gimmel? Era imperdoável que Gresseti fosse tão insensível. Eliza se adiantou, colocando-se entre o visitante e seu mentor.

— Lembro-me de que estava presente durante esse procedimento, *signor* Gresseti. Infelizmente, o resultado não foi o que qualquer um de nós desejava. No entanto, como um profissional da medicina, o senhor sabe que toda cirurgia tem seus riscos. O fato é que muito mais pacientes sobreviveram para se recuperar completamente sob os cuidados do dr. Gimmel do que aqueles que foram parar nas mãos de um cirurgião menos talentoso.

— Não tenho dúvidas disso. — Lá estava aquele sorriso amarelo mais uma vez. — E devo acrescentar que você se saiu admiravelmente bem, dra. Hawksmith, em suas tentativas para corrigir o risco... que corria o paciente. Esforços valorosos, infelizmente sem sucesso.

O dr. Gimmel aparentava ter levado uma surra. Sentou-se parecendo cansado. Eliza sentiu sua fúria crescendo. Na primeira vez que viu Gresseti, ela ficara nervosa e desconfiada, como sempre ficava em relação a qualquer estranho. Ela vira nele um sujeito solitário e desconhecido, uma combinação que invariavelmente a deixava alerta. Agora, porém, suas credenciais haviam sido reveladas, de modo que ela já não mais o temia. Ele fora recomendado por um cirurgião que o dr. Gimmel havia conhecido há muitos anos. Sua proveniência não podia ser questionada. O medo, então, tinha ido embora e fora substituído por uma antipatia feroz, unida à raiva pela forma com que ele tratara o médico. Como qualquer um deles poderia trabalhar com um homem assim?

Dr. Gimmel estava lutando para recuperar-se.

— Bem, espero que você veja conclusões mais felizes nos procedimentos que temos para hoje. — O velho doutor folheou alguns papéis e encontrou seu livro de consultas. — Ah, sim. Vejo que temos a remoção do tumor maligno de uma jovem nesta manhã. Às dez horas. Dra. Hawksmith e Roland Pierce, um dos nossos melhores alunos, estarão ajudando. Acredito que vá achar a cirurgia interessante, *signor*.

— Tenho certeza de que sim, doutor. — Gresseti se levantou, pegando sua bengala. — Até lá — disse, curvando-se.

Depois que ele se foi, Eliza e o médico ficaram em silêncio por um minuto inteiro antes de Thomas entrar com uma bandeja de chá.

— Ah, Thomas. — O dr. Gimmel tentou dar uma pequena risada. — Você, como sempre, é o mestre da intuição. Um refresco nunca foi tão necessário...

Eliza serviu o chá e entregou uma xícara ao dr. Gimmel. Sua mão tremia um pouco quando a pegou, fazendo com que a xícara chacoalhasse no pires. Ele rapidamente a colocou sobre a mesa.

— Dr. Gimmel, você chamou o *signor* Gresseti de "bom amigo". Por acaso conheceu esse homem em uma de suas viagens ao instituto?

— O quê? Ah, não. Foi apenas uma figura de linguagem. O professor Salvatores, consultor sênior de cirurgia do Instituto, é, de fato, um querido amigo meu. Mas eu não conhecia o *signor* Gresseti até esta manhã. Devo admitir que ele não é o que eu esperava, pela carta de recomendação do professor.

Eliza viu um cansaço maçante nas feições do médico. Eram tempos sombrios para ele. Era como se um desvio cruel do destino houvesse decidido que aquele era o momento de enviar o detestável Gresseti para o meio deles.

Mais tarde, naquele dia, para o alívio coletivo de todos os presentes, a cirurgia programada correu tranquilamente e foi considerada um sucesso. Roland provou ser um aluno aplicado e saiu-se bem, assistido por Eliza, sob a direção do dr. Gimmel. O indecifrável *signor* Gresseti estava a poucos passos da mesa. Eliza achou profundamente inquietante trabalhar sob o escrutínio antipático daquele visitante e ficou aliviada por Roland não ter participado da reunião no início do dia. Assim que a cirurgia terminou, Eliza trocou de roupa e, pedindo licença, deixou o hospital. Foi a pé pela Fitzroy Square, no sentido de Regents Park. Essa seria sua primeira visita a Abigail Astredge, e percebeu que estava ansiosa por isso. Era certamente um alívio estar fora da atmosfera tensa da presença do dr. Gimmel. Mais do que isso, Eliza percebeu, com alguma surpresa, que a ideia de ver Simon Astredge novamente lhe agradava. O tempo estava cinzento e úmido, e as ruas, ainda molhadas, mas o ar estava fresco agora que a neblina subira. Ela virou a esquina da rua Cleveland para a Euston Road. Em um estande na calçada, um menino vendia jornais. Normalmente, Eliza não teria tempo nem dinheiro de sobra para comprar um jornal, mas a manchete anunciada a fez parar e tirar uma moeda de sua bolsa. Ela saiu do fluxo de pedestres e foi se encostar nas grades de um jardim e olhar a primeira página. Em uma linha sensacionalista, lia-se: MULHER BRUTALMENTE MASSACRADA EM WHITECHAPEL. Continuou a ler. Uma moça tinha sido atacada e assassinada. Seu corpo fora encontrado no saguão de um bloco de apartamentos na área de Whitechapel. Havia quase quarenta facadas e golpes no corpo da pobre garota, que fora encontrada em uma poça de seu próprio sangue. A respiração de Eliza ficou presa na garganta. O nome da menina era Martha Tabram. A mesma Martha que acompanhara Lily em sua visita à clínica na noite anterior. Eliza a tinha visto apenas algumas horas antes de sua morte. Poderia ter sido uma das últimas pessoas a vê-la viva. Lembrou-se do riso da moça quando ela deixou a clínica.

E agora estava morta. Cortada até as costelas e horrivelmente mutilada. Eliza dobrou o jornal e o enfiou nas mãos de um transeunte.

— Leve isto — disse ela. — Não aguento segurar nem um minuto a mais. — Assim dizendo, ela se obrigou a andar, não sem esforço. Um pé na frente do outro, continuou sua jornada até o limite do parque. Não conseguia afastar a sensação que experimentara na noite anterior de que havia alguém vigiando a entrada de sua clínica, alguém parado nas sombras. Teria essa pessoa seguido Martha? Eliza percebeu que já estava na porta da frente da casa dos Astredge. Ela esperou um momento para se recompor e reorganizar seus pensamentos. Era Abigail quem importava naquele momento. Não havia nada que alguém pudesse fazer pela pobre Martha agora. Ela devia voltar sua mente para as necessidades de sua nova paciente.

O número 4 da York Terrace era uma bela casa georgiana de estuque branco com janelas altas, um pórtico apoiado por pilares estreitos, o piso térreo elevado e degraus largos que conduziam até a porta azul-rei. Eliza puxou o cordão da campainha e ouviu passos do lado de dentro. A porta foi aberta por um elegante e estiloso mordomo, cuja cabeça era tão lisa e brilhante quanto o piso de mármore do saguão de entrada. Ao ver seu cartão, ele confirmou que ela era uma visita esperada e pediu que o seguisse até a sala de estar. Quando cruzaram o elegante espaço, Eliza pensou em como a casa era grande para apenas duas pessoas, com sua escadaria, seu átrio central, suas colunas de mármore, e seus bustos imponentes espiando por trás das samambaias gigantescas plantadas em enormes urnas de bronze. O mordomo abriu uma porta que saía do saguão e anunciou Eliza assim que ela passou por ele. Abigail se levantou de pronto e caminhou em direção à sua visita.

— Por favor. — Eliza estendeu a mão. — Não se incomode em levantar-se por minha causa, srta. Astredge.

— Agora insisto que me chame de Abigail — disse a jovem. — E por que eu não receberia você corretamente, quando é tão bondoso de sua parte fazer o tedioso favor de vir me visitar todos os dias?

— Em primeiro lugar — disse Eliza, permitindo-se ser conduzida até o assento próximo à janela aberta —, porque você é minha paciente, e, como tal, estou muito mais preocupada com seu descanso e recuperação do que com regras de etiqueta. Em segundo lugar, por favor, tire da cabeça que vir aqui seja, de alguma forma, uma obrigação para mim. Costumo fazer visitas às pacientes de minha própria clínica com frequência, e nenhuma oferece um ambiente tão encantador. — Enquanto falava, olhava em volta da sala de estar mais charmosa em que já pusera os pés. A formalidade do saguão dava lugar ali a estofados de listras claras contra um papel de parede de estampa delicada e alegre. Via-se uma abundância de vegetação; melindros com folhas emplumadas iluminavam todos os cantos e aspidistras ficavam de cada lado da lareira. Havia dois confortáveis sofás, uma elegante *chaise longue*, um assento de janela profundo com almofadas suntuosas e numerosas mesinhas sustentando belas peças de porcelana ou prata. Também podiam ser vistos uma tela de lareira primorosamente bordada e plafons delicadamente cinzelados sobre as lâmpadas de gás. No canto mais afastado, havia uma escrivaninha com papel de carta translúcido e um tinteiro de prata, perto do qual jazia uma faca de papel altamente decorada. Cada item havia sido escolhido por sua beleza ou charme, e o efeito era delicioso. Aquela era a sala de uma mulher. — Além do mais — continuou Eliza —, a chance de ser liberada do confinamento do Fitzroy por alguns instantes é muito bem-vinda.

— Oh. — Abigail sentou-se e deu um tapinha na almofada ao seu lado, sorrindo enquanto Eliza sentava rigidamente perto dela. — Não é um lugar agradável para se trabalhar?

— Normalmente é. — Eliza hesitou, desamarrando a fita de sua touca. — Vamos dizer que o dr. Gimmel está passando por certas... pressões no momento que o estão angustiando e são assuntos que dizem respeito a todos nós. Além disso, temos um visitante no hospital. Um observador. — Ela parou, perguntando-se o que a fizera conversar sobre isso com alguém que ela mal conhecia e que, além de tudo, era uma paciente.

— E? — Abigail lhe perguntou. — Não pare de falar, eu imploro. Meu irmão diz que tenho faro para histórias. Posso farejar uma como um cão de caça. Há mais aí do que você está preparada para me contar na sua primeira visita. Mas não importa, vou acabar arrancando de você, dra. Hawksmith. Você vai ver, sou uma fofoqueira incorrigível. Agora vamos tomar um chá?

Eliza finalmente começou a relaxar. A notícia da morte de Martha estava começando a ficar um pouco para trás em sua mente com presença de Abigail. Tirou o xale dos ombros e assentiu.

— Chá seria ótimo — disse ela —, e, por favor, me chame de Eliza.

— Essa é sua primeira recomendação para mim, doutora? — A palidez no rosto de Abigail foi aquecida por seu sorriso.

— É, sim.

— Então devo obedecer — ela riu —, e depois do chá, você pode administrar aquela medicação horrível do dr. Gimmel em mim, o quanto quiser. Pretendo ser a paciente menos problemática que você já encontrou. Embora eu ache que um rápido jogo de cartas poderia ajudar na minha recuperação. Você não acha?

A tarde passou rapidamente para Eliza. Ela estava gostando tanto da companhia agradável de Abigail que teria sido fácil esquecer a gravidade da condição da jovem. Eliza a examinou cuidadosamente, fez anotações sobre seus sintomas e ajustou sua dieta e medicação.

Ela refletia a natureza cruel das doenças do fígado. Por fora, o paciente mostrava palidez e fragilidade e tinha pouca energia, no entanto parecia bem. Na verdade, ela estava murchando. Morrendo, de fato. A menos que algo pudesse ser feito para conter a deterioração de seu órgão vital, ela não viveria até o fim do verão. Eliza entendeu o plano do dr. Gimmel para tentar tratar a doença sem uma cirurgia arriscada. Tentar remover o tumor ou mesmo parte do fígado em si seria altamente perigoso, sobretudo enquanto Abigail estava tão fraca. A melhor chance de sucesso seria primeiro aumentar seu vigor e saúde em geral e tentar conter o avanço da doença com medicação. Mesmo assim, Eliza não deixava de se perguntar se a relutância do dr. Gimmel em operar se devia também, em parte, ao fato de que ele próprio não se sentia capaz de realizar a cirurgia. Haveria mais alguém no Fitzroy suficientemente qualificado e experiente para fazer o procedimento? Eliza nunca havia assistido a uma cirurgia no fígado. A memória do paciente renal morrendo enquanto suas mãos ainda estavam dentro do corpo dele a assombrava. Como ela se sentiria se Abigail morresse por causa de sua inexperiência?

Quando estava se preparando para sair, um ruído estranho entrou pela janela aberta.

— Deus do céu — disse ela —, que som esquisito é esse?

Abigail sorriu.

— Escolhi esta sala porque tem vista para o parque. Depois daquelas árvores estão os jardins zoológicos. O que você pode ouvir agora é o canto dos lobos. Não é a coisa mais maravilhosa que você já ouviu? Ouça. Como é triste e, ainda assim, emocionante.

Eliza aproximou-se da janela. Os lobos levantaram suas vozes em um coro dissonante de uivos. O barulho parecia encher a sala. Era perturbador estar em uma casa na cidade, com todo o conforto e toda conveniência moderna, e mesmo assim ser banhada pela música de animais selvagens e perigosos. Eliza estremeceu. Naquele momento, a porta se abriu e Simon apareceu. Ele sorriu ao ver Eliza.

— Ah — disse ele —, a nossa dra. Hawksmith. Como está sua paciente hoje?

Eliza aproximou-se e lhe deu um aperto de mão.

— Eu já estava de saída — disse-lhe, soltando sua mão e pegando a bolsa. — A condição de sua irmã permanece inalterada até agora — acrescentou ela —, embora tenha o prazer em vê-la de bom humor.

— Tenho certeza de que ela fará o melhor que puder para ser uma paciente modelo. Ela aprecia muito a dedicação que você demonstra aos seus pacientes concordando em fazer as visitas a domicílio. Nós dois lhe devemos muito.

Eliza se pegou olhando fixamente para aquele olhar penetrante. Os mansos olhos verdes dele ainda estavam sorrindo. Ela percebeu que os lobos tinham parado de cantar e sentiu seu mal-estar crescer.

— Como já disse a Abigail, vir aqui está longe de ser uma obrigação para mim. Sua irmã tem sido uma anfitriã atenciosa, apesar de todo o meu esforço para lembrá-la de que ela é minha paciente e que devo cuidar dela.

Abigail pegou no braço do irmão e olhou para ele com carinho.

— Sinto muito, meu querido irmão, mas para mim é simplesmente impossível pensar em Eliza como minha médica, quando sei que vamos ser grandes amigas, acima de tudo.

— Estou feliz em ouvir isso — disse ele, dando tapinhas na mão dela. — Veja você, dra. Hawksmith, sua presença pode ser o melhor remédio que Abigail poderia desejar. E confesso que eu mesmo me sinto mais animado por sua presença. Posso persuadi-la a jantar conosco esta noite?

Eliza sentiu uma estranha aceleração de seu pulso, uma vibração rara de excitação. Por um instante, considerou aceitar o convite, mas balançou a cabeça em negativa.

— Infelizmente não posso — disse ela. — Tenho minha clínica em Whitechapel. Esta é uma das nossas noites mais movimentadas.

— Outra dia talvez? — Ele inclinou a cabeça ligeiramente.

Eliza sorriu.

— Outra dia — concordou ela.

Naquela noite, o sono de Eliza foi perturbado por sonhos. Ela sonhou que estava em um baile fabuloso usando um vestido da seda mais fina. Ao seu redor, casais apaixonados rodopiavam e circulavam ao ritmo urgente de uma tarantela. De repente, um homem de porte altivo e traços nobres tomou-a nos braços e a levou para a pista de dança. Eles dançaram e dançaram e dançaram, a visão de seus próprios pés fundindo-se com a de seus sapatos prateados em uma nuvem, a música crescendo mais rápido e mais alto. Logo os outros dançarinos fundiram-se em um caos giratório de cores, e Eliza estava esgotada e tonta. Seu parceiro a apertou, puxando-a firmemente contra seu corpo. Ele pressionou o rosto contra o dela, então se inclinou para beijar seu pescoço. Eles ainda dançavam. Eliza sentia o hálito quente em sua pele, e então a língua molhada dele deslizou por sua garganta. Ela se esforçou para afastar-se. Quando conseguiu abrir um pequeno espaço entre eles, a visão com que seus olhos se depararam arrancou-lhe um grito de pavor. Seu parceiro de dança ainda mantinha seu corpo forte e flexível, mas sua cabeça havia sido substituída pela de um lobo. Seu mau hálito entranhou-se nas narinas de Eliza, e a saliva amarga que escorria de sua boca pingou dentro da dela quando ela gritou.

4

Nas semanas que se seguiram, Eliza passou a gostar cada vez mais de suas visitas à casa dos Astredge. Em companhia de Abigail, sentia-se mais relaxada do que em qualquer outro lugar e até admitiu para si mesma que sua afeição por Simon estava se aprofundando. Rapidamente se tornou óbvio para ela que ele retribuía sua grande consideração. Como era de hábito, lutou contra essa ligação, com medo do sofrimento que poderia lhe trazer. Mas, em certas ocasiões, houve momentos em que permitiu que suas emoções sobrepujassem a cautela. Desejava ser amada. Permitir-se amar alguém. Poderia passar anos com tais ideias trancadas em algum lugar dentro de seu coração, onde não pudessem perturbá-la. Então, alguém entrava em sua vida trazendo a chave, e o anseio de anos era liberado. Queria ceder ao seu desejo por Simon. Um desejo que não sentia com tamanha força desde que era uma adolescente — desde Gideon. Ali estava um bom homem, um homem amável, benquisto por aqueles que o conheciam, um irmão amoroso com um coração gentil. Um homem por quem Eliza poderia perder-se em um instante, se permitisse a si mesma viver aquilo.

Na primeira semana de setembro, ela passou mais tempo no número 4 da York Terrace do que no Fitzroy. Com frequência, ficava para jantar com Abigail e Simon, não mais como médica, mas como amiga querida. Ela estava a ponto de deixar o consultório para tomar o caminho em direção a casa deles apenas para uma visita, quando gritos vindos da rua chamaram sua atenção. Olhou pela janela e viu um menino vendendo jornais na calçada. Ele continuava a gritar a notícia enquanto entregava os jornais e embolsava as moedas.

— Últimas notícias! Leiam! O Estripador ataca novamente. Outra mulher cortada em pedaços!

Eliza fechou os olhos, apertando os dedos em torno da cortina. Outro assassinato. O terceiro, aparentemente, dos assassinatos incontroláveis do homem que havia sido apelidado de Jack, o Estripador. Eliza não conseguia aceitar a ideia de ler os detalhes hediondos, embora soubesse que teria. Sabia que haveria descrições chocantes do modo exato e terrível com que a pobre mulher fora morta. Sabia também, com uma certeza terrível, que a vítima era outra das meninas que visitavam sua clínica. Seria coincidência? Poderia ser? Quanto tempo poderia continuar se convencendo de que aquelas pobres mulheres haviam sido selecionadas aleatoriamente, lançadas no caminho do assassino por acaso, nada mais? Quantas mais morreriam antes de ela se permitir pensar o impensável — que estavam todas ligadas a ela. Que suas mortes violentas tinham algo, de alguma forma, a ver com ela.

Naquela tarde, Abigail sentiu-se forte o suficiente para uma caminhada curta. Era um agradável dia de outono, quente o suficiente para um xale leve, e as duas mulheres caminharam pela entrada do parque ao longo da trilha que abria caminho entre as árvores até os lagos ornamentais.

— Ah, Eliza, como uma tarde brilhante como essa eleva o espírito. Faz tanto tempo desde a última vez que saí para tomar um ar; passei muitos dias fechada em casa. Certamente o exercício só poderá melhorar a minha saúde. Você não vai me prescrever uma curta caminhada todos os dias? Assim, eu poderia fazer uma, com chuva ou com sol.

— Um esforço leve é realmente benéfico para a circulação e para o bem-estar geral de uma pessoa — disse Eliza —, mas os benefícios devem ser ponderados com o risco de fadiga. Sua força é necessária para combater a doença que a mantém em suas garras, Abigail. Deixar-se enfraquecer seria minar a capacidade do seu corpo de ganhar essa batalha.

— Ah... — Abigail enganchou seu braço no de Eliza. — Não me fale de doença quando o sol está brilhando e os patos estão caminhando pela grama, e crianças adoráveis estão brincando entre aquelas árvores magníficas. Sinto que minhas pernas poderiam me carregar por dias, sem descanso. E, além disso — sorriu —, tenho minha própria médica ao meu lado. Que mal poderia me acontecer?

— É bom vê-la sorrindo novamente.

Eliza apertou a mão de sua amiga. Ela queria aproveitar o dia para deleitar-se com a tranquilidade do momento, mas sua mente não abandonava os pensamentos sobre as mulheres assassinadas. Pensamentos terríveis e imagens ainda mais terríveis.

— Ah, olhe. — Abigail apontou para o gramado, para um bando de crianças gritando em torno de uma vaca. O animal estava meio adormecido, e um fazendeiro de sobretudo branco se encontrava sentado em um banquinho de três pernas ao lado dele. Ele terminou de ordenhar e se levantou. As crianças se puseram em uma fila desordenada, levadas por suas amas-secas, babás e mães. A vaca mastigava calmamente, enquanto o agricultor servia o leite em copos de lata com uma concha.

— Vamos tomar um pouco. — Abigail puxou Eliza pela grama. — Venha. Tire o medo da fadiga da sua cabeça. Um pouco de leite é certamente o revigorante exato de que sua paciente precisa, você não acha?

Abigail tirou um centavo de sua bolsa e entregou ao fazendeiro. Ele encheu outro copo e o entregou a ela. Abigail bebeu com vontade, o leite espumoso deixando uma delicada linha branca acima do lábio superior. Ela sorriu e passou o copo para Eliza.

— Está uma delícia. Prove — disse ela.

Eliza levou o copo à boca e tomou um gole. Seu rosto se contorceu e foi tudo o que ela pôde fazer para não começar a vomitar. O leite estava intragavelmente azedo, coalhado e estragado.

— Ah, mas Abigail... Este leite está ruim. Ele azedou.

— Que absurdo, Eliza. Acabei de provar. — Abigail pegou de volta a caneca e cheirou o que restava do leite. Ela franziu a testa. Seu rosto escureceu por um momento de uma forma que Eliza não tinha visto antes. De repente, ela despejou o líquido na grama e devolveu o copo para o fazendeiro. — Não consigo entender — disse ela. — Para mim, estava bom. Vamos. — Ela pegou o braço de Eliza mais uma vez e foi para longe da vaca. — Vamos dar um passeio ao lado do zoológico.

Eliza não sabia como dar sentido ao que acabara de acontecer. Ela vira Abigail beber o leite, mas ela mesma não conseguira dar mais do que um gole de tão rançoso que estava. Por que Abigail não percebera? E por que tentara fingir que era bom quando não era? Foi um incidente pequeno e aparentemente insignificante, mas que aborreceu Eliza. Ela achou que o dia perdera seu brilho dourado e ficou aliviada quando completaram o percurso pelo parque e voltaram para a casa.

Dois dias depois, Eliza entrou na sala do dr. Gimmel e viu que Gresseti já estava lá.

— Ah, minha querida Eliza. — O dr. Gimmel levantou-se de um salto. — Já estávamos quase saindo.

— Ahn?

— Estou levando o *signor* Gresseti para conhecer *sir* Edmund Weekes. Durante sua estada aqui, nosso visitante demonstrou interesse pelos problemas circulatórios, e não há melhor cirurgião nesse campo do que *sir* Edmund. — Ele pegou o chapéu no cabideiro e acenou para ela enquanto desaparecia pela porta.

— Vamos voltar antes da cirurgia da tarde, não se preocupe — gritou para ela.

Gresseti se curvou antes de colocar seu chapéu e passar por Eliza. Ela se moveu para o lado, evitando ter o mínimo contato desnecessário com o homem. Gresseti parou, claramente consciente da relutância dela em estar perto dele.

— Vejo que ainda está zangada comigo, dra. Hawksmith. Receio que eu esteja pagando por minha natureza sincera. Por favor, não se ofenda. É apenas a minha maneira de ser, que pode lhe parecer estranha. Eu imploro, não deixe que um começo desagradável estrague a nossa relação de trabalho.

Eliza fingiu indiferença.

— Tenha certeza, senhor, de que a nossa relação de trabalho permanece inalterada.

— Gresseti? Venha agora, não devemos deixar *sir* Edmund esperando — chamou o dr. Gimmel da sala de recepção do sr. Thomas.

Gresseti fez uma pausa, parecendo prestes a dizer algo mais, porém mudou de ideia e foi atrás do médico.

Eliza percebeu que estava segurando a respiração na presença dele. Ela balançou a cabeça. O que havia naquele homem que a inquietava tanto? Seria apenas seu jeito estranho? Um pensamento lhe ocorreu. Ela abriu a porta e inclinou-se através dela.

— Sr. Thomas, o *signor* Gresseti assinou nosso registro alguma vez durante sua visita aqui? — perguntou ela.

— Sim, dra. Hawksmith, acredito que tenha assinado em sua primeira manhã conosco. — O sr. Thomas lambeu o dedo e folheou as páginas do registro em sua mesa. — Sim, como eu pensei. Aqui está. — Ele virou o livro e apontou para o nome de Gresseti escrito com um elegante floreio.

— Pode me emprestar por um momento, sim? — Eliza levou o livro para a outra sala antes que o sr. Thomas pudesse perguntar por que ela o queria. Ela fechou a porta e sentou-se à mesa do dr. Gimmel. Após um momento de hesitação e contendo sua inquietação sobre o que estava prestes a fazer, Eliza começou a procurar nas gavetas. Minutos depois, segurava a carta de apresentação do Instituto de Milão. Parecia ter sido escrita e assinada pelo professor Salvatores, mas a caligrafia combinava exatamente com aquela que estava no registro. A carta provavelmente fora escrita pelo próprio Gresseti. Suas credenciais eram falsas. Eliza estava certa disso. Claro, havia uma pequena chance de o professor ter pedido para que Gresseti escrevesse a carta para poupar trabalho; mas, nesse caso, ele certamente pediria para um escrivão do Instituto fazê-lo. Eliza se recostou na larga cadeira de couro. Sempre suspeitara de Gresseti, mas tinha ficado quieta, pois as referências dele eram impecáveis, e ela não tinha nada a temer além de sua grosseria. Agora, porém, as coisas eram diferentes. Se sua carta de apresentação era falsa, então eles não sabiam nada sobre ele. Quem se daria ao trabalho de forjar uma correspondência para ter acesso ao hospital? Um cirurgião rival? Alguém enviado para avaliar as capacidades do dr. Gimmel? Enquanto a mente de Eliza fervilhava com as possibilidades, ela viu uma bengala no cabide de guarda-chuvas. A bengala preta de ponta prateada de Gresseti. O som que tinha ouvido no beco atrás de sua clínica lhe voltou à mente. O som feito por alguém escondido nas sombras. O som que a tinha assustado na noite do assassinato de Martha. Eliza correu até a bengala e a pegou. Era mais pesada do que ela esperava, a madeira quente sob seus dedos, a ponta prateada fria. Ela a sacudiu levemente e ouviu um chocalhar fraco, uma pequena vibração na mão. Era oca. Definitivamente, havia algo dentro. Devia, portanto, ter uma tampa removível. Ela estava a ponto de levantá-la quando a porta se abriu e Gresseti entrou. Quando viu a bengala nas mãos de Eliza, ele parou e franziu a testa; então, rapidamente reorganizou suas feições e sorriu educadamente, os olhos permanecendo indiferentes ao sorriso.

— Ah, dra. Hawksmith, voltei por causa da minha bengala, e a senhorita já a encontrou. Veja como um homem pode ser esquecido quando não tem uma esposa para disciplina-lo. — Ele estendeu a mão e gentilmente tomou a bengala de Eliza. — Muito obrigado. Até mais tarde... — Tocou o chapéu em cumprimento e foi embora.

Eliza ficou onde estava por algum tempo, seu coração batendo forte.

Naquela noite, Eliza trabalhou até tarde no hospital. O dia continuava tendo a mesma quantidade de horas, e suas visitas cada vez mais longas a Abigail estavam fazendo uma papelada se acumular em sua mesa e seus pacientes serem encaminhados aos cuidados de outros médicos. No momento em que ela desceu da diligência e seguiu em direção à rua Whitechapel High, o dia estava acabando e uma neblina sufocante baixara. Os lampiões a gás ao menos formavam pequenos pontos de luz nas ruas mais amplas, mas os becos e as ruas laterais estavam preenchidos pelo ar cinzento e pela escuridão crescente. Porque já era tarde, a agitação habitual de pessoas nas ruas diminuíra. O tempo mantinha dentro de casa todos os que não tinham necessidade ou obrigação de estar do lado de fora.

Eliza apertou o xale em volta dos ombros e apressou o passo. Gotículas do nevoeiro se reuniam e pingavam da aba de seu chapéu. Enquanto se apressava descendo a rua Marchmont, Eliza notou que havia passos atrás dela, acelerando para alcançar os seus. Ela virou a esquina na loja de tecidos, que estava fechada e com a porta abaixada. Seu amigo proprietário havia encerrado as atividades do dia algumas horas antes. Quando se virou, olhou para trás e teve certeza de ter visto um vulto se deslocando rapidamente, perto da parede, com passos resolutos. Eliza levou a umidade nevoenta dos lábios para sua boca seca. Usou toda sua força de vontade para resistir ao impulso de correr. Procurou por sinais de outras pessoas, qualquer uma, mas as ruas de paralelepípedos estavam desertas. A névoa engrossou, era uma mistura amarga de água suja e fumaça umedecida com os odores azedos da rua. Faltavam poucos minutos de caminhada até sua casa, mas era como se o chão se alongasse debaixo de seus pés. Seu perseguidor estava mais perto agora. Ela não ousava olhar para trás. Apressou-se ao dobrar uma esquina e esbarrou direto no peito de um bêbado.

— Ei! Por que não olha por onde anda?! — Suas palavras saíram arrastadas.

— Peço desculpas. Por favor me deixe passar. — Eliza tentou passar pelo homem, mas ele a agarrou, com as mãos sujas se fechando em torno de seus braços.

— Nada disso, aonde vai com tanta pressa, mocinha? Acho que você veio correndo para os meus braços. — Ele pressionou o próprio corpo contra o dela e começou a empurrá-la para trás até chegar à parede.

— Por favor me deixe ir! — Eliza se livrou dos braços do homem, mas ele a prendeu contra a pedra bruta, fazendo-a perder as forças, e seu peso era, no mínimo, o dobro do dela.

— Agora, então, que tal um beijinho, hein? — Seu rosto foi em direção ao dela.

Eliza virou a cabeça e gritou, mas o bêbado não seria tão facilmente dissuadido. Ao sentir a mão dele forçando caminho por dentro da frente de seu vestido, chutou as canelas dele, mas o homem estava tão anestesiado pela cerveja que mal se esquivou.

— Então você gosta de um jogo difícil, não é? Tudo bem, se é isso que você quer, sua prostitutazinha! — Ele arrancou sua roupa, rasgando o corpete de seu vestido e expondo seu espartilho. Então, mergulhou o rosto em seu peito. Eliza abriu a boca para gritar novamente, mas, naquele momento, o bêbado foi arrastado para longe dela com uma velocidade surpreendente. Alguém dotado de enorme força pegou-o pela nuca e o puxou para cima, jogando-o para trás, sobre os paralelepípedos molhados.

— Que diabos...? — O homem tentou se equilibrar para se levantar, atordoado com a mudança repentina em sua posição de atacante para atacado.

Do nevoeiro, surgiu um vulto alto, usando cartola e capa. Gresseti. Eliza puxou suas roupas sobre os seios expostos. O bêbado levantou e atirou-se sobre Gresseti, que desviou, fazendo com que o agressor caísse mais uma vez estatelado na sarjeta.

— Seu bastardo — gritou ele enquanto se debatia sobre os escombros e a sujeira. — Você vai ter o que merece! Vou lhe ensinar a não colocar as mãos em mim! — O homem estava prestes a se levantar pela segunda vez, quando, em um movimento rápido, Gresseti removeu a ponta de sua bengala e tirou uma espada reluzente. Ele encostou a ponta na garganta do bêbado, que congelou.

— Eu creio, *signor* — disse Gresseti lentamente —, que seria melhor deixar este lugar enquanto ainda é capaz de fazer isso.

Houve um momento de silêncio absoluto antes de o homem fugir. Gresseti olhou-o se afastar. Eliza não tirava os olhos Gresseti.

Depois de uma curta pausa, ele embainhou a espada e fechou a tampa. Silenciosamente. A ponta de prata da bengala, que formava a empunhadura da arma, foi devolvida ao seu lugar com uma torção e sem fazer qualquer ruído. Eliza se afastou da parede. Gresseti se virou e sorriu para ela.

— Ele se foi. Acho que não vai incomodá-la mais — disse ele.

— Você... você estava me seguindo. — Eliza não conseguiu conter o tremor de sua voz.

Gresseti não deu nenhuma resposta, apenas levantou um pouco o queixo, estreitando os olhos.

— Você estava me seguindo — disse Eliza novamente, dessa vez mais forte. — Por quê? O que quer?

Gresseti deu um passo na direção de Eliza. Ela instintivamente deu um para trás, mas se viu contra a parede mais uma vez.

— Perdoe-me — disse ele, sua voz parecia o ronronar de um tigre —, mas deve saber que eu a acho... fascinante, dra. Hawksmith. No pouco tempo que tenho estado em sua companhia, desenvolvi uma afeição pela senhorita que não posso mais esconder.

Eliza retomou sua coragem.

— *Signor* — ela cuspiu a palavra para ele —, não se iluda. Esse afeto não é recíproco. Na verdade, não tenho interesse em nada além do que é exigido de mim na minha qualidade de assistente do dr. Gimmel. Suas atenções não são bem-vindas.

— Ah, Bess, mais uma vez a ofendi sem jamais ter tido essa intenção. Eu imploro...

— *O quê?* — A voz de Eliza virou um grito. — Do que você me chamou?

Gresseti estava confuso. Ele deu de ombros.

— Acredito que Bess seja uma forma carinhosa do nome Elizabeth, não é? E esse é o seu nome completo, eu sei disso. Já o vi escrito na correspondência do escritório do dr. Gimmel...

Eliza não esperou para ouvir mais. Passou apressada por ele e desapareceu na noite, deixando o nevoeiro engoli-la antes que Gresseti tivesse a oportunidade de proferir mais uma palavra.

5

Na noite da quinta-feira seguinte, Eliza jantou com Abigail e Simon. Ela havia notado um declínio perceptível no vigor de sua paciente nos últimos dias. Após a refeição, os três se instalaram na sala de estar perto da lareira. Eliza acomodou Abigail no sofá, e logo ela estava dormindo, com a respiração leve. Havia algo nela que a fazia parecer mais doente quando estava dormindo do que quando estava acordada e animada. Eliza acariciou seus cabelos por um momento. Ficou claro, enquanto observava a menina, que eles não podiam mais adiar a cirurgia por muito tempo. Ela devia permanecer otimista, para o bem de todos, mas, em seu íntimo, temia que Abigail não estivesse forte o suficiente para sobreviver a uma cirurgia tão perigosa e cansativa.

— Venha — sentiu a mão de Simon em seu braço —, sente-se comigo. — Ele a puxou para o pequeno sofá do outro lado da lareira, perto do qual havia um vaso de penas de pavão. Eliza tocou suas bordas delicadas, fazendo ondular os roxos e verdes iridescentes.

— Tão bonitas — murmurou ela.

— Alguns acham que elas dão azar.

— Nós não.

— Nós?

— Quero dizer, minha... família. — Ela se corrigiu, surpresa com o quão perto estivera de lhe dizer que a maioria das feiticeiras tinha tais penas em suas casas.

— Você fala muito pouco sobre eles. — Simon alisava o tecido da saia sobre o joelho dela enquanto falava. Tais gestos casuais de intimidade entre eles tinham se tornado naturais sempre que não estavam sendo observados.

— Nenhum deles está vivo — disse ela, simplesmente.

— Assim como eu, você também está sozinha no mundo.

— Mas você tem Abigail.

Ele olhou para a irmã, então balançou a cabeça. Eliza se perguntou se ele já havia aceitado a probabilidade de que Abigail morreria. Será que já se considerava sozinho? Como desejava abraçá-lo e dizer-lhe que estaria sempre ao seu lado, que ele não precisaria temer a solidão nunca mais. Mas não podia. Como poderia permitir que ele se envolvesse com ela, sabendo, como sabia, que a qualquer momento poderia ter de fugir, ir embora de sua vida para sempre e sem explicação. Como poderia sujeitá-lo a isso, quando ele já havia enfrentado a perda de todos que amava?

— Por que está tão triste? — Simon perguntou, deslizando o braço em volta dos seus ombros e beijando seu rosto.

Eliza fechou os olhos e saboreou o momento delicioso de proximidade. Ela devia forte. Devia manter a cabeça no lugar. A recuperação de Abigail dependia disso. Assim como a futura felicidade de Simon. E ela queria muito que ele fosse feliz. Deu um sorriso.

— Não é tristeza, apenas estou um pouco cansada.

— Você se esforça muito, meu amor.

— Há muito a ser feito. A clínica está bastante movimentada, como sempre, e o dr. Gimmel tem contado comigo cada vez mais.

— Ele tem muita sorte de ter você. Assim como todos nós. — Ele pegou a mão dela que estava em seu colo e apertou-a contra seus lábios. Eliza deu uma risadinha e se levantou de repente.

— Sr. Astredge, acho que está se aproveitando de mim — brincou ela.

— Não vá. — Ele saltou do sofá.

— Bem — disse ela, caminhando rapidamente para a mesa de cartas —, se prometer se comportar, aceito um jogo rápido de canastra. É hora de alguém lhe ensinar como se joga direito.

— Ah, é mesmo? É o que vamos ver! — Simon sentou à mesa e pegou as cartas, tentando embaralhá-las com destreza. Tudo o que conseguiu foi deixar cair a maioria delas no chão. Eliza riu, olhando enquanto ele juntava as cartas e sua dignidade, e pensou que nunca tinha amado tanto um homem em sua vida.

De manhã, Eliza chegou atrasada ao hospital. Ela desamarrava a fita do chapéu quando passou correndo por Thomas.

— Bom-dia, sr. Thomas. O dr. Gimmel já chegou?

— Sim, doutora, cerca de meia hora atrás. Eu estava exatamente indo buscar um pouco de chá. Devo trazer outra xícara?

— Obrigada, chá seria ótimo.

O sr. Thomas desapareceu na pequena cozinha atrás de seu escritório. Em seguida, Gresseti entrou na sala pelo corredor.

— Dra. Hawksmith, bom-dia. Estou feliz por encontrá-la aparentando estar tão bem e saudável, depois do seu encontro assustador com aquele bêbado. — Ele não mostrou nenhum sinal de constrangimento, embora aquela fosse a primeira vez que se encontravam desde o incidente perto de sua casa. Era como se ele fizesse questão de lembrar que tinha ajudado a salvá-la, nada mais.

— Estou bem, obrigada. — Eliza hesitou. Ela não poderia continuar sem confrontá-lo sobre a carta de apresentação. Se houvesse uma explicação plausível, ela queria ouvir. Precisava saber a verdade sobre ele. Parte dela estava aterrorizada com a ideia de confrontá-lo. Sua tática no passado, quando o assunto era Gideon, tinha sido sempre a de desaparecer no momento em que estivesse certa de sua identidade, mas antes que ele se desse conta de que ela sabia. Dessa vez, porém, a questão era mais complicada. Ela não podia deixar Abigail, não agora. E, sendo honesta consigo mesma, ela sabia que não queria deixar Simon.

— *Signor* Gresseti — começou ela —, eu gostaria de saber... por quanto tempo esteve ligado ao Instituto em Milão?

— Muitos anos. Por que pergunta?

Eles foram interrompidos pelo dr. Gimmel, que saiu rapidamente de seu escritório.

— Ah, Eliza, você está aqui. Graças a Deus.

— O que está acontecendo?

— Acabei de falar com Simon Astredge. Abigail entrou em colapso.

— O quê?

— Ela está inconsciente, e ele não consegue despertá-la. — O dr. Gimmel adiantou-se a passos largos. — Temos que nos apressar, dra. Hawksmith — disse ele enquanto saía.

Eliza correu atrás dele. Gresseti teria de esperar.

Na casa, eles encontraram Simon andando pelo corredor, esperando por eles.

— Graças a Deus você veio. — Ele agarrou a mão de Eliza e puxou-a em direção às escadas.

— Quando isso aconteceu? — perguntou ela.

— Cerca de uma hora atrás. A empregada estava ajudando minha irmã a se vestir. Primeiro pensamos que ela tivesse desmaiado, mas não consigo acordá-la. Ela está na cama. Venha, por aqui.

Os três subiram rapidamente pela larga escadaria até o começo do corredor. O quarto de Abigail ficava na parte da frente da casa, com vista para o parque. Duas amplas janelas deixavam entrar a luz suave da manhã. O sol caía sobre a cama de bronze e sobre os lençóis com estampa de botões de rosa. Abigail estava escorada em travesseiros de penas, com os olhos fechados, mas suas pálpebras tremulavam levemente. Sua respiração irregular parecia cansada. Ela estava pálida, com uma coloração azulada em torno da boca. Dr. Gimmel alcançou a cama primeiro. Ergueu uma pálpebra e examinou sua pupila. Em seguida, colocou o estetoscópio sobre seu coração e seus pulmões. Eliza estava do outro lado da cama. Ela colocou seus dedos na pulsação do pescoço de Abigail e mediu os batimentos irregulares.

— O que é isso? — perguntou Simon. — O que aconteceu? Eu sei que ela tem ficado cansada ultimamente, mas isso... Isso é tão incomum. Eu não entendo.

O dr. Gimmel e Eliza trocaram olhares preocupados. O doutor endireitou-se e afastou-se da cabeceira de Abigail.

— A condição da sua irmã, como pode ver, tornou-se mais grave. Eu esperava que a medicação pudesse conter o avanço da doença, mas...

Naquele momento, Abigail gemeu. Ela se mexeu, abrindo os olhos lentamente.

— Eliza? É você?

— Eu estou aqui, Abigail. Não tenha medo.

— Ah, como é que eu vim parar de volta na minha cama? Dr. Gimmel? Dei tantos problemas a todos vocês. — Ela se esforçou para se sentar.

— Fique quieta, minha querida. — O dr. Gimmel sorriu para ela. — Deve poupar suas forças. Repouso no leito para você. E não faça nem o menor dos esforços, ouviu? Sr. Astredge, vou enviar uma enfermeira do Fitzroy. Sua irmã está proibida de se levantar e não deve se cansar, está claro?

— Perfeitamente.

— A dra. Hawksmith estará presente, é claro. Vamos aumentar a medicação, mas o necessário, em primeiro lugar neste momento, é o repouso. — Ele fez um gesto chamando Simon e foi com ele para o canto do aposento. Eliza pegou a mão de Abigail e apertou-a. Apesar de suas vozes baixas, ela podia ouvir claramente a conversa entre os dois homens.

— O que vocês pretendem fazer? — perguntou Simon.

A expressão em seu rosto partiu o coração de Eliza.

O dr. Gimmel colocou a mão em seu ombro, tentando reconfortá-lo.

— Temo que não seja possível adiar a cirurgia por muito mais tempo — disse ele.

— Mas ela está tão fraca.

— De fato, mas não restam outras vias para explorarmos. Vamos deixá-la descansar e analisar como estará sua resistência em um dia ou dois. Vamos esperar que este episódio passe para que ela possa recuperar vitalidade suficiente para enfrentar o procedimento.

Eliza sentiu Abigail apertar sua mão.

— Eu estou morrendo, não estou, Eliza? Por favor, diga a verdade.

Seus cabelos soltos espalhavam-se pelo travesseiro como algas sendo puxadas por uma maré gentil. Sua pele mostrava uma rigidez alarmante, e seus olhos pareciam ter afundado ainda mais em suas órbitas. Eliza sentiu raiva da natureza injusta da doença. Ela ficou olhando para sua querida amiga, sentindo-se tão impotente quanto se sentira ao lado de seu irmão. E de seu pai. E de sua irmã. Como poderia não fazer nada quando tinha o poder de salvá-la?

Sentou-se na beira da cama e forçou-se a falar claramente.

— Abigail, você é minha paciente, e eu não vou deixá-la morrer, está me ouvindo?

Abigail sorriu.

— Você me proíbe, doutora?

— Proíbo absolutamente.

— Então, é claro, não devo. Permitir-se morrer sob cuidado tão diligente quanto o seu seria falta de educação, não concorda?

— Concordo. Agora, você deve descansar. Vou visitar o boticário no hospital e retornar ainda hoje. E vou enviar uma enfermeira.

— Uma bem gentil, por favor.

— Uma bem brava — disse Eliza —, para manter você em sua cama, srta. Astredge. — Ela se levantou, prendendo os lençóis ao redor da garota. — Durma. Essa é a minha recomendação.

— Muito bem, doutora. — Abigail fechou os olhos, já começando a cair no sono. — Serei uma boa paciente e vou fazer o que me pede.

Naquela noite, Eliza voltou para seus aposentos com o coração pesado. Inventara uma poção para Abigail que lhe daria força e teve o prazer de vê-la um pouco mais animada na hora do chá, mas não havia como escapar do fato de que a cirurgia seria desastrosa para ela em seu estado atual. O nevoeiro mal havia levantado durante o dia e agora engrossava novamente ao anoitecer. O mercado estava sendo varrido, e Eliza passou por entre verduras podres descartadas e lixo. A música do tocador de realejo flutuava pela escuridão estranhamente distorcida e abafada pelo tempo. O homem que acendia as lâmpadas estava descendo de sua escada no poste em frente à casa da sra. Garvey, quando Eliza sentiu seu estômago revirar. Ela parou, esforçando-se para ouvir com mais cuidado. No início, pensou que sua mente perturbada estava lhe pregando uma peça, mas, quanto mais ouvia, mais terrivelmente real tornava-se o som que chegava aos seus ouvidos. A música que fluía através do ar congestionado era inconfundível. Eliza correu em direção a sua origem, esbarrando em outras pessoas sem se importar e ignorando seus gritos. Ela chegou até o tocador de realejo no momento exato em que a melodia chegou ao fim.

— Quem lhe pediu para tocar essa música? — perguntou ela.

— O quê? — Os olhos do homem de barba se arregalaram em seu rosto peludo com a urgência de sua pergunta.

— Você estava tocando "Greensleeves". Quem pagou por essa melodia? Onde está o homem que pediu isso? — Ela olhou em volta para as formas anônimas que apareciam dentro e fora da névoa.

— "Greensleeves"? — O tocador de realejo balançou a cabeça em negativa. — Eu não tenho essa música. Poderia tocar uma boa valsa para você, se você gosta.

— Mas eu ouvi. Ouvi "Greensleeves" — insistiu Eliza.

— Não de mim, amor. — Ele deu de ombros e começou a girar a manivela novamente. As notas dissonantes de uma marcha militar começaram a tomar conta dos ouvidos de Eliza. — Aqui está, algo para agitar o sangue e afastar a umidade desse tempo, hein?

Eliza olhou para ele, balançando a cabeça. Ela recuou, o tempo todo procurando, procurando, procurando entre os rostos impenetráveis em volta dela. Finalmente, perdeu a calma e correu para a porta, batendo-a atrás de si. Ignorando as perguntas da sra. Garvey sobre seu bem-estar, disparou escada acima e se jogou na cama, as mãos sobre as orelhas, as pernas encolhidas, imaginando se o pesadelo algum dia teria fim.

6

Eliza estava sentada à mesa na sala do dr. Gimmel, debruçando-se sobre os relatos dos assassinatos de Whitechapel. Os detalhes tornavam a leitura repugnante. O assassino não havia se contentado em apenas tirar a vida de suas pobres vítimas, mas também as mutilara horrivelmente. Martha levara dezenas de golpes e facadas. Mary Ann Nicholls fora parcialmente estripada. A pobre Annie Chapman tivera sua cabeça quase separada do corpo. Certamente, esses assassinatos tinham sido obra de uma mente perturbada e maligna, ainda que também houvesse habilidade naquilo. Aqueles não eram cortes selvagens de uma faca, mas sim frenéticas incisões feitas com precisão deliberada. Quase com esmero. Eliza pensou na espada de Gresseti. Certamente tal arma poderia ter causado algumas das feridas mais amplas, mas não teria servido para a remoção cuidadosa de órgãos específicos. Seria necessário um instrumento muito mais preciso. Assim como um bom conhecimento de anatomia. Já havia teorias de que o Estripador poderia ser um açougueiro. Ou um cirurgião. Na mente de Eliza, não havia dúvidas de que o homem responsável por aqueles crimes terríveis devia ser alguém com habilidade e treinamento médicos. O pensamento a fez sentir-se mal. O que levaria uma pessoa a aplicar o conhecimento, adquirido para curar, em tal barbaridade e crueldade? Que mente maléfica poderia conceber um tratamento tão brutal e a sangue frio a mulheres indefesas?

Eliza conhecia apenas uma mente assim. Apenas uma pessoa capaz disso. Um homem que nada nem ninguém conseguiria impedir de alcançar seu objetivo. O objetivo de reivindicar ela própria. Não simplesmente matá-la; ele não estava interessado em vingança. Ele queria que ela fosse dele. Queria sua alma. Poderia ser que

Gresseti fosse Gideon? Será que aquelas mulheres estavam morrendo como resultado da perseguição dele a ela? Se Eliza ficasse, quantas mulheres mais seriam mortas? Mas, se fosse embora, quem iria salvar Abigail? Ela deixou o jornal cair sobre a mesa e esfregou as têmporas. Precisava encontrar uma forma de se livrar de Gresseti, mas quem iria ajudá-la? O dr. Gimmel ainda acreditava que o visitante fora recomendado pelo professor Salvatores. Talvez, se provasse que as credenciais dele eram falsas, ele fosse mandado embora. Ela pegou uma folha de papel da gaveta e uma caneta. Mergulhou-a no tinteiro. Ela mesma iria escrever para a instituição, pedindo-lhes que confirmassem alguns detalhes sobre Gresseti. Tão logo recebesse uma resposta mostrando que eles não conheciam o homem, alertaria o dr. Gimmel. Talvez seu medo profundo e sua desconfiança de estranhos tivessem distorcido seu juízo. Gresseti poderia não ser Gideon. Mas, mesmo que não fosse, ela não confiava nele. Quanto antes fosse mandado embora, melhor. Se os assassinatos parassem, ela teria sua resposta. Ela estava quase certa de que Gresseti não iria confrontá-la enquanto ele continuasse sem saber o quão perto estava de ter sua falta de referências revelada.

    Começou a escrever, lutando contra um sentimento de pânico de que Gresseti pudesse aparecer a qualquer momento e ver o que ela estava fazendo. Repreendeu a si mesma por não ter pensado em entrar em contato com o Instituto antes. A caneta riscava seu caminho pelo pergaminho. De repente, ela parou. Ficou olhando fixamente para as palavras que tinha acabado de escrever. Por questão de formalidade, escrevera o nome completo dele — *Signor* Damon Gresseti. Ela pegou outra folha de papel e escreveu todas as letras dos dois nomes dele em um círculo, deixando de fora o título. A mente de Eliza fervia enquanto ela reorganizava as letras, cruzando-as uma a uma, até usar todas elas para formar um nome diferente. Um anagrama perfeito. Exatamente o tipo de jogo que ele teria prazer em jogar. Deixou cair a caneta, como se seus dedos estivessem queimando, e engoliu em seco diante das palavras que haviam se formado na página: Gideon Masters.

Eliza chegou ao número 4 da York Terrace menos de meia hora depois de sua descoberta. Agora tinha certeza de que Gresseti era realmente Gideon e de que ele era o responsável pelos assassinatos em Whitechapel. Torturava-se com culpa e desespero ao pensar que tinha uma parcela de responsabilidade por aquelas mortes. Se não estivesse vivendo em Whitechapel, se não tivesse aberto sua clínica ali, Gresseti... Gideon nunca teria conhecido o lugar. E Martha, Mary Ann e Annie ainda estariam vivas. Quando chegou ao quarto de Abigail, Eliza não conseguia esconder sua angústia. Simon levantou-se de seu assento ao lado da cama, assustado com a aparência perturbada de Eliza.

— Minha querida Eliza, o que aconteceu? Venha, sente-se perto do fogo. Conte para mim o que deixou você nesse estado. — Ele tomou-lhe as mãos e a levou para o pequeno sofá do outro lado da sala.

— Preciso cuidar de Abigail — protestou Eliza.

— Minha irmã está dormindo feliz. Ela pode esperar mais um pouco. É você quem precisa de cuidados neste momento. — Ele tirou o chapéu da cabeça dela e acariciou ternamente seu rosto. — Você não vai me dizer o que há de errado?

Eliza fechou os olhos contra as lágrimas que ameaçavam escorrer. Lágrimas! As primeiras em muitos anos. As primeiras desde que ficara com a mãe na prisão de Batchcombe. Eliza havia prometido a ela, naquela ocasião, que não derramaria mais lágrimas. Mas, naquele momento, com Simon tão solidário, tão atencioso, tão disposto a cuidar de seus problemas, ela se sentia mais vulnerável do que havia se sentido durante todas as longas décadas em que vivera sozinha.

— Não posso dizer — falou ela. — Gostaria do fundo do meu coração que eu pudesse, mas... — balançou a cabeça.

— Existe algo que eu possa fazer para ajudar?

— Não, não há nada.

— Mesmo assim, se você achar que dividir as suas preocupações com outra pessoa, isto é, comigo, pode trazer algum consolo... Eu não a deixaria sozinha com seu sofrimento. Eu me permito acreditar que somos amigos. Amigos íntimos. Amigos que devem ser capazes de confiar um no outro. E oferecer apoio.

— Tudo o que posso dizer é que existe alguém que eu temo. Alguém que não é quem diz ser. E acredito que ele é capaz de coisas terríveis.

— Quem?

Eliza balançou a cabeça em negativa.

— Querida, você tem de me dizer. Eu não posso suportar a ideia de que você tenha medo. Como posso proteger você se não sei de onde vem o perigo?

Eliza respirou.

— Prometa para mim que não vai agir precipitadamente se eu revelar a identidade dele. Ele não pode saber que eu descobri a farsa. Você me dá sua palavra de que não irá tentar um confronto?

— Muito bem, embora contra a minha vontade, sim. Dou a minha palavra.

— É o *signor* Gresseti.

O rosto de Simon ficou sombrio. Um pequeno músculo no canto de seu olho esquerdo começou a contrair-se.

— O italiano no Fitzroy? Mas o dr. Gimmel fala tão bem do homem. Você tem certeza?

— Sim. Não tenho a menor dúvida. Ele é um impostor, e é perigoso. Não me peça para explicar melhor, eu imploro.

— Você já falou do seu medo para o dr. Gimmel?

— Não posso, não antes de ter provas. Escrevi para o Instituto de Milão. Estou aguardando a resposta. Enquanto isso... — Ela parou de falar, sua voz vacilante.

Simon soltou as mãos dela e se levantou.

— Nesse meio-tempo, você deve vir para cá e ficar aqui conosco. Não, eu não vou aceitar qualquer objeção. Que tipo de amigo eu seria se deixasse você atravessar Londres sozinha diariamente com medo desse homem? O que quer que ele tenha feito, qualquer que seja sua intenção, ele não vai atacar você aqui. Tenho certeza disso.

— Mas minha clínica...

— A clínica pode ficar sem você por algum tempo até que essa criatura seja desmascarada e enviada de volta para o lugar de onde veio. Assim que você tiver a prova de que necessita e puder alertar o dr. Gimmel, eu mesmo terei grande prazer em chutar esse vilão por todo o caminho de volta até o Mediterrâneo, se necessário. — Ele ergueu a mão. — Não diga mais nada, Eliza. Não vou mudar de ideia sobre esse assunto. Vou enviar uma carruagem para sua casa ainda hoje para recolher os pertences dos quais você necessita.

Eliza sentiu tamanho alívio com a ideia de viver sob a proteção de Simon que, pela segunda vez, achou que iria chorar. Ela viu o olhar determinado de Simon.

— Muito bem — disse ela num sussurro —, vou aceitar a sua oferta gentil. Mas envie o seu transporte apenas no final desta noite. Vou abrir as portas da clínica mais uma vez para poder informar às minhas pacientes que estarei ausente por alguns dias. Não seria justo simplesmente desaparecer.

— Mas você virá? Assim que fechar a clínica?

— Sim. — Ela se levantou e se jogou em seus braços abertos, descansando a cabeça contra seu peito, enquanto as mãos dele alisavam suavemente as costas de seu vestido. — Eu virei.

Eliza tinha planejado ir direto para casa depois de ver Simon, mas lembrou que precisaria de medicamentos do boticário do hospital. Se a clínica ficaria fechada por um curto período de tempo, ela deveria garantir que suas pacientes tivessem remédios em quantidade suficiente até seu retorno. Vasculhou as prateleiras da farmacopeia, escolhendo garrafas e frascos até sua bolsa ficar cheia a ponto de quase não conseguir fechá-la. Enquanto pegava um pacote de ataduras e curativos, Roland apareceu atrás dela.

— Dra. Hawksmith, que surpresa encontrá-la aqui. — Seu sorriso era agradável, mas Eliza percebeu um tom de repreensão em sua voz.

— Roland. Sei que não tenho dedicado tanto tempo quanto deveria aos meus pacientes aqui no Fitzroy ultimamente. Estive ocupada em outros lugares.

— Então eu compreendo. — Ele deixou o assunto morrer e passou para ela um pacote de emplastros. — Suprimentos para a sua clínica? Deve ser um lugar medonho para se trabalhar no momento. Fiquei sabendo que algumas das vítimas eram suas pacientes.

O fato de Roland não precisar mencionar a que vítimas ele se referia dava uma ideia do horror que as ações do Estripador já tinham espalhado. Os assassinatos eram o principal assunto em Londres. No mundo todo, na verdade.

— Sim. — Eliza fechou a bolsa. — Duas delas eram, com certeza. Não estou certa sobre a terceira.

— A terceira? Então você não soube?

— Soube o quê?

— Houve mais mortes.

— Mais?

— Sim, na noite passada. — Vendo como ela ficara chocada, Roland procurou explicar. — Lamento, dra. Hawksmith, achei que soubesse. Estava nos jornais esta manhã. Duas mulheres dessa vez. Sim, duas em uma noite. Ambas terrivelmente mutiladas... A coisa mais horrível. — Roland ficou conversando com as paredes enquanto Eliza pegou sua bolsa e saiu correndo.

A viagem para casa deu a ela tempo para elaborar um plano, de modo que, quando chegou de volta à rua Hebden, Eliza sabia exatamente o que fazer. Gideon tinha que ser detido. E teria que ser ela a fazê-lo. Não havia tempo para esperar por cartas de Milão. Não havia tempo para meias medidas. Iria enfrentá-lo sozinha. Faria o que fosse necessário para livrar o mundo desse ser maligno. Mais nenhuma mulher iria morrer por causa dele. Por causa dela. Não mais!

A clínica não estava cheia. O nevoeiro havia sido substituído por uma chuva constante. O mau tempo e o medo que lavava as ruas junto com ele mantinham dentro de casa todos os que não tinham necessidade de sair. Mesmo aquelas mulheres cuja subsistência dependia da prostituição pelos becos e ruas laterais tinham considerado, em grande parte, que o risco era muito grande. Todas as meninas se conheciam. Algumas haviam perdido amigas próximas. A natureza dos assassinatos era bem-conhecida e o horror era terrível demais para encarar. Eliza esperou até que restasse apenas uma paciente na pequena sala. Uma menina dolorosamente jovem com uma tosse de cortar o coração. Eliza tocou sua manga quando ela estava prestes a sair.

— Espere — disse ela —, só um momento.

A menina observou com os olhos sombrios.

— Connie, não é?

— Sim, doutora. — A voz da menina era rouca.

— Eu gostaria de pedir um favor. Sei que pode parecer estranho, mas, bem, espero que entenda que tenho minhas razões para perguntar. Você pode me ajudar?

— Sim, claro que posso. Não vejo como eu possa fazer muito, mas é só me dizer o que quer, doutora.

— Olhe — disse Eliza —, olhe para isso. — Ela tirou da mesa do canto um lindo vestido verde de algodão fino com laços na gola e nos punhos. — É do seu tamanho, eu acho. A cor combina com você. Você pode trocar sua roupa por este vestido?

— O que, estes trapos velhos? Que utilidade eles terão para você?

— Não importa. Basta dizer que aceita trocar.

Connie estendeu a mão e tocou o tecido leve. Seu rosto iluminou-se ao deslizar os dedos sobre os detalhes bordados na cintura.

— Vamos em frente, então — disse ela. — Nem imagino por que você quer, mas, sim, vou aceitar a troca.

— Mais uma coisa... — Eliza afastou o vestido da menina. — Hoje você deve ir direto para casa. Entendeu? Nada de trabalho. Direto para casa. Promete?

— Está bem. — Connie deu de ombros e concordou. — Prometo.

Em uma hora, vestindo as roupas surradas, mas chamativas de Connie, com os cabelos presos embaixo de um chapéu florido, Eliza estava passeando pelas ruas mais escuras de Whitechapel, a chuva escorrendo rápida pelo seu xale. Caminhava lentamente, à espera, ouvindo, sabendo que ele iria encontrá-la. Ela não precisou esperar muito tempo.

Assim que dobrou em uma estreita rua sem saída, pôde claramente ouvir passos às suas costas. Passou por um gato que se agachou ao vê-la. Ele miou quando o homem que a seguia aproximou-se ainda mais. Eliza chegou ao fim do beco sem saída e se virou, mantendo a cabeça abaixada, escondendo o rosto na escuridão sob a aba do chapéu. Um vulto solitário parou apenas alguns passos à frente dela.

A chuva estava tépida, mas incessante, enlameando as ruas. E fazia um som inquietante, implacável, como o silvo de uma centena de cobras raivosas. A distância, o barulho de cascos podia ser ouvido enquanto um cabriolé passava apressado sobre os paralelepípedos. Em algum lugar, o som de um piano e de bêbados cantando ecoava no ar da noite. Com a cabeça baixa, Eliza podia ver apenas os pés de seu perseguidor, os sapatos bem-engraxados, o tecido fino das calças, a bainha de sua capa de seda. E sua bengala preta, com a tampa de prata refletindo em uma poça pela luz fraca de um lampião a gás nas proximidades.

A voz de Gresseti era inconfundível.

— Boa-noite, *signorina*. Tem tempo disponível para entreter um cavalheiro esta noite?

Eliza fechou os olhos. Havia chegado o momento. Parecia apropriado que ela tivesse escolhido enfrentar Gideon finalmente naquela noite. *Walpurgisnacht. Samhain.* Dia das Bruxas. Durante as horas de escuridão, na véspera do Dia de Todos os Santos, espíritos inquietos caminhavam sobre a Terra. O submundo tornava-se palpável, a porta se abria e seus habitantes eram atraídos de volta ao mundo tangível. Aquele era o momento perfeito para se conectar com as criaturas que iriam ajudá-la. Suas irmãs na feitiçaria. Então, ela libertaria seu próprio poder, há muito tempo escondido. Direcionou sua mente para um lugar que durante séculos não se permitira visitar. Um lugar de forças ocultas. Um lugar de maravilhas. Um lugar de magia. Palavras há muito esquecidas começaram a se formar em sua boca, preenchendo-a, pressionando-se contra seus dentes, ansiosas para saírem em voz alta. Ela invocou a força que sabia que morava dentro dela, embora estivesse adormecida por tantos anos. Atrás de suas pálpebras fechadas, arco-íris de cores se desdobravam em uma exibição caótica. Em seus ouvidos, sentiu a respiração de mil vozes sussurrantes, exortando-a, ecoando seus encantamentos silenciosos. O poder subiu através de seu corpo, uma maré de desejo, um calor feroz, uma energia gloriosa e eletrizante fervendo. Assim que sentiu seu corpo transformado, Eliza lentamente abriu os olhos e ergueu o rosto. Um rosto que agora exalava a evanescência da magia.

Gresseti arquejou quando reconheceu Eliza, abrindo a boca de espanto com o esplendor de sua expressão. Então, ele sorriu, um sorriso longo e fino que deslizou, marcando seu rosto como uma cobra que se prepara para dar o bote.

— Ora, Bess — disse ele —, olhe só para você. Eu sempre disse que um dia você seria magnífica.

Enquanto falava, suas feições começaram a embaçar. O homem que havia sido Gresseti agora se retorcia e pulsava, fundindo-se à meia-luz e à chuva antes de retornar à forma sólida. Então, Gideon estava diante dela. Estava vestido com a mesma sombria roupa preta e chapéu dos quais ela se lembrava. Seu rosto ainda era tão forte e sedutoramente bonito quanto antes. Seu sorriso era perigosamente acolhedor. Seu corpo era largo na altura dos ombros, mas ágil e jovial. Ela pôde sentir o cheiro de desejo que emanava dele quando ele deu um passo em sua direção.

— Esperei muito para ficar cara a cara com você mais uma vez, Bess. Vi o fulgor que brilhava em você muitos anos atrás, quando você não era mais que uma criança. Você era um Fogo de Bel esperando para ser aceso. Eu fui apenas a faísca que fez crescer a chama dentro de você. A chama que alimenta seu poder agora. Seu poder e seu desejo. Você ainda sente, não é, Bess? Agora você não pode mentir para mim. Conheço seu coração. Você gostou muito de mim uma vez, lembra? Lembra como seu corpo queimava de desejo por mim, noite após noite, hein? Eu disse, então, que a nossa hora chegaria.

E chegou. Sei o quanto você me quer. Ficar juntos sempre foi o nosso destino, você e eu.

— Sim. — Eliza manteve seu tom de voz. — Chegou a hora. A hora de pôr um fim a tudo isso. Um fim à perseguição. Um fim ao medo. Um fim à matança. — Ela levantou os braços, esticando-os para cima em súplica, exaurindo a força daqueles que havia chamado para ajudá-la. Aqueles que havia invocado. — Hora de dar um fim a você, Gideon! — Ao pronunciar seu nome, ela abaixou os braços e os apontou para ele com o estalo de um chicote de relâmpago. Gideon cambaleou para trás, e ela gritou as palavras do feitiço, palavras que havia memorizado e praticado milhares de vezes, preparando-se para o exato momento. O instante em que dominaria Gideon ou morreria tentando. De uma forma ou de outra, sua alma finalmente ficaria livre dele.

Gideon bateu contra o chão com uma força de quebrar os ossos, mas, mesmo assim, se levantou em um segundo. Ele parecia crescer diante dos olhos de Eliza, até que se avultou acima dela, com o poder das trevas emanando de seu corpo em ondas sulfurosas. Ele começou a girar em tamanha velocidade que Eliza sentiu que estava sendo arrastada para o turbilhão de sua escuridão pulsante.

Ela gritou, recitando as palavras finais do feitiço, com um último suspiro antes de a tontura começar a dominar seus sentidos.

De repente, fez-se silêncio. Eliza foi jogada no chão molhado. Estava ofegante, lutando para livrar os pulmões da fumaça tóxica que os preenchera. Olhou em volta, desesperadamente, mas estava sozinha. Completamente só. Não havia nem sinal de Gideon. Estupefata, ela se levantou, trôpega, apoiando-se de lado na parede de pedra dos edifícios, não confiando em suas pernas para apoiar-se sem ajuda. Procurou por algum som revelador. Esticou o pescoço, perscrutando a escuridão em todas as direções. Inspirou. Nada.

Nenhum resquício dele permanecera. O feitiço teria funcionado? Seria possível que estivesse realmente livre da criatura maligna, livre dela de uma vez por todas? Nunca imaginou que seria tão simples, que Gideon não lutaria contra ela, revidando cada golpe com outro ainda maior. Eliza procurou, mas ele não estava em lugar algum. Havia desaparecido. Ela conseguira destruí-lo ou ele estava apenas se escondendo? Ela permaneceu no beco, observando e esperando, querendo uma prova. Mas não conseguiu encontrar nenhuma. Só o tempo diria se estava, de fato, livre dele ou se Gideon estava simplesmente ganhando tempo. Puxando seu chapéu encharcado da cabeça e enxugando o suor da testa com as costas da mão, Eliza cambaleou em direção à sua casa para aguardar a carruagem de Simon.

7

Eliza passou os dias seguintes a seu encontro com Gideon em estado de perplexidade. Parte dela ainda estava alerta com a possibilidade de sua reaparição, ainda esperando que ele jogasse sua cartada final. Não acreditava que o tivesse derrotado com tanta facilidade e estava com medo de baixar a guarda, consciente de que ele agora poderia estar se preparando para um ataque surpresa. Apesar desse medo persistente, no entanto, também estava maravilhada. Tendo utilizado e desencadeado toda a força de seu poder de bruxa, Eliza agora se encontrava em um patamar diferente daquele em que estivera antes. Seus sentidos se tornaram extraordinariamente aguçados. Cheiros, sons, visões e sabores surpreendiam-na a cada momento. Ela não conseguia mais ficar perto de um fogo recém-aceso sem que a fumaça do carvão embrulhasse seu estômago. Podia sentir o aroma do fermento na cozinha mesmo estando no andar, superior da casa, no quarto de Abigail. Pela janela da sala de estar, conseguia distinguir claramente palavras de conversas sussurradas na rua. Da base da escada, via uma aranha no teto, na parte superior da casa, tecendo sua teia, ao mesmo tempo que ouvia o clique-clique das pernas do pequeno animal trabalhando. A melhor sopa do cozinheiro era intoleravelmente salgada. A doçura de uma maçã se tornou um prazer incomparável. Além de tudo isso, Eliza estava mais consciente de seu corpo do que jamais estivera. Ela podia ser uma feiticeira, agora de forma completa e inegável, mas ainda era, em primeiro lugar, uma mulher. Era como se seu desejo, juntamente com seu dom, reprimido por tantos longos anos de seca, também tivesse vindo à tona. A presença de Simon tornou-se uma espécie de tortura. A proximidade dele lhe tirava o fôlego, e o toque de sua mão a fazia estremecer de prazer. Ela não se atrevia a deixar que ele a beijasse, por medo de perder o controle completamente. Sua mudança de estado não passou despercebida. Abigail havia recuperado um pouco de sua força e estava sentada na cama enquanto Eliza lia para ela.

— Eliza, querida, por favor, mais devagar.

— Desculpe.

— Você lê tão rápido que não consigo entender o que está acontecendo. — Abigail riu suavemente. — Com certeza, *Dr. Jekyll* não foi escrito para ser entendido nessa velocidade.

— Oh, eu não percebi... — Ela fechou o livro e o colocou no colo. — Como está se sentindo? Você parece bem mais forte.

— Certamente estou. Eu devo estar pronta para que você e o dr. Gimmel possam fazer o melhor que puderem comigo a qualquer momento. — Ela mudou de posição nos travesseiros. — Será que pode fazer a gentileza de alcançar meu xale? Sim, aquele azul. Obrigada.

Eliza enrolou a macia estola de lã nos ombros de Abigail e tentou concentrar-se na ideia de realizar a cirurgia em sua amiga. Ela estava certa: eles iriam operá-la muito em breve. Eliza ainda sentia que tal procedimento poderia ser fatal, mas estava determinada a não deixar seus medos transparecerem para Abigail, que estava visivelmente tentando, a muito custo, ser corajosa. A porta se abriu, e Simon entrou carregando um vaso de flores tão grande que quase o escondia completamente.

— Para vocês, senhoritas, um pouco de alegria ao quarto.

— Oh, Simon. — Abigail bateu palmas. — Elas são encantadoras.

— E quantas delas! — disse Eliza. — Comprou a floricultura inteira?

— Acho que deixei alguns botões sem graça para o caso de alguém precisar de um. Agora, que tal colocarmos aqui nesta mesa? Abigail, você pode vê-las daí?

— Acho que poderia vê-las até do alto de Primrose Hill, bem longe daqui. Você me mima demais, irmão.

Ele foi até a cama e pegou a mão dela.

— E por que não? Estou tão feliz em vê-la recuperar sua saúde. Percebo que seu rosto está corado!

— Se está, é maquiagem — disse Abigail. — Agora, por que vocês dois não escapam desta prisão e vão dar uma volta? Tenho um parque cheio de flores para admirar daqui. Não há razão para que todos fiquem sentados à minha volta, só me observando. Prometo não fazer nada que exija atenção médica ou broncas fraternas antes de vocês retornarem.

— Tem certeza? — Simon deu uma demonstração de relutância pouco convincente, seus olhos nos de Eliza enquanto falava.

Eliza sabia que estava radiante. Ele já havia comentado sobre isso várias vezes nos últimos dias. Também sabia que Simon estava ciente de seu desejo por ele. Ela fizera o possível para esconder, mas era uma tarefa impossível.

— Ah, eu não tenho um chapéu apropriado para sair — disse ela, procurando uma desculpa para não ir. Estava dividida entre a vontade de estar com ele e o medo da força de seus sentimentos no estado alterado em que se encontrava. Ela precisava de mais tempo para se acostumar consigo mesma dessa forma. — Deixei o meu em casa.

— Ah — disse Abigail —, como se eu não tivesse um chapéu para lhe emprestar. Entre no meu closet, escolha um e apresse-se. O sol não aparece por muito tempo em novembro, você deve aproveitar ao máximo.

Eliza fez como Abigail lhe disse. O closet ficava em uma porta anexa. Baús e roupeiros com vestidos, crinolinas e roupas de dormir e capas e xales cobriam as paredes. Havia uma prateleira repleta de caixas de chapéus. Eliza levantou tampas aqui e ali até encontrar dois de seu agrado. Ela os levou até a penteadeira ao lado da janela para experimentá-los. O primeiro era muito cheio de detalhes, com um véu que a fez se sentir tão boba que chegou a rir para seu reflexo no espelho. Ela o tirou e colocou na penteadeira. Estava prestes a experimentar o segundo quando viu uma bela caixa de prata. Era menor do que uma caixa de chapéu, mas com um formato inapropriado para uma caixa de joias. Tinha uma estampa ondulante de rosas-caninas talhadas, com verniz verde e rosa destacando as folhas e brotos. Eliza não resistiu e a pegou. Ela a segurou sob a luz para ver melhor a decoração encantadora e o belo artesanato. Havia uma chave fina na fechadura. Girou-a e a tampa saltou. Dentro, uma pequena figura de vestido esmeralda rodopiou em um palco de vidro enquanto a caixa de música começou a tocar. Eliza não conseguiu se mover. Ela queria jogar a caixa do outro lado da sala e sair correndo da casa, mas era como se suas mãos estivessem presas na prata. A bailarina dançava com um sorriso malicioso no rosto esquelético. Eliza queria gritar, chorar, jogar o objeto ofensivo pela janela, mas sentou-se, hipnotizada pelo movimento e pela melodia, enquanto as notas inesquecíveis de "Greensleeves" continuavam a tocar.

Na manhã seguinte, Eliza saiu de casa cedo e chegou ao hospital antes mesmo que o sr. Thomas estivesse em sua mesa. Ela se sentou na sala do dr. Gimmel, olhando fixamente pela janela. Depois de encontrar a caixa de música, não tinha certeza de mais nada. Todas as suas convicções pareciam agora ter sido construídas sobre areia movediça. Eliza fechou os olhos e tentou acalmar sua mente. Aquele era o dia em que iria operar Abigail. Nada deveria distraí-la.

A porta se abriu, e o dr. Gimmel entrou, com o jornal na mão.

— Você ficou sabendo? — perguntou ele, apontando para o jornal com um dedo nervoso. — Já viu as notícias? Outro assassinato. Outro assassinato brutal de uma mulher indefesa. Em seu próprio quarto, por favor!

— Outro? — Eliza levantou-se trêmula. — Não foi o Estripador. Não pode ter sido.

— Veja você mesma. — Ele empurrou o jornal até seu nariz. — Apenas a poucos passos da sua casa, Eliza. Eu disse que aquele lugar é um antro de horrores. Por que você insiste em viver lá?...

Eliza não estava ouvindo mais. Seus olhos estavam fixos no nome da vítima. Mary Jane Kelly. A visão que ela tivera, semanas antes, do corpo da menina retalhado e reduzido a uma massa sangrenta tinha sido horrivelmente precisa. Ela examinou o artigo, atentando aos detalhes, em busca de algum sinal, alguma garantia de que aquele não fora outro trabalho do mesmo assassino. Como poderia ser? Viu a hora em que o corpo fora encontrado. Depois de seu encontro com Gresseti, embora a polícia ainda não soubesse exatamente quando a mulher havia morrido. Havia ele sobrevivido e fugido para matar novamente? Não, certamente não houvera tempo suficiente. Como ele teria encontrado o caminho até onde Mary Jane vivia? Ou ela se enganara? Será que ele, Gideon, não tinha nada a ver com os assassinatos? Nada fazia sentido. Não podia acreditar que as mortes não estivessem ligadas, de alguma forma, a ela mesma. Quase todas as vítimas tinham sido suas pacientes. E estava convencida havia semanas de que alguém a seguia e se escondia nas sombras. E, depois, Gresseti a tinha seguido quando ela estava vestida com as roupas de Connie. E o tocador de realejo havia tocado "Greensleeves". Tinha que ser Gresseti. E Gresseti revelou ser Gideon. Mas as questões permaneciam, questões que teriam de esperar. O dr. Gimmel finalmente conseguiu invadir seus pensamentos.

— Dra. Hawksmith! Venha, precisamos ir ao auditório — disse ele.

Na sala de cirurgia, a enfermeira Morrison estava ocupada preparando a mesa. A serragem fresca já tinha sido colocada na bandeja de sangue e o fenol, pulverizado por todo o ambiente. Instintivamente, Eliza verificou as filas de assentos. Vazios. Enquanto colocava o avental, percebeu que suas mãos tremiam. Balançou a cabeça, frustrada pela facilidade com a qual podia ser distraída e desestabilizada. Não era hora para nervosismo. Deveria permanecer inteiramente focada em Abigail. Ainda que sua cabeça estivesse zumbindo e o sangue parecesse quente em suas veias. Eliza se ocupou em inspecionar os instrumentos, tentando afastar as vozes em sua mente que a incitavam a usar feitiçaria. Agora, mais do que nunca, precisava ser a dra. Elizabeth Hawksmith, assistente do reverenciado Phileas Gimmel, médico dedicado e cirurgião habilidoso. A vida de Abigail dependia disso.

— Ah, aqui estamos. — O dr. Gimmel cumprimentou sua paciente quando ela foi levada para a sala na cadeira de rodas. — Minha querida srta. Astredge, estou muito satisfeito em ver que parece mais forte. — Ele pegou sua mão e acariciou-a suavemente. Simon ficou atrás dela.

— Como eu poderia não melhorar sob os cuidados de Eliza? — perguntou ela, sorrindo para a amiga.

— Certamente, tem razão. — O dr. Gimmel pegou o braço de Simon. — Agora, sr. Astredge, sentando-se aqui ficará perto o suficiente da sua querida irmã para lhe dar a força inestimável de seu apoio, e não tão perto que possa atrapalhar nosso trabalho. Não tenha medo, ela está nas melhores mãos.

— Tenho certeza disso — disse Simon, seu olhar fixo em Eliza. Ela sentiu que ruborizou e virou-se para Abigail.

— Como você está hoje? — perguntou.

— Estou bem e feliz por estar aqui. Logo você terá feito seu trabalho maravilhoso, e eu estarei livre dessa doença miserável.

O dr. Gimmel começou a ajudá-la a se levantar da cadeira.

— Nós ainda estamos esperando a chegada de Roland — disse ele. — Ele está atrasado ou todos nós, em nossa ansiedade, é que nos adiantamos?

Ele fez a pergunta para ninguém em particular, mas foi Simon quem pegou seu relógio de bolso.

— Faltam quatro minutos para as dez horas, doutor — disse ele, e colocou o relógio de volta no bolso do colete.

— Ah, aí está. Sem dúvida, ele logo estará aqui.

Uma pontada de medo percorreu a espinha de Eliza. Ela não conseguia imaginar o que poderia ter causado isso. Mesmo sabendo que estava longe de estar calma, a rapidez e a força da sensação a pegaram de surpresa.

Naquele exato momento, Roland entrou na sala, ofegante pela corrida.

— Perdoem-me — disse ele —, fui detido por um paciente, e...

— Não importa. — O dr. Gimmel levantou a mão. — Aqui não é lugar para desculpas. Você está aqui agora, Roland, e isso é tudo que interessa no momento.

Abigail foi colocada sobre a mesa e preparada. Eliza tocou sua testa e falou baixinho.

— Durma agora. Isso é tudo que vamos exigir de você.

Roland adiantou-se e administrou o clorofórmio. Em segundos, os olhos de Abigail fecharam e ela ficou imóvel, exceto pela respiração superficial e ritmada.

Eliza escolheu um bisturi da bandeja e fez uma incisão ampla. A enfermeira limpou o sangue do corte para que Eliza pudesse manipular melhor os afastadores e ter acesso à cavidade abdominal.

— Bom, bom — disse o dr. Gimmel. — Proceda exatamente como você é, dra. Hawksmith. Suave, mas firme; suave, mas firme. Excelente.

Eliza continuou a cirurgia com o maior cuidado, mas ciente, o tempo todo, de que tal procedimento poderia ser demorado e que deveria acelerar um pouco o processo. Abigail não estava forte. Quanto mais tempo ela permanecesse anestesiada, mais sangue perderia; e quanto mais fosse exigido de seu corpo, menor seria a probabilidade de ela sobreviver à cirurgia. Eliza não conseguia afastar a sensação de mau agouro e de perigo que tomara conta dela momentos antes. O que teria provocado isso? Tentou se lembrar do que o dr. Gimmel dissera. Ele tinha perguntado por Roland, ela se lembrou disso, mas Roland era a criatura mais inofensiva que ela conhecia. Tinha havido um comentário sobre o tempo — era cedo ou tarde? Simon consultara o relógio.

— Tenha cuidado, dra. Hawksmith! — A voz do dr. Gimmel foi estranhamente dura.

Eliza viu que tinha deixado o sangue fluir de volta para a ferida, obscurecendo sua visão. Naquele momento em que tudo o que conseguia fazer era segurar os instrumentos, suas mãos começaram a tremer. O relógio. O relógio de Simon! Fora isso que a alarmara tanto. Quando ele fechou, houve um clique duplo muito definido. Exatamente o mesmo barulho que ela ouvira nas sombras, fora de sua clínica. Simon? Mas como poderia ser?

— O que é isso? — O dr. Gimmel aproximou-se dela, espiando para dentro da cavidade. — Eliza, há algo errado?

Eliza balançou a cabeça em negativa, tanto para afastar aqueles pensamentos terríveis quanto para tranquilizar o dr. Gimmel.

— Não, nada. Apenas... Uma pausa. Aqui, o fígado está exposto agora — disse ela, afastando-se um pouco para que ele pudesse observar seu progresso. E para que ela pudesse vasculhar sua mente atrás de respostas. Ergueu os olhos para olhar para Simon, incapaz de ajudar a si mesma, na esperança de encontrar naquele rosto bondoso alguma prova de que ele era o homem que ela amava, incapaz de tais atos terríveis. Ele a estava observando e deu-lhe seu sorriso mais amoroso e carinhoso. Num piscar de olhos, Eliza soube onde já havia sentido antes o calor daquele sorriso. Uma ideia lhe ocorreu. Simon Astredge. Sem nome do meio. Apenas Simon Astredge. Ela lutou para reorganizar as letras em sua mente, rezando para que estivesse errada, mas continuando com uma certeza terrível.

G-I-D, *onde está o E? E o S final? Sim, estão todas lá. Agora entendo. Oh, não! Não! Como pude ter sido tão cega?*

O pânico fez o sangue pulsar nos tímpanos de Eliza, mas não havia escapatória, nenhum lugar onde esconder a verdade daquilo. Simon Astredge era um anagrama de Gideon Masters.

Ambos! Gresseti e Simon. Ambos.

Sabia que Simon estava olhando para ela. Ele teria visto como estava perturbada? Ele teria como saber que ela havia descoberto sua verdadeira identidade? Quanto mais pensava sobre isso, mais claro tudo se tornava. Gresseti era uma manobra, uma distração. Gideon sabia que Eliza não iria gostar do homem. Através da criação de alguém que ela detestasse e, eventualmente, temesse, ele a levaria para os braços de Simon. Como ela poderia resistir ao seu afeto, quando estava tão assustada com Gresseti? E, claro, suspeitaria menos de Simon enquanto suas preocupações estivessem todas focadas no italiano sem raízes. Mas e Abigail? Ela não podia ser irmã dele. Os poderes de Gideon como bruxo e hipnotizador permitiam presumir que ele certamente poderia tê-la convencido disso. Onde a encontrara? Alguma pobre e inocente mulher que tinha pisado em seu caminho, precisamente no momento certo para ele e no momento errado para ela. Abigail claramente não tinha lembrança de qualquer outra vida. Quem podia imaginar a dor que seu desaparecimento deve ter causado. Será que ainda havia uma família procurando por ela? E estava doente, algo além de qualquer dúvida. Mesmo agora, Eliza podia ver a condição frágil de seu fígado. Era um milagre que Abigail tivesse sobrevivido até então. Eliza mordeu o lábio, forçando-se a agir agora como médica, para tirar Simon de sua cabeça. Para tirar Gideon de sua cabeça.

— O que pode me dizer? — O dr. Gimmel ainda estava do seu lado, ajustando os óculos no nariz. — O que pode ver, dra. Hawksmith?

— Temo que a notícia não seja boa. — Eliza falou mais alto do que pretendia, de tão determinada que estava em não demonstrar o medo e a confusão que sentia. Sua visão periférica lhe permitiu vislumbrar Simon mudando de posição em seu assento, inclinando-se para a frente. Quando fez isso, o relógio caiu de seu bolso e ficou pendurado pela correntinha, balançando para trás e para a frente, para trás e para a frente. Eliza curvou-se devagar sobre sua paciente.

— Não há tumor. Nada que possa ser extraído. Há apenas cirrose avançada do fígado. Mais de oitenta por cento do órgão está afetado em grau debilitante.

— Ah! — A voz do dr. Gimmel soou arrasada. — Então, não há nada a ser feito — disse ele, recuando um pouco.

Era mais do que Eliza podia suportar. Ela acreditou que havia derrotado Gideon confrontando Gresseti; mas, ainda assim, Mary Kelly morrera. Pensou que finalmente havia encontrado o amor em Simon, mas tudo o que encontrara era seu grande inimigo. As náuseas ameaçaram derrubá-la quando se lembrou de como o havia deixado beijá-la e tocá-la, e de como estivera perto de se entregar a ele completamente. O quanto ela desejara isso. E agora iria perder Abigail. A pobre Abigail que inadvertidamente era parte vital na intrincada charada de Gideon. Parecia tão injusto. Tão injusto. Como se ela tivesse sido sacrificada para os propósitos dele.

— Dra. Hawksmith — Roland inclinou-se para mais perto dela —, a paciente já está anestesiada por algum tempo. Você está pronta para concluir o procedimento?

— Sim, sim. — O dr. Gimmel respondeu por ela. — Não há por que submeter a srta. Astredge a mais esforço na sua condição já tão fraca. Não será necessária anestesia adicional.

Não. Eu não vou deixá-la morrer. Não como Margaret. Eu posso salvá-la e vou salvá-la, independentemente das consequências.

Sem responder a Roland ou ouvir a observação do dr. Gimmel, Eliza empurrou as mãos através da incisão e colocou-as no fígado de Abigail. Ela olhou para baixo, não ousando arriscar fechar os olhos, não querendo encontrar o olhar cada vez mais atento de Simon. Ela começou a murmurar os encantamentos em um sussurro. O dr. Gimmel estava cada vez mais inquieto, mas não disse nada, claramente esperando que ela começasse a suturar o ferimento. Roland olhou para ela, à espera de novas instruções. A enfermeira Morrison estendeu a bandeja de instrumentos para sua seleção. Eliza os ignorou. Um vento fino começou a assobiar em torno do auditório de cirurgia. Foi ganhando força até que soprou sobre as pernas dos presentes; era uma brisa fria e misteriosa, que tecia seu caminho entre as pessoas, mas sem trazer um novo ar. Era como se as moléculas daquele ambiente estivessem sendo agitadas e reorganizadas. A enfermeira olhou em volta, nervosa, e instintivamente foi para a ponta da cama para ficar mais perto de Roland. O dr. Gimmel começou a levantar a voz e a suplicar para que Eliza completasse logo sua tarefa. Simon se levantou.

Agora, Eliza ergueu a cabeça e olhou para ele diretamente. Ela podia sentir a substância do órgão interno de Abigail se alterando sob suas mãos. Os buracos na pele e as cicatrizes estavam se regenerando. Curando-se. Ela olhou para Simon, provocando-o a desafiá-la agora, sabendo que ela não iria parar até que estivesse certa da recuperação de Abigail. Ao usar a magia abertamente em sua presença, estava também se abrindo para ele. Que fosse. Ela não deixaria outra pessoa inocente morrer enquanto estivesse ao alcance de seu dom salvá-la. Lentamente, sem raiva nem qualquer violência aparente, Simon levantou a mão esquerda. Quando seus olhos encontraram os do dr. Gimmel, ele estalou os dedos. O médico caiu para trás com um grito, aterrissando de mau jeito na primeira fila de assentos, apertando os olhos.

— Dr. Gimmel! — A enfermeira Morrison rapidamente deixou os instrumentos sobre a mesa e correu até ele. Quando colocou as mãos sobre o cirurgião, ela gritou, cambaleando para trás, olhando incrédula para as queimaduras que latejavam em suas palmas. Simon estalou os dedos uma segunda vez, e a enfermeira caiu no chão, como se tivesse sido atingida. Ela ficou deitada, imóvel, aos pés de Eliza, com uma das mãos queimadas caída sobre a mistura de serragem e sangue na caixa embaixo da mesa.

Eliza não se moveu, apenas gritou:

— Corra, Roland. Por piedade, fuja deste lugar!

Roland abriu a boca para protestar, mas fora muito lento. Com um movimento de seu pulso, Simon fez a bandeja de instrumentos cirúrgicos se levantar e pairar sobre a cama. As lâminas de aço dos bisturis brilharam por um segundo, antes de três deles erguerem-se da bandeja e, em seguida, cortarem o ar com velocidade sobrenatural. O primeiro perfurou a mão de Roland quando ele levantou os braços à sua frente num gesto inútil de defesa. O segundo cortou a garganta dele, abrindo-a; e o terceiro penetrou seu coração enquanto ele caía silenciosamente ao chão.

Simon virou-se para Eliza. Ele sorriu mais uma vez, a expressão suave contrastando com suas intenções malignas.

— Minha querida Bess, não lhe perturba ver seu amado Simon comportando-se desta maneira? Perdoe-me. — Ele se curvou, movimentando o braço em um gesto elaborado. Quando se endireitou, não era mais Simon quem estava diante de Eliza, mas Gideon. — Pronto. Não é melhor assim? Finalmente chegamos a este ponto. Nada mais de jogos, Bess. Nada mais de fugas. Só eu e você, cara a cara.

— Para trás — disse Eliza, usando cada pedaço de coragem que possuía para não fugir. — Abigail não fez nada de errado. Eu vou curá-la. Não vou deixar você me impedir.

— Oh, por favor, não se incomode com Abigail. Ela é muito mais saudável do que você pode imaginar.

Eliza olhou para a paciente, disposta a não deixá-la escapar. Seu coração quase parou quando viu Abigail olhando diretamente para ela. Seus olhos estavam bem abertos, e ela assistia ao procedimento com uma leve expressão de curiosidade, nada mais.

Eliza engasgou.

— Abigail! Mas você...

Simon interrompeu.

— É uma feiticeira, assim como você, Bess.

— O quê? Não! Eu não entendo.

Abigail sorriu docemente.

— Eliza, minha querida, não se zangue comigo. Podemos ser muito amigas!

Eliza balançou a cabeça e tentou arrancar as mãos de dentro do corpo de Abigail, mas elas ficaram presas. Abigail começou a rir, um barulho áspero, dissonante. Seu corpo balançou com a risada, mas as mãos de Eliza continuavam presas.

Simon começou a andar lentamente em torno do auditório.

— Bess, Bess, Bess. O que devemos fazer com você? Certamente não achou que eu iria passar os séculos esperando por você completamente sozinho, não é? Vá, admita, você é um pouquinho ciumenta, não é? — Ele riu, depois continuou: — Não seja, meu amor. Houve muitas outras como Abigail ao longo dos anos. Companhias divertidas, nada mais. Embora esta, eu admito, tenha me impressionado com seu ótimo desempenho como minha irmã doente.

Parabéns, minha querida. — Ele acenou com a cabeça educadamente para Abigail, que lhe soprou um beijo em troca.

Eliza queria gritar, mas sabia que, se cedesse à histeria, estaria perdida. Sem as mãos livres, não podia usar sua magia contra Gideon de forma eficaz. Atrás dela, o dr. Gimmel gemeu e se mexeu no chão. Eliza rezou silenciosamente para que ele ficasse quieto e desacordado. Era apenas por sorte que Gideon ainda não o havia matado, e ela estava impotente para protegê-lo.

— Você nunca irá me reaver, Gideon — disse ela.

— Tão teimosa. Tão briguenta. Por que continua a lutar contra seu destino? Você sabe que nós estamos destinados a ficar juntos, eu e você. Pense nisso. Você experimentou a glória do poder da magia nesses últimos dias. Você sabe o que a vida poderia ser, basta querer. Juntos, eu e você seríamos incontroláveis. Imbatíveis. Nós seríamos magníficos.

Ele começou a andar ao redor da mesa em direção a ela. Eliza sabia que tinha de agir ou estaria perdida. No entanto, não podia lutar com ele incapacitada como estava. Se ela não iria se submeter, só lhe restava uma opção. Virou-se para poder ver o dr. Gimmel mais claramente. Ele estava variando em estados de consciência e inconsciência. Ela se obrigou a falar.

— Perdoe-me, doutor — disse ela.

Então, mais rápido do que os olhos podiam captar, desapareceu. Gideon rugiu.

— Bess! Bess! Não! — Sua voz de trovão sacudiu a sala enquanto ele olhava em volta, procurando algum sinal dela.

No alto, perto do teto, uma borboleta esvoaçou em silêncio, em direção à estreita janela aberta no topo do auditório. Ela parou no umbral por um momento, suas asas com pintas prateadas piscaram sob um fino raio de sol, e então continuou através da abertura e foi embora.

Carta da
sra. Constance Gimmel ao
professor Salvatores

Meu caro professor,

Muito obrigada por sua amável carta. É um conforto para mim saber que Phileas não foi esquecido entre seus amigos e colegas. Sei que, quando comunicar seus votos de melhora, eles terão um grande significado para ele. Sua condição se mantém inalterada. Na verdade, não se alterou de qualquer modo significativo desde o dia em que foi encontrado tão terrivelmente aflito. Agradeço a Deus que ele tenha sido poupado, afinal, dado o triste destino tanto da enfermeira Morrison, quanto do médico residente no atendimento. Embora, é claro, eu ache seu sofrimento difícil de testemunhar, tenho sempre esperanças de uma melhora. Os pesadelos que o acordavam com exaustiva frequência parecem ter diminuído, o que é uma misericórdia. A cegueira ele enfrenta com coragem, embora eu saiba que sofre por sua vista e todas as coisas que não pode mais fazer.

Fala muitas vezes do Fitzroy, naturalmente, mas nunca dos eventos daquele dia terrível. Jamais foram encontrados quaisquer sinais do sr. Astredge, de sua irmã ou da dra. Hawksmith, e a polícia não consegue dar nenhuma explicação satisfatória sobre o que aconteceu. O pobre Phileas também é incapaz de fazê-lo. Na verdade, duvido que reconheça a si mesmo. Claro que não vejo propósito em pressioná-lo por maiores detalhes. Não há nada a ser feito, e ele acha difícil falar sobre as coisas que ocorreram. Sei que sente falta da dra. Hawksmith, e é lamentável que ela não possa ser localizada. Temo que o mistério nunca seja resolvido e devo dedicar minhas energias para cuidar de meu marido em vez de perseguir as noções de um fogo-fátuo e suas teorias.

Por favor, mande minhas lembranças a Louisa.

Sua boa amiga,
Constance Gimmel

Litha

12 DE MAIO — ECLIPSE LUNAR

No momento em que terminei a história de Eliza, Tegan estava bem atenta e com os olhos brilhando. Eu podia ver que, mais uma vez, a história acendera nela uma enorme curiosidade e interesse pela magia.

— Então ela fugiu de novo? — perguntou.

— Fugiu. Simplesmente. Mas foi forçada a deixar o dr. Gimmel sem ao menos uma despedida ou explicação.

— E os outros? A enfermeira e Roland, eles morreram?

— Sim. Não havia nada que alguém pudesse fazer por eles.

Tegan saiu de sua cadeira e começou a percorrer a sala, com a mente em chamas.

— Imagine — disse ela —, imagine ser capaz de fazer magia assim. Poder curar as pessoas. Mudar de forma. — Ela se interrompeu e olhou para mim. — Matar pessoas. É uma coisa poderosa. Uma coisa perigosa mesmo.

— Pode ser, em mãos erradas.

— Bem, esse Gideon soa como um pesadelo completo. Mas por que Eliza precisa fugir dele o tempo todo? Por que tem de se esconder? Ela certamente poderia ter derrotado Gideon se estivesse pronta, montando uma armadilha ou coisa assim?

— Lembre-se, Gideon foi seu tutor. Ele a instruiu na arte. Ele conhecia todos os truques ou armadilhas possíveis. Ele saberia, antes mesmo de ela fazer o que Eliza estava planejando. É por isso que muitas vezes o único caminho para ela era o súbito desaparecimento, antes que ele tivesse a chance de detê-la. — Parei para observar Tegan e dei à sua mente a chance de se recompor. Ela continuou a me questionar por algum tempo, até que finalmente levantei minha mão e a silenciei. — Tenho uma pergunta para você agora, Tegan — disse eu.

— Sim?

— Você está pronta, realmente pronta para se tornar minha aluna e aprender a arte? Está pronta para dedicar tempo e pensamento e concentrar-se na busca da magia? Está pronta para fazer sacrifícios, trabalhar duro, ser atenta, estudiosa e séria em seus propósitos? Você está pronta para proteger o conhecimento que receber, obedecer aos caminhos da feitiçaria para usar o que aprender apenas para o bem? Você está, Tegan?

Ela parou de andar e se colocou à minha frente. Levantei-me. Ela encontrou meu olhar sem hesitação e, pela primeira vez, não se remexeu, tagarelou ou pulou como um gafanhoto, de um pensamento para o próximo. Ela respirou lentamente.

— Sim, estou pronta — falou. — Estou.

— Então seja bem-vinda, Tegan — disse eu e estendi os braços para ela.

Ela deu um sorriso radiante de felicidade e atirou-se para mim. Enquanto a envolvia, eu me perguntava quanto tempo fazia que sua própria mãe a abraçara.

12 DE JULHO — LUA NOVA

É difícil acreditar que já se passaram tantos meses desde a última vez que escrevi. E que verão tem sido este! Não me lembro de um período em minha vida em que tenha me sentido tão em paz e ainda assim tão produtiva. Tegan tem conduzido seus estudos com grande entusiasmo, como acho que eu sempre soube que ela faria. Devora o conhecimento da mesma forma que uma mulher faminta devoraria um banquete. Sua mente é rápida e ela é destemida. Uma ou outra vez, tive de censurá-la por sua falta de paciência, mas então, sendo este também um defeito que carrego, não estou em posição de ser dura. Seu romance continua, mas ainda não fui apresentada a seu amante. Pode ser que tenha levado a sério o que falei sobre prioridade e prefira não ter a distração de envolver o homem no que estamos fazendo por aqui. Ou pode ser que ela apenas não tenha contado a ele e não saiba como explicar. De qualquer maneira, estou contente de ter a atenção exclusiva dela enquanto está comigo. O tempo que gasta em outro lugar não é da minha conta.

Decidi que havia chegado a hora de iniciar formalmente Tegan na arte. Senti que o ato de se dedicar aos hábitos wicca, e a solenidade do ritual iriam ajudá-la a levar seus estudos a sério e sentir que realmente pertence a algo maior. Embora muitas vezes conduzida sob uma lua nova, escolhi a lua cheia do hidromel há algumas semanas. Este é tradicionalmente visto como um tempo de metamorfose; então, que ocasião melhor para o momento de mudança de Tegan, de transformação, de garota em jovem feiticeira do bem?

Esperamos até que a noite houvesse se desenrolado pela paisagem e nos encaminhamos para o círculo de pedra no bosque. Emprestei a Tegan uma de minhas vestes, um bonito traje de seda pesada que ganhei dos membros de um clã em Mumbai, mais de um século atrás. A visão dela vestida com aquelas roupas quase me fez perder o fôlego.

— Estou bem? — perguntou.

— Você está maravilhosa.

Um leve rubor coloriu seu rosto. Senti seu nervosismo e peguei a mão dela.

— Venha — disse eu e a conduzi através do jardim até o bosque.

Durante as semanas anteriores, Tegan, sob minhas instruções, estivera reunindo itens para seu amuleto: uma concha da praia de Batchcombe, uma pena de filhote de martin-pescador, uma delicada casca de ovo e um casulo de borboleta vazio. Ela os enrolou em musgo, amarrou-os com alguns fios de seu cabelo e os colocou em um pequeno saco de veludo que escolhera com esse propósito. Quando chegamos ao círculo, ordenei-lhe que posicionasse o amuleto na pedra lisa para o leste. Acendi uma vela, que deveria queimar completamente antes que o saquinho fosse retirado. Após a cerimônia, seu amuleto se tornaria a primeira parte de suas próprias ferramentas wicca de proteção.

Tegan começou a andar ao redor do círculo, cantando, invocando os espíritos dos elementos, acendendo velas nos quatro pontos cardeais. Sua voz estava hesitante, diferente do que lhe era característico.

A feiticeira, a magia, o fogo são um só. A feiticeira, a magia, a terra são um só. A feiticeira, a magia, o ar são um só. A feiticeira, a magia, a água são um só.

Levei-a até o centro do círculo, bati meu bastão firmemente no solo seco por três vezes e gritei:

— O círculo está fechado! — Levantei meus braços. Nós duas erguemos os rostos para o céu noturno de deslumbrante claridade e quietude. — Oh, Deusa! — clamei. — Uma postulante se apresenta perante você. Ela quer se juntar a nós, para se tornar uma possuidora da arte. Ela tem vontade forte, mente clara e coração aberto. Sua alma é livre do mal, e ela pretende usar a arte apenas para o bem dos outros. Peço a você que a ouça. Que a cure. Que a transforme. — Voltei meu olhar para Tegan e demos as mãos. — Recite comigo o Desígnio da Wicca, criança. Fale de coração. Aprecie as palavras enquanto as pronuncia e certifique-se de que acredita em cada uma.

E, assim, falamos juntas:

Obedecer a Lei Wicca você deve, com perfeito amor e perfeita confiança. Viva e deixe viver; justamente tome e justamente ofereça. Tenha olhar suave e toque leve, diga pouco e ouça muito. Em sentido horário, passe pela lua crescente...

Observei enquanto o poder e a sabedoria das palavras iluminavam o rosto de Tegan, e ela apertou mais forte minhas mãos. Quando terminamos, perguntei a ela:

— Qual é o credo das bruxas?

Ela respondeu com clareza, sua voz encorajada:

— Conhecer, ousar, querer, fazer silêncio.

— Você irá respeitar essas leis?

— Irei.

— E você promete honrar a Deusa, respeitar as tradições wicca, usar a arte apenas para o bem, rejeitando todos os pensamentos de vantagem ou autoengrandecimento?

— Prometo.

Entreguei a ela uma nova vela púrpura pálida e a acendi. Ela a segurou no alto.

— Agora? — perguntou ela.

Balancei a cabeça em confirmação.

Ela respirou fundo e levantou a voz aos céus.

— Peço que desça, querida Deusa! Entre em meu corpo. Entre em comunhão com a minha alma. Esteja comigo enquanto dou este passo sagrado em direção a seus braços e à irmandade da arte. Houve um silêncio absoluto. Nem uma folha se mexeu. Nada na floresta se agitou, fosse flora ou fauna. Era como se cada coisa prendesse a respiração e esperasse. A chama da vela que Tegan segurava no alto começou a dançar e tremer, embora não houvesse nem mesmo o mais leve indício de vento. Ficou mais brilhante, mais azul e pulsante. Cresceu e ficou mais alta, sua luminosidade fosforescente lançando um brilho etéreo que preencheu nosso círculo. Através daquela luz eu podia ver a alegria e o espanto no rosto de Tegan. Ela deve ter se sentido intimidada, mas não vacilou. Segurou a vela com firmeza e permaneceu onde estava. De repente, o momento acabou, a chama voltou ao normal, os sons da floresta puderam ser ouvidos mais uma vez.

Sorri para Tegan e ela sorriu de volta para mim.

— Está feito? — perguntou ela.

— Está. — Peguei a vela de sua mão e a coloquei no centro do círculo. — Siga-me — disse a ela.

Ela pisou cuidadosamente sobre as pedras e se permitiu ser levada até o riacho e ao pequeno lago consagrado.

— Olhe — disse eu. — Olhe e veja seu reflexo, e saiba que você está olhando para uma bela jovem feiticeira.

Ela se inclinou para a frente, a emoção vencendo o nervosismo, e olhou para o espelho d'água.

— Ah! — arfou. — Pareço igual... mas, de alguma forma, diferente.

Dei uma risada leve.

— O que você esperava?

— Não sei. Alguma coisa. Nada, talvez. Isso é tão estranho. É apenas o meu reflexo. Não há nada de assustador ou esquisito, mas... estou mudada. Há alguma coisa. — Ela se virou para mim. — Eu sinto — disse ela, com lágrimas de alegria transbordando de seus olhos. Ela veio até mim e envolveu-me em seus braços com firmeza, abraçando-me apertado. — Obrigada! — sussurrou por entre meus cabelos. — Obrigada!

24 DE JULHO — NOITE SEM LUAR

Estou achando cada vez mais difícil segurar minha irritação. Os contínuos atrasos de Tegan e a falta de compromisso com o que combinamos está me fazendo questionar seriamente a aptidão dela para a arte.

19 DE AGOSTO — LUA MINGUANTE

Vejo agora que tenho, de forma um tanto estúpida, subestimado a seriedade da relação de Tegan com seu namorado misterioso. No começo, ela chegava atrasada para algumas de nossas sessões, sem fôlego e apologética. Mas, então, começou a perder todos os encontros. Agora sinto que não posso contar com ela para manter nossos compromissos e, quando se digna a assisti-los, fica distraída.

25 DE AGOSTO — NOITE SEM LUAR

As coisas não podem continuar como estão. Tentei levantar a questão da falta de compromisso que sinto nela, mas, de alguma forma, o assunto sempre se desvia para o namorado, e Tegan fica na defensiva. Vejo que, se pressioná-la, posso perdê-la completamente. Vou ter que dar um tempo e esperar que a chama inicial da paixão se aquiete logo para que Tegan seja capaz de assumir uma visão a longo prazo de como investe seu tempo e energia.

2 DE SETEMBRO — LUA EM LIBRA

Uma surpresa esta manhã, e não muito agradável. Eu estava ocupada com a horta, retirando os galhinhos de feijão, quando ouvi o portão da frente ranger. Passos percorreram o caminho, dois pares de pés, jovens e inquietos. Tegan apareceu ao lado da casa, corada de prazer e orgulho, a mão apertando a de um jovem alto e bonito.

— Elizabeth, este é Ian — disse-me, olhando para ele.

Ele é mais velho do que eu esperava, não é um adolescente, não mesmo! Tem, no mínimo, seus vinte e poucos anos, eu acho. Não é um garoto, mas um homem. Com certeza, inadequadamente maduro para Tegan. Seu cabelo cor de areia e olhos azul-claros são inegavelmente atraentes. Tem um rosto agradável e a fala macia. Em suma, não há nada a se opor em sua aparência ou que possa ser causa óbvia para alarme. Mas Tegan não sabe praticamente nada sobre ele. Ele não é, como eu tinha imaginado, membro de uma família que se mudou recentemente para a área. É um solitário, que vive em um barco estreito no canal e tem uma motocicleta. Ele se apresenta em troca de doações para sobreviver, por isso não tem um local de trabalho. Nenhum amigo. Nenhum passado também, ao que tudo indica. Admito que parece aberto e educado, e é encantadoramente atencioso com Tegan, mas por que se interessaria por ela, afinal? Ela é uma criança. Estou ciente de que algumas moças da idade dela são mundanas e femininas, mas Tegan não é. E a menina já está totalmente aos pés dele, a ponto de eu mal conseguir manter uma boa conversa com ela. Tegan tagarelava sobre estilo de vida cigano de Ian e sobre como ele toca bem o violão e sobre como seu barco é incrível. Enquanto ela falava, eu o observei. Ele sorria para ela, parecendo gostar de seus gorjeios de menina.

— Elizabeth?

Tegan interrompeu meus pensamentos, e percebi que o estivera encarando. Eu me recompus e ofereci um chá. Fiquei aliviada quando eles recusaram, dizendo que haviam planejado uma viagem até Pasbury na motocicleta de Ian. Acenei para eles, fingindo alegria, mas fiquei preocupada com Tegan — ela é tão, tão jovem —, afinal, o que sabe sobre homens?

8 DE SETEMBRO — LUA MINGUANTE

Tegan já perdeu duas de nossas sessões. Esta manhã eu me obriguei a caminhar ao longo do canal. Estava certa de que encontraria Tegan com Ian no barco dele, e não estava mais disposta a deixá-lo interferir nos estudos dela. Talvez me encontrar lembrasse a ela do nosso compromisso. Carreguei meu bastão e pedi a proteção do deus sol antes de sair. Eram quase onze horas no momento em que avistei o ponto de ancoragem de Ian. O barco em si parecia banal e silencioso. A moto estava acorrentada ao convés. Aproximei-me devagar e fiquei muito assustada quando a porta se abriu e Ian saiu.

— Elizabeth — disse ele, sua voz adocicada. — É ótimo ver você. Suba a bordo. Estou com uma chaleira no fogo.

— Achei que eu precisava de uma caminhada — disse eu. — Tegan está com você?

— Sim, ela ainda está na cama. — Ele viu a minha reação e fez uma pausa para que eu me acostumasse com a informação antes de continuar. — É um amor de menina, não é? — Sorriu.

Eu queria aproveitar o momento para dizer alguma coisa sobre o quanto o tempo de Tegan era valioso e que ela tinha outras obrigações além dele. Se o rapaz realmente se preocupava com ela, era possível que eu o convencesse a deixá-la usar mais de seu tempo para se dedicar a seus interesses. Abri a boca para falar, mas fui silenciada por um barulho vindo de dentro do barco. Tegan surgiu, com o cabelo desgrenhado e seminua; obviamente tinha acabado de levantar da cama. Lá estava ela, recém-saída do calor dos braços dele, uma garota arrebatada por seu primeiro amor. Ela não estaria pronta para ouvir uma palavra que fosse contra aquele romance; não iria querer ver seus sentimentos diminuídos de jeito nenhum. Eu me senti derrotada antes mesmo de começar.

— Você não deveria estar na escola? — perguntei.

Seu rosto ficou sério.

— Você veio me investigar? Foi para isso que você veio? Para me dizer que eu deveria estar na escola? Você não se incomoda se eu faltar um dia ou outro para cuidar de seu jardim ou fazer coisas para sua barraca na feira, não é? — Ela já erguera o queixo em desafio. Eu sabia que ela poderia estar brava com a minha reação inóspita ao conhecer Ian.

— Fiquei preocupada com você, isso é tudo. Sua mãe sabe onde você está?

Tegan riu.

— Como se ela se importasse!

Percebi que, ao aparecer no barco, eu havia passado dos limites. Tinha sido escolha dela manter-me distante de seu namorado, de modo que éramos partes distintas de sua vida. É verdade, ela nos apresentara. Seria estranho se não tivesse feito isso depois de um tempo. Mas eu podia ver, ali de pé naquele embarcadouro, a confusão e a angústia no rosto de Tegan, que ela jamais tivera a intenção de que nós dois passássemos qualquer tempo juntos. Ela não queria que esses aspectos importantes e difíceis de sua vida se fundissem. Percebi isso naquele momento, mas era tarde demais. Invadira um espaço em que não era desejada, e, fosse razoável ou não o meu motivo, Tegan ficara furiosa comigo.

— Olhe, nada disso é da sua conta, está bem? Você não é minha mãe. Você não é nada minha, na verdade; então, mantenha seu nariz esquisito de bruxa longe daqui! — Ela voltou para o interior do barco, batendo a porta.

— Parece que ela prefere ficar comigo — disse ele.

Ele se virou como que para ir atrás dela. Eu não suportava a ideia de Tegan sozinha com aquela criatura.

— Espere! — chamei por ele. Ele parou e olhou para mim, as sobrancelhas erguidas em dúvida. Lambi os lábios secos e ergui meu bastão. — Se você machucar essa garota, vai se ver comigo.

— Machucar? — Ian parecia genuinamente intrigado. — Sou louco por ela. Por que iria machucar Tegan?

Na verdade, não sei o que me fez dizer tal coisa. Mesmo para mim, soou estranho e desnecessário.

Houve um momento de silêncio total. Sob seu olhar, minha respiração ficou presa na garganta.

Um par de patos pousou ruidosamente atrás do barco, interrompendo o momento. Vi quando vieram pela água com um respingo de penas e grasnando. Quando olhei para trás, Ian estava fechando a porta da cabine atrás de si.

12 DE SETEMBRO — LUA CHEIA

Fiz o que pude para ser razoável sobre as minhas reações a Ian. Ele não dera nenhum motivo para duvidar de seus sentimentos em relação a Tegan e, ainda assim, tenho dúvidas. Será que todos esses anos de perseguição, de olhar por cima do ombro, de fugir do terror do meu passado, deixaram-me incapaz de enxergar racionalmente o perigo? Perdi a minha intuição de feiticeira, que deveria me permitir detectar o perigo, ser alertada, sem confundir os sinais? Não sou mais capaz de encontrar um estranho solitário sem instantaneamente me sentir desconfiada e ameaçada? Temo que já tenha me atrapalhado com a situação. Tegan não me visitou mais, e eu não posso ir até o barco novamente. Devo falar com ela. Se, pelo menos, ela voltasse ao curso de instrução, se voltasse para mim, eu poderia manter maior vigilância sobre seus passos. Esta noite vou escrever um bilhete e postá-lo através da porta de sua casa. Só espero que não esteja envolvida demais com seu amante para me ouvir.

14 DE SETEMBRO — ECLIPSE LUNAR

Minhas mãos tremem ao escrever isso, mas preciso escrever. No trajeto para entregar a carta a Tegan, passei pela loja do vilarejo, apenas para encontrá-la em pé no balcão dos correios. Estava sacando dinheiro de sua conta poupança.

— Olá, Tegan — disse eu, o mais casualmente que pude. Ela deu apenas um aceno de cabeça em resposta. — Está sozinha hoje?

— Ian está se apresentando, se quer saber. Foi de moto até Pasbury esta manhã. — Ela dobrou as notas em sua bolsa.

— Bem, faz séculos que você não vai ao chalé. Por que não me acompanha de volta para uma xícara de chá? Assei um pão de passas.

— Olhe, não quero ser rude, Elizabeth, mas estou ocupada, ok? — Ela começou a me empurrar para passar. Interrompi sua passagem.

— Tegan, por favor, me escute. Ian...

— Pelo amor de Deus, não quero ouvir! Por que você não pode simplesmente ficar feliz por mim? O que há de errado com você? Você está com ciúme ou o quê?

— Não, é que... — Fui detida no meio da frase pelo som do celular de Tegan chamando. Nesses poucos segundos, meu mundo desabou. Senti o tempo correndo em minha mente, século após século, minha sanidade mental sendo sugada para dentro do vórtice. Vi Tegan tirando o telefone de sua bolsa, sorrindo. Vi seus lábios se moverem, sabia que ela estava dizendo algo, mas não conseguia discernir as palavras. Tudo o que eu podia ouvir era a música vindo do telefone. Uma canção que eu conhecia. Uma canção que eu temia. A melodia de "Greensleeves".

Fugi. Na verdade, não me lembro de como cheguei da loja até a minha cozinha. Não! Não pode ser ele! Não agora, não aqui, não tão assustadoramente perto de Tegan. E de mim. Pode até ser que Ian tenha algum segredo obscuro, que ele não seja a pessoa boa e gentil que Tegan imagina. Mas certamente isso não significa que ele seja... Mesmo agora, não consigo me obrigar a escrever o pensamento, totalmente formado. Não devo ceder ao pânico. Mas não, não posso negar as evidências de meus sentidos. Sinto-me incapaz de organizar meus pensamentos. Meu primeiro impulso foi juntar minhas coisas e partir. Ainda tenho uma chance de evitá-lo se eu partir antes que ele saiba que o descobri mais uma vez. Seria simplesmente reunir os poucos pertences que me interessam e desaparecer. Afinal, já fiz isso muitas e muitas vezes. Ainda assim, estou surpresa em me dar conta de que não posso ir embora. Mesmo que eu esteja certa de que Gideon me enviou um sinal de sua proximidade. Mesmo que eu, sem dúvida, precise encarar o fato de que ele está por perto me observando e agora usando Tegan para me atingir. Por quanto tempo ele estivera assim tão perto? E quais seriam as consequências da minha fuga? Deixar Matravers significaria deixar Tegan. Se eu conseguisse fugir e ludibriasse Gideon mais uma vez, como ele reagiria? Em quem ele descontaria sua fúria e frustração? Não, não posso partir. Chegou a hora de enfrentá-lo. Não posso mais evitar.

30 DE SETEMBRO — LUA NOVA

Não vejo Tegan desde a noite do eclipse lunar. Estou preocupada, é claro, embora não acredite que ela esteja correndo um perigo real enquanto eu permanecer aqui. Encontrei sua mãe na loja do vilarejo esta manhã. Parece que está tudo bem. Ela conheceu Ian e disse que o achou um jovem muito educado. Se ela soubesse a metade da verdade, o que ela faria, eu me pergunto. Parece-me que tudo o que ela quer é se convencer de que Tegan não precisa de nada. É muito conveniente para ela que a menina esteja tão ocupada com seu novo namorado; alivia sua culpa por ter tão pouco a oferecer. Não é de surpreender que Tegan tenha se atirado nos braços do primeiro homem que demonstrou interesse, dada a falta de cuidados que recebe em casa.

Cheguei à conclusão de que só há uma forma de eu enfrentar Gideon e proteger Tegan ao mesmo tempo. Devo conquistar ainda mais a confiança dela. Devo contar toda a verdade sobre mim. Só então poderei ensiná-la a se proteger, caso se prove necessário. Minha intenção tinha sido apenas instruí-la nos caminhos da feitiçaria tradicional, para dar a ela as habilidades de uma curandeira. Mas agora, agora que eu sinto a forte presença de Gideon, preciso ir mais longe. Ela deve aprender a arte adequadamente, pois apenas as artes das trevas são fortes o suficiente para fazer frente a tal inimigo.

De alguma forma, devo fazê-la entender. Ela precisa acreditar que sou Eliza. Que sou Bess. E a única coisa que irá convencê-la disso tudo é a magia. Há muito tempo, desde que me agarrei às sombras, por todos aqueles anos obscuros e solitários, evitei meus próprios poderes. Eu realmente acreditava que colocá-los em prática era errado. É claro, também sabia que, ao usá-los, estaria revelando meu paradeiro a Gideon. A magia viaja. Ele teria sido capaz de detectar o meu feitiço a centenas de quilômetros de distância, talvez milhares. E, como para toda feiticeira praticante, acessar as forças mágicas abre um portal de mão dupla. Enquanto estou conectada à irmandade das feiticeiras, com a força do submundo, com o poder da magia, por todo o tempo essas mesmas entidades estão conectadas a mim. Nesse momento, fico poderosa, mas também vulnerável. Escolhi rejeitar esse poder, em parte por causa disso. O principal motivo, no entanto a única coisa que me fez dar as costas ao que eu poderia ter sido, foi minha própria culpa.

Ainda acredito que fui a responsável pela morte de minha mãe. Ela poderia ter se salvado, mas, ao fazê-lo, estaria me oferecendo em sacrifício àqueles que queriam vingança. Evitou seu próprio poder para que eu pudesse sobreviver. Como então eu poderia me permitir a glória de tal magia? E é verdadeiramente gloriosa. Tenho mostrado a Tegan apenas um vislumbre dessa maravilha ao relatar a transformação de Eliza de imortal em bruxa completamente funcional. Sentidos aguçados e despertar sexual são apenas uma parte do que uma feiticeira realmente poderosa vai experimentar. E eu me conheço como sendo da primeira ordem. Gideon viu isso. Espero nunca descobrir que pacto ele fez com o diabo, mas ele viu em mim todos os seus sonhos de companheira perfeita se materializarem. Por qual outra razão teria me perseguido tão implacavelmente por todo esse tempo? Gideon vagava por esta Terra havia séculos antes do que aconteceu com minha família. Em mim, ele viu potencial para o que procurava. Uma igual. Ele trabalhou essa matéria-prima, ele me ensinou e me guiou até que eu estivesse pronta. Então, pediu a bênção de seu mestre e minha transformação. Naquela noite, na cadeia de Batchcombe, quando pronunciei as palavras que ele me ensinara, a transmutação se completou. Sua igual, eu disse? Bem, agora veremos.

2 DE OUTUBRO — LUA CRESCENTE

Custaram-me todas as minhas escassas reservas de paciência esperar até este dia para procurar Tegan. Acredito que minha tolerância renderá dividendos. Obriguei a mim mesma a me manter afastada por um tempo para que o temperamento de Tegan esfriasse. Deixei uma carta por debaixo de sua porta ontem, pedindo a ela para vir me ver, para que eu pudesse me desculpar por me intrometer ou dizer a ela como viver sua vida. Assegurei-lhe que gostaria apenas de esclarecer as coisas entre nós. Prometi não levantar o assunto Ian nem meter meu nariz onde não era chamada. Nunca mais imporia minha ajuda ou conselhos, a menos que me pedisse. Pelo bem da amizade, pedi a ela que viesse. Tenho fabricado um tanto de cerveja de gengibre fresca, e poderíamos nos sentar no jardim e beber, o que lhe daria a chance de ver como muitas das plantas que ela me ajudou a semear agora estavam florescendo.

É claro que imaginei que uma carta assim talvez não fosse suficientemente persuasiva para trazer a criança até mim. É vital que ela venha. Para esse fim, achei melhor aplicar um feitiço à carta. De um tipo suave, concebido apenas para seduzir e persuadir, sem forçar ou assustar. Tegan não perceberá, mas virá ao meu encontro sem apresentar resistência.

5 DE OUTUBRO — SEGUNDO QUARTO

Que noite maravilhosa! Tegan chegou ao meu chalé um pouco depois das oito horas. Foi uma noite excepcionalmente quente, a suavidade do dia ainda persistindo no jardim coberto. O jasmim temporão enchia o ar sossegado com seu perfume inebriante. Tegan estava um pouco cautelosa a princípio e deu a impressão de que não poderia ficar por muito tempo. Eu a convidei a juntar-se a mim na mesa debaixo da macieira, onde já havia deixado um jarro de cerveja de gengibre e biscoitos de amêndoa.

— Nham, isso é muito bom! — disse ela, depois de engolir metade de um copo. Limpou a boca com as costas da mão, por um momento parecendo preocupantemente jovem e infantil. Nós nos sentamos e conversamos no jardim, lembrando o que ela havia plantado e como tinha trabalhado duro ali, particularmente sobre os canteiros de ervas. Ela começou a relaxar, mas falávamos sobre tudo e sobre nada. Eu havia prometido não abordar o assunto Ian e temia que falar sobre minha própria história pudesse espantá-la novamente. Mas o tempo estava se esgotando. Eu tinha que fazer alguma coisa.

— Outro copo? — perguntei.

— Sim, vou aceitar, então. — Estendeu o copo.

Eu me movi como se fosse pegar o pesado jarro de vidro, mas depois parei. Sentei-me de volta na cadeira, concentrando-me na cerveja de gengibre. Lentamente, o jarro começou a se mover. No início, apenas balançou um pouco, fazendo com que a bebida escorresse em seu interior. Foi um movimento pequeno, mas suficiente para atrair a atenção de Tegan. Ela assistiu boquiaberta enquanto o jarro subia silenciosamente no ar, inclinando-se precisamente no ângulo desejado e derramando a cerveja em seu copo à espera. Isso feito, ele se acomodou de volta sobre a mesa. Tegan permaneceu paralisada, o braço ainda estendido, olhando para o copo em sua mão. Ela olhou para o jarro, depois para o copo e então para mim.

— Diga que você viu o que acabou de acontecer!

Assenti.

Seus olhos arregalaram-se ainda mais.

— Foi você! — disse ela. — Você fez aquilo!

Assenti novamente.

Tegan tomou um gole da bebida antes de colocar o copo de volta na mesa.

— Ah, meu Deus! Faça mais — disse ela —, faça outra coisa. Continue.

Então, eu me concentrei na bebida em seu copo, que começou a borbulhar vigorosamente. Tegan se afastou um pouco na cadeira. Em segundos, a cerveja turva se transformara em um líquido espumoso azul que fervia e borbulhava até que a espuma começou a se derramar sobre a boca do copo e a cobrir a mesa.

Tegan gritou de espanto.

— Olhe para isso! É sensacional. Você pode me mostrar como fazer? Pode?

Ela se levantou, mergulhando os dedos nas bolhas azuis que agora desciam pelas laterais da mesa. Bati palmas e o líquido azul desapareceu. Nem sequer uma bolha permaneceu. A bebida voltara a ser cerveja de gengibre comum. Tegan pegou o copo um pouco nervosa, cheirando o conteúdo. Levantei-me e encontrei seu olhar, minha expressão ficando séria.

— Fique aqui esta noite, Tegan, e eu lhe mostrarei maravilhas com as quais você apenas sonhou. Se decidir vir comigo e testemunhar essas coisas, você deverá fazê-lo com a mente aberta, o coração bondoso e a alma firme. Acima de tudo, não deverá contar a ninguém as coisas que verá. Você concorda?

— Sim! Sim! — replicou Tegan, seu rosto denunciando algo de seu próprio nervosismo.

Sorri, querendo que ela relaxasse. Andei em torno da mesa até ficar diante dela. Estendi a mão e toquei seu cabelo.

— Ah, veja só — disse eu —, há alguém que gostaria de acompanhar você nesta jornada. — Por trás de sua orelha esquerda, produzi um camundongo branco e bigodudo. Tegan arfou enquanto o pegava na palma de sua mão.

— Ah, olhe para ele! Ele é lindo. — Ela sorriu para mim, relaxando novamente agora.

Fomos até o pequeno bosque atrás da casa e recolhemos lenha. Logo tínhamos uma fogueira viva queimando no poço. Dei um tapinha no tronco de árvore caído ao lado dele e Tegan veio se sentar a meu lado, ansiosa, sem pensar muito no que estava acontecendo, simplesmente deixando acontecer. O camundongo branco sentou-se em seu colo, limpando o focinho com as patas lambidas.

— Escute — disse eu. — O que você pode ouvir?

Ela virou a cabeça para um lado e para o outro.

— Bem, o crepitar da madeira no fogo. Um avião em algum lugar. Uma pomba, é isso?

— Bom. O que mais? Escute mais atentamente.

Ela franziu a testa, a cabeça tombada, escutando além dos primeiros sons audíveis. Quando falou, foi em um sussurro.

— Eu... eu ouço uma respiração, muito rápida. — Ela olhou para o próprio colo. — É o camundongo. Consigo ouvi-lo respirando!

— E o que mais?

— Um farfalhar. Há algo ali naquelas urtigas.

— Chame até aqui — disse a ela.

— Como?

— Basta chamar.

— Venha cá — chamou ela, baixinho. — Pode sair. Está tudo bem.

O farfalhar parou por um segundo, então as urtigas se abriram e um porco-espinho as atravessou. Ele pôs o focinho no ar e veio em nossa direção, tomando um caminho tortuoso ao redor do fogo. Ele parou aos pés de Tegan, fungando em seus dedos, que apareciam para fora de suas sandálias. Tegan riu.

— Ei! Isso faz cócegas.

Peguei um pedaço de biscoito de amêndoa do bolso e o entreguei ao bichinho faminto. Ele mastigou e, em seguida, saiu correndo em busca de uma lesma suculenta ou duas. Toquei o braço de Tegan.

— Olhe atrás de você.

Ela se virou lentamente e ficou cara a cara com uma bela raposa. Ela balançou sua cauda, claramente provocada pela proximidade do camundongo.

— Então, *monsieur* Reynard, comporte-se agora — disse eu. O animal choramingou e deitou-se, rolando alegremente para expor sua barriga. Tegan inclinou-se e coçou o pelo ruivo.

— Uau! Você é fabuloso. Olhe só para você.

A raposa tolerou as atenções dela por alguns poucos momentos mais, antes de colocar-se novamente de pé. Sacudiu o pelo para se arrumar e pulou na escuridão da noite.

Nesse momento, o crepúsculo começava a se aprofundar, e logo a escuridão desceu completamente. O rosto de Tegan brilhava, em parte pela luz refletida das chamas, mas principalmente de admiração.

— Ouça novamente — disse eu. — Fique muito quieta, feche os olhos e deixe que os sons venham até você.

Ela obedeceu. O camundongo despertou, sentindo algo estranho no ar. Ele subiu pelo uniforme escolar de Tegan e mergulhou em seu bolso. Tegan esperou com paciência admirável. Finalmente, inspirou rapidamente, seu corpo todo se enrijecendo.

— O que é isso? — sussurrou ela. — Que barulho é esse? Soa quase como... como vozes.

Sorri. Não tinha certeza se ela seria capaz de ouvi-las. Sempre acreditei que ela tivesse uma sensibilidade que a ajudaria a se conectar, mas nunca se pode ter certeza, até que chegue o momento, se uma pessoa é tão aberta e acolhedora quanto você espera que seja.

— São vozes mesmo — disse eu —; muitas, muitas vozes. Nem todos podem ouvi-las. Você tem sorte, Tegan. Elas confiam em você. Agora, abra os olhos.

Notei que ela hesitou, mas apenas por um instante. Quando levantou as pálpebras, a visão que a saudou fez com que suas mãos rapidamente cobrissem a boca para abafar um grito. Era, inegavelmente, uma cena maravilhosa. À nossa frente, passando levemente pela fogueira e formando um inquieto grupo diante de nós, havia, pelo menos, uma centena de fadas. Os seres minúsculos estavam reunidos em um espectro das mais brilhantes cores, suas asas rendadas tremulando suavemente contra o calor do fogo. Todas eram de um tamanho não muito maior que o de um melro, os pés delicados calçados com sapatinhos requintados, feitos sob medida. Elas se acotovelaram em busca de uma posição melhor, todas ansiosas para ter uma visão mais clara do novo humano que havia entrado em seu meio. Uma delas, talvez um pouco mais ousada que as demais, voou e pousou no joelho de Tegan. Com infinito cuidado, minha aprendiz estendeu a mão, com a palma virada para cima, e a fada pulou nela. A menina ergueu a criatura, que não pesava quase nada, até a altura de seu próprio rosto. Uma olhou para a outra, igualmente encantadas e espantadas com o que viam. A fada disparou ao longo do braço de Tegan até chegar à sua orelha, esticando-se para tocar o dragão de prata que pendia contra o pescoço dela. Tegan rapidamente soltou o brinco e o ofereceu à fada, que bateu palmas animadamente antes de aceitar o presente e sair voando para mostrá-lo a suas amigas. O grupo ficou tão contente que começou a dançar. Assistíamos a asas de filigrana se agitarem e turvarem com a dança das fadas ao redor do fogo. Por quase uma hora, tendo raios de luar como seus holofotes e o brilho do fogo refletindo suas roupas iridescentes, elas nos mantiveram encantadas e seduzidas. Então, como se algum sinal secreto houvesse soado, reuniram-se no tronco caído, acenaram adeus e desapareceram na floresta. Tegan ficou olhando na direção em que se foram, por muitos minutos depois que a última delas fundira-se às sombras entre as árvores. Finalmente, ela se virou para mim.

— Mágico — disse ela, melancolicamente. — É realmente mágico. E você é mesmo uma feiticeira, não é?

Eu podia perceber os pensamentos que ela estava processando e trabalhando em sua mente confusa.

— Eu sou — respondi —, mas há mais uma última coisa que devo compartilhar com você. Sei que você não estará verdadeiramente convencida sem isso, pois você deve acreditar, com certeza, que todas as feiticeiras podem voar, não é?

Ela deu um salto, ficando de pé.

— Não me diga que você vai voar?

— Não, eu não — peguei a mão dela —, nós.

Antes que ela tivesse tempo de reagir, joguei minha cabeça para trás, balancei meu braço e... estávamos no ar. Tegan gritou com uma mistura de terror e prazer enquanto arremetíamos para o céu noturno. Uma vez que alcançamos uma altura segura, parei.

— Apenas segure minha mão — disse-lhe. — Abra seus braços, assim mesmo. Agora, venha comigo.

Fazia muito tempo desde que eu voara pela última vez. Eu tinha esquecido a alegria pura que isso causa. Meu coração cantou com a liberdade, a leveza e a graça de deslizar pelo ar, mergulhando baixo sobre as copas das árvores, rodopiando e mergulhando e subindo novamente. Ouvi o riso de Tegan, incapaz de conter sua alegria. Passamos sobre o vilarejo adormecido e atravessamos os campos ondulantes. Uma família de morcegos veio investigar, juntando-se a nós por alguns instantes. Uma coruja piou em alarme de um carvalho muito abaixo. Prosseguimos, cortando o céu da noite, caindo e voltando em seguida, subindo cada vez mais alto, livres e gloriosas como falcões. Logo chegamos à costa. Puxei Tegan sobre a água escura e apontei para o mar liso. Golfinhos vieram à superfície. Voei baixo para que pudéssemos correr ao lado deles, os respingos vindos do mar refrescavam nossos rostos. Finalmente voltamos, e eu desci no bosque, ao lado da fogueira. Tegan deitou-se no chão, ofegante de euforia e admiração. Lentamente, ela ficou mais calma e se sentou.

— Como? — perguntou ela. — Como isso pode funcionar? Quero dizer, como qualquer coisa dessas funciona?

Eu a encarei.

— Você ouviu a minha história. Você sabe como eu me tornei o que sou.

Por um momento, ela lutou para assimilar a informação que eu acabara de dar. Pude ver que sua reação instintiva foi rejeitar essa ideia como fantasia, absurda, impossível. Mas então, depois do que havia acabado de testemunhar, acabado de experimentar... Ela já sabia que havia coisas muito além do que tinha, até então, aceitado como possível neste mundo.

— Você é Bess, não é? E Eliza?

— E muitas mais.

Ela balançou a cabeça lentamente, não negando a verdade, pois era capaz de enxergá-la, mas como se para ajudar a organizar os pensamentos em sua cabeça.

— Tegan, você confia em mim?

Ela assentiu com a cabeça.

— Há coisas que você precisa compreender. Coisas... sobre mim. E sobre outros que estão ligados a mim. Há perigo, Tegan. Perigo que você não pode ver, mas que é real.

— Por que eu estaria em perigo? Tenho você para me proteger — disse ela.

Senti lágrimas, as primeiras em muito, muito tempo, formando-se em meus olhos. Ah, como eu queria manter essa garota segura! É por minha causa que ela está em perigo. Eu não poderia falhar com ela. Tinha que fazê-la entender o poder da força que iríamos enfrentar. O mal. Para que ela tenha alguma chance de sobrevivência, preciso trazê-la ainda mais para dentro de meu mundo.

— Você percebeu que não sou o que você pensava a princípio. Que as aparências podem ser enganosas. Há outros que se apresentam como uma coisa e, ainda assim, são outra. Outro, em particular.

— Ian? Você quer dizer Ian?

Concordando, balancei a cabeça.

— Mas eu o amo. E *ele me* ama.

— Assim como Eliza, como eu, uma vez acreditei que Simon me amava.

— Você está dizendo que Ian é *Gideon*? — Ela balançava vigorosamente a cabeça agora. — Não! Não, eu não quero ouvir isso.

— Você precisa.

— Não vou!

— Tegan! — Ajoelhei-me ao lado dela, segurando seus ombros com força. — Eu sei o quanto isso dói.

— Não, você não sabe.

— Eu sei! Sei o que é amar e perder. Mas você deve aceitar a verdade, você precisa me ouvir.

Ela começou a chorar.

— Por favor — disse eu em voz baixa, puxando-a para perto. — Ouça. — Joguei mais lenha na fogueira e reanimei o fogo. — Ouça uma última história que vou lhe contar.

Passchendaele, Flandres, 1917

I

Desci do trem em Saint Justine, 12 quilômetros a sudoeste de Passchendaele, no que era, na verdade, nada mais do que uma parada. Em tempos de paz, poucos pés teriam passeado por suas plataformas, aguardando seus trens raros e meio vazios. Agora, mesmo à noite, quando a maioria das pessoas escolheria estar dormindo se pudesse, era um cenário de constante movimento, um lugar de urgência e propósito. Enquanto desembarcavam as tropas que retornavam e os não combatentes, os feridos eram transferidos para dentro do trem, muitos deles em padiolas, outros com muletas, todos esgotados das batalhas e concentrando sua visão firmemente na direção de casa. Junto com o pequeno grupo de cirurgiões e enfermeiras, fui atravessando a confusão vertiginosa, saindo da estação e descendo a rua principal. Saint Justine era um vilarejo, nada mais, e nada notável, aliás. Se não fosse por sua localização na linha ferroviária ou sua perigosa proximidade com a frente de batalha, é provável que eu jamais tivesse visto ou ouvido falar do lugar. Em vez disso, ficou para sempre gravado em minha mente: um nome para me sacudir do presente, um lugar indescritivelmente associado à dor e perda. As próprias palavras têm uma sonoridade doce e fazem com que a boca sorria ao pronunciá-las: *Saint Justine, Saint Justine*. Mas nunca em minha vida conheci um lugar mais vergado sob o peso do sofrimento e do desgosto humanos. A rua principal, tal como era, oferecia algumas lojas vazias, um café, uma padaria desprovida de calor ou de cheiros, uma igreja com seus vitrais cobertos de tábuas, uma escola abandonada e um punhado de casas indescritíveis. As habitações se esgotavam no ponto em que a rua subia uma pequena colina, do outro lado de onde o hospital provisório fora erguido. Ou, mais corretamente, Posto de Evacuação (PE) número 13, Saint Justine. O número 13 parecia bastante apropriado. O conjunto consistia de uma aldeia de tendas, toldos e barracas de madeira. Sob a lua de verão, a lona brilhava estupidamente, muito branca, e de forma inadequada. Se fosse possível isolar o barulho de pés em marcha, as ordens gritadas, os gemidos nas padiolas que passavam apressadamente e o distante estrondo da artilharia pesada, seria possível imaginar que alguém tivesse encontrado uma enorme e calorosa exposição agrícola, às vésperas de sua abertura. Mas era impossível bloquear esses sons. Ainda posso ouvi-los, nas noites de insônia.

Encontrei a tenda grande que servia como recepção e, junto com uma jovem de aparência triste chamada Kitty, que fazia parte da Enfermagem de Primeiros Socorros Yeomanry (EPSY), apresentei-me para o serviço à primeira enfermeira que encontrei: uma garota de ombros largos cujo cabelo vermelho frisado escapava da frente de sua touca branca.

— Ah, caras novas. Esplêndido! Espero que tenham dormido um pouco na travessia; vocês não farão isso com frequência por aqui. Sigam-me, vou levar vocês até o escritório da irmã — disse ela, sem parar nenhuma vez em o seu passo apressado e um pouco grosseiro. — Meu nome é Arabella Gough-Strappington, mas, por piedade, digam apenas Strap. A guerra pode acabar até vocês terminarem de falar isso tudo.

Nós nos enredamos na incessante corrente de médicos, enfermeiras, atendentes, carregadores de padiola e feridos andando. Strap percorria o caminho surpreendentemente rápido para uma pessoa tão sólida, seu uniforme de enfermeira prestes a explodir como um balão cheio de vento. Kitty e eu seguimos adiante em passos apressados.

— Não se deixem assustar pela nossa querida líder — disse Strap sobre o ombro. — Ela ladra, mas não morde. Contanto que vocês não se permitam ser mordidas. — Ela riu de sua própria piada, os ombros trêmulos enquanto suas gargalhadas abafaram os tiros da frente de batalha.

Ela nos levou até a tenda menor, que abrigava o escritório da irmã Radcliffe. Ela, que evitava o título mais formal de comandante, era uma criatura formidável. Exalava eficiência e bom-senso pelos poros e tinha ao redor de si o ar de quem estava acostumada à obediência inquestionável. Estava atrás de sua mesa, e nós paramos à sua frente. Apesar das introduções de Strap, a irmã não demonstrou pressa em concluir as anotações que estava fazendo. Por fim, largou a caneta e olhou para nós por sobre os óculos de armação metálica. Deu um suspiro, como se já estivesse decepcionada com o calibre de suas novas recrutas. Consultou seu registro.

— Enfermeira assistente Watkins...

— Sim, irmã. Kitty Watkins. — A menina não poderia ter mais de 25 anos, mas sua expressão era cansada, como a de alguém de meia-idade.

— Com a EPSY desde 1916 — leu a irmã. — Demorou a atender ao chamado, não foi? — Ela olhou para Kitty com espanto genuíno.

— Sim, irmã. Quer dizer, não, irmã. — Kitty rapidamente ficou confusa sob tal escrutínio, seu sotaque londrino cada vez mais perceptível. — Precisavam de mim em casa. Minha mãe estava bem mal, sabe? E meu irmãozinho, bem, ele tem apenas 12...

— E sua mãe está recuperada agora?

— Não, irmã. Ela morreu, senhora.

Por um momento, a irmã Radcliffe não disse nada, e eu fiquei me perguntando se ela estava prestes a fazer um comentário sobre a natureza ineficaz das habilidades de enfermagem de Kitty. Em vez disso, simplesmente disse:

— Sinto muito por saber disso. Por favor, não me trate como "senhora". Você ficará sediada na Tenda de Evacuação. — Ela voltou sua atenção para mim. — E você é...?

— Enfermeira Elise Hawksmith, irmã.

— Estou vendo que é uma enfermeira profissional. — Ela tirou os óculos e olhou-me em cheio no rosto, desafiando-me a manter o olhar. — E o que você considera serem suas competências específicas, enfermeira?

— Venho trabalhando no centro cirúrgico e no auditório hospitalar do Saint Thomas, em Manchester, por mais de dois anos. Aprecio muito o trabalho, irmã. Mas é claro que ficarei feliz em fazer o que quer que exijam de mim.

— De fato. — Ela recolocou os óculos, fez duas marcas rápidas no registro e depois os tirou novamente. — Vamos começar na tenda de reanimação. Veremos o quão "feliz" você será por lá, não é? Enfermeira Strappington, mostre a elas suas acomodações.

A manhã chegou rapidamente. Kitty e eu encontramos o refeitório e entramos na fila para o café da manhã. Recebemos um chá aguado e um mingau cinzento. Procurei por Strap, mas não havia nem sinal dela. Gostaria de saber a duração de seu turno. Ela estava trabalhando quando chegamos e certamente deveria estar precisando de comida e descanso agora. Olhando os rostos tensos e pálidos à minha volta, pude ver a sombria determinação escrita sobre a triste resignação. Kitty também viu e estava mais deprimida do que nunca. Terminei de comer, tentei encorajar Kitty com algumas palavras e me dirigi à tenda de reanimação. Não demorou mais do que alguns minutos ali dentro para que eu entendesse que a irmã Radcliffe estava me testando. As tendas de pré-operatório e de cirurgia ofereceriam ação, tratamento e esperança. A ala permitia àqueles ainda muito fracos para viajar que se curassem um pouco antes de sua jornada ou que recebessem tratamento intensivo. A tenda de evacuação preparava os pacientes para a tão esperada viagem de volta para casa ou para retornar à frente de batalha. A tenda de reanimação era um limbo. Um purgatório. Ali estavam os homens demasiado fracos para suportar uma cirurgia, por mais que precisassem dela, tendo que se agarrar à vida e esperar por uma melhora em suas condições, que frequentemente não vinha. Ali, os horrivelmente queimados e os muito frágeis para suportar o barulho do hospital de campanha contorciam-se atrás de lençóis e passavam por todos os tipos de tratamentos dolorosos e, muitas vezes, ineficazes. Naquele lugar, os moribundos, que haviam adoecido nas trincheiras enlameadas em uma terra de ninguém, cheios de medo, por dias sofrendo suas feridas sozinhos e desassistidos, seriam colocados em camas aquecidas, em uma tentativa desesperada de trazer o calor de volta aos seus corações que falhavam e suas carnes que apodreciam. Logo aprendi que os homens morriam mais aqui do em qualquer outra parte do PE. E eles morriam lenta e dolorosamente.

— Enfermeira Hawksmith! — A voz da irmã Radcliffe sacudiu-me de meu torpor. — Não estou familiarizada com a maneira como as enfermarias são administradas no Saint Thomas, mas aqui não há tempo para ficar ociosa.

— Sinto muito, irmã.

— O cabo Davies precisa trocar seus curativos. — Ela indicou a cama mais próxima com um breve aceno de cabeça antes de passar por mim. — Quando tiver terminado aí, você deve ver o soldado Spencer e o cabo Baines. Há uma lista de curativos e tratamentos diários fixada na sala das enfermeiras, na entrada da tenda. Faça a gentileza de ler no minuto em que iniciar seu turno. Espero não ter que lembrá-la de suas funções novamente.

— Claro, irmã. — Busquei ataduras novas no armário no centro da sala e corri para fazer os curativos.

O cabo Davies era um jovem baixo, de rosto corado, com um emaranhado de cabelos pretos e os olhos azuis cintilantes entorpecidos pela dor pela fadiga.

— Não deixe que a irmã amole você, enfermeira — disse ele em um galês em suave cadência. — Ela é a nossa arma secreta, sabe? Quando não sobrar mais nenhum homem na frente de batalha dos inimigos, vamos mandá-la no comando. Aqueles alemães não terão chance. — Ele tentou rir, mas isso fez com que tossisse horrivelmente, seu corpo todo entrando em dolorosos espasmos. O esforço o deixou ainda mais fraco e quieto.

Verifiquei as anotações em sua ficha. O cabo Davies havia sido atingido por estilhaços durante um bombardeio, quando estava em uma operação noturna. Incapaz de se mover, ele se deitara em um buraco cheio d'água feito por uma bomba, durante três dias e três noites, até que os maqueiros fossem capazes de alcançá-lo. Enquanto a maioria de seus ferimentos não era grave isoladamente, o grande número deles era incrível. Quase todo o seu rosto escapara de danos, e seu capacete metálico, sem dúvida, salvara a sua vida, mas seu peito e abdome estavam crivados de cortes e perfurações, muitos ainda com estilhaços pontiagudos de metal, uma vez que ele estava fraco demais para suportar uma cirurgia. A maioria de suas costelas fora quebrada pela explosão, e um pedaço maior do artefato havia esmagado a articulação de seu joelho esquerdo, a tíbia e a fíbula. Seu pé direito quase havia sido decepado no tornozelo. Ele alegara que fora a temperatura fria da água barrenta que o salvara de ficar louco com a dor e, pelo ângulo em que sua perna direita ficara presa, fora isso que impedira que ele sangrasse até a morte. Na verdade, ele ainda dera um jeito, cobrindo a ferida do tornozelo com lama para estancar o sangramento. Mas aquela mesma lama e aquele mesmo frio que o mantiveram vivo eram agora responsáveis, sem esperança ou dúvidas, por matá-lo. A lama havia trabalhado juntamente com o metal em seus ferimentos para infeccioná-los, revirando a carne em torno de cada doloroso rasgo e corte roxo e inchado. A única coisa que poderia evitar que o veneno em seu sangue o matasse era a pneumonia que sua armadilha molhada lhe causara. As duas condições mortais estavam envolvidas em uma corrida macabra para retirar a vida do pobre homem. Comecei a lenta tarefa de trocar seus curativos. Apesar da agonia que ele deve ter experimentado, não se ouviu uma palavra de queixa ou mesmo gemido enquanto eu tirava os trapos de sua pele úmida e purulenta. Não pela primeira vez, fiquei maravilhada com a capacidade humana de bravura, com a força de espírito que alguns possuem. E com a capacidade do homem de infligir sofrimentos tão cruéis a seus irmãos.

Verifiquei os pacientes da lista que precisavam de troca de curativos. Cada soldado parecia apresentar um conjunto de lesões mais apavorante que o último; alguns cegos e aterrorizados, outros queimados e irreconhecíveis, outros mais sem pernas e indefesos. E cada um suportava seu sofrimento com uma firmeza calma que me humilhava. No início, fiquei imaginando se eles pareciam tão tranquilos porque estavam fracos demais para se queixar ou porque simplesmente haviam desistido da luta e estavam esperando a morte. Mas, rapidamente, percebi que esse não era o caso, pelo menos não para a maioria deles. Cada homem estava trancado em seu próprio tormento pessoal, e só Deus poderia saber que terrores aqueles rapazes reviviam nos momentos mais escuros da noite. Ainda assim, eram capazes de encontrar forças para lutar. Era isso o que significava ser um verdadeiro soldado, eu imaginava. Não apenas ser capaz de lutar no campo de batalha, mas ser capaz de derrotar os próprios demônios, e mais uma vez, e de novo e de novo, de qualquer forma que fosse necessário? Havia muito poucos da tenda de reanimação que desejavam morrer, e os que queriam dificilmente poderiam ser culpados por isso.

Ao fim de meu primeiro turno, cerca de doze horas após eu ter desfeito o primeiro curativo, parando apenas por meia hora para almoçar uma sopa aguada, voltei mais uma vez ao cabo Davies. Ele dormia de forma intermitente, sua respiração era superficial e irregular. De repente, um feroz ataque de tosse o despertou. Lutou para se erguer e eu me apressei para ajudá-lo. Inclinou-se para a frente, pigarreando sangue, lutando para puxar o ar para seus pulmões que estavam falhando. Quando finalmente caiu para trás em seu travesseiro, um gorgolejo medonho acompanhava cada respiração fraca. Ele olhou para mim, com os olhos cheios de pânico, e apertou minha mão.

— Não!... — balbuciou ele.

— Shh, não há necessidade de tentar conversar.

— Não... — Ele tentou de novo, cada palavra arrancada de seu corpo com um esforço hercúleo. — *Não deixe que eu me afogue!*

Permiti que apertasse minha mão com muita força e me forcei a olhar em seus olhos. Ele sabia o que viria a seguir. Horas, talvez dias, lutando para respirar, engasgando e vomitando e sufocando, até finalmente se afogar em seu próprio sangue. Com cuidado, coloquei a mão em seu peito e puxei as cobertas, apertando-as em torno dele. Procurei algumas palavras de conforto, de esperança ou de confiança que eu pudesse lhe oferecer, mas nenhuma me ocorreu, pois não havia esperança. Nós dois sabíamos disso.

Deixei sua cabeceira e sumi pela porta da tenda. Já estava escuro lá fora e senti o ar animadoramente limpo e fresco. Eu caminhava de cabeça baixa, sem saber onde estava indo, querendo apenas me afastar do sofrimento na tenda de reanimação. Dobrei uma esquina e dei de cara com Strap.

— Eu avisei! — Ela me pegou enquanto eu quase cambaleava.

— Fique firme, garotona. Não vai se juntar às baixas agora, não é?

— Ela me examinou com mais atenção. — Você parece esgotada. Venha comigo, vamos nos sentar e fumar uns cigarrinhos. — Ela me conduziu por trás da cabana das enfermeiras até o degrau de uma porta dos fundos, raramente usada. Sentamo-nos, sem nos importarmos que a madeira úmida e a lama pudessem molhar nossos uniformes, sem nos importarmos com nada além da necessidade de uma pausa. Ela tirou um maço de cigarros do bolso e o ofereceu para mim. Vendo minha hesitação, disse:

— Você pode, sim, vamos lá. É a única coisa que todos nós podemos fazer aqui. — Ela riscou um fósforo e me inclinei para a frente. Ficamos ali sentadas, fumando em silêncio por um tempo. Esfreguei minhas têmporas, imaginando como ela conseguia parecer tão alegre com os desafios que devia enfrentar dia após dia. Meu cansaço não passou despercebido.

— Nem preciso perguntar o que você achou da reanimação — disse ela. — Posto miserável. Fiquei lá por alguns meses. Foi um bendito alívio ser designada para o pré-operatório, não me importo de lhe dizer.

— Alguns deles são tão jovens.

— Bebês. Meros bebês.

— E nós podemos fazer tão pouco.

— Sinto dizer que é melhor soprar os pedaços dessas pessoas do que recosturá-las. Essa é a triste verdade. — Ela se recostou no batente da porta. — Foi sempre assim, suponho.

— Pelo menos no pré-operatório há uma chance — disse eu, um tanto enjoada depois da terceira tragada na fumaça do cigarro. — Na reanimação, bem, a maior parte deles nem chega até a sala de cirurgia. Para alguns deles seria melhor...

— Não diga isso! — Strap ficou furiosa de repente. — Diga qualquer outra coisa que queira, mas nunca, nunca, jamais diga o que você ia dizer. Estamos aqui para curar, para ajudar esses homens a se recuperarem.

— E você realmente acredita que isso é o melhor para todos? Que devemos remendá-los e enviá-los para casa, não importando o estado em que estejam, não importando o quão terríveis suas... existências serão?

— Claro que sim. Eu preciso. Caso contrário, qual é o sentido disso tudo? — Sua voz baixou novamente. — Qual diabos é o sentido disso tudo?

Olhei para suas feições fortes e abertas, e fiquei pensando na lucidez de seu pensamento. Em seu senso de propósito, em sua resolução. Pensei no garoto queimado na cama do canto e no sofrimento inútil do cabo Davies, e não conseguia concordar com ela. Vida a qualquer custo? Eu gostaria de compartilhar sua paixão, mas não era capaz. Seria porque eu considerava alguns sofrimentos intoleráveis ou porque enxergava, inúmeras vezes, a vida como uma maldição? Eu, que vagara por este planeta por séculos, observando a incessante luta, a batalha e o esforço que as pessoas sofriam. Poderia ser a morte uma coisa tão terrível? Não havia momentos em que era uma coisa adequada? Ou será que penso assim porque isso me foi negado? Eu não tinha certeza.

Strap se levantou, apagando o toco do cigarro com seu pé.

— Vamos lá — disse ela, animada. — Melhor colocar alguma comida goela abaixo. Prepare-se, os horrores da reanimação não são nada comparados ao que é servido como cozido por aqui.

Assim que entramos no refeitório, o cheiro da comida nos atingiu. Era tão vil que eu me perguntava como alguém podia se sentar naquele salão e realmente comer a mistura viscosa de carne rançosa e molho salgado que derramaram sobre nossas tigelas.

— Eu gostaria de dizer que você se acostuma — disse Strap, arregaçando as mangas —, mas seria cruel lhe dar falsas esperanças. Apenas reze para que os pacotes que virão de casa sejam entregues logo e, por piedade, escreva a qualquer um que conheça que possa nos enviar Bovril e biscoitos.

Uma hora depois, quando meu estômago lutava para reter a revoltante ceia que eu infligira a ele, rapidamente me lavei com água fria, tirei meu uniforme e me arrastei até a cama usando a roupa de baixo. Eu não tinha energia para procurar meu pijama e não tinha nenhum desejo de gastar meu precioso tempo de sono com isso. Essa provou ser uma decisão sábia. Meus olhos não estavam fechados por mais de uma hora quando fui rudemente acordada por Kitty.

— Acorde, Elise! A irmã disse que todas têm que se apresentar em cinco minutos. Ande logo, vamos!

— O que está acontecendo? — perguntei, esfregando os olhos. Strap terminou de amarrar as botas e se levantou.

— Ataque frustrado. Há um comboio de ambulâncias vindo para cá. Temo que precisaremos de todas as mãos disponíveis.

Enfiei meu uniforme e corri atrás dela. A irmã Radcliffe estava fora da cabana das enfermeiras distribuindo ordens.

— Enfermeira Strappington, enfermeira Hawksmith, recepção. Rápido, por favor.

Strap olhou para mim.

— Ah, meu Deus — murmurou ela —, você está sendo jogada em um poço sem fundo, hein, garotona? Não importa. Mantenha a calma e não espere milagres. Você vai precisar disso. — Ela empurrou um maço de cigarros em minha mão.

— Certamente não haverá tempo para fazer uma pausa...

— Não são para você, boba, são para os homens. Na maior parte do tempo, é tudo o que eles querem. E, na maioria das vezes, é tudo o que você pode fazer por eles, de qualquer maneira.

Eu estava prestes a segui-la quando senti que estava sendo observada. É claro que passei a vida toda olhando por cima do ombro, ouvindo passos estranhos e geralmente ficando alerta para qualquer possibilidade de ter sido encontrada. É o que se espera de uma criatura que se tornou uma presa. Mas, quando eu chegara a Flandres, já fazia muito tempo desde que sentira sua presença pela última vez. A presença de Gideon. Eu atribuía aquilo, em grande parte, ao fato de que eu estava me mudando cada vez mais frequentemente. E a não estar usando a minha magia. Por quaisquer razões que fossem, acreditava não ter chegado nem perto de estar na companhia dele por décadas. E, mesmo naquele momento, quando eu detivera meu passo por causa da sensação esmagadora dos olhos de alguém presos a mim, estava certa de que ainda não era ele. Esse espírito era poderoso, mas completamente benigno. Movi minha cabeça minuciosamente e vi a agitação de pessoas se espremendo à minha volta. Logo o descobri. Era um jovem soldado, alto e de ombros largos. Um oficial, seu uniforme sugeria. Usava um bigode mais cheio do que a maioria, e seus olhos eram gentis. Inclinou-se sobre uma bengala, mas parecia muito saudável e forte. Ele ficou imóvel, olhando diretamente para mim. No meio de todo aquele caos e medo, era um pontinho de calma. De paz. Olhei para ele e experimentei uma inesperada e confusa saudade da casa de minha infância em Wessex. Intrigada, continuei a observá-lo, isto é, observei-me sendo observada por ele. Na escuridão e a uma distância de cerca de vinte metros, era difícil enxergar seu rosto com clareza. Ainda assim, não senti como se o estivesse *vendo*, afinal, e muito mais como se estivesse ligada a ele. Ficamos os dois sem ação, presos naquele estranho encontro, até que ouvi a irmã gritando meu nome e fui incentivada a me mover. Tropecei no meio da multidão de ajudantes e enfermeiras correndo em direção à recepção. Quando olhei para trás, o soldado desaparecera.

2

Dormi tão mal que, por volta das cinco horas da manhã seguinte, desistira de tentar. Esgueirei-me para fora do dormitório e saí do posto de evacuação, afastando-me do som da artilharia. A escuridão estava apenas se tornando a palidez da madrugada, o que me permitiu enxergar bem meu caminho. Em pouco tempo, já estava longe do vilarejo e escolhi caminhar através dos campos sem cultivo e ainda intocados pela guerra, exceto por seu estado de negligência. Era uma felicidade estar livre da loucura das tendas e de seus trágicos ocupantes. Ali, eu podia me convencer de que a vida normal, seja lá o que isso fosse, continuava. E continuaria, além do caos que reinava apenas a alguns quilômetros de distância. Encontrei uma cancela coberta de musgo e me sentei nela para ver o sol nascer. A luz começou a mudar, tingindo de âmbar a paisagem plana que se estendia diante de mim. As primeiras aves do dia começaram a cantar. Havia cotovias, corvos e tentilhões. Na relva, papoulas e calêndulas disputavam a atenção, tão limpas e coloridas e desavergonhadamente bonitas. Ah, como eu precisava lembrar ao meu coração cansado que a vida continuaria. Que ainda existiam coisas boas a serem descobertas, mesmo naquele lugar assustador. E, então, eu me vi chorando. Pelos homens cujos olhos estavam permanentemente fechados e nunca iriam testemunhar tal formosura novamente. Pelas mães em casa, que haviam perdido seus meninos e nunca mais veriam alegria em nada. Pela inutilidade de tudo isso. Pela minha própria inutilidade. Finalmente, não podia mais ignorar aquela pequena voz em minha cabeça. A antiga voz, a voz que eu silenciara e me recusara a ouvir depois do que acontecera no Fitzroy. Eu prometera a mim mesma que daria as costas à minha magia. Nunca mais atrairia Gideon até mim usando-a ou submetendo outras pessoas inocentes ao poder maligno dele. E, assim, eu vivia uma vida pela metade, uma mentira, uma existência tensa e entorpecida, negando o que eu realmente era. Eu sabia, quando me sentei ali, naquela cancela rodeada de beleza e bondade, sabia que não poderia mais fingir. A bravura dos feridos me humilhou. Que tipo de covarde seria eu ao colocar minha própria segurança acima da deles? Que tipo de mulher seria eu se não fornecesse ajuda e cuidado onde isso era tão necessário? Que tipo de feiticeira seria eu se não usasse todo o meu dom para curar? Parei de chorar e levantei meu rosto para o sol. Deixei que seus raios quentes banhassem minhas feições. Recebi sua energia. Respirei o doce ar do campo.

— Que seja — disse em voz alta. — Que assim seja.

Quando voltei ao PE, era tarde demais para tomar café da manhã; então, fui direto para a tenda de reanimação. Enquanto me aproximava, estranhos sons me chegavam aos ouvidos: gritos sobrenaturais sufocados que fizeram minha pele arrepiar. O cabo Davies estava preso em um pesadelo delirante.

Olhei a tenda a meu redor. Nenhum dos outros pacientes me olhava. Todos estavam claramente muito afetados pelo sofrimento de seu camarada. Na cama atrás de mim, outro soldado sussurrou entre os dentes cerrados:

— Faça com que se cale, enfermeira — implorou. — Pelo amor de Deus, faça com que se cale!

Passei meu turno em um borrão de confusão e ansiedade. Sabia o que precisava fazer, mas estava ciente dos riscos e das consequências que poderia enfrentar se fosse descoberta. Esperei por um tempo. Às seis em ponto daquela noite, o doutor terminara suas rondas, e eu observava a irmã Radcliffe atravessar o campo em direção a seu escritório. Eu e outra enfermeira, uma mocinha nervosa da Home Counties, ficamos a sós com os pacientes.

— Vá e jante um pouco — disse a ela. — Posso terminar o que falta por aqui.

— Tem certeza?

— Está muito tranquilo esta noite. Posso dar conta. Vá. Se você for rápida, pode ser que ainda consiga um pão fresco para comer com sua refeição.

Ela não precisou de mais persuasão e desapareceu como se tivesse molas nos pés. Verifiquei que os pacientes estavam confortáveis e acomodados, e depois posicionei calmamente as cortinas ao redor da cama do cabo Davies. Peguei suas anotações e li seu primeiro nome. Danny. Não Daniel, mas Danny. Alguém que era um filho, um marido, um pai, talvez. Danny Davies, de um lugar muito, muito distante com montanhas e relva verde-azulada e nuvens rápidas no céu. Olhei para o homem na cama, tremendo e chiando, e pensei em como era cruel que tivesse que sofrer tanto e tão longe de casa. Eu me ajoelhei ao lado dele. Estendi a mão e peguei a dele na minha. Ele se mexeu e olhou para mim. Não estava dormindo, apenas fechando os olhos contra o horror de seu doloroso mundo de vigília.

Encontrei seu olhar e me aproximei mais.

— Eu não posso curar você, Danny. Sinto muito, mas não tenho o poder de desfazer o que foi feito ao seu pobre corpo. Não posso transformá-lo novamente no belo jovem que você já foi, pelo menos não aqui. Mas posso ajudá-lo. Posso pôr um fim ao seu sofrimento. Danny, posso enviá-lo a um lugar maravilhoso, um lugar livre da dor, um lugar de felicidade e amor, um lugar onde você pode ser inteiro novamente. Você compreende?

Danny olhou para mim, lutando para manter os olhos abertos. Por um momento, não respondeu; então, de forma quase imperceptível, mas muito distintamente, balançou a cabeça.

— Isso é realmente o que você quer, Danny? Diga-me. Preciso saber se é esse o seu desejo.

Sua respiração ficou mais rápida. Sua boca se moveu dolorosamente. Por fim, em uma expiração densa, aparentemente de seu coração, veio uma única e veemente palavra:

— *Siiiim!*

Assenti e me endireitei. Fechei os olhos, mas mantive minha mão suavemente sobre a dele o tempo todo. Lentamente, eu me concentrei e direcionei minha alma. Olhei para o meu interior, para as profundezas de minha própria essência, procurando, procurando. Buscando o tesouro há muito enterrado. Gradualmente, algo começou a se agitar. Hesitante a princípio, e depois com crescente força e velocidade, senti a magia dentro de mim, brotando, preenchendo meu ser mais uma vez. Ela corria por minhas veias, carregava meu sistema nervoso, era bombeada por meu coração. Ela me envolveu. Eu podia sentir que brilhava com o poder e a maravilha dela. Era tão bom me sentir completa novamente, depois de tanto tempo adormecida e sozinha. Abri os olhos. Danny estava me observando de perto, mas não vi medo em seu rosto. Deixei minha cabeça cair para trás e comecei a sussurrar um encanto. De maneira suave, a princípio; depois, o mais alto que ousei, sem perturbar os homens dormindo do outro lado das cortinas. Repeti o encantamento de novo e de novo, colocando toda a saudade dos meus anos secos e estéreis em cada palavra. Imediatamente, meus chamados foram atendidos. Elas haviam se juntado a nós. O turbilhão de névoa verde ficou mais espesso e mais brilhante, de modo que logo eu podia ver os rostos e as formas mutantes de minhas irmãs. Danny moveu a cabeça, tentando acompanhar o movimento giratório das belas figuras que dançavam ao redor e acima dele. Apertei sua mão, confiante de que ele não sentiria dor. O ar se encheu de um perfume quase insuportável de rosas. Ele olhou novamente para mim, com espanto em seus olhos.

— Não tenha medo, Danny. A Terra do Verão é um lugar glorioso. Vá agora. Seja livre. Seja forte e feliz novamente.

Minhas irmãs giraram sobre ele cada vez mais rápido até que formaram um redemoinho vibrante e subiram. Ali, entre elas, eu vi o espírito de Danny se levantar também. Não essa casca miserável, esse homem arruinado que estava diante de mim. Era aquele outro Danny, inteiro, vibrante e jovem mais uma vez. Ele olhou para mim e sorriu, um sorriso com tanta alegria que me fez chorar. Eu soube, naquele instante, que fizera a coisa certa. O que quer que estivesse por vir, quaisquer que fossem as consequências, era isso o que eu deveria ter feito. Não havia outro caminho a percorrer. De repente, num piscar de olhos, eles se foram. O pequeno espaço estava silencioso e quieto outra vez. O corpo de Danny estava vazio. Soltei sua mão sem vida e corri para fora da tenda.

No dormitório das enfermeiras, encontrei todas elas dormindo. Sentei em minha cama, meu coração ainda palpitando, minha mente vibrando e meu corpo formigando. Pela primeira vez em muito tempo, eu me senti adequadamente viva. Fiquei sentada por quase uma hora, incapaz de me dedicar às tarefas mundanas como me despir e ir para a cama. Eu sabia, de qualquer forma, que não seria capaz de dormir. Estava perdida em memórias redescobertas, em amizades e vínculos refeitos, a felicidade da magia preenchia todo o meu ser mais uma vez. Fiquei tão distraída que não notei a irmã Radcliffe entrar no dormitório até que ela ficasse de pé, bem na minha frente. Assustada, saltei para ficar de pé também, convencida de que meu estado alterado não passaria despercebido. Severa, ela me olhou por um momento, sua boca fechada e tensa.

— Enfermeira Hawksmith — disse ela, numa voz ainda mais severa que o habitual —, venha ao meu escritório, por favor. Agora mesmo.

3

Não seria exagero dizer que a irmã marchou comigo até seu escritório. Eu me preparei para o que estava por vir. Presumi que a morte do cabo Davies havia sido descoberta. Imaginei que alguém dissera algo sobre eu ter me sentado ao lado dele logo depois do fim do meu turno. Será que os outros pacientes tinham ouvido sons estranhos vindos de trás das cortinas? Poderiam ter visto as aparições ou ouvido meus encantamentos? Não administrei nenhuma droga. Certamente não haveria nenhuma evidência que sugerisse que eu estivera envolvida com sua morte. No entanto, mesmo em seu estado extremamente frágil, não se esperava que Danny morresse tão rapidamente. A irmã Radcliffe sentara-se atrás de sua escrivaninha e, para minha surpresa, pediu que eu me sentasse também.

— Tenho observado você de perto desde sua chegada, enfermeira — disse ela. — Admito que considero alguns de seus métodos, vamos dizer, pouco ortodoxos. No entanto, você provou ser trabalhadora, diligente, competente e, possivelmente o mais importante de tudo, capaz de manter sua sanidade.

Fiquei surpresa. A última coisa que eu esperava era um elogio de qualquer espécie da irmã.

— Obrigada, irmã — disse eu.

— Em tempos de paz, essas seriam qualidades que eu esperaria de todas as minhas enfermeiras, sem exceção. No entanto, estes não são tempos de paz. São circunstâncias extraordinárias, e muitas das meninas aqui nunca teriam pensado em desenrolar uma atadura se não fosse pela guerra. Dizer que a maior parte delas não é enfermeira por natureza já é o suficiente. Na verdade, existem poucas aqui que eu considero merecedoras do título. Mas devemos fazer o melhor com o que temos. Com esse objetivo, meu trabalho é fazer com que o atendimento especializado seja concedido àqueles que necessitam, e isso muitas vezes significa sobrecarregar minhas melhores enfermeiras com uma pressão considerável.

Ela fez uma pausa e eu me perguntei se ela estaria esperando que eu dissesse alguma coisa. Como eu ainda não tinha ideia do rumo que seu discurso iria tomar, então permaneci sentada, quieta e em silêncio.

— O que resulta — continuou a irmã — em um dilema. Devo, a qualquer custo, manter minha equipe mais hábil aqui no PE, onde sei que seus talentos serão bem utilizados? Ou deveria, como me foi solicitado, abrir mão de um valioso par de mãos treinadas para prestar apoio a um hospital de campanha lamentavelmente desprovido de mão de obra?

— Um hospital de campanha? Quer dizer, na frente de batalha?

— Exatamente. — Ela puxou uma carta do belo monte de papéis sobre sua mesa e a estudou. — O pedido veio do próprio comandante. Ele não pede gentilmente.

— Isso costuma acontecer? Enviar enfermeiras para tão perto do campo de batalha?

— Não, não costuma. Entretanto, em breve haverá uma grande ofensiva. Não estou entregando nenhum segredo ao lhe dizer isso, como você já deve ter ouvido falar do bombardeio aliado dos últimos dias. Ele antecede a ordem de atacar. Acredita-se que esse possa ser o impulso final. Tal é a natureza do nosso fogo de artilharia, que é considerado um risco para os nossos próprios homens minimizá-lo. Pesadas baixas não são antecipadas. No entanto, o número de soldados envolvidos é grande, e considera-se que os agentes de saúde precisam de mais apoio. Todos os PE foram convidados a enviar alguém. — Ela olhou por sobre a carta. — Bem, enfermeira Hawksmith, você se considera à altura da tarefa?

— É claro que sim, irmã. Estou disposta a fazer o que for necessário. Estou lisonjeada por ter sido convidada.

— Não fique. Eu teria enviado a enfermeira Strappington, mas nós simplesmente não podemos abrir mão dela aqui. Você é a próxima melhor opção. Esteja com suas coisas preparadas pela manhã. Você será levada em uma das ambulâncias, juntamente com os suprimentos médicos solicitados. Agora, vá dormir um pouco.

Levantei-me.

— Obrigada, irmã — disse eu. — Não vou decepcioná-la. — Eu tinha quase chegado à saída, quando ela disse:

— Só mais uma coisa, enfermeira. O cabo Davies faleceu esta noite.

Fiquei feliz por estar de costas para ela. Recompus minhas feições para formar a expressão mais neutra que fui capaz de fazer e me virei.

— Sinto muito em saber disso, irmã — disse eu.

— Sente mesmo? Você realmente lamenta, enfermeira? Eu me pergunto. — Ela olhou para mim através de olhos estreitados e depois retomou sua papelada. — Agora se apresse.

No dia seguinte, eu disse um breve adeus a Kitty e a Strap, e subi no banco da frente de uma ambulância. O capô do veículo tinha um corte profundo. O motorista contou-me com orgulho sinistro que era uma cicatriz provocada por um estilhaço de um encontro perigosamente próximo com uma bomba alemã. Prendi minha bolsa debaixo dos pés e agarrei-me à carroceria, no lugar onde deveria haver a porta da caminhonete cuja frente era aberta, enquanto chacoalhávamos para longe de Saint Justine e em direção à frente de batalha. Rapidamente, deixamos as estradas e nos juntamos à faixa grosseira que servia como elo entre a estação ferroviária e a linha de frente. Era a principal rota de todos os suprimentos, bem como o caminho mais direto usado para o transporte de feridos até o hospital, e também era o trajeto das tropas que iam se juntar aos batalhões nas trincheiras. Enquanto a ambulância se aproximava do local da artilharia aliada, o som das armas ia se tornando assustador. E, quanto mais nos distanciávamos do vilarejo, mais sinistra a paisagem ficava. Desapareciam os campos com touceiras e as sebes cheias de pássaros. Desapareciam, também, todos os sinais da atividade rural comum. Uma combinação cruel de vagões, bombas, botas e chuva fora de época havia tornado os baixios um deserto lamacento. Tudo o que podia ser visto era um lamaçal marrom-acinzentado crivado de buracos de bombas alagados. A lama foi dividida com trincheiras e entradas para abrigos subterrâneos em zigue-zague. Em pontos aleatórios, restavam trechos de arame, tudo o que sobrara do avanço do exército: uma linha anterior desenhada em um mapa em algum lugar, que era traduzida em uma ferida na pele da paisagem, recortada e farpada e coberta pelo sangue de jovens soldados. A chuva que vinha caindo de forma constante por muitos dias não mostrava sinais de que iria parar. Mesmo assim, não conseguira lavar as manchas que aquela matança deixara sobre a suave paisagem, nem havia esperança de que pudesse limpar do chão o fedor da morte, que tudo impregnava. O cheiro era devastador. Apertei a mão contra a boca, espantada porque nenhum dos soldados que passava parecia notar o odor insuportável que enchia minhas narinas e ameaçava fazer-me vomitar. Fui forçada a concluir que eles já não o detectavam, tão acostumados estavam ao mau cheiro. Era o odor da água estagnada e da vegetação em decomposição, de pólvora e fumaça, e, acima de tudo, o cheiro de carne em decomposição. Eu o sentira tantas vezes antes, e de tantas maneiras. A ovelha morta atrás da cerca. O cadáver da peste deixado muito tempo em uma casa. O vagabundo abandonado se desintegrando em um beco. O necrotério do hospital em um dia quente. Não havia engano.

Por fim, a ambulância parou.

— Isto é o mais longe que vou — disse o motorista. — Estou descarregando os suprimentos médicos aqui, e eles serão transportados até a frente para o hospital de campanha. Se esperar um pouco, você pode seguir adiante.

Desci desajeitada da caminhonete, com minha máscara de gás amarrada por cima do pesado casaco, e fiz o melhor para ficar fora do caminho enquanto os homens reuniam caixas e macas. O motorista não fez nenhuma tentativa de esconder sua ânsia em partir e, assim que o último item foi entregue, acelerou o veículo que engasgava e foi embora.

— Fique por perto! — Um sargento se dirigiu a mim enquanto passava. — Olhe por onde anda agora, enfermeira. Não queremos perdê-la, não é? À direita, rapazes! Vamos levar este lote para o médico o mais rápido que pudermos agora.

Ainda estávamos a alguma distância das trincheiras mais importantes, mas não havia estradas. Em vez disso, pisávamos em uma complexa rede de assoalhos. As ripas de madeira foram revestidas com uma camada de lama escorregadia e seguia, por vezes, em ângulos impossíveis. Algumas das trilhas afundaram e oscilaram enquanto fazíamos o percurso hesitantes, e eu fiquei surpresa ao ver equipes com cavalos e mulas usando esses caminhos improvisados enquanto puxavam vagões com suprimentos e até armamentos. Os animais se arrastavam estoicamente para a frente. A exposição constante deve ter feito com que se acostumassem à cacofonia e às luzes piscantes em torno deles. Isso ou a extrema fadiga.

Ficamos de lado para deixar uma equipe passar. As bocas dos cavalos espumavam, e seus flancos castanhos estavam lustrosos com o suor do esforço de seu trabalho. Seus cascos deslizavam na traiçoeira superfície, mas eles ainda se inclinavam em seus arreios, atiçados gentilmente pelo condutor que montava o maior dos quatro. Dois artilheiros montavam a parelha que trazia o equipamento. Atrás do carro, caminhava um oficial. Seu andar era confiante e animado, mas desnivelado por algum motivo. Quando ficamos à mesma altura, eu o reconheci, era o soldado que tinha visto fora da tenda da recepção. Ele me viu e parou. Surpreso, sorriu, e percebi que eu sorria de volta. Depois de um momento, percebemos que estávamos sendo observados.

— Perdoe-me, enfermeira — disse ele. — Boas maneiras estão em falta aqui no destacamento avançado. — Ele riu, no limiar de sua voz, e percebia-se o traço de suas origens caledônias. — Tenente Carmichael, Nono Batalhão, Regimento Royal Scouts, surpreso, mas encantado em conhecê-la.

Ele me estendeu a mão, e eu a aceitei.

— Enfermeira Hawksmith. Fui enviada pelo PE de Saint Justine para prestar assistência no hospital de campanha.

— Ah, é assim que estão chamando?

— Perdão?

— Não é bem um hospital. É mais um posto avançado de primeiros socorros, na verdade. Mas você é exatamente o que eles precisam, tenho certeza. Eu mesmo a levarei até lá. Você vai gostar do médico encarregado. Parece que qualquer ventinho poderia derrubá-lo, mas o homem é uma fortaleza. Não poderia querer mais.

Comecei a caminhar ao lado dele, embora tivesse que diminuir meu ritmo para fazê-lo.

— Certamente, você deve estar se recuperando, tenente. Sua perna...

— Está perfeitamente bem, muito obrigado por sua preocupação. Nunca poderei me tornar um velocista, mas ainda posso vagabundear pelas urzes do amanhecer até a noite. Parece um teste de aptidão bom o suficiente para um homem como eu.

Ele parou abruptamente, levantando os olhos para o céu. Parecia ouvir algo que eu não escutava. Em um segundo, lançou-me ao chão e atirou-se sobre mim. Apenas quando me estatelei sobre as placas ouvi a bomba se aproximando. O bombardeio aleatório foi rápido e implacável. Apertei os olhos e joguei as mãos sobre a minha cabeça, em um reflexo ineficaz, enquanto o metal mortal rasgava o ar e explodia a poucos metros de onde havíamos nos encolhido. O barulho da bomba foi substituído pelo grito dos cavalos. Ficamos de pé. Três soldados jaziam mortos, tendo recebido a maior carga da explosão. Foi sua falta de sorte que os matou, e nossa sorte que decretou que deveríamos viver, nada mais. Os cavalos aterrorizados fugiram e se lançaram pelas tábuas, arrastando sua pesada carga até a lama. Um deles recebera um estilhaço no peito e jazia deitado, sem vida, enquanto os outros três se debatiam e relinchavam na água cheia de lodo que já os cobria quase até a barriga. Os dois artilheiros subiram até o canhão. O condutor agarrou-se às costas de seu cavalo, freneticamente tentando acalmar o animal em pânico. Suas palavras se perderam no barulho e caos enquanto os cavalos mergulhavam e rugiam em desesperadas tentativas de escapar da lama que os sugava.

— Saia daí! — gritou o tenente Carmichael para o homem. — Volte escalando ao longo da arma!

— Preciso desamarrar os cavalos, senhor! — respondeu o condutor, estendendo a mão para tatear as correntes e arreios, que já estavam submersas.

— Não há tempo. — O tenente organizou os outros soldados, formando uma corrente humana até os artilheiros, que agora se ajoelhavam sobre o fim da carroça com a arma, apenas o cano dela visível acima da lama líquida que a arrastava para baixo. — Deixe os cavalos, condutor, é uma ordem! Venha agora, homem, enquanto ainda há uma chance de alcançarmos você!

O jovem soldado balançou a cabeça.

— Não, senhor! Eu não posso deixá-los, senhor!

O peso da arma afundando acelerava a descida dos cavalos condenados na lama. A luta fora em vão. Em poucos instantes, apenas suas cabeças — olhos revirando, narinas rosadas e distendidas — permaneciam acima da linha da água pastosa.

O tenente Carmichael pegou uma escada de mão próxima.

— Cabo, segure a ponta da escada — disse ele, empurrando-a sobre a lama à sua frente. Ele subiu sobre ela, apoiando seu peso, e engatinhou em direção ao condutor petrificado. Alcançou-o assim que o cavalo piloto foi finalmente engolido pelo lodo. Seu último e exausto grunhido fora substituído por um doloroso silêncio, perturbado apenas pelo constante ruído da artilharia. O oficial agarrou o braço do jovem soldado e o arrastou até a escada. Chocado demais para protestar, o condutor ficou deitado ao lado dele, tremendo, enquanto os artilheiros e dois outros soldados lutavam para arrastar a escada de volta em segurança. O tenente sentou-se nas tábuas e segurou o rapaz soluçante em seus braços, os dois cobertos em uma camada de lama, as lágrimas do jovem soldado fazendo trilhas, limpando seu rosto coberto de sujeira.

Em silêncio, as pessoas retomaram suas funções. Os soldados mortos estavam próximos o bastante para serem recuperados e foram levados para receberem um enterro apropriado. Não havia, milagrosamente, mais vítimas. O tenente Carmichael instruiu os artilheiros a levar seu condutor de volta à sua unidade nas reservas. Ele ficou diante de mim e segurou minhas mãos.

— Você está bem? — perguntou.

— Não estou ferida. Derrubei minha bolsa. — Comecei a procurar em volta. Ele a viu e a recolheu. Pegando-me pelo braço, guiou-me ao longo de um trecho curto de tábuas que levava a uma das trincheiras.

— Venha comigo — disse ele —, o médico pode esperar um pouquinho mais. Tenho um pouco de conhaque no meu abrigo.

Descemos por um lance de degraus irregulares e escorregadios até a trincheira. Fiquei surpresa com o quanto era profunda e estreita. Como os homens podiam passar horas e horas, dia após dia, muitas vezes noite após noite, em tais lugares inóspitos, molhados e fedorentos? Embora a trincheira tivesse centenas de metros de comprimento, era em zigue-zague, para melhor proteger seus ocupantes das explosões. Isso me permitia ver apenas uma curta distância à frente. O efeito era claustrofóbico e, ao mesmo tempo, oferecia escassa proteção. De fato, se uma trincheira fosse atingida diretamente por uma bomba, como a que acabáramos de ver, certamente não haveria esperança de sobrevivência para ninguém dentro dela. Um jovem soldado estava acocorado ao lado de um pequeno fogão, totalmente concentrado em agitar o cozido em uma panela de estanho improvisada. Outro estava recostado aos sacos de areia, tocando suavemente uma gaita. Um movimento chamou minha atenção para o chão. Um rato, maior do que qualquer outro que eu já tivesse visto, afundado entre os escombros. Era gordo e lustroso, e parecia muito saudável. Achei estranho, num primeiro momento, sabendo o quanto as rações eram escassas na frente de batalha e como os suprimentos eram zelosamente guardados. Em seguida, percebi a terrível verdade.

Não havia escassez de alimento para essas criaturas. Na verdade, havia uma oferta ilimitada de carne, recém-abatida por franco-atiradores, fogo de barragem ou metralhadora, imediatamente disponível naquela terra de ninguém. Naquele momento, eu podia ver que a estreita passagem estava cheia de roedores, muitos arrepiados de lama, outros cobertos de sangue coagulado. Lutei contra a ânsia de vômito e segui o tenente por outro curto lance de degraus abaixo. O abrigo era surpreendentemente seco por dentro, com tábuas no chão, quatro beliches, um armário, uma mesa e cadeiras no centro do espaço. Pouca luz do lado de fora chegava até ali; por isso, duas lamparinas pendiam, presas por pregos nas vigas, balançando com cada estremecimento da terra agredida acima. Enquanto meus olhos se acostumavam à penumbra, pude distinguir dois vultos, um de pé ao lado da mesa e outro reclinado em uma das camas inferiores.

— Por favor, sente-se. — O tenente Carmichael puxou uma cadeira para mim, tirando o boné para espaná-la. — Ah, este é o tenente Maidstone, e aquela criatura preguiçosa logo ali é o capitão Tremain. Esta é a enfermeira Hawksmith. Pegue o RCD, Maidstone.

— Isso é ótimo! — disse o oficial bigodudo. — Companhia e coquetéis. Quase posso me imaginar de volta a Berkshire.

O capitão agitou-se e lentamente se levantou de seu beliche. Era alto e magro, mas movia-se rigidamente, como se a vida nas trincheiras tivesse enferrujado suas juntas.

— Aqui vamos nós — disse Maidstone. — RCD, ou Raramente Chega ao Destino, como chamamos. Copos, por favor.

Nós três estendemos canecas de lata enquanto ele servia o conhaque. Fizemos de conta, na verdade, que vivíamos em um mundo onde as pessoas se encontravam para tomar aperitivos pouco antes do jantar. Se ao menos fosse possível bloquear o barulho distante da artilharia. Se ao menos fosse possível dar um fim ao fedor de carne podre que invadia nossas narinas. Bebemos em silêncio. O tenente Carmichael sorriu para mim. O tenente Maidstone me olhava descaradamente, fazendo-me pensar que não via uma mulher fazia muito tempo. O capitão Tremain estava um pouco perto demais para o meu gosto. Então, para meu espanto, ele se inclinou ainda mais para perto, fechou os olhos e respirou profundamente. Ele estava realmente me cheirando! Essa esquisitice não passou despercebida. Maidstone gargalhou.

— Estou lhe dizendo, Tremain, você está querendo levar um tapa! — disse ele.

— Hummm — murmurou ele, abrindo os olhos lentamente.

— Valeria a pena.

Maidstone riu um pouco mais. Olhei de relance para o tenente Carmichael e fiquei tranquilizada ao notar que ele não achara o incidente nem um pouco divertido. Nem eu. Mais do que isso. Eu estava inquieta. Uma sensação gelada pairava sobre meus ombros e me provocou um arrepio involuntário. O ridículo da situação me impressionou. Afinal, depois de tudo o que eu acabara de testemunhar na frente de batalha, depois de todos os horrores que via todos os dias no PE, por que agora estava tão perturbada com a inofensiva impertinência de um homem? Como se eu precisasse de uma resposta à minha pergunta, da trincheira, do lado de fora do abrigo, vinha o lamento dos acordes da gaita do jovem soldado. Distorcidos pela parede de lama e pela distância, mas, ainda assim, eram inegavelmente os acordes da canção que invariavelmente provocava medo em meu coração.

4

A chuva piorou. Não fazia frio e não havia vento soprando; a água simplesmente caía incansável e impiedosa sobre o solo encharcado e sobre os soldados cansados das batalhas, cujo mundo fora reduzido a alguns quilômetros de terra sangrenta. O tenente Carmichael acompanhou-me ao longo dos caminhos mais sinuosos da rede de assoalhos até meu novo posto. Explicou que eu deveria esperar ali pelo oficial médico e que ele mesmo me chamaria de volta naquela noite, para ter certeza de que eu estava sendo bem-tratada. Não houve nenhum impulso dele no sentido de se oferecer como meu protetor, mas não protestei. Na verdade, fiquei feliz em pensar que o veria novamente. Eu já estava alterada pela presença dele, afetada de uma maneira que tinha quase esquecido que existia.

O hospital de campanha era, na realidade, nada mais que uma casamata alemã abandonada. Eu não podia crer que aquele quarto escuro e apertado seria tudo o que teríamos. Era certamente uma estrutura sólida e, só de observá-la, podia-se ver que resistira a muitas explosões, mas era muito pequena. Ainda estava apenas observando, sem palavras, quando o oficial médico responsável chegou, bloqueando a preciosa luz que passava pela porta. Ele era, como o tenente me dissera, um homem magrinho, com mechas rebeldes de cabelos grisalhos e bigodes ralos. Suas feições magras e a aparência cadavérica não ajudavam a inspirar confiança de que ele seria capaz de cuidar de si mesmo, muito menos de outras pessoas. No entanto, havia, de fato, um núcleo de aço no homem.

— Ah, reforços! — declarou ele ao me ver, agarrando minha mão para sacudi-la com vigor surpreendente. — Capitão Young, excepcionalmente satisfeito em conhecê-la.

— Enfermeira Hawksmith — disse eu. — Lamento dizer que não sou a cavalaria, mas...

— ... é infinitamente mais bem-vinda e, sem dúvida, mais útil — assegurou-me. Ele soltou minha mão e caminhou a passos largos pelo interior da caixa de concreto. — Tivemos sorte de conseguir este lugar — afirmou ele. — O último posto avançado de socorros que arrumei ficava em uma trincheira. Tudo muito espremido, de modo que tivemos um trabalho dos diabos para receber e liberar as macas, e alguns sacos de areia e um pouco de madeira não são o suficiente para manter as bombas longe das pessoas.

— Ele deu um tapinha nas paredes ásperas com orgulho. — Isto funcionará muito bem. Eles podem jogar até a pior bomba que tiverem sobre nós e não terão sucesso. Irônico, realmente, que devamos nos beneficiar das habilidades de engenharia do inimigo.

— Não é um pouco pequeno? — perguntei.

— Comparado a quê? Não, não se preocupe com isso; espaço pode ser uma faca de dois gumes. Quanto mais espaço você tem, mais macas pode aceitar e mais baixas se acumulam em torno de você. Assim, temos que distribuí-los de forma rápida e precisa. Sem hesitar. Você não hesita, não é, enfermeira? Não. — Ele mesmo respondeu sua própria pergunta. — Posso ver que não. Não haverá tempo para isso. Estamos aqui para limpar as vias aéreas e estancar o fluxo de sangue o suficiente para permitir que os feridos sobrevivam à viagem até o PE. Pura e simplesmente isso. Não há tempo para frescuras e floreios. Esqueça a limpeza de ferimentos. Feche-os e mande-os embora.

— Mas, certamente — protestei —, o risco de infecção...

— ... é consideravelmente menor do que o risco de uma bomba cair na cabeça de um ferido, se começarmos a formar fila deles na porta.

E não vá oferecer morfina a eles como se fosse um doce, o que quer que aconteça. Guarde-a para os que não podem ficar sem ela.

Eu me perguntava como poderia decidir uma coisa dessas e me imaginei recusando a aliviar a dor de um soldado agonizante. Fechei os olhos brevemente. Havia coisas que eu poderia fazer. Havia outros remédios à minha disposição. E eu sabia que iria usá-los para aliviar o sofrimento. Assim como os utilizara para ajudar o cabo Davies.

— Você está bem, enfermeira? — perguntou o capitão Young.

— Você não é dada a desmaios? Não é enjoada, espero?

— Estou perfeitamente bem, doutor.

— A última coisa de que precisamos é de mulheres desmaiando por toda parte...

Foi minha vez de interrompê-lo.

— Asseguro que não tenho nenhuma intenção de desmaiar. Mesmo que tivesse, duvido que haveria espaço para isso.

Ele me olhou com espanto, falhando totalmente em perceber a piada no comentário e aplaudindo minha lógica.

— Isso mesmo, enfermeira, isso mesmo. Sem desmaios, então. Excelente, excelente. Agora, se vai me auxiliar, precisamos organizar nossos suprimentos. Tudo deve estar à mão, entende? Organização é a chave.

Meu abrigo estava situado a apenas poucos metros da casamata e ainda tinha resquícios dos soldados alemães que haviam fugido quando os aliados ganharam alguns metros de terreno, avançando em direção a Flandres. Havia uma lata de biscoitos de fabricação alemã; a criança representada na embalagem desfrutava um dos *brötchen* havia muito tempo consumidos. Sob a cama superior, havia uma fotografia rasgada de uma jovem mulher. Na quietude do abrigo, em um momento incomum de ócio, com a mente vagando, percebi uma agitação em meu sexto sentido: uma inquietação que intui mais do que pensa. Eu não deveria estar surpresa. Estava em uma situação, um momento e um lugar muito impregnados pelo sangue do sacrifício, que ecoavam os gritos dos feridos e moribundos, que estavam muito carregados de sofrimento, de tal forma que era de se esperar que o poder do mal sempre estivesse presente também. Há uma energia sombria que cerca os campos de batalha, que se alimenta da violência e da crueldade da guerra. É uma força assustadora e potente. E aquele que pratica as artes das trevas se beneficia delas. Estremeci, tentando afastar a ideia de que Gideon seria atraído para aquele lugar. Naquele momento, senti muita falta de minhas colegas enfermeiras do PE. Ouvindo passos leves na escada atrás de mim, virei-me e encontrei uma mulher pequenina, seu sobretudo arrastando na lama, sua touca de enfermeira ameaçando escorregar sobre seus olhos.

— Ah, olá, querida — disse ela. — Eles me disseram que já havia uma enfermeira aqui. Sou Annie Higgins. — Ela estendeu sua mão elegante.

— Elise Hawksmith. Você foi enviada por algum PE?

— Isso mesmo, meu bem, o de Beaumonde. — Ela desabotoou seu casaco e procurou por algum lugar onde pendurá-lo. — Seja sincera, esse lugar é um pouquinho sombrio, não é? Não importa. Suponho que não vamos ficar aqui por muito tempo. — Ela se sentou na cama mais baixa e olhou para cima. Tinha uma aura de maternidade e aconchego. Era consideravelmente mais velha que qualquer uma das enfermeiras que eu havia encontrado na frente de batalha até então, e eu me perguntava quais eram as suas razões para estar ali.

— Fico feliz que esteja aqui — disse-lhe, sentando-me ao lado dela. — Tenho o pressentimento de que ficaremos extraordinariamente atoladas de trabalho.

— Bem, devemos fazer o nosso melhor. Não se pode fazer mais do que isso. É o que meu Bert sempre diz.

— Bert é o seu marido?

— Isso mesmo, querida. Vinte e cinco anos de casados no último mês. Ou teria sido, se Deus o tivesse poupado. — Ela olhou para mim e depois baixou os olhos para o colo. — Eu o perdi em Somme. Ainda não me acostumei a falar dele no passado. Ainda sinto que ele está comigo, se entende o que quero dizer.

Assenti.

— É por isso que está aqui? Por causa dele?

— Ele fez a parte dele. Parecia justo que eu fizesse a minha. Veja você, eu não teria vindo enquanto Billie, o nosso garoto, ainda estava aqui. Ele tinha de ter alguém em casa a quem escrever, não é? Mas agora ele se foi também. — Ela ficou em silêncio.

— Eu sinto muitíssimo — falei. — Perder o marido e o filho...

— Não fui a primeira e ouso dizer que não serei a última. Não seria útil ficar sentada em casa, sentindo pena de mim mesma. — Ela invocou um sorriso valente. — É melhor me manter ocupada. Ajudar como eu posso.

Ela olhou para mim, e, em seus traços suaves e delicados, vi a tristeza que enfrentara, o sofrimento e o sentimento insuportável de perda. Eu sabia que ela seria, de fato, um conforto para os jovens soldados feridos. Sabia também que eles, de alguma forma, a consolariam em seu luto. Uni minha mão à dela.

— Faremos o nosso melhor, então, você e eu — falei. — O nosso melhor.

Era quase meia-noite quando recebemos nossas rações e arrumamos nossas camas de forma que ficassem toleráveis. Annie deitara-se na cama de baixo e caíra imediatamente em um sono profundo.

Eu estava prestes a me recolher quando ouvi a voz já familiar chamando por mim, e o tenente Carmichael estava na porta do abrigo.

— Espero não estar incomodando. Queria ter certeza de que você tem tudo de que precisa — disse ele, tirando o quepe enquanto entrava no quartinho úmido.

— Bondade sua se incomodar, tenente — disse a ele —, mas temos sido bem-cuidadas. A enfermeira Higgins já está dormindo. — Indiquei a silhueta adormecida sob o cobertor cinzento.

— Ah, bem — disse ele mais calmamente. — Isso é muito bom, então.

Vendo-o hesitar, dei um passo para o lado.

— Não quer ficar por alguns instantes? — perguntei. — Tenho certeza de que não conseguirei dormir, com a artilharia tão próxima.

Ele permitiu-se um ligeiro sorriso e se juntou a mim no banco baixo.

— Não tenho certeza se eu seria capaz de dormir sem ela — disse ele. — Cresci acostumado a esse barulho.

— É uma canção de ninar muito curiosa.

— Não é mesmo?

Reparei que ele conseguira limpar um pouco da lama de seu uniforme, e uma parte devia ter sido lavada pela chuva. Ainda era difícil tirar de minha mente a imagem dele abraçando o jovem artilheiro que soluçava.

— Foi muito corajoso o que fez quando os cavalos ficaram presos — comentei. — Estou certa de que aquele pobre soldado jamais teria deixado os animais se você não estivesse lá.

— Os buracos das bombas são armadilhas mortais. Vi homens sumirem neles em instantes. Tanques também. Engolidos. Aquilo não é maneira de morrer.

— Existe alguma boa maneira?

— Suponho que eu tenha de acreditar que sim. Caso contrário, como poderia, em sã consciência, pedir aos meus homens que subam ao topo da colina amanhã? A maioria não vai sobreviver ao ataque, você sabe.

— Mas o bombardeio... certamente as defesas do inimigo estão enfraquecidas, não?

— Deveriam. Então, de novo, eles podem recuar e esperar que paremos. Podem perder algumas posições, mas nada de muita importância. Não sabemos nem ao menos se o arame farpado ainda está lá. Se estiver, estaremos encurralados. E nós já perdemos toda a possibilidade de elemento surpresa. Mesmo se avançarmos sob uma barreira rastejante, eles saberão, assim que a artilharia pesada silenciar, que estamos nos preparando para atacar. — Os nós de seus dedos empalideceram enquanto ele apertava seu quepe do exército. Por um momento, nenhum de nós falou. — Você sabia — disse ele, afinal — que eu realmente acredito que os soldados aqui morrem mais por afogamento do que por qualquer outro motivo? Imagine só, tão longe do mar. Sei que é diferente nos postos de evacuação e que, quando voltam para casa, muitos sofrem terríveis feridas das quais jamais se recuperam. Mas você não vê o que acontece lá fora, nos postos avançados, com nada além de pântano e água fedorenta. Por causa dos equipamentos, mais do que tudo. As mochilas são tão pesadas, e as armas, e as máscaras de gás, e só Deus sabe o que mais que eles não dão um passo sem carregar. Se são atingidos por tiros ou estilhaços, isso não importa; a menos que sejam arrancados de seus pés, eles quase sempre caem por terra. De frente ou de costas, não faz muita diferença. E começam a afundar assim que atingem o chão. Alguns desmaiam. Outros simplesmente não conseguem se mover. Então, eles se afogam. Assim mesmo. Em alguns centímetros de água podre. Leva dias para que os carregadores das macas reúnam todos depois de uma explosão.

Alguns jamais são recuperados. Eles simplesmente afundam. E, cada vez que ganhamos um pouco deste terreno dos infernos, nós andamos sobre eles. Estamos fazendo isso há semanas. Se alguém pisa um pedaço de terra firme, é grande a chance de haver uma vítima aliada sob seu pé. É um pensamento perturbador. Repugnante.

Eu me senti profundamente triste por ele e queria muito tomar sua mão, segurá-la e dizer a ele que tudo ficaria bem. Mas não podia. Por um único motivo: teria sido uma mentira. Ele estava em perigo, tanto quanto qualquer um de seus homens, possivelmente mais. Não havia garantia de que nos veríamos outra vez. Eu não podia me permitir ampará-lo com palavras vãs de encorajamento e otimismo. Mas havia outra coisa que me fazia recuar. Percebi que, se tivesse sido qualquer outro soldado sentado ao meu lado, compartilhando seus medos da batalha que virá, eu não teria hesitado em tomar suas mãos nas minhas. Eu não confiara, durante toda a minha vida, no poder de cura do toque? Mas, com esse soldado, havia mais a ser considerado. Havia meus sentimentos crescentes em relação a ele. A forma como o som de sua voz me fazia perder o fôlego. A maneira como meu corpo se agitava sob seu olhar. O modo como eu já havia passado tantas horas pensando nele, imaginando-o, querendo estar perto dele. E o fato de que a proximidade dele me fazia sentir como se eu tivesse voltado para casa. Lembrei-me de como eu tinha pensado na casa de minha família em Batchcombe, quando o vi pela primeira vez. Em sua companhia, tive a sensação de estar em um lugar ao qual eu pertencia. Uma sensação que era tão forte e tão desconhecida para mim que eu a temia.

— Não vamos falar da guerra — disse eu. — Fale-me sobre sua casa. Conte-me sobre sua vida antes de toda essa loucura. Você falou de vagabundear pelas urzes.

— Você se lembra de eu ter dito isso? Que estranho. No meio da confusão, você se lembra das urzes.

— Conte. Por favor.

Eu podia ver a tensão desaparecendo de seu corpo enquanto ele começava a descrever sua casa nas montanhas escocesas. Os músculos tensos ao redor de sua boca estavam relaxando e seu belo rosto perdendo o olhar assombrado.

— Nossa propriedade é chamada de Glencarrick. É um lugar verdadeiramente notável. A casa é feita de pedra e é ridiculamente grande, mas absolutamente mágica. Foi construída no século XIV, e suponho que não seja mais quente para se viver agora do que era na época, mas adoro aquele lugar. Das torres na ala oeste, você pode enxergar por quase trinta quilômetros de distância em qualquer direção. Se olhar para o sul, vê o vilarejo de Glencarrick Ross; tudo ali pertencia originalmente à propriedade. Ao norte e ao leste estão as colinas e as charnecas abertas, a mais bela paisagem que você poderia desejar. E, se você virar o rosto para o oeste, juro que poderá saborear o sal do mar que fica para além do horizonte azul. No verão, quando a urze está em sua melhor fase, o ar é preenchido com a música de cotovias e maçaricos, e abelhas de nossas colmeias fazem um esplêndido mel das flores que visitam. Há cervos vermelhos, é claro, e lontras no rio próximo, e a lebre da montanha mais rápida do mundo. Eu costumava caçar, todo mundo caçava. Duvido que eu consiga pegar em uma arma de novo depois disso tudo. — Ele fechou os olhos e recostou-se contra a áspera parede do abrigo. — Quando as coisas ficam muito ruins por aqui, toda vez que temo não ser capaz de cumprir o que é exigido de mim, fecho os olhos e viajo de volta a Glencarrick. Se escutar com cuidado, posso ouvir os abutres piando e as cotovias zunindo. Posso sentir o cheiro molhado das samambaias de outono ou saborear as ameixas das árvores selvagens que crescem atrás da casa.

Ele se sentou, quieto como uma pedra, prendendo a respiração. Eu o observei e compartilhamos o desejo de estar naquele lugar. De repente, seus olhos se arregalaram, e ele olhou diretamente para mim.

— Gostaria de poder levar você até lá — disse ele. — Um dia.

— Talvez você possa. Um dia.

— Sabe, gostaria muito que você me chamasse de Archie. Tudo bem para você?

— Tudo perfeitamente bem — respondi. — E você pode me chamar de Elise.

— Elise? — Ele pareceu surpreso. — Estranho. Eu nunca teria adivinhado que era esse o seu nome.

— Não? Que nome você teria escolhido para mim?

Ele pensou por alguns segundos e então disse:

— Bess. Um nome bem escocês. Sim, definitivamente Bess. O que é, o que foi? O que está errado? Se aborreci você, por favor, perdoe-me...

— Não. — Lutei para me recompor, sabendo que meu rosto devia ter mostrado minha surpresa, meu choque diante da escolha dele. Talvez eu tenha ficado com medo e, assim ainda, ao ouvir meu nome, meu verdadeiro nome, na voz suave de Archie... Eu não estava assustada. Longe disso. Eu soube de imediato que gostaria de ouvi-lo repetir e repetir várias vezes. — Você não me aborreceu — tranquilizei-o. — Pelo contrário. — Sorri para ele, o mais sincero sorriso que dava a alguém em muito tempo. — Bess está ótimo — disse-lhe. — Muito bom mesmo.

5

Ainda estava escuro quando Annie e eu nos levantamos e fomos até o hospital de campanha assumir nossas posições. O dr. Young já estava lá, andando ansiosamente de um lado para o outro no pequeno espaço. Subitamente, logo antes de amanhecer, os tiros pararam. O silêncio que substituiu o estrondo das armas era ainda mais aterrorizante do que os próprios tiros. Havia tanta intensidade nele, tanto sentimento de expectativa e de pavor. Annie apertou minha mão.

— Boa sorte, querida — disse ela.

O dr. Young desdenhou:

— Não deveria depositar suas esperanças na sorte, enfermeira. Para começar, a falta de material foi o que nos trouxe até aqui. Confie em suas habilidades, esse é o meu conselho.

Suas últimas palavras não foram abafadas nem mesmo pelo som dos assobios agudos e chamados urgentes. A ordem para ir até o topo fora dada. Lembro-me de experimentar algo como um arrepio ao ouvir as vozes de nossos soldados se erguerem em seu grito de guerra e imediatamente me senti enojada diante da resposta. Por alguns segundos, ouviu apenas o som daqueles gritos determinados e de seus próprios disparos de rifle. E, então, as metralhadoras dispararam. Vi o rosto do dr. Young ficar sombrio.

— Eles deveriam ter sido atingidos. — Ele verbalizou o que todos nós estávamos pensando. — As metralhadoras deveriam ter sido destruídas pelo bombardeio. Não deveria haver mais nenhuma.

Mas havia. Logo o ar se agitou com o ruído contínuo das armas mortais, à medida que elas reduziam o avanço das tropas em seu território. Mal tivemos tempo de registrar qual seria o impacto disso quando as primeiras vítimas começaram a chegar à entrada da casamata.

— Enfermeira Higgins! — O dr. Young bradou ordens enquanto trabalhava. — Você não está arrumando aquele soldado para um desfile. Ponha aquela atadura miserável no lugar e passe para o próximo. Não temos tempo para acabamentos caprichosos. Maqueiros! Este está pronto para ir, e aquele ali. Levem-nos e voltem. Haverá muitos mais! — disse ele, a mão esquerda lutando para estancar um jorro de sangue arterial que ameaçava acabar com a vida de um cabo lamentavelmente jovem à sua frente. Minutos depois, a casamata lotara, e as baixas estavam sendo deixadas de fora. Saí para tratar um homem com uma lesão na perna e outro que recebera uma bala no ombro. Ouvi o dr. Young gritando meu nome.

— Enfermeira Hawksmith, por favor!

Entrei correndo.

— Fique aqui dentro, enfermeira.

— Eu estava só tentando...

— Bem, não tente. Você não será útil para ninguém se uma bomba cair na sua cabeça. É por isso que as vítimas aqui são tratadas com rapidez, assim haverá espaço para mais. Você não deve atender pacientes fora destas paredes. Nenhuma de vocês. Está claro?

Asseguramos a ele que estava. Ainda assim, foi difícil me concentrar no trabalho sabendo que havia homens perigosamente feridos deitados na lama, indefesos, a apenas alguns metros de distância. Um atirador apertou meu braço quando eu me abaixei para atar um ferimento em sua cabeça.

— O arame! — ofegou ele, os olhos arregalados. — Ah, meu Deus, o arame.

— Shhh, fique quieto. Logo vamos tirar você daqui.

— Eles ficam presos nele. Como coelhos em armadilhas. Quanto mais lutam para se livrar, mais ele corta. Eles se tornam alvos fáceis. Tommy Barret perdeu os braços. Eu os vi atirando logo depois. Que chance ele tinha, preso naquele arame? Que chance?

— Dr. Young, poderia me dar um pouco de morfina para este soldado? Ele tem um ferimento na cabeça e precisa ficar quieto, mas está muito agitado...

— Se tivesse sobrado, eu lhe daria, enfermeira.

— Acabou?

— Meia hora atrás. Há um pouco de conhaque, mas vá com calma com ele.

Em alguns momentos era quase uma bênção não ter tempo de conversar com as vítimas; afinal, que palavras eu poderia oferecer a elas? Calei a boca e segui o exemplo do dr. Young. Hora após hora, aplicamos curativos rudimentares, talas e ataduras. Distribuímos água e conhaque. E o pesadelo seguiu adiante. Mais e mais soldados eram deixados do lado de fora da casamata.

— Por que não param com isso? — perguntou-me Annie. — Por que eles continuam a enviá-los ao topo se não há mais esperança?

O dr. Young virou-se para ela.

— Fique quieta, por favor! Se esses rapazes preferem não questionar as ordens, isso não lhe diz respeito. Há um artilheiro logo ali, prestes a perder o braço se você não cuidar dele. Enfermeira Hawksmith, ajude aqui, por favor.

Ele se posicionou em nossa mesa de cirurgia improvisada. Sobre ela jazia um soldado de idade e patente indeterminadas, de tão coberto de lama que estava. Não gritava ou se queixava, mas sua respiração era rápida e superficial, e seu corpo estava rígido de dor. Vi que fora atingido por estilhaços e tinha um ferimento no estômago.

O dr. Young encostou seu rosto ao do paciente.

— Há um pedaço horrível de metal em você. Ele precisa sair. Posso fazer isso aqui ou você pode esperar até chegar ao PE. A questão é, quando você chegar lá, poderá já estar em apuros. Preciso que você saiba que não temos mais morfina. Bem, o que vai ser?

Com grande esforço, o soldado conseguiu falar:

— Melhor tirar, senhor. Se não se importa.

— Bom homem. Vocês aí — chamou os dois maqueiros —, segurem ele para mim, por favor?

O medo passou pelo rosto do soldado enquanto os homens se aproximavam.

— Isso não será necessário — falei.

O dr. Young lançou-me um olhar.

— Ele deve ficar imóvel, enfermeira.

— Ele ficará. Espere só um momento. — Segurei a mão do jovem na minha. — Olhe para mim — disse a ele —, tudo o que precisa fazer é olhar para mim. — Bloqueei todo o resto e me concentrei apenas em seu rosto. Meu olhar encontrou o dele, inquieto, e se fixou. Apertei sua mão contra o meu coração. — Percebe como ele bate lentamente? Seu coração pode fazer o mesmo. Permita. Não pense. Ouça apenas a minha voz. Sinta somente o pulsar da vida através da sua mão. Eu o protegerei. — Enquanto eu falava, balançava levemente de um lado para o outro, sem piscar, sem deixar de olhar diretamente nos olhos dele. Logo sua respiração tornou-se mais lenta e seus próprios batimentos ficaram mais regulares. Seus olhos perderam o foco, mas não se fecharam. Seu corpo estava relaxado.

Voltei-me para o dr. Young.

— Agora ele está pronto — informei.

Os maqueiros esperaram por instruções. O dr. Young hesitou por alguns segundos antes de dispensá-los. Ele pegou um bisturi e fez uma incisão na carne ao redor do ponto de entrada do metal. O soldado não se abalou e permaneceu calmo. O dr. Young olhou para ele, depois continuou. Em poucos minutos, ele havia aprofundado o corte o suficiente para expor o estilhaço. Ele o extraiu com um par de pinças cirúrgicas e rapidamente suturou a ferida. Eu delicadamente soltei a mão do soldado e acariciei seu rosto. Ele piscou algumas vezes e depois sorriu para mim.

— Certo — disse o dr. Young. — Vamos levá-lo para o PE. Muito bem, enfermeira. — Voltou-se para mim. — Eu já tinha ouvido falar sobre hipnotismo, é claro, mas nunca tinha visto sendo utilizado. Confesso que, até hoje, eu me descreveria como um cético. Só até hoje.

— Fico feliz que eu tenha ajudado.

— Fique por perto. Talvez eu precise dos seus talentos novamente antes que o dia termine.

A batalha parecia infindável. Por mais que tentássemos acompanhar o fluxo de feridos, fomos inundados. O dr. Young tornava-se cada vez mais cruel, decidindo quem podia permanecer e quem poderia de fato ser admitido, em primeiro lugar. Ele gritou com um cabo que ajudava um homem que mancava e sangrava profusamente na entrada.

— Apenas os que estiverem em macas!

— Ele estava em uma, senhor, mas uma bomba o derrubou e matou os maqueiros — explicou o soldado. O dr. Young resmungou em voz alta, mas examinou ele mesmo o ferido. A proximidade das bombas era uma preocupação crescente. Uma delas caiu tão próximo que sacudiu as paredes, e, por um momento, temi que o teto pudesse ruir sobre os pacientes. A estrutura suportou, pelo menos, aquele ataque, e as explosões pareciam estar preocupantemente mais próximas.

— Certamente estamos atrás da linha de batalha — sussurrei para o médico. — Por que os inimigos desperdiçariam suas armas?

— Naturalmente, conhecem a posição de todas as instalações que um dia já foram deles — disse-me ele —, e naturalmente sabem que iríamos colocá-las em bom uso.

— Quer dizer que estão mirando propositalmente em nós?

O chão estremeceu mais uma vez em resposta à minha pergunta.

Eu quase não tive tempo para pensar em outra coisa que não as tarefas que tinha em mãos; mas, ainda assim, as imagens de Archie se formavam repetidamente em meu pensamento. Tentei segurá-lo ali, como se isso fosse afastá-lo do perigo. Cada vez que um oficial era trazido para dentro, eu prendia a respiração. Aquele terrível dia estava chegando ao fim, quando vi um rosto que reconheci. Era o capitão Tremain, que eu conhecera na trincheira de Archie e que havia me incomodado tanto. Ele tinha um ferimento à bala acima do joelho esquerdo, e suas mãos estavam profundamente diláceradas — suponho que pelo arame farpado —, mas não corria perigo. Cobri suas feridas e me atrevi a perguntar sobre Archie.

— Não o vejo desde que saímos — falou. — Estávamos posicionados a certa distância. — Ele observava meu rosto por todo o tempo enquanto eu trabalhava, e senti o familiar formigamento na parte de trás do meu pescoço. Mesmo naquela situação, ele tinha a audácia de me encarar, de me cobiçar. Precisei me forçar a terminar suas ataduras. Levantei-me.

— Tente não se mover — disse a ele. — Vamos enviá-lo linha abaixo com os próximos maqueiros disponíveis.

Voltei minha atenção para um soldado no canto da sala, que tossia muito. Vi que ele havia levado um tiro no abdome em um ângulo crescente, e era provável que seus pulmões estivessem se enchendo de sangue. Ajoelhei-me diante dele e peguei sua mão.

Ele balbuciou e engasgou, lutando para respirar, cada espasmo provocando mais dor sobre seu corpo arruinado. Testemunhar sua angústia era de cortar o coração. Eu sabia que ele estava perdendo o ar, e não havia nada a fazer para salvá-lo. Coloquei meus lábios perto de sua orelha e sussurrei.

— Shh, não tenha medo. Só me escute. Você não vai sentir nenhuma dor. Nenhuma dor. Durma agora, um sono profundo e reparador. Durma. Durma.

Enquanto eu falava, seus acessos de tosse cessaram, suas pálpebras piscaram e depois se fecharam. Sua respiração tornou-se suave. Ouvi um som borbulhante vindo de dentro do peito dele, mas o homem não lutou ou sofreu. Ele simplesmente dormiu, como iria continuar a fazer até que seu corpo fracassasse e sua alma estivesse finalmente livre. Levantei-me, virei para o outro lado e descobri que o capitão Tremain estivera me observando. Passei por ele. Ele agarrou meu pulso.

— É um remédio forte que você tem aí, enfermeira — falou, avaliando-me de cima a baixo. — Forte mesmo.

Soltei meu braço de seu alcance. Eu estava prestes a responder ao comentário dele, quando notei Annie se esgueirando para fora. Assim como eu, ela estava preocupada com os feridos deixados sem atendimento e necessitando de cuidados. Olhei para o dr. Young, mas ele não notara sua saída. Olhei novamente para o capitão Tremain.

— Eu ficaria grata... — comecei, mas a expressão no rosto dele me fez parar. Eu sabia que as bombas estavam caindo cada vez mais perto e, para mim, o assovio daquela em particular não fora diferente dos outros. Para o ouvido mais experiente do capitão Tremain, fora muito diferente. Ele me agarrou novamente e me jogou no chão ao lado dele assim que um morteiro explodiu bem na entrada da casamata. O rugido da explosão logo foi seguido por uma tempestuosa nuvem de poeira de concreto. Todos na casamata começaram a tossir. Assim que a poeira se dissipou, ouvi o dr. Young gritando.

— Enfermeira Hawksmith? Você está ferida?

Eu me levantei, endireitando o capitão Tremain; sua perna ferida estava lhe causando muita dor, tornando difícil para ele mover-se sem ajuda.

— Estou bem, doutor — gritei de volta.

— As paredes aguentaram, e o teto também, graças a Deus. Onde está a enfermeira Higgins?

Naquele instante, lembrei-me de ter visto Annie deixando a segurança do hospital. Corri para fora. Havia corpos mutilados e feridos gemendo por toda parte. Annie jazia ao lado de um jovem atirador. Afundei no chão ao lado dela.

— Annie? Annie?

Lentamente, ela se moveu, abrindo os olhos.

— Sei que o dr. Young nos disse para permanecer lá dentro — disse ela —, mas esses pobres garotos... — sorriu. — Tão parecidos com Billie. Eles só precisam de um pouco de cuidado. Um toque materno, sabe?

Concordei com a cabeça.

Seus olhos se estreitaram e uma ruga franziu sua testa.

— Fizemos o nosso melhor, não é? — perguntou.

— Ah, sim, Annie. Nosso melhor — falei e vi o brilho da vida abandonando aqueles olhos bondosos.

Três exaustivas horas mais tarde, o ataque chegara ao fim. As metralhadoras ficaram em silêncio. Quando a última maca era carregada para fora da casamata, o dr. Young falou comigo.

— Vá com eles, enfermeira. Não há mais nada a ser feito aqui.

— Observando meu rosto, lendo corretamente o desespero que crescia ali, ele apertou meu braço. — Não há mais nada a ser feito.

Você salvou muitas vidas aqui, hoje. Algumas você pode ajudar — ele engoliu em seco, sua voz falhando —, e outras... — Ele balançou a cabeça e deixou a frase inacabada.

Acompanhei os feridos, andando pelas tábuas sobre a lama, até as ambulâncias que aguardavam. Eu já ouvira falar de pessoas que ficavam anestesiadas pelo choque causado por experiências terríveis. Como eu desejava tal alívio para a dor em meu coração. Tentei dizer a mim mesma que eu fizera tudo o que podia, e, por um lado, pelo menos sabia que isso era verdade. Eu usara minhas habilidades como enfermeira, usara minha fortaleza de mulher e usara minha magia do jeito que uma feiticeira deve usar — para aliviar o sofrimento e curar. Enquanto os exaustos soldados se arrastavam penosamente passando por mim, procurei entre seus rostos, mas não encontrei Archie. Estaria vivo?, eu me perguntava. De alguma forma, acreditava que sim, mesmo sabendo que as chances estavam contra aquela suposição. Tantos haviam morrido. Ele provavelmente estivera conduzindo seus homens àquelas armas terríveis, até aquele arame impiedoso. E, ainda assim, algo dentro de mim me assegurava de que ele estava vivo. Era como se eu estivesse ciente da chama de sua vida, ligada a ela de alguma forma, e ela ainda ardia e brilhava.

Subi a bordo da última ambulância. O motorista ligou o motor e começou a se mover. E então, acima do ruído do frágil veículo, ouvi meu nome sendo chamado. Meu nome de verdade.

— Bess! Bess! — Archie apareceu ao lado da ambulância. O motorista pisou no freio relutantemente.

— Seja rápido, senhor — disse ele a Archie. — Esses rapazes não precisam ficar aqui por mais tempo além do que já ficaram. — Ele apontou a cabeça em direção aos feridos, na traseira.

— Um momento, cabo. Só um momentinho. — Ele agarrou minhas mãos. — Bess, graças a Deus você está salva.

— Archie! Eu sabia que você estava vivo. Eu simplesmente sabia disso.

— Ainda vou levar você para passear naquelas colinas cobertas de urzes, espere e veja se não vou. — Ele sorriu.

A ambulância começou a andar. Archie mancou ao lado dela, minhas mãos escorregando das dele.

— Vou encontrá-la no PE — gritou para mim. — Assim que puder!

Inclinei-me para o lado de fora da caminhonete e acenei para ele até que as linhas das tropas obscureceram minha visão e ele ficou perdido em uma confusão cáqui. Sentei-me em meu lugar e divaguei sobre a capacidade que o coração humano possui de experimentar tanto o desespero quanto a alegria em um mesmo e único momento.

6

No alojamento das enfermeiras no PE, houve grande comoção pela entrega de algumas correspondências. Três dias depois de minha experiência no hospital de campanha, eu ainda precisava recuperar meu senso de realidade, de normalidade, e estava sendo difícil compartilhar da alegria que as outras estavam gozando com a chegada de suprimentos de Bovril, biscoitos e bolos vindos de casa. Strap ficou em frente ao fogão, aquecendo seu amplo traseiro e mastigando um biscoito de gengibre. Kitty estava sentada em sua cama, lendo e relendo uma carta de seu irmão mais novo. Eu fiquei sentada em minha própria cama, presa em algum lugar entre o alívio de estar distante da frente de batalha e a inquietação por causa da saudade que sentia de Archie. Eu tentara me concentrar em meu trabalho, mas tudo parecia mandar meus pensamentos de volta para ele. Um lembrete particularmente forte era o fato de o capitão Tremain estar na tenda da enfermaria. Seu ferimento estava cicatrizando depressa, porém não rápido o suficiente para mim. Eu achava difícil estar na presença daquele homem, embora não conseguisse compreender totalmente o motivo. Embora ele me deixasse desconfortável, eu estava certa de que ele não era, de fato, uma ameaça. Eu não sentira nada de Gideon nele e, ainda assim, havia algo inquietante. Eu continuava recordando o ocorrido na trincheira, com Archie, Tremain e o tenente Maidstone. Experimentara uma forte sensação de perigo, mas por quê? O próprio Tremain continuava a fazer comentários inoportunos e inapropriados, e eu estava totalmente ciente de que ele testemunhara alguns dos meus métodos pouco ortodoxos de cura no hospital de campanha. Esforcei-me ao máximo para evitá-lo e esperei que ele fosse logo enviado para casa de licença para se recuperar completamente de seu ferimento. Pelo menos, eu podia me apegar à esperança de ver Archie novamente em breve. Recebera um bilhete dele e estávamos planejando passar nossos dois dias de folga juntos no próximo sábado. A simples ideia fazia me sentir como uma adolescente tola. Tais momentos de alegria melancólica não poderiam existir sem um preço a pagar, e fui apanhada imediatamente pela culpa. Como eu poderia estar criando expectativas de riso, de divertimento e até mesmo de amor, quando tantos haviam morrido ou estavam sofrendo? Seria correto? Strap viu minha expressão em um momento de descuido.

— Meu Deus, Elise. Você parece nitidamente indisposta. Aqui, pegue um destes. Não há nada melhor para levantar o ânimo por estas bandas — disse ela, oferecendo seus preciosos biscoitos.

Aceitei um, sem muito entusiasmo.

— Obrigada.

— E então, já teve notícias do seu soldado?

Eu já havia mencionado o nome de Archie e contado a ela sobre nosso encontro na frente de batalha. Era contra minha natureza compartilhar esse tipo de informação com qualquer um, mas eu estava sentindo tanta saudade que falar sobre ele era uma forma de trazê-lo para junto de mim, mesmo que apenas por alguns instantes. Olhei por cima do ombro para me certificar de que não podia ser ouvida.

— Ele enviou um bilhete.

— Um bilhete, é? Bem, já é alguma coisa.

— Ele tem quarenta e oito horas de licença, começando no sábado.

— E você não tem nada a ver com isso, claro, já que está plenamente ciente das regras que proíbem enfermeiras de sair com oficiais.

— Claro.

— E porque sabe que, se a nossa querida líder perceber um indício que seja de uma *ligação* entre uma enfermeira de sua equipe e um homem de uniforme, as consequências serão muito desagradáveis.

— Extremamente desagradáveis, posso imaginar.

Ela saiu de perto do forno e sentou-se a meu lado.

— E então, você vai se encontrar com ele? — sorriu ela.

— Vou pegar o trem para Gironde, três paradas a sudoeste daqui. Devo esperar por ele na plataforma e ele vai me encontrar.

— Ah, um encontro às escondidas! Isso é ridiculamente romântico.

Meu próprio sorriso se desvaneceu.

— Ou talvez apenas ridículo.

— Mas, por quê?

— Ah, eu não sei, isso não parece certo. Sair para me divertir, sorrateiramente, esquecendo o motivo de estarmos aqui, em primeiro lugar. — Corri a mão por meus cabelos e deixei meus ombros esmorecerem. Strap não estava entendendo nada.

— Agora escute aqui, enfermeira Trabalho-Até-Cair Hawksmith — disse ela —, se alguém aqui merece umas horas de descanso, esse alguém é você. Faço questão de insistir que faz você muito bem em se divertir e esquecer completamente o porquê de estarmos aqui. É aí mesmo que está a graça de tudo isso! Minha nossa, garota, você não sabe quando relaxar e aproveitar. A última vez que saí sorrateiramente por aí, foi invadindo o dormitório da escola. Aproveite ao máximo, é o meu conselho. E volte para contar a nós, criaturas malamadas, todos os detalhes. Ou, no mínimo, conte *para mim*. Estou vendo que você não irá querer que eu espalhe seus pecadilhos...

— Pecadilhos! — ri. — Strap, você é um bálsamo. Se pudéssemos engarrafar o que quer que a deixa assim, tão incansavelmente alegre, nós esvaziaríamos as enfermarias.

— Biscoitos de gengibre — declarou ela, mordendo outro. — Legiões poderiam viver apenas com isto, eu juro.

Nós rimos juntas, e eu percebi que fazia muito tempo que não ouvia o som de minha própria risada.

Os dias se arrastaram até que finalmente a tarde de sábado chegou. Eu não tinha roupa nenhuma, além de meu próprio uniforme, e, pela primeira vez, senti falta de ter algo bonito para vestir. Lavei meu cabelo, enxaguando-o com um pouquinho do meu precioso óleo de rosas e pedi um batom emprestado à Kitty. Embora eu tivesse desvalorizado a ocasião o tanto quanto podia, as outras devem ter percebido meu entusiasmo e provocavam-me impiedosamente, até que consegui escapar. Eu embalara alguns itens para pernoitar em uma pequena sacola que Strap me emprestara, não querendo chamar atenção para o fato de que estava planejando me ausentar por dois dias. E noites. O trem das sete para Gironde estava cheio de soldados de folga e voluntários não combatentes, todos com a intenção de passar um tempinho longe da crueldade da guerra. Alguns se dirigiam para a costa, para tomar um barco de volta para casa. Outros, assim como eu, estavam prontos para passar algumas horas tão longe de Saint Justine quanto seus passes permitissem ir.

Encontrei um assento na janela e fiquei olhando a paisagem deserta enquanto a locomotiva soprava e bufava para longe da frente de batalha. A cada quilômetro que passava, o interior parecia mais normal, mais pacífico. Sob o sol poente, plantações cresciam, animais pastavam e corvos rodeavam árvores imponentes, preparando seu poleiro noturno. Comecei a sentir o entusiasmo se agitando dentro de mim. Não apenas pela ideia de rever Archie, mas também por perceber que havia esperança, que tudo poderia ficar bem de novo algum dia.

No momento em que chegamos a Gironde, já estava escuro. Percorri a plataforma, afastando-me do grupo de pessoas procurando a saída. Abriguei-me nas sombras e esperei. Senti um aperto em meu estômago enquanto o fluxo de pessoas se esvaía até restar um último filete e o último dos passageiros desapareceu. Ainda não havia sinal de Archie. Será que ele viria, afinal? Será que eu estivera me iludindo a respeito da sinceridade dos sentimentos dele por mim? Então, de repente, eu o vi. Ele saiu do trem com cuidado, sua perna lesada forçando-o a inclinar-se acentuadamente para o lado. Ele ficou sozinho na plataforma. Saí do canto escuro onde estivera esperando. Ele me viu e imediatamente sorriu, correndo na minha direção. Por um momento, ficamos nos encarando silenciosamente. Por fim, Archie começou a rir e me ofereceu seu braço.

— Bem, enfermeira Hawksmith — disse ele —, eu diagnostico excitação nervosa e prescrevo dois copos grandes do melhor vinho local que pudermos encontrar. O que me diz?

— É o remédio perfeito. — Tomei o braço dele e deixei que me guiasse em direção à cidade.

— E — continuou ele — também prescrevo o excelente *cassoulet* de madame Henri, seguido por uma xícara ou duas do melhor café que se encontra fora de Paris. Como você acha que nós, os pacientes enfraquecidos, vamos nos sair com isso?

— Acho que o prognóstico é bom, e o tratamento deve ser repetido em intervalos frequentes.

O Café Henri ficava em uma rua lateral da pequena praça que constituía o centro da cidadezinha. Passamos sob o toldo e abrimos a porta para uma cena acolhedora de aconchego, luz e alegria. Estava claro que Archie já estivera ali antes, pois *mounsieur* Henri o saudara como a um filho querido e nos conduzira a uma mesa confortável em um canto. O café já estava quase lotado, e tivemos que nos espremer por entre os outros clientes e comensais. *Mounsieur* Henri puxou a cadeira para mim e nos entregou nossos cardápios com um floreio.

— O que recomenda esta noite, Albert? — perguntou Archie.

Monsieur sacou seu bloquinho e lambeu a ponta do lápis. Quando falou, seu sotaque grunhiu, e ele engoliu as palavras.

— Ah, tenente Carmichael, recomendo fortemente o *cassoulet*. Madame Henri mesma o preparou e está — ele fez uma expressão de êxtase — *magnifique*!

— *Cassoulet* será, então.

Monsieur Henri recolheu os cardápios e foi embora, gritando instruções urgentes para o garçom idoso nos trazer vinho *tout de suite*.

Archie inclinou-se para a frente.

— Espero que não se importe de eu haver escolhido por você — disse ele, baixando a voz. — O fato é que todo o restante do cardápio está em falta desde que a guerra começou. É *cassoulet* ou nada, receio. Mas você não irá se decepcionar. É sempre excelente.

— *Magnifique*, imagino.

— Justamente.

O garçom trouxe taças e uma garrafa de vinho, que abriu com algum esforço e, em seguida, colocou ao lado de Archie.

— Como foi que você descobriu este lugar? — perguntei.

— Um colega oficial me trouxe aqui, na minha primeira folga. Se tenho que ficar longe de casa, não há outro lugar onde eu prefira estar. Você gosta daqui?

Observei meu entorno. As paredes eram pintadas de um vermelho profundo, mas estavam quase totalmente escondidas por um conjunto de pinturas vitorianas, a maioria a óleo. Alguns quadros mostravam paisagens da região, outros pareciam ser retratos de clientes frequentes, e havia um particularmente grande de *monsieur* e madame Henri sobre a porta para a cozinha. O bar fora polido e gasto por milhares de mangas, enquanto os que as vestiam clamavam por vinho, absinto ou café. Do teto alto pendiam três candelabros impressionantes de vidro escuro sobre o centro da sala, os quais combinavam com as luminárias que iluminavam os cantos. À esquerda do bar ficava um pequeno piano. Havia duas mesas sob a janela, ocupadas por um pelotão de soldados inebriados. A julgar por seus uniformes e sotaques, eram australianos. A maioria dos convivas era composta de soldados, exceto por um casal idoso no canto mais distante e um grupinho de garotas francesas de rosto jovial sentado no centro da sala, fingindo não notar os olhares descarados de admiração dos homens. Todo o espaço estava preenchido pelo burburinho de pessoas se divertindo, pela emoção do flerte, pelo cheiro de café, vinho e colônia, e por uma sensação concreta de *joie de vivre*. Aquela era a França como sempre fora e sempre seria.

Aquilo estava a milhares de quilômetros da brutalidade que se instalara a distância de apenas uma curta viagem de trem. Compreendi o que Strap dissera: seria um pecado alguém não aproveitar tal lugar. A oportunidade de se divertir normalmente, com interação humana amigável, deveria mesmo ser celebrada e saboreada até a última gota.

— Gosto muito — disse a Archie enquanto ele me servia vinho. Olhei para ele enquanto levava minha taça aos lábios. — Não consigo imaginar outro lugar onde gostaria de estar.

— Nem eu.

— Nem mesmo Glencarrick?

— Neste momento, não. Este momento já está perfeito. Brindemos a ele. Que fique para sempre gravado em nossas memórias, independente de quanto tempo isso possa significar.

Bebemos nosso brinde, nossos olhares perdidos um no do outro. Senti que Archie tinha a capacidade de me conhecer ao olhar para mim, de enxergar as profundezas do meu ser. Havia algo maravilhosamente reconfortante nessa percepção. Era como se toda a solidão dos longos anos que eu vivera fosse aliviada ao ter os olhos dele sobre mim daquela maneira. Como se ele tivesse lido meus pensamentos, sua expressão ficou mais séria. Archie pousou sua taça.

— Acho que devo explicar uma coisa — falou. — Eu era apenas uma criança e muito apegada ao meu pai, mas é com a minha mãe que eu mais me assemelho. Meu pai já se foi, infelizmente. Sinto sua falta terrivelmente, assim como minha mãe. Ela nunca deixará Glencarrick. Suponho que isso seja parte da razão para o lugar significar tanto para nós dois — era onde ele estava. Onde ele está. Enfim, minha mãe é uma pessoa realmente singular. Ela foi criada em Edimburgo, mas se mudou para as Highlands, onde foi apresentada a meu pai. Eles se amaram desde o momento em que se conheceram. — Ele parou e sorriu para mim, e então continuou. — Acho que meu pai soube imediatamente que havia algo diferente nela. Ele não se importava. Ele a aceitava exatamente como ela era. Embora houvesse gente na família que a julgasse um pouquinho... esquisita. Mas logo ela se estabeleceu em Glencarrick e todos a adoraram. Eles foram bem receptivos aos seus... talentos incomuns. — Ele bebeu outro gole de vinho. — O fato é que minha mãe é uma médium. Ela não faz segredo disso, não dá desculpas ou explicações. Ela simplesmente tem uma habilidade para se comunicar com os espíritos que passaram para o além, como diz. Nunca tive medo disso, nem mesmo quando criança. Cresci em meio a sessões mediúnicas e com estranhos aparecendo na porta, pedindo a ajuda de minha mãe para entrar em contato com seus entes queridos que se foram. Ela nunca mandava ninguém embora. Quando eu era bem pequeno ainda, com cerca de 8 ou 9 anos, suponho, minha mãe enxergou algo em mim também. Eu tinha o dom. Foi ela quem primeiro notou quando eu falei sobre o garotinho que me visitava todas as noites. Meu pai acreditava serem sonhos ou um amigo imaginário. Suponho que ele não estava disposto a admitir que havia outro membro "esquisito" na família, não a princípio. Mas minha mãe logo soube que meu amigo era um espírito. Um fantasma, se preferir. Ele foi o primeiro de muitos. Depois disso, passei a me encontrar regularmente com todo tipo de pessoas nas horas de escuridão. A maioria delas vivera em Glencarrick em alguma época. Às vezes, eu ajudava minha mãe a contatar os parentes e amigos das pessoas. Como disse, isso nunca me assustou. Éramos simplesmente assim.

Ele parou de falar quando *monsieur* Henri chegou com os pratos fumegantes de *cassoulet*.

— Madame, aqui está. Espero que aprecie sua refeição.

— O cheiro está maravilhoso — disse eu.

— Tenente Carmichael, *bon appétit*.

— Obrigado, Albert.

Assim que ele deixou a mesa, ambos olhamos admirados para nossa refeição. Depois de semanas de rações e comidas horríveis a que estivéramos submetidos, a refeição à nossa frente era mesmo magnífica. Eu podia detectar a manjerona, o alecrim, o alho e as cebolas doces por entre os tomates e feijões e pedaços de coelho e salsichas. Nunca fora tão saboroso esperar por um prato de comida. Mas eu realmente desejava que Archie continuasse. Não queria que o momento de confidências fosse perdido.

— Prossiga — disse eu —, você estava me contando sobre sua mãe. Sobre você. Por favor, não pare.

— Sabe que nunca contei nada disso a ninguém? A nenhum dos homens. Ninguém. Mas eu queria lhe contar. Queria que você compreendesse. Queria que você visse que eu — hesitou ele —, que eu entendo *você*.

Naquele momento, foi como se o resto do lugar não existisse mais. Eu não prestava atenção a mais nada, exceto ao homem muito especial sentado à minha frente. E ao significado real do que ele estava dizendo. Ele me conhecia. Ele sabia o que eu era! Não teria de me esconder ou fingir. Não teria de tentar explicar ou me desculpar. Sua habilidade de enxergar o que outros não podiam ver, de se conectar com o outro mundo, significava que eu estava nua diante dele. Eu não era a enfermeira Elise nem mesmo Bess. Bem, eu *era sim*, mas não apenas elas. Eu era tudo o que sempre fora. Elizabeth Anne Hawksmith. Nascida quando o mundo era muito mais novo. Transformada de simples curandeira em imortal. De uma vez por todas, para o bem ou para o mal, uma feiticeira. Meu coração começou a cantar diante dessa alegria. Antes que pudesse detê-las, lágrimas escorreram por meu rosto. Lágrimas de pura felicidade.

— Tenha cuidado. — Archie me ofereceu seu lenço. — Albert ficará ofendido se você adicionar mais sal ao seu já perfeito *cassoulet*.

— Você não... me despreza?

— Desprezá-la? — Ele balançou a cabeça e esticou a mão sobre a mesa para tomar a minha. — Meu amor, minha doce e querida Bess. Eu a adoro. Você tem meu coração completa e totalmente. Por todo o tempo.

Deixei que ele apertasse minha mão. Ele sorriu para mim.

— Vamos lá — disse ele —, vamos comer.

Tínhamos apenas começado a mexer em nossa refeição divina quando vi a atenção de Archie ser tomada por alguém que entrava no café. Seu rosto ficou um pouco sombrio, e eu me virei e vi o tenente Maidstone entrando no recinto, acompanhado por dois outros oficiais. Ele nos viu e aproximou-se de nossa mesa, sorrindo.

— Carmichael, seu azarão. — Ele deu um tapa nas costas de Archie e sorriu para mim. — Bem, bem, enfermeira Hawksmith, se bem me lembro. Que bom vê-la novamente.

— Tenente Maidstone, espero que esteja bem.

— Excelente, minha querida. Excelente. Hum, isso parece bom. Ouvi falar deste lugar, mas é a primeira vez que venho aqui. Acho que vou pedir um pratão desses para mim.

— Reg, meu velho! — Um grito veio de um de seus acompanhantes que já estava diante do bar. — Não seja tímido com esse seu dinheiro, venha e pague pelas bebidas.

O tenente Maidstone sorriu e fez uma pequena reverência.

— Divirtam-se, crianças — disse ele, antes de dar as costas e cruzar as mesas até o bar. Archie parecia estranhamente aborrecido com a aparição de seu amigo.

— Quão longe uma pessoa precisa ir para ter um pouco de privacidade nesta guerra miserável? — divagou em voz alta.

— Ele é muito alegre — falei. — Suponho que vocês sejam bons amigos, jogados juntos naquelas trincheiras. — Peguei uma garfada de feijões.

— O tenente Maidstone não é meu amigo — disse ele calmamente.

Fiquei surpresa. Olhei por cima do ombro. O tenente estava envolvido em uma animada conversa com *monsieur* Henri, que parecia feliz o suficiente por falar com ele. Havia algo de arrogante nele, é verdade. E recordei o jeito como ele e o capitão Tremain olharam para mim na trincheira. Lembrei-me de como me senti nervosa. Julgara que apenas o capitão me deixara nervosa, mas claramente Archie vira algo no tenente Maidstone. Parei de comer e comecei a me concentrar nele, para sintonizar minha intuição de feiticeira, mas Archie chamou minha atenção de volta para ele.

— Não quero apressá-la — falou, seu humor nitidamente alterado —, mas podemos comer e sair logo daqui? Sei de um lugar onde poderemos ficar juntos. Só nós dois.

— Sim, é claro — disse eu. — Adoraria. Mesmo.

Terminamos nosso jantar em um silêncio cheio de uma curiosa tensão oriunda não unicamente da expectativa da noite que se anunciava.

7

Archie chamou *monsieur* Henri e, depois de muitos sussurros conspiratórios, fomos levados para fora através da cozinha, até uma porta nos fundos. No pequeno quintal atrás do café, o corpulento dono do restaurante puxou uma lona e revelou uma motocicleta brilhante. Ele entregou as chaves para Archie e teve prazer em explicar os menores detalhes da moto para ele. Archie amarrou minha sacola à traseira e me ajudou a subir. Com três chutes determinados, o veículo rugiu de volta à vida. Agarrei-me a Archie, aninhando-me às suas costas fortes e acolhedoras. Quando saímos de Gironde e tomamos a estrada que levava ao sul, eu não poderia estar mais feliz. Não tinha ideia de para onde estávamos indo ou quanto tempo nossa jornada demoraria. Confiava em Archie completamente. Estávamos juntos, estávamos longe da guerra, tínhamos um tempo precioso à nossa frente e, por enquanto, podíamos ser totalmente egoístas. Nada mais importava. Viajamos ao longo de estradinhas cada vez mais estreitas através dos campos sombrios. Meia hora deveria ter se passado quando Archie virou a motocicleta por um acidentado caminho de fazenda. Passamos pela casa principal, sacudindo por entre o pátio de pedras. Um cão com artrite latiu em alarme, mas a porta da frente permaneceu fechada. Desviamos dos sulcos e buracos do caminho cada vez mais irregular até chegarmos a uma casinha instalada entre um pequeno amontoado de árvores de vidoeiro prateado. Era uma casa térrea de pedra, com um telhado fortemente inclinado e uma chaminé robusta, de onde subia uma fumaça fantasmagórica pelo frio ar noturno. Archie parou a moto e desligou o motor. O silêncio do lugar era glorioso e pontuado por nada mais que uma coruja piando por aqui e uma raposa latindo acolá. Archie pegou minha sacola e abriu caminho para a baixa porta de madeira, que não estava trancada. Atravessei a porta e inspirei a fumaça da madeira e o cheiro de flores cortadas. Archie levantou uma lâmpada a óleo da lareira e colocou um fósforo aceso no pavio. O quarto se iluminou e entrou em foco. A lareira fora acesa havia algumas horas, e um fogo queimava brilhante e quente no enorme centro dela. Uma mesa de pinho escovada no meio do pequeno quarto ostentava um vaso de rosas e uma caixa de mantimentos. Havia duas cadeiras de madeira ao lado dela, bem como uma cadeira de balanço e uma poltrona de couro desbotada, perto do fogo. No canto mais distante, havia um lavatório com jarro e bacia, e um espelho pendurado na parede. Além disso, via-se uma cama de ferro com um grosso colchão de penas e uma colcha de retalhos.

— Não é o Ritz, receio dizer — falou Archie, acendendo uma vela em um suporte de bronze e colocando-o sobre a mesa —, mas é nosso pelo resto do fim de semana. Ninguém vai nos perturbar. O fazendeiro é um primo de Albert.

— É maravilhoso — disse eu —, muito maravilhoso. — Um pensamento me ocorreu, fui incapaz de me conter e perguntei: — Você... você já esteve aqui antes? Com alguém?

— Não com alguém. — Ele balançou a cabeça e depois se aproximou de mim, tomando minhas mãos nas suas. — Eu juro a você, não sou dado a convidar belas enfermeiras jovens para casinhas remotas na calada da noite. Estive aqui apenas uma vez anteriormente, e sozinho. Precisava muito de um tempinho longe da frente de batalha, mas tinha apenas alguns dias de licença. Queria um lugar tranquilo. Um lugar onde pudesse deixar minha mente descansar, mesmo que por pouco tempo. Mencionei meu desejo a Albert. Ele é um bom homem e ofereceu-me este lugar. Quando eu disse que queria visitar a casa novamente, dessa vez com uma amiga, bem, ele arrumou tudo para mim. É animador, não é, encontrar esses pequenos atos de bondade no meio de toda essa miséria?

Sorri para ele, balançando a cabeça.

— Mal posso acreditar que é tudo para nós. — Dei uma volta pelo quarto, tocando o dintel áspero sobre a lareira, parando para cheirar as vistosas rosas, entregando-me ao calor e à tranquilidade do lugar. — Só nós dois.

— Só nós dois. Agora — ele esfregou as mãos juntas e espiou dentro da caixa de mantimentos —, vamos ver que gostosuras *monsieur* Henri nos reservou.

A caixa trazia pão fresco, um queijo redondo, alguns tomates, ovos vermelhos, maçãs, um pote de mel e até mesmo alguns preciosos grãos de café. Além dessas delícias maravilhosas, havia um saca-rolhas e duas garrafas de vinho tinto. Archie sorriu, segurando uma delas contra a luz.

— Vou procurar taças — disse ele, começando a busca pelo único armário do quarto.

Desabotoei meu casaco, tirei-o dos ombros e o coloquei sobre uma das cadeiras. Sabia exatamente onde queria me sentar, mas alguma coisa fez com que eu hesitasse. Eu me aproximei da cadeira de balanço lentamente, como se ela pudesse começar a se mover de repente. Percebi que Archie me observava. Ele deve ter achado meu comportamento estranho. Para ele, era apenas uma cadeira. Para mim, era uma lembrança poderosa de minha mãe, que ali, naquela casinha que era tão parecida com a casa de minha infância, emoções há muito abafadas ameaçavam me oprimir. Timidamente, toquei a madeira lisa. A cadeira se moveu e rangeu por um instante: ao menor dos toques, o mais leve sussurro de um som. Sentei-me e recostei nas barras redondas de madeira do encosto. Lentamente, deixei a cadeira se mover. O movimento acelerou suavemente sem demora. A luz das chamas ao lado ficava ligeiramente turva enquanto eu balançava para a frente e para trás. Olhei para Archie, de pé, com as taças na mão, esperando uma reação minha.

Ele sabe, pensei, *ele sabe tanto sobre mim.*

Sorri novamente, ciente de que eu não o fazia com tanta frequência ou tão genuína felicidade há muito, muito tempo. Na mesma hora, senti-me culpada por estar me divertindo quando tantos outros estavam sofrendo, e a alguns quilômetros dali. Eu somente podia imaginar contra quais emoções conflitantes Archie estivera lutando.

— É difícil, não é — perguntei —, esquecer os outros? Afastar todo o horror da guerra para longe da mente e apenas... estar aqui.

Ele assentiu, contemplando o vinho escuro em sua taça e soltando seu peso na velha poltrona de couro.

— Tive sorte — disse ele —, durante as minhas primeiras semanas aqui, eu tive um ótimo comandante. Brunswick, era seu nome. Ele notou que eu não estava tirando minhas folgas. "Afaste-se daqui sempre que puder" ele me aconselhou. "Afaste-se e não deixe que os pensamentos daqui acompanhem você. É a única maneira de permanecer saudável." Ele estava certo. Está morto agora, é claro, mas isso não o torna menos sábio. Aprendi a fazer exatamente o que ele recomendou.

— Acho que é um excelente plano. Nada de guerra até partirmos. Concorda?

— Chega de guerra. Vamos brindar.

Naquela noite, bebericamos nosso vinho e conversamos durante toda a madrugada. Falamos de nossas infâncias e de nossas vidas antes de conhecermos Passchendaele. Eu estava ansiosa para ouvir mais sobre a família dele, suas origens, sobre ele. O que ele dissera no café voltou à minha memória, e eu desejava, precisava saber mais.

— Você disse que costumava ajudar sua mãe, assisti-la em seu trabalho como médium. Que você tinha o dom. Você ainda tem?

Archie permitiu que um sorriso triste alterasse suas feições.

— Acho que agora seria mais uma maldição do que um dom. Aqui, neste caos, onde almas torturadas viriam para me ver se eu fosse capaz de vê-las, eu me pergunto: O que diriam a mim? — Ele balançou a cabeça. — Tenho certeza de que não suportaria. —

Parou para servir mais vinho em meu copo e reabastecer o seu próprio. Quando continuou, sua voz estava rouca de emoção. — Eu tinha 15 anos quando deixei de me comunicar com os espíritos que já haviam feito a passagem. Simples assim. Foi como se uma luz dentro de mim se extinguisse. Eu me senti desolado, como se tivesse perdido minha família. Consegue entender isso?

— Consigo, sim. Perder essa ligação... Como não sentir uma enorme solidão? Mas por quê? Por que as coisas mudaram? E por que naquele momento, você sabe?

Ele balançou a cabeça.

— Minha mãe me disse que tinha algo a ver com a minha transição para a idade adulta; essa foi a única explicação que ela pôde me dar.

— Ouvi dizer que crianças são naturalmente mais suscetíveis. Mais sensíveis às vibrações em outros planos do que em nosso mundo comum de vigília. Ao tornar-se adulto, você deu um passo além do alcance deles. E, no entanto, sua mãe...

— Minha mãe é uma mulher excepcional. Claramente, sou um ser inferior. Minha conexão era tênue. Meu dom apenas era viável enquanto era reforçado pela minha sensibilidade da infância. Não poderia suportar minha brutal transformação em um homem.

— Mas você ainda mantém alguma sensibilidade. Deve ter. De que outra forma saberia... sobre mim?

— Eu teria de ser cego para não ver que você é uma pessoa verdadeiramente extraordinária, Bess. A luz irradia de você. Uma energia poderosa.

— Ela é poderosa, certamente. Embora esse poder nem sempre seja uma força pela qual eu seja grata. — Virei-me e estudei as chamas do fogo baixo. O calor consumira uma tora de aveleira e expunha um velho prego de cobre, de forma que línguas de cor verde dançavam por entre as chamas de cor laranja. — Algumas vezes, eu me sinto amaldiçoada. Quando deixo que os "e se" se revirem dentro de mim. E se eu tivesse sido capaz de salvar minha mãe de algum modo? O que poderia ter acontecido se eu tivesse sido forte o suficiente para resistir a Gideon? Poderia ter levado uma vida simples, com um marido, uma família, uma casa onde viver e amar e me sentir segura? — Fechei os olhos por um breve instante, mitigando a dor familiar. Quando os abri de novo, percebi o quão fortemente minhas palavras haviam afetado Archie. — Sinto muito — disse eu. — Não devo ficar melancólica. Não aqui. Não agora. Suponho que eu esteja me deixando levar por esses pensamentos por sua causa. Porque, de alguma forma, sei que você me entenderá. Porque você entende um pouco do que é ser...

— Diferente?

— Sim, mas não só isso. Mais do que isso. Ser ligado a alguma outra coisa, a algo maravilhoso e, ainda assim, não pertencer completamente ao outro lado também. Como se estivéssemos suspensos entre dois mundos.

Archie concordou.

— Eu sei, meu amor — disse ele suavemente. — Eu sei. Mas não é de todo mal, é? — Ele se inclinou para a frente, com os olhos brilhando de curiosidade e admiração. — Digo, o que eu tinha, o que era capaz de fazer, era especial, sim, mas era insignificante comparado ao que *você* pode fazer, ao que você é. Compreendo o que você diz sobre estar só, realmente compreendo. E parte meu coração pensar em você, por todos esses anos, sem ninguém ao seu lado, sem ninguém em quem confiar, com quem compartilhar seus dons e sua vida. Isso é muito duro, Bess. Mas, bem, há a magia!

Eu sorri, seu entusiasmo pueril melhorando meu humor.

— Sim — concordei. — A magia é esplêndida. Sentir a magia correndo nas veias, sentir meu ser habitado por ela de forma tão plena, mente, corpo e alma; bem, não há nada que eu possa comparar a isso. É como estar ligada a uma energia tão infinita e tão antiga... Sou um canal para essa força, nada mais. Mas, naquele momento em que sou abençoada, eu reconheço. E, sim, quando sinto o encanto e vejo o bem que pode proporcionar, e sei que sou parte dessa bondade, então não me sinto mais só. Pelo mais breve dos instantes, não sou solitária. Seria impossível me sentir isolada nesse momento.

— Parece uma bênção.

— E é. É sim. Ainda que...

— Você pague um alto preço por ela.

A tranquilidade estabeleceu-se entre nós, e ficamos em silêncio por um tempo. Não era preciso dizer mais nada. Era a primeira vez, desde a morte de minha querida mãe, que eu acreditava ser completamente aceita, por tudo o que eu era, por outro ser humano.

Conversamos e escutamos um ao outro até que a última das toras tivesse se consumido em um brilho vermelho; depois, Archie pegou minha taça vazia e me puxou para si. Ficamos em frente ao fogo que se extinguia, abraçando-nos como se nada pudesse nos separar. Ele levantou a mão até meu rosto e tocou a faixa branca de cabelos. Conscientemente, afastei-me um pouco, mas ele balançou a cabeça e deixou que seus dedos traçassem uma linha até os grampos que a prendiam na parte de trás. Delicadamente, livrou meus cabelos do penteado e observou-os caírem sobre meus ombros. Ele se inclinou e beijou levemente a trilha branca, aquela brilhante faixa que ele sabia que simbolizava a magia que corria dentro de mim. Deslizou a mão sob meus cabelos até minha nuca, enquanto com a outra segurava com firmeza minha cintura. Pousou seus lábios nos meus e trocamos o beijo mais doce de toda a minha longa vida. Ali, no calor das brasas, despimos um ao outro, lentamente e com infinito cuidado. As sombras da lâmpada e da vela reduzida preenchiam as depressões e profundezas de nossos corpos, e as poças irregulares de luz emprestavam um brilho para a curva de um ombro ou o ângulo de um quadril. Archie me ergueu e levou até a cama. O frescor do linho me fez ofegar, mas não estive ciente dele por muito tempo. Archie provou ser o mais imaginativo e excitante dos amantes. Nele, achei o equilíbrio ideal entre ternura e agressividade, que resultava no sexo mais requintadamente intenso e satisfatório. Adormecemos com os braços entrelaçados, os corações unidos, envoltos pela suave harmonia da antiga casa e de nosso amor profundo.

Na manhã seguinte, quando acordei em nosso aconchegante leito, Archie havia desaparecido. Um sobressalto de medo sacudiu-me antes que meus ouvidos sintonizassem o som do machado rachando a lenha do lado de fora da casa. Saí da cama, envolvendo-me na bela colcha. Abri a porta para a luz alegre do sol e um céu da manhã pintado de azul-bebê. O ar estava fresco como no outono e despertou meu cérebro sonolento. Archie estava de costas para mim, perto da pilha de toras, levantando o machado metodicamente enquanto cortava blocos de carvalho e freixo para o fogo. Eu estava prestes a chamá-lo, mas me detive. Em vez disso, enviei meus pensamentos até ele, silenciosamente.

Vou preparar um café, você quer um pouco?

Ele parou de rachar a madeira, virou-se e sorriu para mim. Largou o machado e andou na minha direção. Teria ele me ouvido? Teria minha voz soado dentro de sua cabeça ou era apenas uma coincidência ele ter escolhido aquele momento para deixar sua tarefa e vir até mim? Chegou perto e gentilmente afastou os cabelos de meu rosto.

— Não antes de levá-la de volta para a cama e fazer amor com você outra vez — disse ele, em resposta à minha pergunta. Isso estava muito além de qualquer expectativa que eu pudesse ter alimentado sobre a nossa capacidade de nos conectarmos um ao outro. Ah, que alegria! Pulei em seus braços, e a colcha de seda escorregou de meus ombros. Archie riu enquanto me carregava para a casa.

Foi algum tempo depois, quando estávamos sentados em frente ao fogo renovado, bebericando o café amargo, que uma ideia tremenda e fantástica me ocorreu. Uma ideia tão grande em seu significado, tão potencialmente transformadora para nós dois que, por um momento, me tirou o ar. Durante alguns instantes, fiquei sem saber como dar voz àquele pensamento. Ali estava Archie, na poltrona de couro surrado, despreocupado depois de fazermos amor, reanimado pelo banho de água fresca e o café forte, sem qualquer noção do que eu estava prestes a sugerir. Ou ele já sabia? Quanto, com que frequência e com que sucesso ele podia entrar em minha mente e discernir meus pensamentos se eu não o estimulasse a isso? Terminei meu café e fui me ajoelhar aos pés dele, pegando suas mãos nas minhas. Ele observou meu rosto iluminado.

— Bem? — perguntou, esperando pelo que quer que houvesse claramente me inspirado. Se já sabia, não disse e deixou que eu mesma encontrasse as palavras.

— Junte-se a mim — sussurrei e depois falei mais alto: — Junte-se a mim! Seja como eu. Dê o passo que eu dei séculos atrás e torne-se imortal. Fique comigo por todo o tempo. Posso fazer isso por você, por nós. Pense nisso, meu amor. Chega de despedidas, chega de morte. Nós dois compartilharemos nossas vidas, sem termos de ser solitários novamente. — Levantei-me, soltando suas mãos, entusiasmada demais para ficar parada. — Imagine o que isso poderia significar, o que poderíamos fazer. E sempre teríamos a sua casa maravilhosa para viver, longe do resto do mundo. Ninguém poderia nos incomodar lá: você mesmo disse que o pessoal da vizinhança ama sua família. Eles não questionariam a nossa longevidade. Eles não a temeriam, não como os outros. Não vê? Essa pode ser a resposta. — Eu estava animada com essa possibilidade, transformada pela ideia de compartilhar esse amor para sempre e nunca mais ter de ficar sozinha e assustada de novo. Archie se levantou e me abraçou. — Mostrarei a você tais encantamentos — disse-lhe. — Ensinarei a você tudo o que sei. Você está em sintonia, tem a centelha da magia, a sensibilidade para o outro mundo; tudo isso já está dentro de você. Você não pode imaginar a felicidade de preencher o seu ser com a força da magia, com o dom da cura e da vida eterna. Juntos seremos felizes. Estaremos seguros. — Fechei os olhos e descansei minha cabeça em seu peito, o coração dele batendo suavemente contra meu tímpano. — Deixe-me fazer isso por você. Por nós dois — falei.

Ele beijou minha cabeça e descansou os lábios contra meus cabelos. Quando finalmente falou, sua voz estava fraca e rouca de emoção.

— Oh, minha Bess, minha amada, amada Bess — murmurou ele, segurando-me com mais força ainda —, sinto muito, mas não posso fazer o que está me pedindo. Não posso.

Recusei-me a acreditar em meus ouvidos. Fiquei apertada contra ele, desejando que ele dissesse as palavras que mudariam minha existência além dos limites.

— Mas... Archie, pense em como poderia ser. Quão maravilhoso. Quão mágico. Nós dois...

— Eu sei, eu sei; mas, ainda assim, eu não posso, Bess.

Nesse momento, eu me afastei. Minha esperança e alegria foram rapidamente substituídas por mágoa e raiva.

— Quer dizer que você pode, mas não quer — disse eu. — Por que não? Eu pensei, acreditei que você me amava. Que você não queria nada além de estar comigo.

— Eu amo, realmente amo.

— Então, o que nos impede? Que razão você pode ter para não querer que fiquemos juntos?

— Quero que fiquemos juntos, meu amor. E assim deve ser. Mas não sou o que você é. Nunca poderei ser. Nem todas as lições ou feitiços podem mudar isso. Sim, eu mesmo tenho um dom, a capacidade de enxergar através do véu que separa este mundo e o outro. Sou grato por esse dom. Eu o aprecio. Mas não é magia, Bess. Sou um homem comum com um dom extraordinário. Não sou um feiticeiro. Não posso me modificar a ponto de não me reconhecer mais apenas para me tornar o que você quer que eu seja. Sou o que sou. Você é o que é. E eu amo você por isso.

— Mas está ao seu alcance, Archie, sei que está. Você tem sensibilidade e conexão suficientes com o além, e sua mãe, e sua própria habilidade de ouvir meus pensamentos. Tudo o mais que é necessário é a minha feitiçaria e a sua vontade. Juntos, poderemos fazer isso acontecer.

— Meu amor, eu não duvido nem por um segundo do poder maravilhoso de sua magia. Sei que o que você está sugerindo é possível. Não, por favor, tente entender. Eu amo você por quem e pelo que você é. Aceito o abismo que existe entre nós. Sei que você também me ama. Mas a mim, Bess. Eu, este humilde mortal. E é assim que quero que você me ame. Como sou. Não como uma... criação sua. Não modificado de forma que eu mesmo não me reconheça. Se eu aprendi alguma coisa com essa guerra suja e miserável, é que devemos ser fiéis a nós mesmos. Nossos egos primários, básicos e imperfeitos. Não posso me juntar a você na feitiçaria, Bess. Desejo que partilhemos nossas vidas como somos agora. Estou preparado para aceitar as consequências. Eu me entrego a você completamente pelo tempo que pudermos ter. E não importa que seja muito ou pouco, estarei contente por ter podido amar você.

— Como você pode falar de amor sabendo que terminará em morte? — Naquele momento, expressei minha raiva, incapaz de resistir à tempestade de emoções em mim. — Você ficará feliz, então, de envelhecer enquanto eu permaneço jovem? De definhar e morrer enquanto eu continuo vivendo, incapaz de ajudá-lo, incapaz de salvá-lo? Você me condenaria à solidão atroz que tenho sido obrigada a viver por toda a minha vida adulta, quando há uma alternativa?

— Não há, Bess, não para mim.

— Então não é amor o que você sente por mim! Não pode ser!

Corri da casa e não parei até chegar a um freixo no outro lado do cercado. Ali, ajoelhei-me no chão e me permiti chorar. Parecia que justamente quando eu acreditava ter encontrado a solução para a tortura da solidão, para a deriva sem amor que era a minha vida, minhas esperanças foram frustradas. Eu estava muito angustiada por enxergar claramente o sentido no pensamento de Archie e a sabedoria do que ele dizia. Apenas mais tarde pude aceitar que ele estava certo.

Ouvi passos leves atrás de mim. Archie estava perto, mas não tentou me tocar.

— Bess.

Fiquei onde estava. Lentamente, ele se ajoelhou ao meu lado.

— Bess — disse ele novamente, com tanta ternura, tanta saudade em sua voz, que eu não poderia ficar com raiva por muito mais tempo. Virei-me e me aconcheguei em seu abraço caloroso

— Pelo tempo que pudermos ter, então — sussurrei.

— Sim, meu amor, pelo tempo que for.

8

De volta ao PE, fui capaz de trabalhar com mais entusiasmo e energia do que nunca. Eu havia relutantemente aceitado os termos de Archie para nosso relacionamento e futuro. Sabia, é claro, que ele estava certo: somos o que somos. Menos alterada, fui capaz de reconhecer que o amava pelo que ele era e não iria querer mudá-lo, transformá-lo de uma forma tão significante. Sobreviveríamos à guerra e poderíamos voltar a Glencarrick e teríamos um futuro juntos. Era isso que importava. Nesse meio-tempo, havia muito trabalho a ser feito. Fiquei aliviada ao descobrir que, durante a minha ausência, o capitão Tremain fora dispensado e enviado de volta para casa. Archie ouvira tudo o que eu contara sobre Gideon e me alertara de que sentira uma presença estranha entre seus homens. Alguém diferente. Alguém sombrio. Eu o assegurara de que estava sempre atenta. E, ainda que tivesse suspeitas em relação a Tremain, não acreditava que ele fosse Gideon. Talvez fosse, afinal, apenas um homem com modos que eu considerava ofensivos, nada mais. Ainda assim, era difícil esquecer o fato de que "Greensleeves" estava tocando quando o conhecera.

Na manhã de terça, Strap, Kitty e eu fomos destacadas para cuidar dos leitos da tenda que servia como enfermaria. Muitos dos feridos tinham voltado para casa, de forma que havia menos de dez pacientes para atendermos, e a irmã Radcliffe enxergara nisso uma oportunidade de virarmos os colchões, esfregarmos armários e cuidarmos dos afazeres negligenciados nos períodos mais movimentados.

— Aqui, isso deve animá-la — disse Strap com um sussurro fingido, segurando um pedaço de papel dobrado. — Um dos motoristas de ambulância me entregou e pediu que chegasse até você.

Peguei o bilhete e o desdobrei, meu coração disparando diante do pensamento em Archie. Strap se afastou cuidadosamente enquanto eu lia a curta mensagem.

Bess, meu amor, encontre-me na antiga escola esta noite. Seis horas. Sempre seu, AC.

Fiquei surpresa. Não era típico de Archie programar algo tão em cima da hora. Ele sabia muito bem o quão difícil era para mim furtar-me de algumas horas no PE e encontrá-lo sem ser descoberta. Mas, bem, às vezes ele obtinha uma dispensa de último minuto. Olhei para o relógio. Quase passava das cinco. Enfiei o bilhete no bolso e olhei para Strap.

— Suponho — disse ela sacudindo um cigarro para fora do pacote — que uma pessoa que tem trabalhado tão duro mereça um pouco de tempo livre. — Deitou-se em sua cama, de botas, com o cigarro entre os dentes, e fechou os olhos. — Suponho que seja justo e adequado — disse ela.

A velha escola tinha um aspecto lúgubre sob a garoa que pingava em suas paredes cinzentas. O portão para o pátio estava destrancado. Eu o abri com um empurrão e atravessei o espaço vazio, abandonado há tanto tempo que não havia nenhuma marca de amarelinha feita de giz ou de tinta remanescente, apenas os ecos fantasmagóricos das vozes infantis. Quando cheguei ao portão principal do edifício, hesitei. Certamente deveria estar trancado. Olhei para trás, mas não havia ninguém por perto. O clima deprimente e o ataque aéreo impediam as pessoas de deixarem suas casas, a menos que fossem obrigadas a fazê-lo. Peguei na enorme alça de bronze e me surpreendi quando o trinco se abriu com facilidade. Empurrei o portão e entrei.

O saguão era arejado e iluminado apenas pela luz acinzentada que vinha da entrada atrás de mim. Continuei até a primeira porta que encontrei, que estava entreaberta. Ela rangeu alto quando a abri mais. Encontrei-me diante do que deve ter sido a sala de aula principal. Era grande o suficiente para acomodar dezenas de crianças e toda iluminada pela luz poeirenta filtrada pelas altas janelas. Havia um palco em uma das extremidades, diante de um quadro negro impressionante. Todas as mesas e cadeiras haviam sido retiradas, sem dúvida, remanejadas para fins bélicos ou queimadas como lenha pelos moradores desesperados. No canto da sala, havia um piano vertical e, à direita do que parecia um grande móvel com gavetas, as portas se abriam para revelar prateleiras vazias. Os saltos de minhas botas soavam ruidosamente contra o chão de madeira polida. Caminhei lentamente até a lousa e corri os dedos pela superfície rugosa. O que teria acontecido com todas aquelas crianças?, eu me perguntava. Onde estariam agora?

Meus pensamentos foram abruptamente interrompidos por uma música vinda do piano. Virei-me. O instrumento estava posicionado em tal ângulo que eu só podia ver a parte de trás dele, e o pianista estava completamente oculto. A música não era nenhuma que eu reconhecesse, mas apenas notas, escalas e arpejos. Abri a boca para chamar Archie, mas algo me fez parar. Não me lembrava de ele ter mencionado que tocava piano. Embora não houvesse razão para acreditar que ele não fosse capaz de fazê-lo, algo não se encaixava. Caminhei em direção à música, sem querer falar e ainda não preparada para fugir. E, então, quando estava a apenas alguns passos do piano de madeira, comecei a perceber uma sintonia entre as notas aleatórias. Uma canção que eu conhecia bem. Muito bem. "Greensleeves". Meus pés recusaram-se a continuar.

A adrenalina fluía em minhas veias, enviando choques até a ponta de meus dedos e fazendo meu coração acelerar sob minhas costelas. Foi então que comecei a sentir o cheiro azedo e sulfuroso que sentira pela primeira vez na floresta de Batchcombe, tanto tempo atrás. Meu primeiro pensamento claro foi censurar-me por ser tão crédula. Eu havia aprendido tão pouco assim em todos aqueles anos fugindo de meu perseguidor? Teria sido meu instinto de bruxa tão maculado pela dor e sofrimento da guerra que eu não fora capaz de detectá-lo diante de mim? Parecia que sim. Pois aqui estava eu, não mais do que a poucos passos daquele que queria, no mínimo, a minha destruição e provavelmente a minha alma. Não havia para onde correr. Não havia nada a fazer a não ser encará-lo. Forcei-me a ir adiante, a caminhar até o piano. Enquanto a melodia repugnante continuava, consegui ver o pianista, sua cabeça baixa, dobrada na concentração extasiada sobre as teclas. Ele se endireitou sem pressa enquanto eu me aproximava e se virou para sorrir. Era o mesmo sorriso afável com o qual me saudara na primeira vez que nos encontramos na trincheira.

— Minha querida, comecei a achar que talvez você não viesse — disse o tenente Maidstone, enquanto continuava a tocar —, mas então eu deveria ter mais fé na força do amor verdadeiro. — Ele fez a palavra amor soar ridícula, lamentável, desprezível. Por fim, a música acabou e ele girou sobre o banquinho do piano para me encarar. Estreitou os olhos. — Você ficou pálida e magra, Bess. Esta guerra não lhe cai bem, acho. Quanto a mim, considero a energia daqui... revigorante. — Levantou-se esticando-se, os braços abertos, abraçando a energia escura que sempre pode ser encontrada onde há violência.

Naquele momento, senti uma dolorosa saudade de Archie, de seu consolo, de seu amor.

Ah, Archie. Archie. Archie.

Ergui o queixo, determinada a não demonstrar meu medo.

— Será que você nunca se cansa de me perseguir, Gideon? — perguntei. — Você não pode desistir e me deixar em paz, não pode me libertar de sua obsessão?

— Ah, obsessão, não é? É assim que você vê isso? Talvez esteja certa. Não tenho nenhuma intenção de desistir do que é meu por direito. O que me é devido. O que você me prometeu.

— Não fiz nenhuma promessa.

— Você conhecia os termos do nosso negócio, Bess. Não adianta fingir que não. Eu ofereci a você o poder da feitiçaria e você aceitou. Essa foi a sua decisão, está lembrada?

— E é uma decisão pela qual eu tenho pagado desde então. Não há sequer um dia que se passe sem que eu tente compensar isso, usando meus dons para o bem dos outros. Para curar. Para diminuir o sofrimento.

— Oh, Bess, por favor, me dê um pouco mais de crédito, um pouco mais de intuição à sua personagem. Você pode tentar se convencer de que é diferente de mim, de que é uma santa serva dos oprimidos e necessitados. Já ouvi esse discurso antes. Não acreditei na época, não acredito agora. A verdade é que eu e você somos iguais.

— Não.

— Sim, exatamente iguais. Não somos frágeis bruxinhas boas ocupadas com ervas e poções. Somos feiticeiros imortais, Bess, que transcenderam a morte pelo uso das artes das trevas. O mesmo poder que me mantém vivo a sustenta também.

— Não!

— Sim! Você sabe disso. Você sente isso. E, mais ainda, minha pequenina, querida e torturada Bess, *você deseja isso*. Assim como me desejou um dia.

— Não é verdade! — Dei as costas para correr, mas o tenente conjurou um redemoinho para me girar e girar, de modo que eu fosse incapaz de ir adiante. Quando, por fim, o vórtex me soltou, caí no chão. Olhei para cima e vi o vulto de Maidstone começando a se dissolver. Suas feições pareceram primeiro se distorcer e depois derreter até que o ser diante de mim não fosse mais reconhecível como humano. Era uma massa pulsante e giratória de luz e energia. As cores do miasma queimavam em laranja e vermelho esfumaçado. Depois, vi lampejos de carne, sangue, ossos, até que um novo ser estava diante de mim, totalmente formado e sólido, e tão real quanto qualquer homem. Gideon. Inalterado desde a época em que vivíamos juntos, quando eu era apenas uma garota. Gideon. Possuído da mesma força maligna, da mesma aura fascinante, do mesmo físico poderoso que a um só tempo me causavam repulsa e me atraíam. Fiquei de pé.

— Eu não desejo você! — gritei. — Nunca desejei!

— Isso você sabe que é mentira. Ou talvez você tenha se esquecido. Não se lembra, Bess? Não se lembra de como o seu corpo ansiava o meu? Do quanto você esperou que eu a procurasse à noite? De como você se deitava insone, ansiando pelo meu toque? Você não se lembra?

— Você havia me enfeitiçado. Eu não era eu mesma.

— Ah, pelo contrário, você era mais você mesma do que jamais fora, antes ou depois. Por que você luta contra a sua verdadeira natureza? Contra o seu destino? Você sabe, nesse seu pobre coração perplexo, que nós fomos feitos um para o outro.

— Jamais serei sua. Jamais! — Invoquei toda a minha força e joguei os braços para cima, reunindo minha magia, clamando pela ajuda de minhas irmãs, concentrando minha energia em um feixe de luz penetrante. Enviei o raio de força até Gideon. A rapidez inesperada e a ferocidade do ataque pegaram-no desprevenido, e ele cambaleou para trás, com um braço cobrindo o rosto. Por um segundo, pensei que ele iria cair, mas logo recobrou o equilíbrio. Abaixou o braço e fez uma careta para mim.

— Eu daria a minha palavra, Bess, que você não deixou de praticar desde o nosso último encontro. O poder da sua magia está crescendo. Você nega o quão maravilhoso é quando todo o seu ser está possuído por esse poder? Não é glorioso? Não é divina e pura a força dessa feitiçaria?

— Não há nada de puro nisso.

— Mas é por isso que você está viva. Se pudesse ver agora como a magia transforma você. Imagine como poderíamos ser juntos, meu amor. Imagine.

— Preferiria morrer a viver com você.

— Infelizmente, você não tem essa escolha agora, não é? Ou, pelo menos, você poderia conseguir algum tipo de morte física, mas então eu estaria esperando para reivindicar sua alma. Um desperdício, eu preferiria ter você ao meu lado, vivendo, respirando, sentindo.

— Ele começou a flutuar, levantando os pés do chão sem esforço. Ele deslizou para a frente de modo a me encobrir, suas roupas negras e feições sombrias formando uma nuvem mortal que ameaçava me envolver completamente. Eu queria fugir, mas o uso incomum de minha magia drenara minhas forças. Lentamente, ele se curvou, tomando-me em seus braços, o rosto perto do meu, seus lábios curvados para trás, de modo a revelar dentes excepcionalmente afiados. Seu hálito quente contra meu rosto. Senti sua língua contornando meus lábios, provando e degustando. Tentei me afastar, mas minhas pernas estavam debilitadas.

— Deixe-me ir — sussurrei, sentindo que enfraquecia. — Por favor, deixe-me ir.

— Quieta, Bess — disse ele, puxando-me para mais perto, erguendo-me até ele para que flutuássemos juntos, suspensos em uma nuvem evanescente de sua magia negra. — Não tenha medo. Esperei tanto por este momento. Nós dois esperamos. Esta é a hora, Bess. Aqui, no meio de toda a loucura que esses tolos mortais criaram. Beba da energia de suas fúteis descargas de destruição. Alimente-se delas, assim como eu. Junte-se a mim na bem-aventurança eterna.

Senti minha vontade fraquejando. Apesar de meu horror em estar tão próxima a ele, apesar da repulsa que seu toque me causava, também sabia que sentia uma onda de desejo. Era como se seu poder sobre mim fosse tão forte, tão maior que qualquer coisa que eu pudesse compreender, que eu não tinha chances contra ele. Estava certa de estar prestes a me perder para sempre, a me entregar a ele para toda a eternidade, quando uma voz clara e forte cortou minha estupefata consciência.

— Solte-a! — As palavras de Archie estavam cheias de raiva malcontrolada. — Eu disse solte-a!

Gideon me soltou um pouco para olhar para baixo, na direção de Archie, que estava diante da porta aberta. Gideon rosnou quando viu a arma na mão de Archie. O barulho sobrenatural ecoou em seu peito e estremeceu meu corpo.

— Como se atreve? — sibilou para Archie. — Como se atreve a tentar ficar entre nós? Ela é minha. — E me agarrou pela nuca, segurando-me no alto. — Minha! Para que eu faça o que bem quiser. — Ele me apertou como a uma boneca de pano.

Archie gritou para que ele parasse, apontando o revólver Webley em cheio para sua cabeça.

— Solte-a ou eu atiro.

Gideon soltou um rugido e, com a mão livre, invocou uma bola de fogo sulfuroso, que arremessou em direção à porta. Archie saltou para a esquerda, mas as chamas atingiram seu ombro. Ele rolou no chão para apagar o fogo, mas não conseguiu fazê-lo antes que as chamas tivessem se espalhado sobre a sarja de seu uniforme. Eu podia sentir o cheiro das fibras queimando. Gideon ergueu sua mão para arremessar uma segunda vez.

— Não! — gritei, finalmente conseguindo recuperar meu juízo. Rebati seu feitiço com outro meu, atrapalhando sua mira, de modo que a bola de fogo caiu inofensiva no piso. Furioso, ele me atirou ao chão. Senti uma costela se partindo ao cair no piso de madeira.

— Bess! — Archie se reergueu.

— Archie, cuidado! — Pude ver Gideon girando, ganhando força, preparando-se para atacar novamente.

Archie ergueu seu revólver e atirou, mas Gideon despareceu no vazio, reaparecendo no canto da sala. Archie atirou em sua direção mais uma vez, mas, antes que a bala pudesse alcançá-lo, ele se tornou rarefeito como uma nuvem, de forma que o tiro passou incólume através dele, antes de voltar a se materializar. Eu me coloquei sentada em uma posição difícil, erguendo meus braços, reunindo desesperadamente as forças. Enviei uma mensagem silenciosa a Archie, sem saber se ele conseguiria recebê-la, mas certa de que trabalhar em conjunto seria nossa única esperança.

Espere. Espere enquanto eu o seguro.

Antes de se jogar atrás do piano para evitar mais um ataque de chamas, Archie lançou-me um olhar. Ele me encarou e concordou com a cabeça. Voltei minha atenção para Gideon, agradecendo nossa sorte e sua arrogância por ele não haver notado o que se passara entre Archie e eu. *Deixe-o acreditar que é indestrutível*, pensei. *Seu orgulho será sua ruína.* Tomei mais fôlego do que um caçador de pérolas, inspirando o ar a meu redor até que meus pulmões ardessem. Em minha mente, clamei por minha irmãs, implorando a elas que me auxiliassem, protegessem, ajudassem a livrar o mundo de tal alma tão asquerosa. Senti meu corpo se enchendo do poder ancestral, da força da feitiçaria, da perigosa força do sobrenatural. Reuni cada átomo daquele poder e o direcionei a Gideon. Ele foi lançado para trás, chocando-se contra a parede da sala de aula. Soltou um rugido furioso, mas foi incapaz de sair do lugar.

— Agora, Archie! Agora! — gritei.

Archie saltou para fora de seu esconderijo e mirou. Gideon percebeu logo que não poderia evitar os tiros que estavam prestes a serem disparados contra ele. Estava preso. Naquele instante fugaz, imaginei ter visto um lampejo de medo genuíno em seu rosto. Que foi rapidamente substituído pela ira.

— O quê? — berrou ele. — Você se atreve a me enfrentar com suas armas insignificantes e sua repulsiva afeição mútua? — Suas feições se distorceram, dissolvendo-se em uma monstruosa visão de escamas e chifres, com os olhos injetados de sangue e víboras saindo de suas narinas. Seu corpo dobrou de tamanho, as roupas caíram aos pedaços, até que uma fera, com rabo, cascos fendidos, peito e braços de um gigante pairasse acima de nós. Archie congelou diante da aparição.

— Atire, Archie! Atire nele!

Ainda assim, ele era incapaz de se mover. A criatura horrível, que era o espírito de Gideon materializado, babava enquanto sorria.

— Tão valente o seu soldadinho, não é? — riu ele. — Veja como treme. Veja como sua mão treme, agora que sabe quem se atreve a enfrentar. Pensou que faria qualquer coisa pela sua adorável Bess, não é? Hum? E agora está até mesmo sem coragem para usar essa arma boba. Agora que vê o que está enfrentando, todas as suas belas palavras não valem nada. Decepcionante, não é, Bess? Ver tal fraqueza em alguém que você achou que honraria suas atenções?

Gideon lutava contra os laços mágicos que o prendiam, eu sabia que minhas forças acabariam logo.

— Archie! Archie, por favor...

— Economize o fôlego, Bess. Devo dizer que esperava mais de você. Você realmente prefere ele a mim? Quer realmente passar sua vida com... isso?

Minha visão perdeu o foco e minhas pernas começaram a doer. O esforço do feitiço estava esgotando até a última gota de minha energia.

— Sabe, Bess — Gideon zombou de mim —, cansei disso. Desses jogos. Cansei de sua piedosa resistência. Cansei até mesmo, tenho que admitir, de você. — Ele exalou um enorme e malcheiroso suspiro. — Talvez seja hora, afinal, de terminar o que começamos.

Olhei para ele, incerta de suas intenções. Lutava para contê-lo e concentrar meus pensamentos.

— Terminar?

— Sim, por que não? Afinal, há outras mulheres, outras feiticeiras. Todo esse desejo não correspondido está começando a parecer... indigno.

— Quer dizer... quer dizer que você vai me deixar partir? — Minha voz era pouco mais que um sussurro.

Gideon ergueu o queixo e falou entre as presas amareladas.

— Deixar você partir? Deixar você partir! Hah! Não serei mais humilhado por uma mulher tola como você. Você não é digna de mim! Mas irá pagar por sua teimosia, por sua recusa estúpida em aceitar seu verdadeiro destino. E vai pagar por isso com a sua vida!

Ele saltou para a frente, livrando-se dos laços que o prendiam, como se nunca houvessem existido. Com dois passos bestiais, ele estava quase sobre mim. Lancei meus braços sobre a minha cabeça, no que sabia ser um ato inútil de autodefesa. Esperei pelo golpe fatal. Que não veio. Gideon hesitou. Ainda não sei o que o fez parar. Será que ali, naquela criatura diabólica, ainda havia algum vestígio de alma humana, alguma centelha de amor que permanecera a seu alcance? Fosse o que fosse, algo permitiu a fração de segundo em que Archie escolheu agir. Vendo o que estava prestes a acontecer, ele fez um cálculo rápido e crucial. Gideon estava a ponto de usar todo o poder de sua magia para me exterminar, isso era evidente. Nenhuma bala feita pelo homem seria capaz de detê-lo. E não havia tempo para Archie me resgatar do perigo. Então, ele fez a única coisa que poderia fazer. A única coisa que um homem que ama acima da razão, além da vida, faria por sua amada. Archie se jogou diante de mim, no exato momento em que Gideon atacou. A energia demoníaca que o atingiu fora destinada a mim. Fora conjurada com força suficiente para acabar com a vida de uma feiticeira, uma bruxa, uma detentora do dom da magia. Archie não poderia suportá-la. Ainda assim, enquanto se colocava no caminho da ira de Gideon, ele teve a frieza de puxar o gatilho. O tiro atingiu o alvo uma fração de segundo antes de a força devastadora da magia colidir contra o corpo mortal de Archie, partindo sua coluna e pondo um fim em sua curta vida, antes mesmo que eu pudesse gritar seu nome. Gideon soltava rugidos enquanto o sangue jorrava de seu ombro. A dor inesperada do ferimento fez com que ele girasse e se debatesse. A sala se encheu de sons sobrenaturais, e tive de cobrir meus ouvidos com as mãos. A última visão que tive foi a de sua forma grotesca girando e girando antes de se modificar novamente, tornando-se um corvo e voando da sala.

Ofegando, arrastei-me até Archie. Seu semblante parecia tão calmo. Tão em paz. Acariciei seu rosto pálido, enquanto minhas lágrimas caíam livremente sobre ele.

— Ah, Archie! Archie, meu amor. Sinto muito. Perdoe-me. — Chorei. Então, com uma clareza desconcertante, ouvi sua voz em minha mente.

Pelo tempo que for, meu amor. Pelo tempo que for.

TELEGRAMA DA AGÊNCIA DOS CORREIOS

Agência de Origem: Edimburgo.
Mensagem do Serviço Postal de Sua Majestade recebida aqui às 10h30, 24/9/17

Para: Lady Lydia Carmichael.

SINTO INFORMAR 1º TENENTE A.T.W. CARMICHAEL, 9º BATALHÃO DO REGIMENTO REAL ESCOCÊS, FERIDO 23/9/17 PT LEVADO AO HOSPITAL SAINT JUSTINE PT FALECEU DEVIDO AOS FERIMENTOS NO MESMO DIA PT SEGUE CARTA PT

Samhain

6 DE OUTUBRO — SEGUNDO QUARTO DA LUA

Tegan ouviu minha história em silêncio. Quando terminei, ela se virou, escondendo o rosto de mim. Havíamos passado a noite inteira sentadas ao lado do fogo, e agora a manhã relutante começava a diminuir ainda mais o brilho das chamas quase extintas. Adicionei mais lenha e limpei a fuligem das mãos. Senti muita pena de Tegan. A menina tinha tanto contra o que lutar. Tanto o que compreender. E o tempo não estava a nosso favor.

— Tegan — disse gentilmente, mas com uma firmeza na voz que sabia que ela não podia ignorar —, você deve enxergar ele agora, enxergar como ele realmente é.

— Não. — Ela balançou a cabeça. — Eu não quero. Não posso. Deixei que ele me tocasse, sabe? Nós...

— Eu sei, eu sei. Mas você precisa enxergar agora. Venha.

Tomei sua mão e a conduzi pela trilha que acompanhava o córrego por alguns metros até chegar ao lago. Levei-a para perto da margem e apontei para a superfície escura da água.

— Olhe para o lago e diga o nome dele, para que você possa saber exatamente o que estamos enfrentando.

Relutantemente, Tegan se adiantou. Ajoelhou-se, inclinada na direção da água. O camundongo, sua companhia constante agora, que cochilava em seu bolso, apareceu e foi se sentar no ombro dela. Tegan fungou alto, enxugando o nariz na manga. Depois de respirar fundo, ela disse com voz trêmula: — Ian. Mostre-me Ian.

Por um momento, nada aconteceu e, então, a água começou a girar como em um redemoinho. Girou e girou até que sua superfície começou a brilhar e pulsar. E então, sobre o vórtice, um rosto apareceu. As feições atraentes de Ian. E, da mesma forma como apareceram, começaram a se modificar. Primeiro, escureceram, tornando-se mais angulosas, ainda belas, mas definitivamente alteradas. Reconheci aquele rosto imediatamente como o de Gideon. E, então, o rosto se distorceu, mudando mais uma vez. Tegan começou a chorar alto. Enquanto observávamos, as feições se dissolveram na água e depois reapareceram, como uma visão terrível, apavorante. Era um rosto vindo de um pesadelo. Um demônio. Um monstro.

Tegan se levantou, cambaleando para trás, com as mãos sobre os olhos. Fui atrás dela e tomei-a nos braços.

— Shhh, calma — disse-lhe. — Está tudo bem. Já passou. Já passou.

— Aquilo pode ter passado — soluçou ela, apontando um dedo trêmulo na direção do reflexo no lago —, mas ele não foi embora.

— Ela olhava diretamente para mim agora, com uma expressão desesperada. — Não foi, foi? Ele ainda está aqui.

Ela pôde ver claramente naquele instante o que eu soube em meu coração o tempo todo. O que o lago nos mostrou era a natureza verdadeira do homem por quem Tegan se apaixonara. Ele poderia ter a aparência de um jovem gentil, mas havia algo de muito podre escondido por detrás daqueles belos olhos. E aquela coisa faria um grande mal a Tegan se eu não impedisse.

Assenti lentamente.

— Sim — concordei eu —, ele ainda está aqui. E você e eu vamos fazer algo a respeito, não vamos? Juntas.

14 DE OUTUBRO — LUA NEGRA

Conversamos muito sobre o que deveria ser feito. Reconheci que Tegan precisava de um pouco de tempo para digerir os acontecimentos da outra noite. Disse a ela para ficar em casa, que inventasse uma gripe ou algo do tipo para evitar ter de se encontrar com Gideon, para que tivesse tempo de aceitar que Ian não existe e para simplesmente se permitir um momento de adaptação. Não é todo dia que o sistema de crenças de alguém e suas referências para compreender como o mundo funciona são completamente modificados em sua cabeça. Ela é jovem e muitas vezes impulsiva, mas tem uma boa alma e um coração gentil. Ela sabe, bem no fundo, o que é certo e o que é errado. Também sabe que teremos de lidar com Gideon de uma vez por todas. Ficou atônita com a ideia de passar qualquer tempo na companhia dele e não estava certa de que conseguiria fingir afeição e normalidade em sua presença. Eu disse que ela precisava fazer isso. Despertar as suspeitas dele naquele momento, antes de estarmos prontas, seria altamente perigoso. Tegan não poderia evitá-lo o tempo todo. Além disso, tinha de distraí-lo. Minha esperança era que ela fosse capaz de manter a farsa até a véspera do Dia dos Mortos. Há muito a ser feito e devo me preparar. Tenho certeza de que a data auspiciosa será de muita ajuda. Esse é um dia em que os espíritos que já partiram estão por perto, e precisarei muito deles. Embora seja uma noite para lembrarmos e nos comunicarmos com os finados, ela não é, ao contrário da crença popular, uma época sombria e de medo da morte. Eu também devo encontrar uma forma de levar a batalha para solo consagrado. Não tenho nenhuma ilusão; o poder de Gideon é muito maior do que o meu. Devo usar todas as armas de que puder dispor para derrotá-lo. Há um lugar próximo daqui que servirá bem a nossos propósitos.

É apropriado que retornemos a ele, Gideon e eu, finalmente. Sei que tenho adiado visitar o local onde tudo começou, onde eu, Elizabeth Hawksmith, feiticeira, comecei minha longa e singular jornada. Sem dúvida, o lugar deve ter passado por mudanças, mas a floresta em si está protegida e ainda existe, embora esteja menor. Existe algo de eterno nas árvores.

Temos andado muito ocupadas, preparando-nos para a batalha que nos aguarda. Tive de acelerar as instruções de Tegan para um ritmo alucinado, mas a necessidade dita a velocidade. Para começar, tivemos uma semana de rituais, cada um deles ligado às características e à força do dia. Concentramos nossos esforços principalmente nos encantamentos e feitiços da terça-feira, que é o dia adequado para a resistência a forças negativas. Já é difícil o suficiente para Tegan quebrar o encanto do amor; preciso fazer o melhor possível para libertá-la da posse obscura de Gideon. No fim da semana, preparei e consagrei dois amuletos: um pentagrama de prata para mim, para me auxiliar com a magia antiga, e uma ametista para Tegan. Essa pedra é ligada ao Sabá do Samhain e irá ajudar a protegê-la.

Ontem, pedi a Tegan que passasse a noite aqui, para podermos realizar rituais e fazer preces para enfraquecer Gideon. Ela ficou feliz em participar, mas percebi o nervosismo dela enquanto caminhávamos para o bosque. Era uma noite muito escura, e ela carregava sua vela baixo, de modo que eu não podia ver a expressão em seu rosto. O tom de lamento em sua voz, contudo, denunciou-a.

— Ele vai conseguir nos ouvir? — perguntou.

— Ouvir?

— Quando estivermos cantando. Não quero dizer ouvir nossas vozes, mas bem, você sabe, perceber o que estamos dizendo, de algum modo. O que estamos fazendo.

Havíamos chegado ao centro do bosque, e ela colocou no chão a cesta com as coisas que eu lhe dera para carregar.

— Toda magia envia sinais — disse a ela. — Então, sim, ele vai saber sobre as nossas... atividades.

— Mas ele vai saber que são para ele? Para enfraquecê-lo?

Eu podia ver que ela queria ser tranquilizada, mas a honestidade era algo imperativo, se eu tinha a intenção de manter a confiança dela.

— Sim — respondi. — Ele vai perceber muito depressa o que estamos fazendo.

— E isso não vai ser perigoso? Ele não vai tentar nos impedir?

— Conhecendo Gideon como conheço, desconfio de que vá achar tudo muito engraçado.

— O quê? Ele vai rir de nós?

— Das nossas tentativas de ameaçá-lo, sim.

Tegan deu uma risadinha irônica.

— Que maravilha! Aquela criatura me deixa totalmente aterrorizada e acha isso engraçado. — Ela ficara zangada, e eu estava satisfeita por ver aquilo. Bateu os pés, atiçando o fogo, resmungando insultos.

— Deixe que ele ria — disse eu. — É melhor que ele não nos considere um perigo real. Desse modo, poderemos continuar a reunir toda a ajuda que pudermos encontrar sem que ele nos impeça. Olhe, coloque estas folhas no fogo. Depois venha até o altar de pedra. É você quem deve escrever o nome dele no pergaminho.

— Por que eu? É você que ele vem perseguindo por séculos, não eu.

— Há força na união, Tegan. Quanto mais você participar dos procedimentos, quanto melhor trabalharmos juntas, mais eficientes seremos.

Ela se aproximou da pedra baixa e escreveu a palavra Gideon na superfície áspera do pergaminho.

— Ótimo. Agora, enrole-o e venha ficar ao meu lado perto do fogo. Primeiro, vou fazer uma prece para falar com os que já se foram e para ajudar aqueles que ainda vagam entre dois mundos. Se eu os ajudar a encontrar o caminho de casa, talvez eles nos ajudem quando chegar o momento. Depois disso, vamos consagrar o que você escreveu às chamas.

Fechei os olhos e me concentrei na magia que parecia borbulhar dentro de mim. O ar do fim do outono era frio, mas calmo. Uma coruja piou, encorajando-me, pousada no carvalho atrás de mim. Pequenas vozes sussurravam, vindas de uma miríade de seres invisíveis. Abri meus braços para o fogo e comecei a cantar:

>   *Ah, chama que queima gloriosa,*
>   *Seja uma luz nesta noite silenciosa,*
>   *Ilumine o caminho para quem teve de partir,*
>   *Para que eles vejam a trilha a seguir.*
>   *Conduza-os para as Terras do Verão,*
>   *E brilhe até que Pan venha tomar-lhes a mão.*
>   *E com a sua luz, traga-lhes a tranquilidade,*
>   *Para que possam descansar com facilidade.*

Movi minhas mãos, e chamas azuis se juntaram às vermelhas e alaranjadas, e então vieram as amarelas e verdes. Tegan emitiu um som de espanto.

— Chegue mais perto — disse a ela.

Ergui minha voz mais uma vez:

Inferno purificador, tome este nome neste advento do Samhain. Alimente-se da força que ele carrega e tome-a para si. Tome do nosso inimigo e nos dê o seu poder.

Avisei a Tegan que o momento chegara. Ela ergueu o pergaminho, segurando-o no alto por um momento antes de atirá-lo ao fogo. Por alguns segundos, nada aconteceu. E então, com uma ferocidade alarmante, as chamas se elevaram em direção ao céu, tão intensas que iluminaram a noite e nos forçaram a recuar.

— Fique firme! — Agarrei o braço de Tegan. — Precisamos manter o controle.

Ela gritou, desviando o rosto da fonte de calor, protegendo os olhos com o braço.

— Vamos nos queimar!

— Não! Não podemos recuar! — Mas enquanto eu falava, já podia sentir o cheiro de cabelos queimando. A noite estava inteiramente iluminada pelo fogo, e o brilho intenso era tão doloroso quanto a temperatura alta. Tegan deixou escapar um grito de terror. Tirei meu punhal do cinto e segurei-o bem alto.

— Vamos prevalecer! — gritei em meio ao turbilhão.

De repente, tudo ficou silencioso. As chamas desapareceram, deixando em seu lugar apenas brasas. A escuridão consoladora retornou. O momento passara.

Tegan ousou olhar ao redor mais uma vez. Quando ela me encarou, vi uma mescla de espanto e medo. Eu sabia o que a menina estava pensando. Se aquela era uma pequena fração do poder e da raiva de Gideon, que chances teríamos quando finalmente o enfrentássemos?

18 DE OUTUBRO — TERCEIRO QUARTO DA LUA

Fiquei agradavelmente surpresa com a resiliência de Tegan. Ela mesma admite que se sente um pouco desconfortável com a facilidade com que é capaz de mentir quando precisa. Digo a ela que é por uma causa nobre. Tegan tem sido inventiva e engenhosa, encontrando formas de evitar qualquer contato com Ian além do que consegue suportar. Ontem percebi que ela fez a transição do medo para a raiva. Esse é um passo crucial que lhe tem dado grande força, e ela precisará de toda a força que puder reunir nos próximos dias.

26 DE OUTUBRO — LUA CONVEXA

Nossos preparativos estão chegando ao fim. Venho mantendo a vigília no santuário há duas noites, fazendo pequenas oferendas e rezando para qualquer um que possa estar ouvindo. Pedi ajuda à Deusa. Vou precisar. Estou temerosa por Tegan; não devo fracassar com ela. O que quer que aconteça, não permitirei que se torne outra vítima de Gideon, em sua eterna perseguição. Já houve mortes demais. Dor demais. Matança demais. Isso acaba agora.

1º DE NOVEMBRO

Sinto-me estranha escrevendo no diário de outra pessoa; mas acho que é isso que Elizabeth iria querer que eu fizesse. Alguém precisa escrever o que ocorreu, e ninguém mais vai fazer isso, vai? Ainda não posso acreditar que o que aconteceu ontem à noite foi real. Cada minuto está registrado em minha mente, mas é uma loucura. É demais para processar.

Convenci Gideon a me levar para a floresta, como Elizabeth me dissera. Não consigo mais pensar nele como Ian. Odiaria a mim mesma se o fizesse. Então, saímos na motocicleta dele, e levei uma mochila com um pouco de comida e umas latas de cerveja. Disse-lhe que tinha ouvido falar que aquele era um lugar bem assustador, perfeito para o Dia das Bruxas. Poderíamos acampar ali a noite inteira. Gideon gostou da ideia. Será que ele suspeitava? Será que já sabia que era uma armadilha? Talvez fosse exatamente o que desejava. Eu não sabia. O que importava era que Gideon concordara em ir e não fizera muitas perguntas embaraçosas. Acho que chegamos lá perto das oito horas. A floresta era muito maior do que eu imaginara. Pensei, oh, meu Deus, como vou conseguir levá-lo para o lugar certo? Mas era como se ele soubesse para onde ir. Ele nos levou direto para lá.

Percorremos o caminho de moto por um bom tempo e, então, andamos um pouco. O lugar era seriamente assustador. Muito, muito quieto. Silencioso. Tínhamos uma lanterna e uma lamparina do barco. Chegamos a um tipo de clareira, mais ou menos do tamanho de um campo de futebol. Muitos arbustos e vegetação rasteira, mas nada de árvores. Apenas uns poucos troncos. Era estranho, todas aquelas árvores altas ao redor, carvalhos e faias — Elizabeth me ensinara qual era qual. Havia uma energia seriamente negativa. Tentei manter a conversa cordial, abri algumas cervejas e me sentei para comer, mas podia ver que ele fora realmente afetado pelo lugar. Elizabeth me dissera que seria assim. Ela dissera que Gideon conhecia o local desde muito, muito tempo. Acho que agora que vi tudo, sei do que ela estava falando. Não havia casa alguma ali, mas pode ter havido um dia. E a clareira e os troncos? Pareciam muito com tudo o que eu imaginara quando ouvi a história de Bess. Na floresta. Com Gideon.

— Você quer uma cerveja? — perguntei. O modo como ele andava de um lado para o outro me deixava ainda mais nervosa.

Por um momento, ele não pareceu me ouvir, mas depois se virou e sorriu.

— Claro, por que não? — respondeu, quando se sentou ao meu lado.

Entreguei-lhe uma cerveja, e ele colocou sua mão sobre a minha ao pegá-la. Tive de me forçar a permitir que me tocasse, quando o que eu realmente queria era me afastar.

— Linda Tegan — disse ele. — Tão jovem. Tão doce.

— Este é um lugar ótimo. Todo esse ar fresco está abrindo o meu apetite. — Afastei a mão para poder procurar por comida na mochila. — Vou comer um sanduíche, você quer um?

— Talvez mais tarde. — Ele tomou a mochila de minhas mãos gentilmente e colocou-a no chão. Segurou minha mão, acariciando a palma com o polegar. Com a outra, afastou os cabelos de meu rosto. Parecia estar examinando minha expressão, estudando-me. Senti seus dedos acariciando meu rosto e descendo pelo meu pescoço. Ele se inclinou e me beijou, suave e lentamente. Estremeci; não consegui evitar. Se ele percebeu, não deixou transparecer. Sua mão desceu mais ainda e começou a abrir o zíper da minha jaqueta. — Já faz algum tempo — sussurrou ele, sem tirar os olhos de meu rosto por um segundo sequer, observando minha reação.

Ah, meu Deus, pensei, *não consigo! Simplesmente não consigo.*

— Tenho estado muito ocupada — respondi, de um jeito patético.

— Mas agora estamos aqui. Só nós dois, neste lugar maravilhoso. — Ele me beijou novamente, com mais força dessa vez.

— Espere — disse eu, afastando-me.

— Esperar?

— Quero dizer, está cedo. Vamos tomar um drinque. Vai nos relaxar um pouco.

— Você não está relaxada comigo, Tegan? O que a está deixando tão nervosa?

Eu não conseguia pensar em nada para dizer. Era como se ele estivesse olhando para dentro de mim, lendo tudo o que eu estava pensando. Como se estivesse brincando comigo agora, divertindo-se com o meu sofrimento.

E então, de repente, Elizabeth apareceu. De pé, atrás dele. Não a ouvi chegar, não percebi nem o mais leve movimento, mas ali estava ela. Estava maravilhosa. Eu nunca a vira daquele jeito. Nunca vira ninguém daquele jeito. Ela estava usando um vestido verde, longo, com a barra bordada em ouro e as mangas também. Seus cabelos estavam soltos — nunca imaginara que fossem tão compridos. Eles esvoaçavam como se estivesse ventando, mas não estava. O ar estava completamente parado. Nenhuma folha se movia. Elizabeth brilhava. Seu corpo inteiro brilhava. Como se uma luz a iluminasse por dentro. Era como uma deusa da floresta. Ela trazia seu cajado em uma das mãos e um punhal na cintura, aquele com a empunhadura preta.

Gideon sabia que ela estava atrás dele. Sua expressão mudou. Não olhou ao redor, mas soube e se levantou muito devagar. Então, sorriu e soprou um beijo para mim. Desgraçado! Como se quisesse me lembrar de tudo o que havíamos feito. De tudo o que eu permitira que ele fizesse. Em seguida, começou a se transformar. Minha pele se arrepiou ao ver aquilo, mas eu não podia desviar os olhos. Logo ele se tornou o mesmo Gideon que eu vira no lago, com aqueles cabelos escuros e olhos sedutores. Não restava nada do meu Ian. Ele se fora. Completamente. Gideon virou as costas para mim. Elizabeth nem estremeceu ao ver seu rosto — devia estar esperando por aquilo.

— Bess — disse ele, fazendo a última sílaba do nome dela soar como o sibilar de uma cobra — ou você prefere Eliza? Elise? Elizabeth?

— Ali estava aquele sorriso perigoso novamente.

Elizabeth parecia mais alta do que o normal. Depois, eu pude ver que seus pés não tocavam o chão. Ela levitava a cerca de meio metro de altura, e aquilo a tornava muito mais alta que Gideon. Quando ela falou, sua voz estava diferente. Mais sonora, mas não áspera. Como um sino gigante que tivesse sido tocado e cujo som ainda ecoasse no ar.

— Não importa como você escolha me chamar, Gideon. Sou sua nêmese. — Havia uma grande calma nela. Uma força que eu nunca vira.

— Minha querida, você realmente gosta de me provocar, não é? Durante todos esses anos, tenho feito o possível para que você perceba que é a minha noiva verdadeira, e tudo o que você sabe fazer é pensar na minha destruição.

— Você será destruído, Gideon. Muitas pessoas sofreram por sua causa. Não vou permitir que isso continue, não em meu nome.

— Ela olhou para mim. Gideon percebeu.

— Como você deve ter se torturado ao saber que eu havia seduzido sua nova amiguinha — disse ele. — Você sentiu ciúmes, Bess? Dela ou de mim? Eu fico me perguntando.

— Deixe a garota em paz. Você já lhe causou sofrimento demais.

— Ela era... — ele fez um gesto em minha direção — uma diversão agradável, embora um tanto ingênua para o meu gosto. O que você pensou que eu fosse fazer com ela? Além do óbvio, é claro. Do que, devo dizer, ela gostou muito. — Enquanto ele falava, eu sentia um frio terrível me invadir, como se tivesse sido atingida por uma avalanche. Comecei a tremer e a bater os dentes. Eu podia ver, pela expressão no rosto de Elizabeth, que algo errado estava acontecendo. Olhei para minhas mãos e gritei. Elas estavam enrugadas e tortas, como uma velha árvore. Arregacei minhas mangas, e meus braços estavam do mesmo jeito. Levei as mãos ao rosto. Estava flácido, com rugas profundas. Eu estava prestes a entrar em pânico quando Elizabeth ergueu o cajado. Ela bateu com ele no solo e apontou-o para mim. Então, tudo parou. O que quer que Gideon estivesse fazendo comigo cessou. Simples assim. Minha pele voltou ao normal. O frio desapareceu, como se nunca tivesse acontecido. Eu queria muito correr. Mas, por algum motivo, fiquei ali.

— Ora, Bess, estou impressionado. Você deve ter praticado muito. E aqui estava eu, pensando que você havia abandonado a sua magia. Será que você finalmente parou de fingir que não é uma feiticeira?

— Não foi o fato de ser uma feiticeira que eu rejeitei. Foi o fato de ter recebido meus poderes de você. Uma feiticeira nascida da magia de um mago é amaldiçoada, e você sabe disso.

— Eu detesto a palavra mago.

— É isso que você é. Nenhum feiticeiro bom, homem ou mulher, faria o que você faz. Seu poder deveria ser uma força usada para o bem, ou você se esqueceu disso?

— Deveria, não deveria... Como se pode aplicar regras a algo como a magia, Bess? — Ele começou a flutuar e então se deitou em pleno ar, como se estivesse em um sofá, apoiado em um cotovelo. — Você sabe que ainda não é tarde demais; ainda pode se juntar a mim. Sabe como poderíamos ser poderosos juntos. Você já provou um pouco desse poder, e acho que gosta dele, não gosta? Claro que você não vai admitir isso. — Ele suspirou. — Há um lado conservador em você, Bess, que não é nada atraente.

— Você está errado, Gideon. É tarde. Tarde demais.

Atrás de Elizabeth, a floresta começou a se mover, a farfalhar e girar, como se todas as árvores tivessem vontade própria, como se estivessem tentando libertar suas raízes e se libertarem. Um vento frio começou a soprar através dos galhos. Parecia vir de lugar nenhum, mas claro que não era assim; era Elizabeth quem o estava provocando. Naquele instante, as árvores começaram a oscilar de um lado para o outro, movendo-se em sincronia, como se estivessem dançando. Era uma visão incrível; a floresta inteira parecia estar viva e se movia de acordo com a vontade de Elizabeth. Fiquei ali, parada, completamente imóvel, como se tivesse criado raízes ao mesmo tempo que as árvores se livravam delas. Pensei, por um segundo, se Elizabeth não teria me enfeitiçado também. Teria ela lançado algum feitiço para me proteger, talvez? Era estranho, mas eu não sentia mais vontade de fugir. Estava exatamente onde deveria estar.

A terra começou a tremer, cada vez mais forte. Folhas secas giravam em um redemoinho cor de bronze e ouro, brilhando sob o luar sobrenatural. Finalmente, as árvores se libertaram! Uma ou duas no início e depois mais e mais. Carvalhos enormes, faias e árvores de todos os tipos, os troncos pareciam respirar, seus grandes galhos se estendendo para a frente enquanto marchavam em direção a Gideon. Elizabeth se manteve firme enquanto eles avançavam, deixando que passassem por ela, cada vez mais próximas. Gideon não se moveu, nem sequer demonstrou surpresa. Ele esperou. Esperou até que as árvores estivessem muito perto, quase perto o suficiente para conseguirem tocá-lo e esmagá-lo com aqueles membros enormes. Quase, mas não o bastante. Ele colocou as mãos na cintura, jogou a cabeça para trás, estufou o peito e respirou fundo. Um dos maiores carvalhos já estava ao lado dele, e, por um momento, pensei que Gideon havia calculado muito mal as coisas e que estava prestes a ser atirado ao solo, mas eu deveria saber. Deveria conhecê-lo melhor. Ele expirou, liberando seu hálito fedorento com um rugido de estourar os tímpanos. Aquela respiração não era humana e também não exalava apenas ar. Era algo amarelo, sulfuroso e podre, e vinha com uma força que não se podia imaginar. Uma força que sacudiu todas aquelas árvores, todos aqueles carvalhos poderosos, com centenas de anos e que pesavam só Deus sabe quanto; empurrou-as todas de volta para a floresta, como se fossem palha. E com elas empurrou Elizabeth. Ela foi jogada para trás, voou pelo ar e aterrissou de forma desajeitada, caindo contra algumas das árvores derrubadas. Naquele exato momento, eu me senti livre. Livre e exposta, como se qualquer proteção que Elizabeth houvesse construído a meu redor tivesse sido quebrada. Virei-me para correr até ela, para ajudá-la, mas, de repente, o céu ficou escuro, como se a lua tivesse sido apagada. Olhei para cima e desejei não ter feito aquilo quando vi o que estava sobre a minha cabeça. Morcegos, milhares deles. E não eram pequenos comedores de frutas inofensivos. Aqueles animais eram enormes, maiores do que corvos, e pareciam guinchar de forma estridente quando começaram a voar muito baixo. Mal tive tempo de gritar antes que me atingissem. Eles me derrubaram e tentavam me pegar com suas garras sobrenaturalmente afiadas. Tentei afastá-los, mas eram muitos. Um deles mordeu a minha mão, seus dentes cortando a pele e penetrando profundamente na carne. Eu quis gritar, mas eles estavam sobre o meu rosto, meus olhos, por toda parte. E, durante todo aquele tempo, podia ouvir Gideon rindo. Gargalhando! Um morcego tentou atingir a minha garganta com seus dentes horrorosos de vampiro. Pensei que fosse me matar. Eu não conseguia encontrar uma solução, mas, então, ouvi outro som. Mais gritos. Não, *pios*. Corujas! Elas vieram do nada, centenas delas, parecendo brilhar com luz própria, voando em meio a uma nuvem de morcegos, arrancando-os do céu. Mais e mais delas chegaram. Os morcegos pareciam aterrorizados e tentavam fugir, mas as corujas eram muitas e muito rápidas. Então, pude ver Elizabeth de pé novamente, com o cajado erguido, comandando as corujas.

Finalmente, o céu voltou a ficar claro, e a luz do luar retornou. Enxuguei o sangue do rosto e arranquei do chão uma folha de erva, amarrando-a firmemente em torno da mão para estancar os ferimentos causados pelas dolorosas mordidas dos morcegos.

— Por que você está desperdiçando suas energias, Bess? — Gideon balançou a cabeça, como se estivesse repreendendo uma criança teimosa. — Você deve saber que eu jamais lhe teria dado poder suficiente para se tornar uma ameaça. Tenho mais instintos de preservação do que você imagina. Realmente acha que eu teria criado uma bruxa capaz de me matar?

Elizabeth não respondeu. Eu podia ver os lábios dela se movendo muito rapidamente, mas não conseguia ouvir o que dizia. Então, passei a ouvir alguns ruídos estranhos. Como vozes. Ou música. Não, não estava entoando uma canção; era um encantamento. E, durante todo aquele tempo, o desgraçado continuou a sorrir aquele sorriso doentio.

As palavras dela eram abafadas pelo vento que uivava e pelas vozes. E, então, percebi sombras por entre as árvores. Pessoas. Não, mulheres. Não, bruxas. Quatro, cinco, seis, sete... uma dúzia delas, acho. Era difícil contar; elas pareciam deslizar por entre as árvores, e começaram a girar pela clareira. Gideon franziu o rosto. Ele não parecia assustado; parecia mais irritado.

— Sejam bem-vindas, minhas irmãs! — Elizabeth cumprimentou as outras bruxas, enquanto elas voavam. Gideon ficou parado, olhando com desdém para ela, enquanto aquelas criaturas fabulosas invadiam o lugar.

Aquelas não eram velhas megeras ou bruxas típicas dos contos de fadas. Elas eram lindas, vestidas em cores brilhantes, os cabelos esvoaçando, todas com o mesmo brilho fantástico irradiando de seus corpos como fogos de artifício. Eram gloriosas. Elizabeth estava realmente satisfeita, muito emocionada por elas terem vindo em seu auxílio; dava para ver em seu rosto. Eu nunca a vira tão feliz.

— Sua criatura tola. — Gideon gritava com ela naquele momento. — Você acha que eu não consigo acabar com um bando de bruxas velhas? — Ele fez com que uma caísse ao chão com força e atirou outra contra uma árvore. — Você acha mesmo que esse seu clã patético pode me matar? — urrou ele.

Ele era tão poderoso e estava tão zangado que fiquei realmente assustada. Estava atirando aquelas bruxas adoráveis de um lado para o outro como se fossem bonecas. Esmagando-as como se não fossem nada. Não importava o quão rápido elas se movessem ou o quanto usassem sua magia, ele era forte demais para elas. E, ainda assim, elas pairavam sobre ele, dançando, voando, cantando. Eu não conseguia entender. Era quase como se soubessem que não tinham a menor chance e, mesmo assim, continuassem, tornando-o mais e mais furioso. Então, Elizabeth correu até ele. Direto até ele! Ela chegou muito perto — perto demais. Gideon a agarrou e a levantou no ar, estrangulando-a.

— Eu não imaginei que você fosse tão tola, Bess. — Ele praticamente cuspiu. — Tão tola a ponto de acreditar de verdade que pudesse me derrotar, você e suas amigas fracas.

Corri até ele. Não pude me conter. Ele estava arrancando a vida de Elizabeth. Eu não tinha ideia do que iria fazer, mas sabia que não podia simplesmente ficar ali, parada, observando-o sufocá-la. Agarrei uma pedra enquanto corria e atirei-a contra a cabeça dele. Gideon estava tão concentrado na pobre Elizabeth que o peguei desprevenido, e a pedra o atingiu com força na parte de trás do crânio. Ele oscilou, por um breve segundo, e afrouxou as mãos. Elizabeth aproveitou a chance e fugiu. Então, ele se virou para mim. Eu estava praticamente deitada a seus pés. Aquele foi o momento em que pensei que fosse morrer. Ele estava espumando de raiva, rosnando para mim, xingando e cuspindo, com os olhos flamejando. Antes que eu tivesse tempo de pensar no que ele faria em seguida, senti uma dor lancinante no ombro, como se uma bola de fogo tivesse explodido contra mim. Gritei — sei que devo ter gritado, porque a dor era forte demais —, mas não me lembro de ouvir meu grito. Somente aquele som terrível quando o fogo mágico queimou minha carne. Elizabeth correu para meu lado. Colocou a mão em meu ombro, e a sensação de queimadura parou. Ainda doía, e eu ainda sentia o cheiro revoltante da carne queimada. Minha carne queimada. Elizabeth deu um salto, erguendo-se alto no ar, e voou ao redor de Gideon com uma velocidade estonteante.

Todas as bruxas formaram um círculo a meu redor, protegendo-me. Olhando para cima, eu podia ver Gideon e Elizabeth voando pela clareira, trocando explosões fosforescentes e lanças de fogo. Uma das outras bruxas, uma garota não muito mais velha do que eu, tocou meu ferimento. Enfim, a dor parou completamente, mas eu podia sentir a pele inchada e soube que a cicatriz me acompanharia para sempre. As bruxas começaram a se afastar de mim, para ir ajudar Elizabeth, mas ela gritou para elas ficarem comigo e me protegerem.

Não demorou muito para Gideon derrubá-la. Ela caiu sobre o solo quente da floresta, totalmente imóvel. Tudo ficou quieto, mortalmente silencioso. Não havia mais vento, nem gritos, nem golpes, nem urros, nem gemidos. Só aquele silêncio horrível, sem vida. Teria ele conseguido matá-la? Seria aquele, realmente, o fim? Ninguém se moveu; nenhuma das bruxas, nem mesmo Gideon, que agora estava parado a poucos metros de onde ela jazia.

— Elizabeth? — chamei e ouvi minha própria voz rouca, quebrada. — Elizabeth!

Então, houve um pequeno movimento. Não vinha de Elizabeth, mas do solo a seu lado. Parecia tremer. Silenciosa e lentamente, uma sombra se ergueu por entre as folhas e plantas. Ela girava, crescendo, ainda sem ruído; mudando e pulsando gentilmente, até que se transformou em uma mulher. Outra bruxa. Esta era alta e esguia, e parecia ser um pouco mais velha que a maioria das outras. Usava robes leves, fluidos, da cor da floresta. Ela se inclinou sobre Elizabeth, tocando-a ternamente.

— Bess — disse ela, e sua voz era como um mensageiro dos ventos, cristalina. — Bess, minha filha, acorde.

Elizabeth se mexeu. Ela gemeu e abriu os olhos, lutando para se concentrar por alguns instantes, e então distinguiu quem lhe chamara pelo nome.

— Mãe! — A voz dela estava fraca, mas não havia como não perceber sua alegria. Sua mãe viera a seu encontro. Depois de tantos, tantos anos.

Elizabeth tentou se levantar.

— Calma, Bess, calma — disse sua mãe, afastando os cabelos do rosto da filha, olhando para ela com tanto amor, tanto orgulho.

— Mãe, eu sinto muito. — Ela balançou a cabeça. — Eu nunca fui tão forte quanto você. Nunca fui tão boa.

— Fique quieta. Você não tem motivos para se desculpar, Bess. Sou eu quem deve implorar o seu perdão, por tê-la colocado nas mãos de um monstro.

— Você estava tentando me salvar, só isso.

— E, em vez disso, veja o que você teve de suportar. Como sofreu por tantos anos. Sozinha.

— Não, mãe. Eu sabia que você estava sempre ao meu lado. — Elizabeth se levantou, e as duas mulheres se abraçaram. E, quando o fizeram, a luz voltou para ela; dava para ver. Dava para ver a força e a magia que irradiava da mulher mais velha para sua filha, preenchendo-a, tornando-a forte e curando-a mais uma vez.

Gideon estava claramente furioso por ela ter encontrado alguém capaz de ajudá-la.

— Estou perdendo a paciência com essa reunião de mamãe e filhinha — disse ele. — Você, Anne Hawksmith, quer que acreditemos que fez o que fez com a melhor das intenções. Pelo amor de uma mãe por uma filha, e nada além disso. Bem, eu vi como você aceitou a magia que lhe mostrei, bruxa. Não se esqueça disso. Eu vi como você correu para ela, como você se deliciou com ela, do mesmo jeito que a sua filha feiticeira. Como sempre fez. Essa falsa piedade me deixa enjoado. Vocês duas nasceram para a magia, para celebrar as artes das trevas. No fundo de suas almas, vocês duas sabem disso.

Anne e Elizabeth olharam uma para a outra. Elas se deram as mãos e trocaram sorrisos de pura felicidade. E Elizabeth, quando se afastou e se virou para Gideon, estava incrível. Se ela parecia fabulosa antes, aquilo não era nada comparado com o modo como brilhava agora, como pulsava com a luz da magia, da *boa* magia dentro de si. Sua mãe recuou um pouco, em direção às sombras da lua. Elizabeth se adiantou, como que deslizando, silenciosamente, até ficar a centímetros de Gideon. E, então, fez a coisa mais inesperada. Mais inesperada e mais corajosa. Nós já havíamos falado sobre aquilo antes. Passáramos horas planejando, analisando e examinando o que poderia acontecer, mas ainda não consigo entender. Ainda desejo que pudesse ter havido outro modo. Ela lhe ofereceu a mão. Sorriu e estendeu a mão para ele. Ele ficou atônito. Não tinha palavras. Finalmente era algo que ele não esperava!

— Bem, Gideon — disse ela suavemente —, estou lhe oferecendo a minha mão. Você a aceitaria? Você realmente quer ficar comigo?

Ele sorriu um sorriso piegas, do tipo "eu ganhei".

— Sim — disse ele. — Sim, meu amor. Meu coração se alegra em ver que você finalmente caiu em si. Que conhece a si mesma. Que reconhece que sempre fomos destinados a compartilhar nossa jornada através dos tempos. Imagine como seremos juntos, imagine o que poderemos conquistar! — Ele pareceu crescer, pulsar com energia. Enfim, tinha o que queria, o que acreditava ser seu por direito. — Então, sim, como está escrito e porque você foi feita feiticeira em meu nome, sem dúvidas quero ficar com você.

— Pois você ficará — disse ela. Um instante depois, as outras bruxas se transformaram em fogo, o círculo se tornou um anel de chamas ao redor de Elizabeth e Gideon, no centro, que estavam a uns três metros de altura em relação ao solo. Globos brancos fosforescentes giravam pelo ar. Faíscas, folhas queimadas e toras de madeira caíam sobre o chão da floresta. Por toda a clareira, tudo começou a pegar fogo. Anne flutuou, subindo, misturando-se ao círculo de chamas e luz. No meio de tudo, Gideon e Elizabeth permaneciam calmos, concentrados apenas um no outro. De mãos dadas, eles começaram a subir mais e mais.

— Você estava certo — a voz de Elizabeth era clara, mesmo em meio a todo aquele barulho. — Não podemos matá-lo, Gideon. Essa nunca foi uma opção. Mas podemos levá-lo.

Um breve clarão de medo apareceu no rosto dele.

— Podemos convidá-lo a se juntar a nós — continuou ela, apertando mais ainda a mão dele — e, se você vem espontaneamente, se concorda, como acabou de fazer, você pode ser nosso convidado nas Terras do Verão.

— Não! — rugiu ele, mas não fez diferença. Ele lutou para libertar a mão, mas nada faria Elizabeth soltá-lo. Não agora.

— Você não vai causar nenhum mal lá, Gideon. Quem sabe, entre nós, talvez você aprenda um pouco de humildade.

Ele estava gritando agora, seu rosto mudando o tempo todo. Ele se transformava de modo selvagem e louco: olhos vermelhos, caninos, pelos, chifres. Ele urrava, contorcia-se e chutava, mas ela o segurava com força.

Ela virou a cabeça lentamente e olhou para mim. Eu sabia que estava se despedindo. Desejei ser forte por ela, para mostrar que entendia e que estava tudo bem. Para agradecer por tudo o que ela fizera por mim. Mas meu coração estava partido. Eu não podia suportar a ideia de ela me deixar.

— Elizabeth! — chamei, as lágrimas rolando por meu rosto. — Elizabeth!

Ela balançou a cabeça e sorriu, e, embora eu não conseguisse ouvi-la, vi seus lábios formarem as palavras: *Seja forte!*

Então, em um piscar de olhos, eles se foram. Não havia mais nada. Só eu e a floresta. Eu não era capaz de me mover. Estava paralisada. Somente quando percebi que a floresta ainda estava em chamas, fui capaz de me forçar a pensar em minha segurança. Eu estava prestes a correr quando notei algo, um pequeno movimento no solo. Meu camundongo branco! Abaixei-me para apanhá-lo, mas ele fugiu.

— Ei! Isso não é hora de brincar! — disse-lhe, indo na direção dele. Ele pulou sobre um pedaço de madeira. Era o cajado de Elizabeth.

Eu o apanhei. O camundongo saltou para dentro do meu bolso. Olhei ao redor, checando mais uma vez, mas eu estava sozinha. Corri. Eu sabia que não conseguiria fazer a moto funcionar, então continuei a pé. Parei assim que cheguei à estrada e usei o celular para chamar os bombeiros. Atirei o telefone em uma vala depois disso, feliz por me livrar da última coisa que ele me dera. E, então, mantendo-me nas sombras, caminhei para casa.

Bem, eu disse casa. Engraçado, é como eu vejo este lugar agora. É meu, afinal de contas. Elizabeth me mostrara seu testamento. Imagine, uma casa. Minha.

Não sei o que mamãe vai pensar disso tudo. Mas vou dar um jeito de lidar com ela. Vai ficar muito satisfeita em ter um lugar para viver sem pagar aluguel, e não acho que vá fazer perguntas difíceis por muito tempo. A principal delas é: Onde está Elizabeth? Essa vai ser dura de responder. Quero dizer, eu sei para onde ela disse que iria, mas não entendo, realmente. E ninguém vai entender, com certeza. As Terras do Verão, foi o que ela disse. Como um paraíso para feiticeiras; só que não é eterno. Elas voltam. Quando chega o momento certo, elas voltam. E ela voltará também. Um dia. Ela me prometeu. Enquanto isso, aqui estou, no chalé dela, com todas essas coisas para aprender, todos esses livros. O Grimório dela, cheio de feitiços e receitas. E isto, é claro, seu *Livro das Sombras*. Bem, estarei pronta. Quando ela voltar, vai ficar seriamente impressionada comigo. Vou terminar agora. Este não é realmente o fim da história de Bess, ou de Eliza, ou de Elise, ou de Elizabeth. Mas ela vai querer começar um novo diário quando voltar. E, quem sabe, um dia desses, talvez eu mesma escreva meu próprio *Livro das Sombras*.

Extraído do jornal Matravers and Batchcombe Express,
1º *de novembro, 2007*

FLORESTA DE BATCHCOMBE EM CHAMAS

Três guardas florestais e dezenove bombeiros lutaram contra um incêndio na floresta de Batchcombe, por volta da meia-noite de ontem. Acredita-se que o fogo, que se espalhou até Batchcombe Hall, a oeste, e até a rodovia A324, a leste, tenha sido provocado por turistas que acampavam. Os restos de uma motocicleta queimada foram encontrados no local. Não há testemunhas, e os bombeiros foram avisados sobre o incêndio por meio de uma ligação anônima. Batchcombe Hall nunca esteve sob ameaça direta, graças ao isolamento ao redor da casa; entretanto, muitos acres de carvalhos e faias antigos foram destruídos pelas chamas. A polícia afirma que está investigando as causas do fogo, embora acredite ter sido provocado por descuido, e não deliberadamente. Um porta-voz do corpo de bombeiros admitiu que, até o momento, não se sabe o que realmente causou as chamas. Eles não conseguiram achar vestígios de nenhuma fogueira recente. Há uma teoria de que fogos de artifício podem ter sido disparados na floresta, já que restos de substâncias fosforescentes foram encontrados no local.

Assim termina o *Livro das Sombras*

Conheça também o próximo lançamento de Paula Brackston:
A Feiticeira de Inverno

Na cidade em que vive, no início do século XIX, não há ninguém como Morgana. Ela é bonita e atrai pretendentes, mas é bastante diferente das outras garotas. Apesar de sua mente sagaz, Morgana não fala desde sua infância. Seu silêncio é um mistério, assim como sua magia: objetos que parecem se mover sob seu comando, o azar que recai sobre as pessoas que lhe fazem mal. Pensando na segurança da filha, a mãe não vê a hora de Morgana se casar, e Cai Jenkins, um vaqueiro viúvo vindo de terras longínquas, que não conhece os rumores acerca da menina, parece ser a melhor escolha.

Depois do casamento, Morgana fica triste por deixar sua mãe e desconfia de seu marido, que ela não conhece e a levará a iniciar uma nova vida longe dali. No entanto, a menina se apaixona pela fazenda de Cai e pelas montanhas que a cercam. Ali, onde frágeis humanos ficariam à mercê dos elementos naturais, a magia e a natureza selvagem de Morgana desabrocham. Cai se esforça para entender o ser lindo e um tanto selvagem que ele escolheu como noiva e, aos poucos, vai ganhando o carinho dela.

Mas não demora muito para que a cidade onde a jovem foi morar comece a perceber o quanto ela é diferente. Lá, há alguém que não parará por nada até colocar toda a população contra Morgana, mesmo que isso custe a vida daqueles que são mais próximos a ela.

Em *A Feiticeira de Inverno*, Morgana precisará aprender a utilizar seus poderes para defender sua casa, seu marido e a si própria de males que chegam de todos os cantos, ou perderá tudo.

Impresso no Brasil pelo
Sistema Cameron da Divisão Gráfica da
DISTRIBUIDORA RECORD DE SERVIÇOS DE IMPRENSA S.A.
Rua Argentina 171 – Rio de Janeiro, RJ – 20921-380 – Tel.: 2585-2000